KB269060

문학의 숲과 나무

문학의 숲과 나무

문학의 숲과 나무

김종회 평론집

민음사

숲과 나무로서의 문학

R. 프루스트가 눈 내리는 저녁 숲 가에 서서 바라보는 그 숲은 아름답고 어둡고 깊다. W. 브라이언트에게 있어 작은 숲은 신의 첫 성당이다. A. 윌슨이 보기에 숲은 세상 모든 것으로 가득 차 있다. 송욱의 숲은 새색시 같이 즐겁고 박두진의 숲은 쓸쓸하여 한숨 지으며 고은의 숲은 하나가 몇만 개로 변화한다.

숲의 구성 분자로서의 나무, 그 나무가 벌이는 언어의 잔치도 숲의 그것에 뒤지지 않는다. H. 헤세는 나무를 신성하다고 하고 나무는 교의(敎義)도 처방(處方)도 듣지 않으며 개개의 일에 집착하지 않고 삶의 근본 법칙을 말해 준다고 상찬했다. M. 키케로는 다른 세대를 위하여 나무를 심으라고, L. 라콤은 나무를 심는 자는 희망을 심는 것이라고 했다. 장자와 이색은 쓸모없는 나무〔樗〕가 천연(天然)의 수명을 다한다고 교훈했다. 그런가 하면 이양하의 나무는 견인(堅忍)주의자요 박목월의 나무는 떼를 지어 삼림을 이루고 평화를 꿈꾼다.

이렇게 보면 숲과 나무는 훌륭한 인생론의 자재이다. 근자에 와서 인생이 짧은 터에 하물며 문학이나 예술이 길 턱이 없다는 생각을 하고 있는 필자로서는 스스로의 문학을 이 숲과 나무를 관찰하는 시각에 잇대어 보는 일이 하나의 버릇으로 되었다.

우리는 흔히 〈박이부정(博而不精)〉이라 하여 널리 알되 정밀하지 못함을 사람의 역량을 평가하는 데 익숙한 경계로 삼는다. 이와 관련하여 말놀이를 펼쳐보기로 하면, 단번에 〈정이불박〉이나 〈박이정〉과 같은 언사들을 만들어낼 수 있다. 이를 숲과 나무에 기대어 말한다면, 숲을 보되 나무를 보지 못한다는 〈견림불견목(見林不見木)〉으로부터 쉽사리 〈견목불견림〉이나 〈견목견림〉 같은 언사들이 뒤따라온다.

장구한 역사 과정에 비추어 유한하기 이를 데 없는 우리 인생이나 그것을 반영하고 있는 문학을 한 묶음으로 숲과 나무의 위의(威儀) 또는 속성(屬性)에 견주어볼 때, 거기에는 그 유한성을 넘어서는 숱한 생각과 상상력, 다양한 비유적 표현과 가치 생성의 힘이 촉발될 수 있다. 그러한 인식의 방법으로, 필자에게는 문학이 울울창창한 하나의 숲이요 작가와 작품과 비평은 그 숲을 이루고 있는 다양다기한 나무들이었다.

문학의 외형적인 틀을 유지하는 구조와 그 구체적 세부를 형성하는 구조는 각기의 영역을 가지고 존재하는 것이면서 동시에 서로 조화롭게 악수하는 기능을 통해 〈문학〉을 이루고 〈작품〉을 생산한다. 때로 우리는 문학의 숲에서 길을 잃기도 하고 그렇게 부유(浮遊)하는 과정에서 만난 나무의 표식, 곧 특징적 성격을 가진 작품을 통해 길을 찾기도 한다.

그리하여 복잡다단한 세상의 저잣거리에서 잃어버린 삶의 길을, 그 세상의 축도(縮圖)인 문학의 숲에서 찾아낼 수도 있는 터이다. 미상불 삶의 길 자체가 희미한 마당에 문학의 숲이라 한들 무슨 대단한 길을 숨겨놓고 있겠느냐는 반문이 없지 않겠다. 그러나 이 길의 효용성마저 부인한다면, 문학과 예술의 존재값을 폐기해 버린 절망의 단애(斷崖)에서 대책 없이 투신하는 자리에 우리 스스로를 세우는 일과 별반 다를 바 없다. 그런 연유로 문학은 그것의 실효적 값어치가 현저히 추락한 이 가치상실의 시대에 있어서도 여전히 우리 인생의 지리책이다.

더 역설적으로는 그 소중한 가치, 그 작은 불씨를 귀하게 인식하고 애써 살려나가는 동안에 문학은 그야말로 하나의 소망이 되고 어두운 밤바다에 반짝거리는 예인 등대의 불빛처럼 긴요한 길잡이로 나설 수 있게 될 것이다. 이 책에 실린 글들은 문학에 대해 그와 같이 소박한 애정과 간절한 열망을 끌어안고 씌어진 비평문들이다.

그 가운데는 문학의 숲을 통틀어 살펴보려는 시도도 있고 또 작품이라는 나무를 면밀히 들여다보려는 시도도 있다. 그리고 그러한 숲과 나무의 형상이 오늘날 우리 문학의 진행 방향을 어떻게 예시(豫示)하고 있는가를 해명하는 데 주력하려 했다.

이 책은 모두 세 개의 장으로 구성되어 있으며, 그중 제1장은 근대 이후 우리 문학사에 대한 반성적 성찰을 통시적인 시각으로, 제2장은 우리 문학이 열어나가고 있는 새로운 영역과 방향성을 포괄적으로 검색하는 시각으로, 그리고 제3장은 동시대 문학작품의 성격과 의의를 해명하는 분석적인 시각으로, 여러 문학적 테마 또는 작품을 다루고 있다.

이 책은 필자의 네번째 평론집이다. 한 편씩의 글이 작성되고 또 책이 나오기까지, 말과 치장을 더하여서 필자가 가꾼 작은 나무들이 모여서 또 하나의 작은 숲을 이루기까지, 마음의 빚을 진 분들이 많다. 그 책의 작은 숲을 만드는 일에 실질적인 도움을 준 고마운 손길들도 있다. 굳이 그 명호(名號)를 여기 기록하지 않아도 필자는 내내 그분들의 고마움을 잊지 않을 것이다. 여러 가지로 어려운 때에 이처럼 아담한 책을 묶어주신 민음사의 여러분께도 깊이 감사드린다.

2002년 8월
경희대 교수회관에서
김종회

차례

제1부
근대 이후 한국문학사의 반성적 성찰

한국문학의 근대성과 근대적 문학 제도의 형성

1 서론

이 글의 검토 대상이 〈문학〉이 아니라 〈문학 제도〉인 것은 문학 자체의 내용을 위주로 학문적인 체계를 세운다는 뜻이 아니라 그 문학이 형성한, 그리고 그 문학의 내용을 형성하게 한 범주요 형식으로서의 제도를 체계적으로 제시한다는 뜻이 된다. 동시에 그것이 다른 여러 나라의 문학, 곧 세계문학의 제도와 비교 검토될 수 있도록 한국문학의 제도를 포괄적으로 설명하는 것이어야 한다는 강제적 규정력을 가지게 된다.

시기에 있어서도 〈근대〉를 공통적으로 내세운 만큼, 근대의 성격 문제와 근대 문학의 기점 문제를 선취적으로 다루지 않을 수 없으며, 그렇게 정리된 근대성의 시각에 의거하여 몇 가지 항목별로 근대적 문학 제도를 고찰해 나가야 할 형편이다. 그러한 까닭으로 여기에서는 개화기에서 일제 강점기에 이르는 근대 사회와 근대 문학의 형성기를 주된 연구 시기로 하고 있으며, 해방 이후의 문학과 문학의 제도 문제는 다른 기회로 그 관심의 유발을 미루어두는 셈이다.

근대적 문학 제도에 관한 각 나라별 언어 영역별 편차가 실재하는 상황에서 앞으로는 시간적 공간적 제약으로 인해 효율적인 비교 검토가 될 수 있도록 충분한 사전 준비와 시도가 필요할 것이다. 이는 앞으로의 과제로 남겨두면서 한국문학의 근대성과 근대 문학의 기점 및 전개 과정, 근대적 문학 제도의 형성과 전개에 관해 살펴보기로 한다.

2 근대성과 근대 문학의 기점 및 전개 과정

(1) 근대성의 개념과 적용 방식

〈근대성 modernity〉이란 용어는 근대의 시대 구분에 따른 논의와 시각에 따라 〈현대성〉으로 치환되어 사용되기도 한다. 〈근대성〉은 현재 모더니티에 대한 전면적인 성찰이 진행되고 있음을 강조하면서 모더니티 전반에 대한 비판적 검토를 중시하는 입장인 반면, 〈현대성〉은 모더니티의 현재적 영향력과 당위성을 부각시키는 입장에서 주로 사용된다.[1] 이 용어가 가지고 있는 구조적 의미의 두 측면은 그런 점에서 〈당대적 contemporary〉이란 용어의 의미와 구별된다.

이 용어가 적용되는 대상 및 방식에 따라 〈사회·역사적 근대성〉과 〈미적 근대성〉으로 구분[2] 될 수 있으며, 전자는 산업혁명과 자본주의에 의해 야기된 개념인 데 비해 후자는 이러한 변화의 부정적 산물에 대한 거부와 부정의 열정을 가리키는 것으로서 주로 예술적 미학의 영역과 관련되는 개념이다.

이 글에서는 근대성의 개념과 관련하여 근대 문학의 미학적 가치를 살펴보려는 시도와는 거리가 있기 때문에, 그리고 문학의 외형과

---

1) 장성만, 「개항기의 한국사회와 근대성의 형성」, 김성기 편, 『모더니티란 무엇인가』(민음사, 1994), 261쪽.
2) Calinescu, M.(이영욱 외 역), 『모더니티의 다섯 얼굴』(시각과 언어, 1993).

외곽을 구성하는 문학 제도의 형성과 전개 과정에 주안점을 두고 있기 때문에, 자연히 사회·역사적 의미의 근대성을 중심으로 논의할 수밖에 없다.

근대성이란 문자 그대로 근대 사회의 특성을 나타내는 개념인데, 서구의 경우 르네상스와 종교개혁, 지리적 발견과 상업의 발전 등 큰 변화들이 일어나는 16세기를 그 출현 시점으로 받아들이고 있다. 그러나 모더니티 자체는 18세기 계몽주의 철학에서 확실한 이념적 내용을 갖추게 되며 19세기에 이르면 산업주의industrialism를 근간으로 하는 사회적·경제적·문화적 변동과 같은 뜻을 지니게 된다.[3] 서구에 있어 근대 또는 근대성이란 개념은 중세 봉건 사회의 종막 이후 서구 역사의 진행 과정과 현재에 이르기까지의 시간 개념 전체를 통칭하는 포괄적 의미망을 갖고 있는 셈이다.

봉건 사회의 종막은 근대 자본주의capitalism를 사회적 기반으로 하는 시민 사회의 출현을 뜻하며, 이는 생산과 소비 사이에 유통이 끼여들고 유통 과정이 별도로 생겨나 생산과 소비 양쪽에 영향을 미치는 문학이 근대 문학[4]이라는 규정이나, 근대의 개념이 정치적으로는 국민국가, 사회·경제적으로는 자본제 생산 양식의 시작과 그 전개 과정[5]이라는 논거에 이르기까지 하나의 통시적 관점을 이루는 원리로 작용하고 있다.

근대성을 반영하고 있는 근대 사회의 주요한 특징으로는 (1) 경제적 측면: 자본주의 경제가 발전하여 공업화와 도시화가 진행됨, (2) 사회적 측면: 특권층(신분)이나 특권 단체(동업조합)가 소멸되고 자유롭고 평등한 개인이 사회구성원이 됨, (3) 정치적 측면: 개인의 기본인권이 보장되는 입헌의회 정치가 확립되며 국민적 통일을 바탕

---

3) 김성기, 『모더니티란 무엇인가』(민음사, 1994), 16쪽.
4) 조동일, 「근대적 문학제도의 형성」 기조발제.
5) 김윤식, 『한국근대 문학 연구방법입문』(서울대학교출판부, 1999), 218쪽.

으로 한 국민국가가 성립됨, (4) 문화적 측면 : 문화·사상·인간의
이성을 신뢰하는 과학적 합리주의가 사상계를 지배하며 과학기술을
생산 과정에 응용함으로써 기아와 질병으로부터의 해방이 성취됨[6]
등의 특성이 제시되고 있다.

물론 이와 같은 근대 사회의 특성과 근대성의 개념은 구체적 사
안에 대한 가치 판단 이전의 사회사적 경과를 중심으로 한 것이며,
특히 서구의 역사 과정에 따른 경험적 사실들을 토대로 한다는 제
한점이 있다. 또한 근대성이란 개념 자체가 구체적 사실, 이를테면
문학에 있어 작품 자체를 대상으로 하는 실질적 검토에 이르지 않
았을 경우 모호하고 추상적인 영역에 머물러 있을 수밖에 없는 것
이어서, 우리의 역사적 현실 가운데서 그 개념의 적용을 문제 삼는
것이 응당한 절차일 수밖에 없다.

일찍이 임화의 〈이식문학론〉에서부터 언급되기 시작한 우리 문학
의 외래적 영향, 그 영향의 근대적 성격 문제와 관련하여, 식민지
시대를 거쳐 오늘날의 분단 시대에까지 이르는 사회·역사적 근대
성의 의미를 살펴보는 일은 곧 우리 문학과 우리 삶의 정체성을 확
인하는 일과 다르지 않다. 이것은 또한 주변국 또는 주변 역사의 상
황에 맞물려 있는 형편으로서, 일본 근대 문학의 기원은 근대 한일
관계의 기원[7]이라거나, 근대와 타자의 문제라는 관점으로 근대의 실
험실로서의 식민지 문제[8]라는 논의들이 이의 예증에 해당한다.

상기의 논의는 우리 문학의 근대 및 근대성의 전개와 경과 과정
이 일제 치하 식민 시대의 상황을 중요한 시기로 하며 그와 밀접한
상관성 아래에 있다는 사실을 환기한다. 이를 한일관계사의 측면에

---

6) 박성수, 「근대와 현대사회의 특징」, 『한국사의 시대구분에 관한 연구』(한국정신문
　　화연구원, 1995), 445쪽.
7) 가라타니 고진(박유하 역), 『일본근대 문학의 기원』(민음사, 1997).
8) 강상중(이경덕 외 역), 『오리엔탈리즘을 넘어서』(이산, 1997).

서, 또는 그것을 기반으로 한 주체적 측면에서 두루 관찰해야 할 과제가 남아 있음을 기억해 둘 필요가 있다. 이와 같은 논의는 근대성 문제가 문학과 그 주변, 동양과 서양, 주체와 타자, 인간과 인간 혹은 집단과 집단의 관계에 관한 문제라면 이는 연대기적인 개념이 아니라 질적인 개념[9]으로 발전한다는 성격을 보여준다.

기실 실체적 내용에 있어 우리의 〈근대〉는 개항 이후 서구 사조의 도입, 일제의 식민 수탈, 그리고 그 결과로 뒤이은 분단 시대의 전개라는 역사적 실상들을 그 바탕에 두고 있는 것이다. 그러한 까닭으로 서구의 근대가 표방한 개인적 자각과 자의식보다는 국가적 위기 의식과 공동체적 인식이 더 비중 있게 작용한 측면이 강하다. 따라서 우리가 우리 문학의 근대성을 살펴보는 눈에 있어서는 우리의 시대사적 체험과 그에 걸맞는 관찰의 방식이 적용되어야 마땅할 것으로 본다. 이는 근대성의 지표를 올바로 설정하기 위해서 제국주의적 담론인 비교문학적 시각과 반제국주의적 담론인 내재적 발전론을 넘어 국제적 시각의 도입을 모색해야 한다는 주장[10]으로의 확장 가능성을 예비하고 있는 대목이기도 하다.

(2) 근대 문학의 기점 문제

근대 문학의 기점에 대한 논의는 근대성이 문학적으로 반영된 사실을 실제적 역사 과정 속에 정초하는 일이 된다. 좀 더 확대해서 말하자면 근대 이전과 이후 등속의 시대 구분은 그 내용적 의미의 범주화를 구체화된 삶의 영역 가운데 설정하는 일인 것이다.

그런데 이 〈근대〉의 문제를 중심으로 한 시대 구분, 특히 문학이

---

9) 조영복, 「근대성의 개념과 구도」, 《소설과사상》, 1998년 겨울호.
10) 최원식, 「한국문학의 근대성을 다시 생각한다」, 『민족문학과 근대성』(문학과지성사, 1995).

라는 특정한 부문에 있어서의 그것은 근대화와 식민지화의 중첩이라는 문제를 비롯하여 우리의 근대적 삶이 극히 혼란스러웠던 만큼 그 구분 자체가 명료한 외양을 보이기 어려운 형편이다. 이러한 측면은 또한 〈근대〉를 분기점으로 한 문학사의 시대 구분 논의가 다양한 층위를 드러낼 수밖에 없음을 뜻하는데, 그동안 주로 논거된 그 구분의 양상을 기점의 시대 순서에 따라 개괄적으로 정리해 보면 다음과 같다.

1) 17-18세기(영·정조 시대) 소급론 : 김태준, 김일근, 이우성, 김윤식·김현 등

김윤식·김현의 『한국문학사』[11]로 인해 널리 확산된 논리이다. 식민사관의 극복과 갑오경장 기점설의 비주체성을 극복하고 〈언어 의식의 대두〉와 같은 형식 문제에까지 시각을 넓힌 장점이 있으나, 문학사 자체 내부의 발생론적 관점보다는 정치·경제사적 논리를 앞세운 점, 그리하여 작품의 실체가 미처 이에 뒤따르지 못하는 단점을 보여준다. 이에 대한 반론들이 만만치 않아서 문학사의 구체적 내용, 특히 『한중록』을 거론하면서 이의를 제기한 김용직이나 한국문학을 새롭게 볼 수 있는 대안의 부재를 지적한 김주연, 그리고 민족문학론의 큰 틀에서 문제점을 제기한 백낙청과 염무웅의 견해를 주목할 만하다.

2) 1860년대(동학혁명) 기점론 : 황패강, 전규태, 임헌영 등

영·정조 시대 소급론의 문제점과 갑오경장 기점론의 타율성을 극복하려는 시도로서, 특히 개항을 전후한 사회·경제적 인식의 변화에 주목한다. 그중 황패강의 경우,[12] 민중 운동의 근대성과 봉건

---

11) 김윤식·김현, 『한국문학사』(민음사, 1973). 당초 《문학과지성》 1972년 봄호에서 1973년 겨울호까지 연재되었다.

체제의 변화가 근대적 시민 사회로의 변화를 초래했다고 설명한다. 그러나 이 역시 실제의 문학작품을 통한 뒷받침에는 무력한 편이다.

3) 19세기 말(갑오경장) 기점론 : 임화, 백철, 조연현, 김우종, 이재선 등

임화 이래 종래 문학사의 통설에 해당하며 갑오경장의 역사적 성격을 문학의 영역에 연장하여 설명하는 방식이다. 그러나 근대성의 본질로서 민중 의식, 서민 의식의 성장과 갑오경장의 외면적이고 사대주의적인 개혁의 성격이 불화한 만큼, 지속적으로 비판을 받는 관점이다. 이는 이 관점의 시발에 해당하는 임화부터 신문학사는 이식 문학의 역사[13]라는 논리로, 근대화와 서구화를 반성적 성찰 없이 일치시키는 데서 출발한다. 동시에 이는 우리 고전 문학사에 관한 인식을 전혀 고려하지 않고 있어, 문학사적 통시성을 소홀히 하고 있다. 백철과 조연현의 경우는 사조사와 분단사를 중심으로, 우리 문학의 내재적인 계기를 들여다보지 않은 속류 이식문학론[14]이라 볼 수 있다.

4) 1910년대(『무정』 발표) 기점론 : 박영희, 홍효민, 정한숙, 김병익 등

이광수의 『무정』이 보여준 문학작품으로서의 완성도가 그 이전의 문학과 확연히 구별되는 것은 〈조선 초유의 양과 질을 지닌 작가〉[15]라는 평가에서 볼 수 있듯이 한 작품의 성과만이 아니라 그 작품과 그 작가로 대변되는바 문학다운 문학의 시대가 개막되었다는 판단을 촉발한다. 1910년대를 기점으로 보는 논자들이 작품의 입지점을

---

12) 황패강, 「한국문학사와 근대」, 『한국문학의 이해』(새문사, 1991).
13) 임화, 「신문학사의 방법 —— 조선문학연구의 일과제」, 동아일보, 1940. 1. 13.-1. 20.
14) 최원식, 「민족문학의 근대적 전환 —— 근대 문학 기점론을 중심으로」, 『민족문학사 강좌 하』(창작과비평사, 1995), 13-22쪽.
15) 김동인, 『춘원연구』, 『동인전집』 16권(조선일보, 1988), 28쪽.

내세운 만큼, 시에 있어서는 대체로 1908년 ≪소년≫의 발간 연대를 선택하고 있다.

　5) 1920년대(3·1 운동) 기점론 : 조동일 외

　3·1 운동 이후 확산된 문화 운동의 일환으로 신문·잡지·동인지 등이 분출하면서, 3·1 운동이 근대적 민족주의의 서막을 연 만큼 문학에 있어서도 근대적 성격이 약여하게 나타났다고 보는 견해이다. 이 견해와 관련하여 조동일은 중세 문학에서 근대 문학으로의 이행기를 거쳐 1919년 이후가 근대 문학의 전환기가 된다고 보고 있다.[16] 이 논의는 문학사의 통시적 시각을 확립하면서 문학의 내용 중심적인 시대 구분에 이르렀다는 장점이 있다.

　이상의 논의들은 식민사관이나 문학 외부의 영향에 의한 타율성을 배제하려 한 시도가 다양한 시대 구분 및 기점론의 형성을 가능하게 했음을 말해 준다. 그러나 그로 인한 근대 문학의 기점 소급은 구체적 작품의 산출에 의해 뒷받침되지 못하고 주로 사회·경제사적 경험을 반영한 논리로 경도되는 측면이 강했다.

　그 외에도 개화기를 한국문학에 등장하는 근대적 풍경의 첫 장면이라고 보고 이 시기를 개화계몽 시대라 호명하는 권영민이나, 1905년 전후 애국계몽기를 근대 문학의 기점으로 보는 최원식 등 새로운 영역의 논의도 있다. 특히 권영민의 경우 우리에게 있어 근대는 문체의 변혁과 함께 성립되며 그러한 측면에서 신소설의 의의를 밝히는 동시에, 그 주인공들이 개인적 주체의 확립 단계에 접어들어 있으면서도 사회적인 존재로서의 개인의 의미를 제대로 구현하지 못한 근대성의 한계를 지적했다.[17]

---

16) 조동일, 『한국문학통사』 5권(지식산업사, 1989).
17) 권영민, 「근대 소설의 기원과 담론의 근대성」, ≪문학동네≫, 1998년 겨울호.

이 글은 이와 같은 시대 구분과 그 내용의 문제를 점검·비판하고 새로운 안목의 기점론을 내놓는 데 목표가 있는 것이 아니라, 이와 같은 논의의 근대적 성격을 바탕으로 하여 우리 문학, 특히 우리 문학 제도의 근대성에 의거한 시대사적 전개 과정을 살펴보는 데 그 의도가 있다. 그런 점에서 상기의 논의들과 관련된 보다 분석적인 고찰은 다른 기회로 미루어두고자 한다.

(3) 근대 문학 전개의 실제적 양상

1) 한국 근대시의 형성

근대 문학의 기점을 어디에 두든지 간에 구체적인 작품으로 근대성을 드러낸 시가 문학은 개화기 시가에서 시발된다는 것이 그동안의 일반적인 통설이었다. 이때의 개화기는 대체로 1876년 개항을 기점으로 1894년 갑오경장을 지나 1910년대를 포괄하는 개념으로 사용된다.

개화기 시가는 ≪독립신문≫의 독립·애국가류를 비롯하여 가사(개화가사)·시조·한시 등 전통적 시가 형태와 창가·신체시 등으로 불리는 새로운 시가 형태들이 다양한 모습으로 당대 간행되었던 신문·잡지들을 통해 발표되었다. 이는 매국노에 대한 징계와 일제의 침략에 대한 저항 의지를 그 주제에 있어 보편적 경향으로 하고 있었다.[18]

특히 신체시는 개화기 시가를 대표하는 특징적 양식으로서, 의식적 측면에서 강한 외래 지향성을 내포하고 있으며 서구 문명의 충격에 의한 사회 개혁의 열의를 담고 있다. 신체시의 계몽주의적 측면, 그리고 형태적으로 새로운 문체적 특성 등은 곧 근대 정신이 우

---

18) 윤병로, 『한국 근·현대 문학사』(명문당, 1991), 27쪽.

리 문학에 수용되기 시작한 구체적인 범례에 해당한다. 그렇기에 개항과 함께 여러 나라의 언어와 문장들이 유입, 수용되었고 그 충격과 주변 여건은 새로운 문체를 형성하기에 이른 것이라 할 수 있다.[19]

이 신체시는 1910년대 중·후반에 이르러 다시 새로운 시적 각성을 앞세운 세대들에 의해 보다 발전적 면모를 띤 형태로 변모, 극복되고 본격적인 근대시로서의 성격을 확립하게 된다. 다시 말하면 근대적 성격을 반영한다 할지라도 계몽적 목적 의식을 앞세우기보다는 새로운 형식적 틀을 통해 개인의 개성적 반응을 노래한 시들이 등장하기 시작했던 것이다.

김억과 주요한을 필두로 한 이 새로운 세대는 주로 일본 유학을 통해 서구적 문물을 익혔으며 서구 문예 사조에 관심을 두고 문학적 활동을 구체화하기 위해 잡지 발간을 계획했다. 김억은 동경 유학생 기관지 ≪학지광≫(1915년 5월호)에 「야반」, 「밤과 나」 등의 시를 발표했으며, 1918년 9월에 창간된 ≪태서문예신보≫에 근대적 각성을 보이는 시와 시론을 발표하였고, 서구 문예의 소개와 번역에도 주도적 역할을 담당했다. 주요한은 1919년 1월에 창간된 ≪학우≫에 자유시의 개척을 보여주는 시들을 발표하고, ≪창조≫(1919년 2월호)에 「불노리」를 비롯한 수 편의 시를 발표하여, 개화시가에서 본격적인 근대시로 넘어가는 길목을 지키고 그에 시적 자양분을 공급했다.

1919년 3·1 운동 이후 일제의 식민통치가 소위 〈문화정치〉로 바뀌면서 다수의 잡지 및 동인지들이 출간되었고, 극소수이긴 하나 신문과 같은 대중 매체의 발간이 가능해져 작품 발표의 기회가 늘어났다. 이러한 가운데 1920년대 시단은 동인지 활동이 주류를 이루어, ≪창조≫(1919), ≪폐허≫(1920), ≪백조≫(1920), ≪장미촌≫

---

19) 김용직, 『한국근대시사·상』(학연사, 1986), 51-57쪽.

(1921), ≪영대≫(1924) 등의 성과를 보인다.

반면 1920년대 중반 카프 **KAPF**의 등장은 우리 시에 있어 새로운 국면을 보여주었다. 역사적 현실과 그 현실의 이념적 모순이 문학의 주요한 동인(動因)이 되었고, 그에 수반된 사회의식이 강조되었다. 박영희, 김기진, 임화, 박세영, 이찬, 안함광, 심훈, 이상화 등이 그 주역들이다.

이들은 김억, 주요한, 김소월, 홍사용, 김동환 등이 민족적 정서를 전통적 가락과 결합시켜 당대의 민족 감정을 승화시키려 한 노력과 궤를 달리하면서 양자 모두가 근대성의 각기 다른 측면을 함의하고 있음을 보여주었다.

1930년대의 우리 시는 박용철, 김영랑, 이하윤, 김상용 등 순수시파 시인들의 등장과 정지용, 이상, 김광균을 필두로 한 모더니즘 시의 전개, 그리고, 서정주, 유치환 등 생명파 시인들의 활동으로 과거와는 달리 새로운 경계를 열어보인다. 이러한 변화는 근대적 성격의 편협한 적용으로부터 근대성의 의미를 저변에 둔 포괄적인 시적 전개를 보여주는 양상으로의 발전을 말하고 있다. 이 시기를 경유하면서 우리 시는 외형에 있어서의 근대성뿐만 아니라 내용에 있어서, 또 시인들의 창작의식 전반에 있어서 근대성의 확산과 적용을 드러냈다고 할 수 있을 것이다.

2) 한국 근대 소설의 형성

소설에 있어서도 시에 있어서와 마찬가지로, 근대 문학의 기점 문제가 근대성을 함의하는 작품의 산출 문제와 조화롭게 일치하지 않는다는 사실을 전제로 할 때, 근대 소설을 논의하는 마당에서 가장 먼저 떠오르는 것은 곧 〈신소설(新小說)〉이다. 신소설이 새롭다는 것은 과거의 고대 소설과 내용도 다르고 표현 형태도 다르다는 뜻이다.

이 〈새로움[新]〉의 정체를 규명하려는 연구가 곧 근대 개화기 소설 연구이다. 이에는 안확의 『조선문학사』(1922년), 김동인의 『근대소설고』(1929년), 김태준의 『조선소설사』(1930년), 임화의 『조선신문학사』(1940년) 등을 들 수 있으며 해방 후에는 조연현의 『개화기문학 형성과정고』(1966년), 전광용의 『한국소설발달사·하』(1967년), 이재선의 『한국개화기소설 연구』(1972년), 조동일의 『신소설의 문학사적 성격』(1973년), 송민호의 『개화기소설의 사적 연구』(1975년) 등으로 이어진다.

해방 이전의 연구들은 대개 고대 소설 또는 전통 소설과의 차이점을 구명하는 데 주력하여 신소설의 근대적 성격과 그 가치를 인정하는 한편, 이를 서구문학의 영향에 의한 것으로만 보아 전통단절론을 초래한 경향이 있다. 반면 해방 이후의 연구들은 전통 소설의 계승적 측면을 되살리면서, 신소설이 지닌 근대적 가치가 표면적이고 허위적인 측면이 있다고 평가하기에 이르렀다. 이 양자는 궁극적으로는 신소설의 근대성이 가지는 장점과 단점을 상호 보완적으로 설명하는 형국이지만, 추후 그 근대성의 성격을 작품 자체의 내용에 비추어 보다 정치하게 천착하는 과제를 남겨두고 있다.

이러한 문제점과 관련하여 구인환은 한국 근대 소설의 형성 요인으로 갑신정변, 갑오경장, 동학혁명 등 사회적 변동 및 새로운 문화 운동이 문학에 투영되어 나타난 자생적 요인을 예거하고 이러한 내적 변화에 자극제가 되고, 또는 그 변화를 강요한 타생적 요인을 구분하여 설명하였다.[20]

자생적 요인으로는 (1) 사회적 변화, (2) 신문·잡지의 간행과 출판사의 설립, (3) 국어에 대한 자각, (4) 문학의식의 새로운 인식을 들 수 있으며, 타생적 요인으로는 주로 외국문학의 영향, 곧 일본의

---

20) 구인환, 「한국근대 소설의 사적 연구 —— 그 형성기를 중심으로」, 서울대학교 사대 논총 19, 1979.

근대 문학이나 중국문학, 또는 일본에 소개된 서구문학의 영향 등을 들 수 있다. 작품에 있어서는 문학론의 영향으로부터 번역 소설, 번안 소설, 전기적 작품 등이 근대 소설 형성의 촉매제 구실을 했음을 알 수 있다.

근대 소설의 발달 과정을 살펴본 연구로 주종연, 임헌영, 윤병로, 김윤식 등의 연구자들이 주로 2-3단계로 구분하여 설명하고 있으며 이중 윤병로는 구체적인 문단 상황을 통하여 발전기와 해체기로 나누어 서술하고 있다.[21] 발전기는 (1) 이광수의 『무정』으로 대표되는 본격적 근대 소설의 출발, (2) 문예지의 등장, (3) 경향소설과 카프 계열 소설의 출현 등으로 설명된다. 그리고 해체기는 프로 문학 후의 1930년대 순수 문학의 시기와 1940년대 문학적 공백기로서, 1930년대의 순수 문학은 일제의 탄압에 대한 자구책으로, 그리고 8·15 해방 이전의 1940년대 문학은 모국어의 멸실과 전면적인 파산의 형태로 나타날 수밖에 없었다는 사실이 설명되고 있다.

이상의 논의들은 한국 근대 소설의 형성이 과도기적 형태로서의 신소설을 거쳐 이광수의 『무정』에서부터 본격적인 근대적 작품의 산출을 보이게 된 것으로 평가하고 있는데, 그 과정에 일제의 식민 탄압이라는 근대화 과정의 압박 요인이 작품의 실제에 강한 영향력을 미치고 있음을 확인할 수 있다.

이광수의 『무정』이 갖는 근대 소설의 개척자적 위상, 그리고 고대 소설과 신소설의 한계를 극복하고 근대 문학의 주축을 이루게 되는 근대 소설의 특징[22]으로는 (1) 서사 구조의 변화, (2) 문체의 변화(〈더라〉, 〈너라〉에서 〈이다〉, 〈하다〉 등으로, 사실적·개성적 표현으로), (3) 개인 의식의 발현 등을 예거할 수 있다. 이와 같이 이광수 이후의 근대 소설은 개화기 소설과는 또 다른 특징을 보이면서, 해방 후

---

21) 윤병로, 「한국근대 소설의 전개과정고」, 성균관대 대동문화연구 12, 1978, 53-54쪽.
22) 구인환, 앞의 글, 149쪽.

한국 현대 소설 형성의 기반을 마련하게 된다.

3) 한국 근대 비평의 형성

우리의 근대적 삶이 혼란의 시기 가운데 있었고, 시나 소설 작품이 그러한 시대적 성격을 반영하고 있었던 것과 마찬가지로 근대 비평의 형성 과정 역시 여러 가지 가치들의 혼재와 논란을 거치지 않을 수 없었다. 이는 근대 비평사의 시대 구분에 있어서도 마찬가지의 사정인데, 윤병로,[23] 김윤식,[24] 김영민[25] 등 여러 논자들의 서로 유사한 시각 가운데 작품과 작품 비평의 내용 및 문단의 상황을 위주로 하여 구분한 시각[26]을 통해 보면 다음과 같이 그 시기를 나누어 설명할 수 있다.

① 개화기 비평 : 대략 1890년대 초부터 1910년대 중반까지의 시기. 이른바 신소설, 신체시가 대표적인 양식으로 대두되던 시기로 근·현대적 비평 양식의 맹아기.

② 근·현대 문학 초창기 비평 : 일반적으로 이광수 문학 시대로 통칭되는 1910년대 중반 이후 1920년대 초반까지 ≪창조≫, ≪백조≫, ≪폐허≫ 등 동인지 중심의 활동 시기.

③ 프로 문학과 민족주의 문학의 대립기 : 1920년대 중반 이후 1930년대 초반까지로 프로 문학 운동이 문단에 막강한 영향력을 행사하던 시기.

---

23) 윤병로, 『한국근·현대비평의 흐름』(성균관대학교 출판부, 2000).
24) 김윤식, 『한국근대문예비평사 연구』(일지사, 1976).
25) 김영민, 『한국문학비평논쟁사』(한길사, 1992).
26) 윤병로, 앞의 책.

④ 1930년대 이후 모더니즘 문학론 시기: 카프의 해체 이후, 즉 1930년대 중반 이후부터 해방되기까지의 시기.

개화기 비평의 시기는 일본 제국주의에 의한 강제 합병이 거의 기정 사실화되어 가던 때이며, 그에 따라 민족 모순이 주요 모순으로 인식되기 시작한 때이다. 이러한 역사적 위기 상황을 맞이하여 당대의 지식인들은 민족의 생존권 보존을 위해 그 대응책을 집중적으로 추구, 모색하기에 부심했으며 자연히 문학작품과 비평도 그와 같은 성향을 보일 수밖에 없었다.

근·현대 문학 초창기의 비평은 동인지 중심으로 활동이 이루어졌던 만큼 동인지 각개의 주장에 따른 작품과 비평이 시도되었으나 시대적 성격의 큰 범주 안에서는 별다른 차별성을 드러내지 못했다. 이 시기에 김동인과 염상섭이 벌인 논쟁은 동인지 간의 문학관의 차이에 따른 대립이라기보다는 김동인과 염상섭 개인의 문학관의 차이에 의한 논쟁이었다. 그러나 비평의 기능과 효용에 관한 논의를 유발시켰다는 점에서 큰 의의를 갖는 것으로 평가된다.

프로 문학론과 민족주의 문학론의 대립 시기는 사회 운동의 일환으로 문학이 자리 잡으면서 본격적인 비평의 시대를 열어놓았다. 문학이 운동의 차원으로 끌어올려짐으로써 비평은 프로 문학 운동 지도 지침의 임무를 맡게 되었으며 그 결과 프로 문학 운동의 역사는 비평의 역사라 해도 과언이 아닐 만큼 비평의 역할이 매우 컸다.

1930년대 이후 모더니즘 문학론 시기의 대표적 사조로는 구인회의 모더니즘 문학론을 꼽을 수 있다. 김기림, 정지용, 이태준 등 구인회는 철저한 문학주의에 입각하여 기교주의를 강력히 표방하고 등장한다. 이 모더니즘 문학에 대한 비평은 근대 비평의 중요한 요인이 되며, 문학비평이 주제론적 측면 이외에 형식론적 측면에 어떻게 대응해야 할 것인가라는 인식 지평의 확대를 기할 수 있게 했다.

근대 비평의 형성은 궁극적으로 근대적 문학작품의 후속 작업으로서 그 성과를 가지게 되는 것이지만, 프로 문학 운동의 경우에는 이념적 성격이 문학의 산출을 앞서가는 새로운 현상을 노정하기도 했다. 비록 작품의 실제가 그 이념성을 뒤따르지는 못했지만, 그 원론적 이념으로서 프롤레타리아 문학의 정신은 그것대로 하나의 근대적 정신의 표현이었음을 주목할 필요가 있다.

3 근대적 문학 제도의 형성과 전개

앞서 살펴본 근대성과 근대 문학의 기점 및 근대 문학의 전개 과정은 한국의 근대적 문학 제도가 어떤 근대적 성격을 기반으로, 또 추동력으로 하여 전개되었는가를 살펴보는 데 유효한 관점을 확립하기 위한 것이었다. 기실 〈문학 제도〉는 동시대의 문학을 형성하는 기반이면서, 동시에 동시대의 문학으로부터 그 성격을 규정받는 범주라는 양가적 의미를 갖고 있다. 그러므로 〈문학〉과 〈문학 제도〉를 통괄하여 살펴보는 시도는 당연한 것이며, 이 양자에 대한 연구가 별개로 이루어졌다 할지라도 종국에는 하나의 시각으로 통어해 나가는 노력이 없이는 균형 있는 관찰의 성과에 도달하기 어려울 터이다.

그러나 그와 같은 노력은 문학사와 사회·경제사 전체를 통시적으로 조망하며 이들을 상관시키는 큰 작업의 얼개 아래에 있어야 하며, 이 발표에서 그처럼 무거운 역할을 감당하기는 역부족이 아닐 수 없다. 그러한 까닭으로 여기서는 소략하게 우리의 근대적 문학 제도의 문제를 (1) 작가의 위상과 사회적 지위, (2) 문학 형성과 등단 제도, (3) 문학적 평가 및 포상 제도, (4) 문학 저널리즘으로서의 신문·잡지, (5) 개화기와 일제하의 문학 교육 제도 등으로 나누어 살펴봄으로써 소기의 목적에 도달해 보려 한다.

  (1) 작가의 위상과 사회적 지위

  우리 근대 문학 초창기의 작가는 문학의 사회적 전파력이 컸던
만큼 사회적 지도 세력으로서의 기능이 클 수밖에 없었다. 더욱이
전근대 사회에 있어서 문학을 담당하던 유림 사대부의 신분이 작가
를 대신했던 그 전통성의 연장선상에서, 근대 문학 작가들은 작품을
쓰는 일보다 사회적 책무를 더 무겁게 맡아야 하는 면모가 약여했다.
  개화기의 작가는 개화 엘리트로서 지사였고 사회 개혁의 주도 세
력이기도 했다. 학자이자 작가요 지사였던 신채호·장지연, 근대 사
회의 정치·문화 엘리트였던 신소설 작가 이인직·이해조, 작가이자
문화 운동가로서 작품을 쓰며 또 잡지를 간행한 최남선·김억·김
동인[27] 등을 두루 살펴보면, 이들에게는 작품 활동 이상으로 사회적
리더십이 중요했고 스스로 그에 대한 책임감을 통감하고 있었음을
알 수 있다.
  또한 이 시기에 〈문학〉이라는 이름으로 행해진 문필 활동은 그
운동의 폭이 훨씬 넓었다. 《한성신보》나 《국제신문》은 야담식
설화에 소설이라는 표제를 붙였으며, 《대한매일신보》는 고소설투
의 「청루의녀전」이나 시정의 풍자적 대화를 기록한 「거부오해(車夫
誤解)」를 소설란에 실었고 이순신, 최영 등의 전기에 역시 소설이라
는 표제를 붙였다.[28]
  신소설 작가들의 경우에는 대개 자신을 〈기자(記者)〉로 표기했는
데, 이는 작가들의 직업 자체가 언론사에 몸담고 있는 경우가 많기

---

27) 최남선은 《소년》과 《청춘》을, 김억은 《태서문예신보》를, 김동인은 《창조》
    와 《조선문단》을 대부분 자비(自費)로 간행했다.
28) 권보드래, 『한국근대 소설의 기원』(소명출판, 2000), 104쪽.

도 했거니와 그 내포적 의미에 있어서는 사회의 지도적 지위에서 소설을 쓰는 것이 가르치는 자로서의 계몽성과 사실을 알리는 자로서의 객관성을 갖는다는 자부심의 표현이기도 했다.

1961년 이광수는 「문학이란 하(何)오」[29]란 글에서 문학의 목적을 〈정(情)의 만족〉에 둔 이후, 구체적인 실효로 (1) 정신적 지식으로 처세와 교육에 도움을 주며, (2) 인정세태를 이해함으로써 동정심을 가지게 되며, (3) 죄악에서 벗어나고, (4) 경험의 영역을 넓히며, (5) 저급한 주색을 피할 수 있으며, (6) 심대한 교육을 받을 수 있다는 여섯 가지를 든바 있다. 이 문학의 효용론은 곧 근대 문학에 있어서 작가의 지위를 말하는 것으로, 근대성의 계몽 정신이 이광수에게 어떻게 작용하고 있었는가를 명료하게 보여주는 대목이다.

또한 이광수가 「문사와 수양」[30]에서 문인은 인격의 수양과 학식의 수양을 쌓아야 한다고 강조한 것은 상기와 동일한 문맥 아래에 있으되, 김동인이 이광수의 작품들을 두고 완전한 언문일치가 이루어지지 않은 데다가 계몽적인 설교체 문장을 쓰고 있음을 부정적으로 본 것은 김동인이 보는 문학과 작가의 지위가 이광수의 그것과 매우 다르며 계몽기를 지나면서 작가에 대한 인식이 달라지고 있음을 의미한다. 이광수는 문학이 작가의 인격 및 학식의 수양을 통해 성립되어야 한다고 생각한 반면, 김동인은 문학 그 자체를 목적이요 수단으로 하는 작가를 생각하고 있었던 것이다.

이광수의 시대에는 문학이 작가의 사상을 피력하는 도구이기도 했는데, ≪창조≫가 자연주의를, ≪폐허≫가 퇴폐주의를, ≪백조≫가 낭만주의를, ≪개벽≫이 계급주의를, ≪조선문단≫이 민족주의를 문학 사상으로 내건 것이 이를 증명한다.[31] 이광수는 문학으로서 소설

---

29) 이광수, 「문학이란 하(何)오」, 『이광수 전집』(삼중당, 1962) 1권, 508쪽.
30) 이광수, 「문사와 수양」, ≪창조≫ 8호, 1921. 1. 27. 9~18쪽.
31) 이상선, 『근대한국문학개설』(중앙출판, 1983), 166쪽.

에 주안을 두었으나 시, 수필, 평론 등 여러 장르에 두루 걸쳐 자신의 사상을 담았다. 하지만 ≪창조≫ 이후에는 대략적인 장르의 구분이 이루어져서 박종화, 박영희, 김기진 등이 시와 소설, 혹은 평론과 소설을 동시에 쓰기도 했으나 주요한, 김소월, 이상화 등은 시를 썼고 김동인, 염상섭, 현진건, 전영택, 나도향 등은 소설을 썼으며, 이은상, 이병기, 조운 등은 시조를 썼다.[32]

이러한 장르의 구분은 작가의 지위가 그 이전과 같은 근대 사회 전체를 향한 〈교사〉 노릇으로부터 분야별 〈전문인〉의 지위로 변모해가는 것을 말해 준다.

1920년대 〈문화주의적 사회 참여〉가 식민 상황의 개선에 전혀 효력을 발휘하지 못하자, 많은 작가와 예술인들이 일제에 영합하긴 했어도 좌·우파에 걸쳐서 여러 작가들이 이 문제에 대한 인식을 갖게 되었으며, 진보적 성향의 작가들, 특히 카프의 활동은 근대의 진보주의 사상 운동과 그 흐름을 함께 했다. 이러한 점은 시대에 따라 약간의 편차가 있기는 해도 〈운동 개념으로서의 문학〉이 우리 문학의 천장을 때린 1980년대까지 계속해서 작가의 지위를 지도자적 위치에 올려놓은 부양 기능으로 작용했다.

(2) 문단 형성과 등단 제도

문단에서 신인을 등용하는 것이 등단 제도이며, 등용된 신인은 그 발전 과정을 통해서 문단 구성원이 된다. 근대적 신인 등단 제도로서 개화기 이래 1세기를 넘긴 우리 신문학은 다양한 신인 등용문을 마련해 왔으며 근래 이에 대한 본격적인 연구[33]가 시작되고 있다.

---

32) 이상선, 같은 책, 168.
33) 김춘희, 「한국 근대문단의 형성과 등단제도 연구」(동국대학교 대학원 석사학위논문, 2001)가 근래의 주목할 만한 논문이다.

우리 문학을 통시적으로 살펴볼 때 신인 등단의 방법 또는 유형에 있어 (1) 동인제, (2) 추천제, (3) 신춘문예제, (4) 대현상공모제, (5) 단행본제 또는 자비출판제, (6) 신인작품제, (7) 신인상제 등으로 구분된다.[34]

근자에 이르러서는 신인(작품)상의 남발과 질적 저하, 신춘문예의 퇴색과 퇴영성 등의 문제가 발생함으로써 문학인의 의식 개혁, 동인 활동과 지역 문화 활성화, 신춘문예제의 방식 개선 등 문제점 해소 방안이 제시[35]되고 있으나 그것이 범문단적 실천에 이르러 우리 문단의 신인 등단 제도를 교정해 나가는 데 미치기가 쉽지 않음은 주지의 사실이다.

개화기에 〈문단〉이란 용어를 선보인 잡지는 ≪소년≫으로서, 이 당시 문단의 의미는 일종의 〈독자투고란〉 정도였다. 당시 ≪매일신보≫에서 운영한 〈매신문단〉 역시 같은 성격으로 독자를 위한 문예 공간이었다. 이들 경우의 대상자는 전문 문인이 아니라 일반 독자였던 것이다.

그러나 1910년대 ≪청춘≫이나 ≪학지광≫ 등 계몽 잡지들을 통해 문인들이 활동을 시작하면서 소위 근대적 의미의 문단이 형성되기 시작하며, 1920년대 ≪창조≫, ≪폐허≫, ≪백조≫ 등 동인지 활동에 이르면 확고하게 문인들의 전문성을 담보하는 집단의 개념으로 자리 잡게 된다. ≪청춘≫이 현상문예제를 도입하고 ≪태서문예신보≫가 계몽지를 통해 등단한 문인들에 의해 순수문예 잡지로 만들어지며 ≪창조≫가 작가의 지위를 인정하는 제도적 규율을 행사하는 등의 사실들이 그 구체적 세부를 이룬다.

초창기 현상문예공모에 노력한 ≪소년≫은 창간호부터 〈소년문단〉 이란 투고란을 두고 〈신체시가 대모집〉을 행하기도 했다. ≪소년≫

---

34) 이명재, 한국적 문학제도의 재인식(II) 주제발표, 한국문학평론가협회, 2001.10.18.
35) 이명재, 같은 글.

에 이어 ≪조선문예≫나 ≪언문풍월≫ 등의 잡지가 1910년대에 현상문예를 실시했으며, 같은 시기 ≪태서문예신보≫는 〈작품첨삭부〉를 마련하여 전문성을 높였다. 특히 ≪태서문예신보≫는 시가와 소설뿐만 아니라 각본과 번역 작품까지 포함하여 그 응모 양식의 영역을 넓혔다.

1920년대 현상문예제를 본격화하여 등단 제도를 확립한 잡지는 ≪개벽≫과 ≪조선문단≫이었다. ≪개벽≫은 원고량을 확대하고 시와 소설, 소품 분야로 장르를 구분하여 전문화했으며, 희곡 분야도 모집했다. ≪조선문단≫은 신진 작가들의 등단 이후에도 이름 있는 심사위원들[36]을 통해 신인의 작품 활동을 지속적으로 후원하는 노력을 보였다.

잡지와는 또 다른 방식으로 신문의 경우 현상문예제는 ≪매일신보≫에 와서 체제가 확립되며, 1914년에 실시한 〈신년문예모집〉이 곧 신춘문예의 시발에 해당한다. 1920년대에 이르면 ≪매일신보≫를 뒤이어 ≪조선일보≫와 ≪동아일보≫가 현상문예를 실시하는데, 처음에는 한시나 시가를 중심으로 비정기적이었으나 1920년대 중반기부터는 지금의 신춘문예제로 정착시켜 오늘에 이르고 있다. 특히 동아일보의 경우 1926년부터 평론 분야를 모집하였으며, 이는 평론의 중요성, 즉 분야의 구분과 전문적 분화의 중요성을 인식한 처사로 이해된다. 그 외에도 ≪중외일보≫, ≪시대일보≫ 등이 비슷한 시기에 신춘문예제를 실시하였다.

1920년대까지 잡지와 신문이 분할하여 담당하던 신인 등단 제도는 1920년대 후반 ≪개벽≫과 ≪조선문단≫이 폐간되면서, 응모 작품이 대거 신문 매체로 몰리게 되고 1930년대 이후에는 신춘문예제

---

36) 1924년에 창간된 ≪조선문단≫은 ≪개벽≫과 대립적으로 순수문예지의 성격을 표방했으며, 심사위원으로는 주로 이광수가 소설을, 주요한이 시를 담당했고 이광수 이후에는 전영택이 이를 맡았다.

가 가장 유력한 등용문의 기능을 감당하게 되었다. 이 집중 현상을 다양화시킨 것이 등단 문인들이 동인을 결성하고 다시 잡지를 발간하면서 신인 등단의 기능을 마련한 현상이었다. 1930년에 창간된 시 전문지 ≪시문학≫, 1936년 서정주에 의해 창간된 시 동인지 ≪시인부락≫, 1939년 영문학 전공자인 최재서에 의해 창간된 ≪인문평론≫, 그리고 같은 해 이태준에 의해 창간된 ≪문장≫ 등이 바로 그 새로운 잡지들이다.

이와 같은 근대 문학 형성기의 신인 등단 제도는 작가의 사회적 지위와 관련된 근대적 성격을 〈작가 되기〉의 현실에 반영하면서 시대적 성격과 결부된 제도화의 길을 걸어왔다. 등단 제도는 단순히 하나의 관문으로 그치는 것이 아니며 동시대 문단의 형성과 유지, 더 넓게는 근대 이후 문학 제도 확립과 운용이라는 큰 그림의 바탕이 되었던 것이다. 동시에 그렇게 형성된 문단 또는 문학 제도가 다시 등단의 형식에 영향을 미치는 원환의 맞물림 작용을 계속함으로써, 등단 제도를 하나의 중요한 문학 제도로 인식하게 한다.

(3) 문학적 평가 및 포상 제도

근대적 문학 제도에 있어 〈포상〉이라는 문제는 기본적으로 신인 등단 제도와 기성 문인에 대한 평가의 방식으로 대별된다. 그런데 신인의 경우에는 그를 문단의 일원으로 받아들인다는 〈자격 부여〉의 포상과 현상문예제가 언표하듯이 〈상금 수여〉의 포상이 함께 있는 것이며, 그러한 측면에서 앞서 서술한 신인 등단 제도와 내용에 있어 겹치는 부분이 많다. 기성 문인의 경우에는 근대적 시기에 있어 포상의 기회가 신인 등단에 비해 상대적으로 적었으나, 동시대 문학에 이르기까지 포상의 규모가 점차 확대되고 상금도 수천만 원에서 1억 원대에 달하는 놀라운 신장을 보이게 되었다.

이러한 현상은 근대성에 있어 산업 자본의 형성이라는 항목과 수상 작품의 유통을 통한 소비(독서)의 증가라는 항목이 세력을 얻고 있음을 증거하는바, 근대적 문학 포상 제도에 근대성의 특징적 면모들이 어떻게 개재하는가를 보여주고 있는 셈이다.

근대 문학에 있어 최초로 포상 제도의 명목을 공시한 것은 1908년 1월의 《장학월보》이다.[37] 이 포상의 항목을 보면 현상문예가 논설과 소설뿐 아니라 사조(詞藻)와 작문·역사·지리·산술까지 포함된 현상학술집의 형태를 띠고 있다. 그러나 포상금의 금액에 있어서는 논설과 소설의 1등이 각 10환, 2등이 각 5환, 3등이 각 3환이며 사조는 등위대로 5환, 2환, 1환이며 작문·역사·지리·산술은 등위대로 3환, 2환, 1환의 계량을 보여 논설과 소설이 당대의 중요한 장르로 인식되고 그만큼 금액도 높았다는 사실을 알 수 있다. 이 두 장르가 개화 세대를 향한 교훈으로서의 사회적 역할에 있어서는 물론 당시 본격적인 형성을 보이기 시작한 자본주의적 시각과 그 상업적 판단에 있어서도 중요한 위치를 차지했던 것이다.

신문으로는 《매일신보》가 1910년 12월 〈신시현상모집〉을 실시하면서 〈현상〉이란 용어를 처음 내걸고 있는데, 당시의 신시는 형식적인 탈바꿈을 한 최남선류의 신체시가 아닌 한시를 이르는 것으로 그 내용의 〈새로움〉을 요구하는 수준이었다. 상금은 갑상(甲賞)이 50전으로 그다지 많은 액수는 아니었다. 그런데 1912년 《매일신보》의 현상모집을 보면 현금 대신에 신문구독권을 주기로 하고 우등에 6개월, 1등에 3개월, 2등에 2개월, 3등에 1개월분으로 책정하고 있어 신문사 경영과 포상 문제를 결부시키는 근대적 의식, 곧 상업적 전략을 보이고 있다. 그러나 최초의 신문 연재 장편소설 현상인 〈현상소설모집〉에서는 그 상금을 무려 150환이라는 거금을 내걸고 있

---

37) 김영철, 『한국근대시 논고』(형설출판사, 1988), 13쪽.

어 포상의 의미를 극대화하는 한편, 연재소설의 독자 수용에 대한 상업적 전략이 질적인 변모를 보이고 있었음을 추론하게 한다.

이 포상금의 값어치를 객관적으로 계산해 보기 위해 당대의 일상 생활비에 대한 통계 자료[38]를 원용해 보면, 1906년에서 1910년까지 임금 평균은 인력거꾼의 일당이 75전, 목수가 82전, 석수쟁이는 86전이었다. 목수의 일당을 구매물가로 환산할 때 쌀은 1.12말, 계란은 55개, 쇠고기는 2.5근을 구입할 수 있는 돈이었다. 이렇게 보면 초기 문학 포상금은 미미한 수준의 경제적 가치에 머물렀으나, 〈현상소설모집〉이 얼마나 큰 모험적 시도였는가를 알 수 있다.

1920년대 종합문예지인 《개벽》의 현상문예 포상금은 논문 1등이 8환, 2등이 5환, 3등이 잡지 6개월분이었으며, 소설 1등이 10환, 2등이 6환, 3등이 잡지 6개월분의 수준이었다. 이는 여전히 포상금으로서는 미미한 수준이었으나 《매일신보》의 경우에는 차츰 차원이 달라지기 시작했다. 1938년 포상금으로 무려 1,000환의 대금을 내걸고 모집한 현상소설에 박계주의 『순애보』가 당선되면서, 현격한 상업적 측면의 적극성을 보이게 된다.[39] 이는 작가를 당대 최고 인기 작가의 대열에 올려놓으면서, 오늘날 우리가 볼 수 있는 신문 연재소설의 여러 가지 장·단점을 함께 배태시키는 역할을 맡게 된다.

1930년대 들어 《조선일보》, 《동아일보》, 《중앙일보》 등의 신춘문예는 대표적인 문학 포상 제도로 자리 잡게 되는데, 1924년 동아일보의 〈현상문예대모집〉은 그 상금을 1등 500환, 2등 200환, 3등 100환으로 책정하였다. 그러나 신춘문예의 경우에는 1등 50환, 2등 25환, 3등 10환으로 낮은 수준이었다. 이 금액의 다과가 꼭 그대로 적용되는 것은 아니지만, 이는 신문과 신문소설에 대한 대중성 및 상업성 확보라는 전략과 〈사회의 공기(公器)〉로서 신문이 지향하는

---

38) 통계청, 『통계로 본 개화기의 경제·사회상』(1994), 92쪽.
39) 한원영, 『한국근대신문연재소설 연구』(이화문화사, 1966), 461쪽.

지도력의 준수라는 전략이 함께 부각되는 본보기라 할 것이다.

이와 같은 문학 포상 제도의 순수성 또는 상업성에의 인식과 그 제도화는 해방 이후 점진적으로 늘어나기 시작한 여러 가지 포상 제도의 형태에 반영되었으며, 특히 상업성에 경도하는 문제는 오늘날 이 제도의 심각하고 중대한 문제적 상황을 불러오는 지점에까지 이르렀다. 그러나 그 해방 이후 현재까지의 포상 제도 문제는 역시 지면을 달리해 논의해야 할 과제이다.

(4) 문학 저널리즘으로서의 신문·잡지

〈문학 저널리즘〉이라 할 때 〈저널리즘〉이란 용어는 원래 광범위한 의미를 갖고 있다. 넓게는 모든 대중 전달 활동을 의미하여 비정기적인 것, 출판문 이외의 비인쇄물에 의한 것, 내용적으로는 단순히 오락, 지식 등을 제공 전달하는 경우까지도 포함할 수 있는 말이지만, 여기서는 〈정기적인 출판물을 통하여 시사적인 정보와 의견을 대중에게 전달하는 활동, 구체적으로는 신문과 잡지에 의한 활동〉[40]에 국한하여 사용하기도 한다. 따라서 개화기 직후 신문과 잡지에 나타난 문학의 양상을 개괄적으로 살펴보는 데 그치고자 한다.

개화기 문학은 그 이전의 문학 창작과는 달리, 구비전승이나 필사에 의한 소극적 양식을 탈피하여 활자화된 대중 매체에 의해 실현되고 있다. 즉 저널리즘에 의한 문학 창작이 활성화되면서 문학의 대중화 현상이 두드러지게 된다.[41] 이처럼 문학과 저널리즘이 밀접한 상관성을 갖게 된 것은 문학으로서는 신문과 잡지 이외의 마땅한 발표 지면을 확보할 수 없었고 잡지 또한 문학을 통해 개화 세대를 향한 계몽의 목소리를 내는 것이 가장 효과적이었다는, 상호

---

40) 『세계백과대사전』(민중서관, 1996).
41) 김영길, 「개화기 문학저널리즘의 형성과정 연구」(대구대학교, 1987).

보완적 성격에 의거해 있다.

이 시기의 신문과 잡지는 문예란에 일정한 분량의 지면을 배정하여 문학 저널리즘의 기능을 감당했던 것인데, 신문의 〈사조(詞操)〉, 잡지의 〈문원〉, 〈문예〉 등의 난이 곧 문예란이었다.

신문으로는 1896년에 창간된 《독립신문》을 필두로 하여 《황성신문》, 《제국신문》, 《대한매일신보》, 《대한민보》, 《만세보》, 《경향신문》, 《신한민보》 등이 모두 애국계몽, 항일비판, 민권신장 등을 목표로 하고 있었고 1910년 창간된 조선총독부 기관지 《매일신보》만이 친일 노선을 보여주었다. 이 가운데 《대한매일신보》는 1,000여 수의 시가를 게재했고, 《대한민보》는 150여 수의 시조를 게재하여, 신문 자체가 시가집·시조집의 성격을 띠고 있었다.

잡지는 1918년의 《태서문예신보》 이전에 발간된 것이 구한말 38종, 1910년대 34종으로 70여 종에 이르고 있으며 《태극학보》, 《대한유학생회학보》, 《대한학회원보》, 《대한흥학보》, 《학지광》 등이 해외 학술지의 면모를, 그리고 《서우·서북학회월보》와 《대한자강회원보》가 국내 학술지의 면모를, 그리고 《소년》과 《청춘》이 종합 교양지의 면모를 갖추고 있었다. 이 무렵의 잡지를 통하여 대략 50여 편의 소설을 발견할 수 있으며, 절반 이상은 작가의 실명이 밝혀져 있다. 그러나 무기명이거나 필명을 썼지만 본명을 알 수 없는 경우는 대체로 그 잡지의 편집자인 것으로 추정된다. 더불어 이 시기 소설 가운데 작가 미상이 많은 것은 수준 낮은 소설로 대중적 판매를 겨냥했던 세태가 반영된 측면이기도 하다.

신문과 잡지 외에도 문인들에 의해 결성된 문학 동인과 그들에 의해 발간된 동인지가 있으나, 이에 대해서는 앞서서도 대체적인 언급이 있었으므로 여기에서는 생략하기로 한다.

(5) 개화기와 일제하의 문학 교육 제도

우리의 근대적 교육의 시작은 개화기 이상으로 거슬러 올라가기 어렵다. 고종 13년(1876)에 일본과 수호조약을 맺고 나라의 문호를 개방함으로써 국제 사회의 일원이 되자, 무엇보다 시급한 것이 통역자의 양성이었다. 그리하여 당시 정부의 외교 고문이었던 묄렌도르프 P. G. von Möllendorf에 의해 성립된 〈통변학교〉가 근대적 교육 기관의 시초라 할 수 있다.

그 이후 외국 선교사들에 의해 설립된 이화학당, 배재학당, 경신학교를 비롯하여 주요 도시에 남·여 학교들이 설립되었으며, 1886년 정부에서는 〈육영공원(育英公院)〉이라는 귀족 학교를 세웠는데 이것이 최초의 근대적인 국립 교육 기관이었다.

한일합병 이후 일제 시대에는 〈조선교육령〉을 중심으로 식민지 교육 정책이 실시되었는데 이것은 네 차례에 걸쳐 개정되었다.

제1차 조선교육령 시행기(1911)에는 한국 민족의 우민화에 그 정책적 중점이 있었고, 제2차 조선교육령 시행기(1922)에는 문화적 회유책을 취했으나, 근본적인 피지배 민족화로서의 교육 정책에는 변함이 없었다. 제3차 조선교육령 시행기(1938)에는 중일 전쟁·태평양 전쟁 수행을 위하여 한국의 인적·물적 자원을 침략 전쟁에 이용하려는 목적으로 교육 기회를 어느 정도 확대하였다. 그러나 제4차 조선교육령 시행기(1943)에는 교육 체제를 전시 체제로 전환하고, 군사교육·근로교육 및 학병징집 등을 강행하면서 민족말살을 위한 황국신민화 교육 정책을 자행하였다.[42]

이 시기에는 식민지적 상황에 대한 전제를 제외하고서도 문학 교육에 대한 의식적 배려가 없었으며 더욱이 문학 교육의 성격 정립

---

42) 이형행, 『교육학개론』(양서원), 68-70쪽.

이나 방법론상의 문제에 관한 언급은 찾아볼 수가 없다. 이는 무엇보다도 근대 국가 운영에 필요한 인력을 급히 배출하고자 한 당시의 교육 정책 혹은 시대 상황과 더불어서 문학 교육의 재료가 될 근대적인 문학작품이 충분히 생산되지 못했다는 점에 기인한다고 볼 수 있을 것이다.[43]

3·1 운동 이후 1920년경에는 교과서에서 다루고 있는 문학작품이 다양다채로워졌으며 문학 학습의 요지나 의미에 관해 언급하고 있다. 그러나 1930년대에는 문학작품의 다채성은 그대로 두고 일본적 작품으로 대치되었고 일본화의 작품 그리고 전시문학적인 것으로 그 체질이 바뀌었다. 이를 정리하면 다음과 같다.[44]

1) 개화기/통감부 시기(1895)
·교육 과정의 목표: 새로운 교육에 주력하여 자주 국가로서의 기초 확립. 일본어 필수 과목 지정 및 사립 학교 파악
·교과서에 수록된 문학작품의 구분: 전기문학, 우화문학, 의인문학, 이야기문학, 소년소녀 소설문학

2) 제1차 조선교육령 시기(1911)
·교육 과정의 목표: 충량한 국민과 민도에 맞는 교육
·교과서에 수록된 문학작품의 구분: 우화문학, 설화문학, 속담문학, 고전소설문학, 창가문학, 전기전설문학

3) 제2차 조선교육령 시기(1922)
·교육 과정의 목표: 회유적 문화 교육 및 실업 교육

---

43) 박붕배, 「일제하의 문학운동과 문학교육양상 분석조사연구」, 『서울교육대학교 논문집』, vol. 20, 1987, 16쪽.
44) 박붕배, 같은 글, 33-34쪽.

・교과서에 수록된 문학작품의 구분 : 우화문학, 속담문학, 민담설
화문학, 시가문학, 기행감상문학, 전기문학, 희곡문학, 고전 문학, 꽁
트문학, 일기문학

4) 제3차 조선교육령 시기(1938)
・교육 과정의 목표 : 신동아 건설을 위한 일본인화 교육

5) 제4차 조선교육령 시기(1943)
・교육 과정의 목표 : 황국 의도에 따른 군사 교육

상기 교육 과정의 목표와 교과서에 수록된 문학작품의 구분을 보
면, 일제 말기의 문화 정책 표방에도 불구하고 문학작품 교육은 조
선문학이 일본문학으로 대체되고 외형과는 다르게 실제적인 식민
교육의 강화가 이루어지고 있음을 알 수 있다.

이 근대적 문학 교육은 우선 〈문학〉을 〈교육〉에 대입한다는 인식
자체가 부족하였고, 마땅한 교육 자료로서의 문학작품이 많지 않았
을 뿐 아니라, 식민 교육으로 인해 주체적인 문학 교육의 시도조차
어려웠던 매우 궁핍한 사정에 있었다. 이러한 문학 교육 제도의 발
생론적 문제점이 미 군정기와 해방 공간을 거쳐 현대 교육에 이르
도록 적지 않은 잔재를 남기고 있으며, 그 과제는 앞으로도 우리 문
학 교육이 예리한 경각심으로 풀어나가야 할 형편이다.

4 마무리

서두에서 언급한 바와 같이, 이 글은 근대성의 개념과 더불어 우
리 근대 문학의 미학적 가치를 검토하는 데 주안점을 두지 않았다.

이 글은 근대성 개념의 적용 방향을 칼리네스쿠Calinescu가 구분한 바 〈사회·역사적 근대성〉에 두고, 개화기와 일제 강점기 그리고 분단 시대를 예정하는 근대의 시대사적 실상을 문화 및 문학 현상에, 또 문학 제도에 대입해 보는 시도였다. 그러한 까닭으로 여기에서는 개인적 자각과 자의식, 문학의 개별적 가치와 성과보다는 전체적이고 공동체적인 시각을 통시적으로 운용할 수밖에 없었다.

기실 근대 사회와 근대 문학의 개념을 규정하는 데 있어 이러한 논의의 방식은 구체적인 작품의 내용으로 뒷받침되지 못하기 때문에 논의 그 자체만 무성한 모호하고 추상적인 결론에 도달할 가능성이 많다. 대표적인 사례가 근대 문학의 기점 문제에 관한 것인데, 근자의 논자들이 그 시기를 17세기까지 끌고 올라가는 것은 논리적 설명으로서는 가능하되 작품의 실제로서는 이에 미치지 못하는 것이다. 보다 거칠게 말하자면, 그것은 근대 정신의 기점에 관한 논의이기 쉬우며, 직접적인 근대 문학의 논의이기는 어렵다 할 터이다.

그러나 그럼에도 불구하고 근대 문학의 기점에 관한 통시적 논의는 근대의 사회적 성격이 문학으로, 또는 삶의 실상으로 반영된 경과를 체계화하고 범주화하는 일이므로 이를 경홀히 할 수 없다. 근대 문학의 기점은 동시대 문학에 이르기까지 문학의 지속적인 진행 과정을 상정하는 것이며, 그 진행 과정이 시·소설·비평의 실제를 통하여 어떻게 드러나는가를 살펴보는 시각은 곧 기점 문제를 비롯한 근대성의 개념을 구체화하여 확립하는 것이 된다.

근대성, 근대적 정신, 근대 문학의 특징적 성격에 연관된 근대적 문학 제도는 작가의 사회적 지위, 문단 형성과 등단 제도, 문학적 평가와 포상 제도, 문학 저널리즘으로서의 신문·잡지, 개화기와 일제하의 문학 교육 제도 등 모두 5개 항목에 걸쳐 고찰되었다. 그 시기는 대개 개화기에서부터 해방 이전까지로 되어 있으며, 각 항목마다 앞서서 살펴본 근대성의 특징적 성격들이 어떻게 반영되어 있는

가를 주된 논의의 시각으로 했다.

이 문학 제도들은 그것을 이루어간 개화·계몽 시대 이래의 선각적인 문인들의 의식을 담고 있으며, 이 글에서 점검된 바와 같이 시대사적 의의와 극복할 수 없었던 한계를 동시에 보여주고 있다. 특히 이 문학 제도들은 식민 시대의 암울하고 궁핍한 상황이 절대적인 환경 조건으로 작용하고 있는 가운데, 하나의 긴 터널과도 같은 〈근대〉를 통과하여 동시대의 문학과 문학 제도에 이르는 징검다리의 기능을 담당하고 있다.

향후 이 근대적 문학 제도의 통시적 중계 역할, 즉 고대 문학과 동시대의 문학을 연계하는 역할에 대한 문학 내·외적 연구, 그리고 문학 제도와 문학의 내용이 형성하는 상관 관계에 대한 연구들이 과제로 남아 있다고 본다.

일제 강점기 한국문학의 만주 체험

── 김창걸의 작품을 중심으로

1 재만 한국문학의 형성과 배경

1910년 한일합방 이후 1945년 8·15 해방에 이르는 36년간의 일제 강점기는 동아시아의 여러 나라들과 마찬가지로 한국에 있어서도 근대사 최대의 수난기였다. 이 시기에 일제는 식민지 통치 과정 중 헌병과 경찰의 무력적인 위협에 못지않게 한국인의 역사와 문화를 저열화하는 데 중점을 두었다.[1]

합방 이후 바로 시작된 토지조사사업(1910-1918), 1920년부터 식민 통치 거의 전 기간에 걸쳐 실시된 산미증식계획(1차 1920-1925, 2차 1926-1934, 3차 1939-1942) 등 탄압과 수탈 정책에 따라 한국의 농촌과 농업 경제는 철저히 파괴되었고 구조적인 몰락 과정으로 접어들게 되어 만주로의 이주민 수가 해마다 증가하게 되었다.[2] 또 1920년대와 1930년대에 한반도를 대륙 침략을 위한 병참기지화하면서, 한민족이 한반도 내에서 정상적인 삶의 터전을 유지하기가 극히 어려워지자 만주 이주는 더욱 가속화되었다.

한민족이 만주로 이주하기 시작한 것은 대체로 16세기부터였고,

---

1) 신용하 외, 『일제 강점하의 사회와 사상』(신원문화사, 1991).
2) 현규환, 『한국유이민사』(어문각, 1967).

1869년과 1970년에 걸친 대흉년을 맞이했을 때 두만강을 건너가 농사를 짓기 시작한 것을 대량 이주의 계기로 본다.

만주 이민사를 살펴보면 그 첫 단계는 흔히 〈월경이민시대〉라 일컬어지는 조선 말기부터 3·1 운동 직전까지이다. 조선조 봉건 관료에 의한 엄격한 월경 금압책에도 불구하고 19세기 중엽 이후부터 만주로 이주해 가는 이들이 많았으며 이에 따라 금압 일변도의 조선 변방정책도 방향 전환을 단행하기에 이르렀다. 3·1 운동부터 만주사변(1931) 직전까지는 〈망명·유랑이민시대〉라 할 수 있는데 이 시기의 만주 유이민 격증 현상은 그 이민 동기의 정치적 측면을 강력히 뒷받침해 준다. 만주 유이민사의 마지막 단계는 〈정책이민시대〉로 만주사변에서 해방까지로 볼 수 있다. 일제의 식민 정책에 의해 이른바 〈만주개척단〉이라는 허울 좋은 이름 아래 조직적인 축방 정책의 희생물로 유이민이 일본 제국주의 중국 침략의 값싼 전위 부대로 떨어지기에 이르렀다.[3]

사정이 그러한 만큼, 만주 이주민의 삶은 한국에서의 어려움을 극복한 차원으로 나갈 수 없었고 그 역시 수난과 고통의 연속이었다. 거기에다 중국의 관군 및 중국인 지주와 마적들에게 당하는 정신적 경제적 피해 등 재만 한국인의 참상은 필설로 형언하기 어려운 것이었다.

일제 강점기 한국문학의 만주 체험, 곧 재만 유이민 한국문학의 발생 배경은 이처럼 참담한 상황이었다. 1936년 말 통계에 따르면 만주 이주민 수가 88만 8천여 명에 달하며, 이들은 거의 이주 농민들이었다. 이들이 형성한 공동체적 삶을 바탕으로 한 문학적 시도와 성과를 확인하게 되는 것은 만주사변과 만주국 건설(1932년) 이후에 이주한 지식인들에 의해서였다. 재만 한국문학은 그 지식인들,

---

3) 임종국, 『일제 침략과 친일 군상』(청사, 1982).

곧 문화인·지식인 또는 문학도·작가라고 불리는 사람들에 의하여 진전되었다. 진작부터 문학에 뜻을 두고 있던 이들은 교사나 신문기자로 근무하는 한편, 문학 운동을 펼쳐나갔던 것이다.[4]

이들의 문학 활동이 본궤도에 오르게 된 경과에 대해서는 안수길이 쓴 「간도 중심의 조선문학 발전과정과 현단계」[5]에 상술되어 있거니와, 문예동인의 모임인 〈북향회〉가 조직되고 문예동인지 《북향》이 발간되었으며 또 《만선일보》를 중심으로 망명문단이 형성됨으로써 한국문학의 유다른 작품 생산 계열이 형성되기에 이르렀다.

2 재만 한국문학의 의의와 작가들

재만 한국문학의 형성 과정에 비추어 이들의 문학이 우선 이주민들의 고난상을 담는 데서부터 출발한 것은 당연한 일이다. 이러한 제재는 김동인의 「붉은 산」, 최서해의 「탈출기」, 안수길의 「새벽」, 강경애의 「원고료 이백원」 등 만주 체험을 담고 있거나 만주를 창작 생산지로 하고 있는 작품들에 광범위하게 산포되어 있다.

다음으로 이들 재만 지식인 또는 문인들이 민족적 현실에 대한 울분과 비판의식을 작품에 수용하는 문제인데, 이는 기실 재만 한국문학의 운명과 그 명암을 가름하는 분기점이 된다. 여기에 이들의 문학이 가진 의의와 성과, 그리고 한계성과 주변성이 결부되어 있기 때문이다.

안수길이 주축이 되어 문예동인지 《북향》이 발간되고, 기성 작가로서 만주에 이주해 온 염상섭·박영준·박계주·박화성·강경애·현경준 등이 활동하면서 문단이 활성화되었으며, 《북향》의 소

<hr>

4) 채훈, 『재만한국문학연구』(깊은샘, 1990).

5) 《만선일보》, 1940. 2. 2.

멸 이후 ≪만선일보≫를 중심으로 신춘문예 공모와 재만 조선인 작품집 『싹트는 대지』의 발간(1941) 등 일련의 문학적 판도가 형성된 것은 적잖은 의의가 있다.

이 지역에 살고 있던 각 민족의 작가들은 각기 자기들의 언어로 작품을 썼다. 한국문학의 작가들도 국내에서 한국어의 사용이 금지되고 ≪동아일보≫와 ≪조선일보≫가 폐간되었으며 남아 있는 문학이 친일노선 일색이던 때에도 1945년 해방까지 비교적 자유롭게 모국어의 사용과 비판의식의 일단을 내보이는 창작을 수행할 수 있었다.

해방 직전까지 이 일대에 2백만을 웃도는 한국인이 만주를 〈제2의 고향〉 또는 〈북향〉이라 부르며 살고 있었으며, 재만 한국문학이 이들 삶의 정서를 문학화하는 한편 모국어의 사용과 유지에 일익을 맡았던 사실은 결코 과소 평가될 수 없다. 이러한 문학적 전통 그리고 모국어의 전통은 오늘날 연변 조선족 자치주의 모국어 사용에까지 이어지는 역사적 통시성을 갖는다고 할 수 있겠다.

이들의 작품이 농민소설의 독특한 진전을 이루었다거나, 국내의 문학이 암흑기로 접어든 1940년 이래 해방을 맞은 1945년까지의 한국 현대소설사의 공백을 메웠다는, 즉 1940년 이래 한국문학이 암흑기 혹은 공백기라고 말한 백철의 견해에 반하여 〈40-45년대의 한국문학사는 간도 중심으로 다시 써야 한다〉[6]는 오양호의 주장 등은 바로 그 의의를 말하고 있는 것이다.

그러나 주요 작품 발표 무대였던 ≪만선일보≫의 발간 배경 및 편집 방향, 특히 일본 관동군의 조종에 의한 만주국 국책 선양지인 이 신문의 학예면에 의존할 수밖에 없었던 당시의 사정은, 곧 재만 한국문학의 떨쳐버릴 수 없는 한계를 동반하고 있었다. 그렇기에 김윤식은 ≪만선일보≫가 가진 이와 같은 언론 기관으로서의 성격을

---

6) 오양호, 「간도 연구의 의의와 민족사적 재인식」, ≪중앙일보≫, 1982. 11. 1. 이 논의는 추후 『한국문학과 간도』라는 저서로 확대된다.

지적한 다음, 〈그러한 정책 수행의 홍보를 맡은 곳이 《만선일보》인 만큼, 《만선일보》의 이러한 성격을 파악하지 않고는 거기에 실린 작품의 본질이 충분히 설명되지 못할 것이다〉[7]라고 설명하고 있다.

이처럼 재만 한국문학이 가진 긍정적 측면과 부정적 측면은 각 작가의 작품성향에 반영되어 그 명암을 구분하게 하거니와, 그러한 대목은 한국문학사의 전체적인 논의 속에서 보다 체계적으로 탐구되어야 하리라 본다.

이상에서 살펴본 〈북향회〉와 《북향》 그리고 《만선일보》 중심의 재만 한국문학에서 안수길이 주도적 역할을 담당해 온 것은 익히 알려진 바이다. 그러나 안수길과 같은 문학사적 조명을 받지는 못했지만, 간과할 수 없는 중요성을 가진 작가로 강경애와 김창걸을 들 수 있다.

강경애는 재만 기간 이전에 이미 기성문인이었으며 1931년부터 1942년까지 10여 년간 만주에 머무르면서 작품 활동을 했다. 《북향》 동인으로 참여하여 작품을 발표하기도 했고, 발표는 주로 국내에서 했지만 이 지역을 소설 공간으로 하는 20여 편의 작품을 창작하는 등 본격적인 재만 작가의 호명을 얻을 만하다. 특히 당대에 드문 여류작가로서 일정한 시대적 비판의식이 함축된 작품을 남겼다. 이는 강경애가 《만선일보》를 발표 지면으로 활용하지 않았다는 사실과도 관련이 있을 터이다.

김창걸은 아직 본격적인 연구가 진척되지 않은, 그러나 재만 한국문학의 가치를 인정하고 이를 새롭게 들여다볼 때에는 반드시 확대해서 살펴보아야 할 작가이다. 무엇보다도 그는 그야말로 〈재만〉 작가이다. 앞서의 안수길·강경애를 포함하여 대다수의 재만 한국문학 작가들이 이 지역에서의 일시적인 체류와 체험을 작품으로 형상화

---

7) 김윤식, 『안수길 연구』(정음사, 1986).

하고 있고, 최서해와 같은 경우 귀국 후 만주 체험을 소설로 풀어내고 있는 반면에, 김창걸의 문학은 만주에서 시작하여 만주에서 끝난 것으로 만주라는 공간적 환경이 자기 체계 내에서 생산한, 이른바 토종성의 문학적 실과에 해당한다.

일제 말기(1936-1943) 그가 쓴 20여 편의 단편소설을 비롯한 40여 편의 작품은 모두 만주를 작품의 배경으로 하고 있으며, 만주의 이주민들이 당대에 겪어야 했던 시대사적 굴곡을 고스란히 끌어안고 있다. 그러므로 그의 작품은 그 시대의 정치·사회적 변화와 문학의 관계 양상을 확인할 수 있게 하는 충실한 자료로서의 기능을 갖는다. 일제하, 그리고 문화혁명 시기에 두차례에 걸친 그의 절필은 이를 단적으로 드러내주는 사례이다. 만약 한국문학이 해방 직전 재만 한국 문인들의 작품을 그 문학사의 한 각론으로 편입시키기를 요망한다면, 우리는 김창걸을 그 편입 작업의 유용한 지렛대로 선택해야 할 것이다.

3 김창걸의 작품과 시대사적 굴절

김창걸이 만주 유이민들의 고통스러운 삶을 소설을 통해 드러냄으로써 일제 강점기의 시대상을 뜻 있게 문학화한 작가임에도 불구하고 그동안 변변한 연구가 없었던 데는 두 가지 이유가 있다. 하나는 앞서 기술한 대로 이 시기의 재만 한국문학 전반에 대한 보다 적극적인 평가가 시도되지 않았던 까닭이요, 다른 하나는 김창걸의 작품을 용이하게 읽을 수 있는 자료 수득의 어려움 때문이었다.

현재 국내에 소개되어 있는 그에 대한 자료는 아래 세 가지 정도에 불과하며, 연구로는 채훈의 『재만한국문학연구』 가운데 김창걸 부분[8]이 살펴볼 만한 형편에 있다.

(1) 『싹트는 대지』(재만 조선인 작품집), 신경, 만선일보사 출판
부, 1941
(2) 『김창걸 단편소설선집-해방전편』, 심양, 료녕인민출판사, 1982
(3) 《만선일보》(영인본 전5권, 1939. 12.-1940. 9.), 서울, 아세아
문화사, 1988

『싹트는 대지』에는 김창걸의 작품이 「암야」 한 편만 실려 있어
사료적 가치가 덜하고, 『김창걸 단편소설선집』에는 1936년부터
1943년 사이에 쓴 소설 13편[9]과 수필 1편(「붓을 꺾으며」)이 실려 있
다. 그리고 《만선일보》 영인본에는 1940년에 연재 형식으로 쓴
소설 6편이 실려 있다.

채훈은 김창걸의 소설을 분석·설명하면서 그 성향을 처음 작품
을 쓴 1936년부터 1939년까지, 그리고 《만선일보》를 주요 발표지
면으로 한 1940년부터 제1차 절필에 이르는 1943년까지로 대별 양
분하고 있다. 이는 앞의 항에서 서술한 바 있는 《만선일보》의 편
집 방향이 외형적인 영향을 미쳤다는 사실을 작품을 통해 확인할
수 있게 하는 대목이다.

여기에서는 그 구분의 대강을 그대로 수용하면서 구체적인 작품
분석을 통해 이를 보다 정치하게 고찰해 보려 하며 동시에 이를 해
방 후 작품의 자료 확보와 분석 및 평가를 위한 사전 준비로 치부
하려 한다.

『김창걸 단편소설선집』의 서두에 붙어 있는 「작품집을 내면서」와
말미의 「작가소개」를 보면, 해방 이후 김창걸의 행적과 더불어 「새
로운 마을」, 「마을의 승리」, 「마을의 사람들」, 「행복을 아는 사람들」

---

8) 채훈, 앞의 책. 여기에는 소략한 김창걸론과 관련 자료, 「소표」, 「두번째 고향」, 「강
   교장」 등 3편의 단편과 자전적 수필 「붓을 꺾으며」가 수록되어 있다.
9) 이 13편의 소설 속에는 「암야」를 개제한 「지새는 밤」이 포함되어 있다.

등 창작 활동을 했음을 알 수 있다. 그러나 연변대학 조선어문학부에서의 〈긴장한 교수사업〉으로 하여 창작을 얼마 못하였고, 더구나 〈민족정풍〉과 〈문화대혁명〉으로 하여 붓을 꺾이우고 말았다는 기록을 찾아볼 수 있다.[10]

김창걸은 1911년 함경북도 명천군 출생으로, 여섯 살 되던 1916년 만주 길림성 연길현(당시 화룡현) 명동으로 이주했다. 룡정 대성중학을 중퇴했으며, 중학 시절부터 습작을 하여 당시 작문선생이 〈혁명적 시인의 색채가 농후하다〉는 평어[11]를 써주기도 했다.

그 후 7년간 연해주, 동북의 북부 지방, 조선의 서울과 북부 지방을 방랑하는 소위 〈인간대학〉 시절을 보내었고 방랑 생활을 마치고 돌아와 농사, 소학교 교원, 회사의 점원, 사무원 등으로 일했다.

이러한 그의 다기한 체험은 작품 속에 깊숙하게 반영되어 있으며, 특히 1936년 처녀작 「무빈골 전설」로부터 수년 간의 작품들에서 이주민들의 비참한 생활 형편 및 그 배경을 사실적이고 직설적인 필치로 고발하는 추동력이 되고 있다.

김창걸의 공식 데뷔 이전 첫 작품인 「무빈골 전설」에는 거의 모든 작가들의 첫 작품이 그러하듯이 그의 추후 작품 세계를 관측할 수 있게 하는 몇 개의 모티프가 숨어 있다. 이 작품은 간도 개척 초기 조선 사람들이 고생스레 살아온 이야기를 해달라는 청을 받은 〈박선생〉이 M 중학교 교장이었던 〈김약천 선생〉에게서 들은 이야기를 해주는 형식으로 되어 있으므로, 일종의 액자소설이다.

그 〈액자〉가 바로 억울하게 죽은 사람이 나타나 복수하는 이야기이다. 만주로 이주해 온 김서방이 지주 무빈에게 죽고 아내는 자살하게 되는데, 이는 곧 이주민의 궁핍한 삶의 실상을 대변한다. 그리고 귀신이 되어 복수하는 것은 그와 같은 방식이 아니면 복수 자체

---

10) 료녕인민출판사 편집부, 「작가소개」, 『김창걸 단편소설선집』(심양, 1982).
11) 김창걸, 「붓을 꺾으며」, 『김창걸 단편소설선집』(심양, 1982).

가 불가능한 당시의 빈천한 삶을 드러내는 것이므로, 이를 두고 사
실성 여부를 따질 필요는 없다 하겠다.

김창걸은 이 작품에서 만주 이주민들의 어려운 삶을 묘사하면서,
이주 초기 만주지방에 풍문으로 떠돌았을 법한 언사, 〈감자는 아이
들 베개만큼한 것이 호미 끝에 달려나오고 강냉이는 홍두깨 같은
이삭이 달리었다〉는 무지개 빛 소문이 얼마나 허망한 것인가를 잘
보여준다. 이주민들의 고달픈 삶을 실증적으로 표출하는 것은 이후
그의 작품 어디서나 등장하는 중심 주제가 된다. 동시에 그것은 만
주 토착 세력의 부당한 압박과 착취에 대한 비판의식을 내포하는
것이기도 하다.

다음으로 주목할 것은 그가 끈질기게 붙들고 있는 항일 저항의식
이다. 이 작품에서는 액자 속의 이야기를 들려주는 김교장이 어떤
교육자이며 어떤 독립운동가인가를 서두에서 서술하는 것으로 그치
지만, 이 저항의식은 다음 작품들에 있어서도 음성적으로 그리고 지
속적으로 작가의 정신적 행보를 암시하는 주요한 모티프가 된다. 이
것은 물론 창작의 무대가 만주였기 때문에 가능한 일이었다.

또 하나 이 작품의 주요한 시각은 민족공동체의 미래와 후대의
삶에 대한 각성된 의식이다. 유명이 다른 김 서방은 천 서방에게 혼
자남은 아들 쇠돌을 한 십년 거둬달라고 부탁하면서, 매우 의미 심
장한 말을 남긴다. 〈그 쇠돌이 말이우. 제 애비 에미가 어떻게 되어
죽었는지 여라문 살 되면 알려주오. 그놈애가 맹추면 몰라도 눈이
바로 박힌 놈이라면 어떻게 살아야 할지 알 것이요〉와 같은 언술은
당시의 국내 한국문학에선 찾아보기 어려운 표현이다.

그것은 이 작가가 가졌던 깨어 있는 의식의 다른 이름이다. 소학
교 교원으로서의 체험이나 문필가로서의 양심 등속이 이에 결부되
어 있겠거니와, 나중에 절필의 결심에 이르는 과단성을 보이는 것도
이와 같은 의식의 줄기를 놓치지 않고 있었기에 가능했을 터이다.

이러한 이주민들의 신산스러운 삶에 대한 비판의식, 일제의 우월주의와 차별화 및 민족 탄압에 대한 저항의식, 그리고 다음 시대를 염두에 둔 각성된 의식 등은 김창걸의 작품을 유지하는 주제들이며 비록 부분적이고 산발적인 형태이긴 하나 반복적으로 작품 속에 나타난다.

만주 토착 세력에 대한 비판의식은 이주민들의 삶의 토대와 그 성격에 대한 반성적 성찰에서 연유한다. 「소표」에서 송주사의 음흉한 계략이나 「두번째 고향」의 관청 문턱세 등은 부당한 환경의 구체적 사례들이다. 이를 적대적 대상으로 상정하고 그것을 인식의 차원에서 실행의 차원으로 옮겨야 한다는 비판의식이 없었다면, 「락제」에서 〈코아래 진상〉을 과감하게 내던져버리는, 그리고 「지새는 밤」에서 〈나〉가 〈고분이〉를 데리고 도망하려는 행위가 작품의 말미에 매설될 수 없었을 것이다.

일제의 탄압에 대한 저항의식은 작가가 끊임없이 자신의 민족적 정체성을 환기하고 있는 증좌에 해당한다. 「소표」 및 「두번째 고향」에서 배일사상의 책원지인 M중학에 대한 서술이나 의병대장 홍범도 부대로 가야 한다는 진술이 반복적으로 제시되는 것은 이를 잘 말해 준다. 또한 「기념사진」의 민족적 양심과 동맹휴학 및 동맹퇴학, 「그들이 가는 길」의 은인 세 사람이 보여주는 배일사상과 사회주의에의 경도 등도 이 작가가 스스로 창작 정신의 근저에 항일 민족의식을 침전시켜 두고 있음을 뜻한다.

다만 이 두 가닥의 비판의식과 저항의식이 함께 상승하여 공동체적 삶의 진로에 대한 각성된 의식을 담보하는 데 있어서는, 김창걸의 작품들이 허약한 면모를 보이는 데 그칠 뿐 견고한 문학적 성채를 형성하는 지점에 이르지 못했다. 당초 「무빈골 전설」에서 보였던, 아이의 장래에 대한 선언적 언표는 「소표」, 「기념사진」에서 〈주의자〉나 「그들이 가는 길」에서 〈걸을 길을 걸은 것〉 등의 개념으로 발전하고 있으나 구체적 실체로 적층되는 성과를 가져오지 못한 것이다.

물론 거기에는 충분히 납득할 만한 사유가 있다. 한 작가의 문약한 힘으로, 그리고 당대 재만 한국문학의 한정적인 힘으로는 시대적 상황의 장벽을 넘어서기에 역부족이었기 때문이다. 만약 그럼에도 불구하고 그 감금의 한계점을 넘어 각성된 의식으로 민족사적 저항성과 전망을 북돋운 작품의 생산이 있었더라면, 정말 재만 한국문학이 다시 평가되고 우리는 해방 직전의 한국문학사를 다시 썼어야 했을지도 모른다.

4 각성과 문제의식, 〈절필〉의 문제

1939년 초 김창걸은 ≪만선일보≫ 신춘현상문예에 응모하여 「학교를 세우고」라는 작품으로 당선된다. 이 문학적 계기는 앞서 기술한 바와 같이 신문의 편집 방향과 관련하여 그의 작품 세계에 큰 영향을 미친다. 작가 자신이 이에 대해, 〈아무래도 당선은 돼야 하리라고 생각한 나는 그 '비위'에 맞춰 쓰지 않을 수 없었다. 이런 '표준'으로 원고를 올리훑고 내리훑고 하면서 마치 현 사회가 '태평성대'인 듯이 묘사하지 않을 수 없었다〉[12]라고 적고 있다.

그래서 결국 〈필봉을 낮추어 쓰라. 발표될 가능성 여부를 생각해서 쓰라〉는 충고를 수용할 수밖에 없었다는 것이며, 그로 인해 그 다음의 작품들(1940-1941)에서는 문제성이 현저히 희석되는 사태가 발생하게 된다.

「세상 인심」에서는 그야말로 객관적인 세상 인심에 대해, 「청공」

---

12) 김창걸, 같은 글.

에서는 당국이 권장하는 아편 금연에 대해 쓰고 있으며, 「도망」에서
는 고향 사람 장사꾼 황 주사를 문제의 시발로 설정하고 있고, 「어
머니의 반생」에서는 어머니의 고달픈 생애를 가급적 객관적으로 설
명하려 한다.

그러나 김창걸이 그렇게 주저앉고 말았다면, 우리가 여기서 구태
여 그를 논의의 표면으로 밀어올릴 필요가 없었을지도 모른다. 그는
그 바닥에서 다시 반등의 정신을 가꾸었고, 1942년에 쓴 「강교장」과
1943년에 쓴 「전형」에서는 숨죽이고 있었던 강력한 문제의식을 되
살려내었다.

일제 강점의 막바지에 창작의 환경이 한층 가열한 상황으로 변하
고 있었기에, 이 작품들의 문제의식은 더욱 소중하다. 아울러 「강교
장」에 나타난 차세대를 향한 뜨거운 의식의 각성, 「전형」에서 볼 수
있는 웅숭깊은 해학과 풍자의 정신은 그간의 〈굴신〉을 석명하기에
족한 면모를 보이는 셈이다.

김창걸은 거기서 한걸음 더 나아간다. 1943년 겨울, 마침내 그는
〈절필사〉를 남기고 붓을 꺾는다. 그 이유는 많기도 하고 간단하기도
하다. 결정적 사건은 신문사의 요구에 따라 「대동아전쟁과 문인들의
각오」라는 4백 자 정도의 글을 쓴 것이었는데, 그로써 그의 해방 이
전 작품 활동은 막을 내리게 된다.

그의 절필이 〈절필사〉에서 보듯 반드시 항일투쟁의 한 방식인 것
은 아니다. 그러나 그 〈비위〉를 맞추는 문필을 계속할 수 없다는 결
심이 중요한 동기인 것은 분명하다. 바로 그것 때문이다. 이러한 작
가의 결단을 직접적으로 천명한 경우가 없는 터이기에, 김창걸은 재
만 한국문학, 더 나아가 한국문학 전반에 있어서 독특한 지위를 가
질 만하다. 그는 삶과 창작의 어려움이 언어의 도를 극한 시대에,
그 시대사의 굴곡에 대응하여 작품으로 시대사적 삶의 현장을 조명
한 증인이다.

한민족 문화권의 새로운 영역
—— 중국 조선족 문학

1 재외 한국문학의 개념과 그 의미

한국문학의 범위는 어디까지일까? 한국 내에서, 한국인에 의해, 한국어로 씌어지는 문학만이 한국문학일까? 재일 조선인 문학, 중국 조선족 문학, 러시아 고려인 문학 등은 한국문학과 어떤 상관관계에 놓여 있는 것인가? 이들을 재외 한국문학이라 호명할 때 그 개념과 의미는 어떠한 것인가?

기실 재외 한국문학에 관해서는 먼저 그 개념부터 살펴볼 필요가 있다. 이 문제와 관련하여 논자에 따라 여러 가지 견해가 있으며, 아직 객관적으로 검증되어서 개념이 확립된 지경에 이르지 못한 것이 사실이다. 따라서 여기에서는 이에 대한 논의의 최대공약수를 추출해 볼 수밖에 없다.

첫째, 〈재외(在外)〉라는 어휘가 표방하는 바와 같이 문학의 창작이 이루어지는 강역(疆域)에 대한 규정이 요구된다.

외교 통상부에서 발간하는 『외교백서』의 통계에 따르면 현재 재외 한국인의 숫자는 대략 530만 명에 이른다.[1] 그중 일본, 중국 등

---

1) 외무부, 『외교백서』, 1999년 판.

아주 지역에 270만, 미국, 캐나다 등 북미 지역에 180만, 브라질 등 중남미 지역에 10만, 독일 등 유럽 지역에 2만 5천 등의 분포를 보이고 있다. 이들은 모두 화려한 외형이나 순탄한 길을 따라 이주한 사례가 거의 없다. 격동의 근·현대사를 거치면서, A. 랭보의 표현처럼 〈저마다의 상처〉를 안고 모국을 떠났던 것이다.

재외 한국문학이란 결국 이들이 자리 잡고 있는 그 삶의 터전에서 솟아오른 문학적 산출이다. 재일동포, 중국 조선족, 러시아의 고려인, 미주 지역의 문인들 등은 그 작품에 있어서 그래도 어느 정도의 질적 수준과 양적 부피를 확보하고 있으므로 그들의 문학 자체가 일정한 논의를 형성할 수 있는 형편이다.

둘째, 문학의 창작자가 누구냐 하는 창작 주체의 문제이다. 재외한국문학이란 나라 밖에 있는 한국인, 곧 재외 동포가 쓴 문학을 말한다.

이때의 한국인이란 정치적 또는 법적인 지위를 말하지 않는다. 재외의 어느 문인이 살아가는 형편에 따라 살고 있는 그 나라의 국적을 취득하고 모국의 국적을 버렸을지라도, 문화적 의식적 차원에 있어서 한국인이기를 포기하지 않았다면 그가 쓴 문학을 재외 한국문학이라 부르지 못할 바 없다. 이는 범박하게 말하여 세계 각처의 한민족 문화권을 창작 주체를 중심으로 하나로 묶는 발상과 관련된다.

셋째, 한국문학이라 이름할 수 있도록 하자면 그 창작에 소용된 언어가 무엇이냐, 모국어로 창작된 작품에 국한할 것이냐, 아니면 모국어가 아니더라도 한국문학의 일반적인 주제와 정서 및 분위기 등을 끌어안고 있는 작품을 포함시킬 것이냐 하는 문제이다.

이 문제는 보는 시각에 따라 서로 상반되는 견해가 제기될 수밖에 없다. 예컨대 김은국의 『순교자』나 김석범의 『화산도』를 한국문학에 편입시킬 것이냐, 아니면 미국문학이나 일본문학으로서 한국을 소재로 한 작품으로 볼 것이냐 하는 논란이 된다. 언어의 국적에 무

게 중심을 두는 사람은 영어 또는 일본어로 씌어진 작품을 한국문
학의 울타리 안으로 끌어들이기를 주저할 것이다. 그러나 그 작품이
무엇을 중심 주제로 하느냐에 주목하는 사람은 그 태도가 이와 다
를 것이다. 그는 이렇게 반문할 수도 있다. 〈그렇다면 『순교자』나
『화산도』가 우리말로 번역된 것은 한국문학이 된다고 할 것이냐?〉

재외 한국인 문학에 관해 포괄적인 접근과 가치 평가를 시도하고
향후의 방향성에 대해 연구한 논자는 그다지 많지 않다. 그 가운데
서도 「재외 한국인 문학 개관」을 쓴 홍기삼 교수의 글은 여기에 하
나의 도론(導論)이요 지침에 해당하는 역할을 맡고 있다.[2] 더욱이
그가 내세운 〈한민족 문화권〉의 개념은 이제 본격적으로 활발히 논
의되어야 할 시기에 이르렀다.

그런데 우리가 한국문학의 영역 개념을 지나치게 경직시키는 것
이 그다지 바람직한 태도가 아니라는 조금 유연한 인식 방식에 동
의한다면, 다음과 같은 재일동포 작가 김석범의 논리는 경청할 만하
다. 재일 한국문학, 엄밀하게는 재일 조선인 문학의 대표적인 작가
김 씨는 자신이 일본어로 창작하는 문제에 대해 이렇게 말했다.[3]

재일 조선인 문학은 재일 조선인 문학인 것이다. 그런 것에 대해
서 장황하게 말할 여유도 없으나 재일 조선인 문학이 〈재일〉이라는
모순의 특이한 토양에 태어난 하나의 부성(負性, 마이너스적 성질)
을 짊어지고 있는 것은 틀림없는 사실이다. 나는 일본어로 쓰지 않
을 수 없으며, 또는 쓰지 않으면 안 되는 〈재일〉이라는 상황에 있기
때문에 쓴다. 재일 조선인이 존재하는 한, 재일 조선인의 일본어 문
학은 태어난다. 그것은 인간으로서의 존재의 소리이며, 문제는 그 재

---

2) 홍기삼, 「재외 한국인 문학 개관」, 『문학사와 문학비평』(해냄, 1996), 283-364쪽.
3) 김석범, 「민족허무주의의 소산에 있어서」, ≪三千里≫(1979, 겨울호), 87쪽. 인용문
은 홍기삼의 번역임.

일 조선인의 문학이 어떠한 성격을 가지고 어떠한 방향을 향해 가는 가라는 구체적인 것에 있을 것이다.

하류 이치로라는 일본의 비평가는 한걸음 더 나아가서, 〈그들의 문학이 통일된 조선문학의 귀중한 유산으로 평가되는 날이 반드시 온다〉고 단언하였는데, 이는 언어의 영역이 그다지 중요하지 않다는 인식의 추론적 전망에 해당한다.

그 외에도 누가 그 창작된 작품을 읽을 것이냐 하는 문제가 남아 있다. 이것은 수용자의 영역에 관한 문제이며, 앞서 하류의 주장은 이 수용자의 영역을 시기적으로 조금 먼 미래까지 확대하여 반영한 것이라 할 수 있겠다.

재외 동포의 문학을 우리 문학으로 받아들이는 문제와 관련하여, 중국 조선족 문학의 경우에는 그 현지에서 양의론(兩義論)을 채택하고 있음을 주목할 필요가 있다.[4]

조성일·권철 편 『중국 조선족 문학사』에서는 조선족 문학을 중국문학이면서 동시에 조선족 문학이라고 적고 있다. 그것의 외형은 중국문학이지만 본질은 조선문학이라는 양가적 가치 판단이다.

비록 창작의 강역이나 창작 주체, 사용된 언어 등에 결손 부분이 있다 하더라도 재외 한국문학을 우리 문학의 한 특수한 영역으로 받아들이고 인정하는 데 우리가 너무 인색할 필요는 없을 것이다. 오히려 그것을 적극적으로 확대 수용하고 과감하게 영역을 확장함으로써, 전세계적인 한민족 문화권을 형성할 수는 없을까 생각해 보는 것이 바람직하지 않을까?

---

4) 조성일·권철 편, 『중국조선족문학사』(연변인민출판사, 1990), 7-8쪽.

2 중국 조선족 문학의 성격과 현실

흔히 우리와 〈가깝고도 먼 나라〉라고 불리는 일본에는, 지금 60만을 넘어선 동포들이 살고 있다. 이들 가운데, 특히 1세대 중에는 일본에의 정착 과정이 평탄하고 좋은 빛깔인 경우가 거의 없다고 해도 과언이 아니다. 36년간의 식민 통치가 끝난 이후에도 그 나라에 남아서 살아야 했던 재일동포 한 사람 한 사람의 가슴속에는 남모르는 고뇌와 아픔이 숨어 있을 것이다. 이들은 모두 제국주의 침략의 여파로 저 난폭했던 식민주의의 희생자들이었다.

그렇기에 김석범, 이회성, 이양지, 양석일 등 일본 문단에도 널리 알려진 재일 조선인 문학자들의 작품 세계는 직·간접으로 그와 같은 구조적 지위에 대한 인식과 고통스러움을 내포하고 있다.

일본에 못지않게, 아니 그 분량에 있어서는 일본보다 더 많은 동포 문학이 중국 조선족 문학이다. 길림성, 흑룡강성, 요령성 등 중국의 동북 3성에는 2백만에 가까운 우리 동포가 살고 있으며, 길림성의 연변 조선족 자치주에만도 80만 가까운 동포가 살고 있다. 특히 그 자치주의 주도인 연길의 경우, 일상생활은 물론 문학의 공용 언어가 우리 한국어라는 점이 결코 예사로울 수 없다.

문화혁명 이전 중국작가협회와 같은 전국 규모의 문인 조직에 가입된 동포 작가가 수명에 불과하던 것이 1980년대 말에 이르면 무려 80여 명으로 급증하고 또 중국작가협회 연변분회의 회원수가 3백명에 이르렀으니 그 문학의 생산 분량 또한 미루어 짐작할 수 있다.

이 지역에서 사용되고 있는 우리말은 물론 현재 우리가 사용하고 있는 말과 여러 부분에서 다르다. 언어의 용법이나 표현 방식도 그러하고 때로는 감정적 절제가 부족한 대목도 많이 있다. 그러나 이들의 말과 문학이 우리 민족적 정서의 새로운 터전으로 발견되고 있음은 분명한 일이며, 우리의 공동체적 경험에 익숙한 절실한 체험들이 반영되어 있어서 각별한 주의와 보살핌이 필요하다 하겠다.

이들 가운데 가장 두드러진 성과로 알려져 있는 것은 김학철의 문학이다. 그는 1916년 원산에서 태어났으며, 학비 때문에 모국에서의 수학을 포기하고 상해로 갔다. 그 후 독립운동, 조선의용군, 중국 공산당, ≪로동신문≫기자, 다시 연길로 이주 등 파란만장한 근대사의 굴곡을 헤치며 살았다. 그의 대표적인 장편소설 『격정시대』[5]는 이러한 절박한 체험들을 바탕으로 하고 있다. 이 작품은 1993년 국내 출판사(풀빛)에서 상·하권으로 출간되기도 했다. 그에 앞서 1988년 장편소설 『해란강아 말하라』[6]도 국내의 같은 출판사에서 출간되었다.

사실 이들의 문학을 논의하기에 앞서 우리는 중국의 문화적 배타성과 소수 민족으로서의 역경을 이겨내면서 조선족의 생활사를 면면히 보존해 온 데 대해 동족으로서 경의를 표하지 않을 수 없다. 특히 모택동의 문화혁명 당시에는 소수 민족의 문화가 〈조국을 배반〉하고 〈수정주의에 투항〉하려는 것으로 매도되어, 많은 조선족 문인들이 옥고를 치르는 수난을 겪기도 했다.

조선족 작가들은 중국작가협회 총회에 적극적으로 참가하는 것은 물론, 이 지역에서 발간되는 전문 문예지만 해도 10종에 이르고 있다. 앞으로 이들의 작품을 우리 문학사의 한 각론으로 편입시키는 것 또한 남아 있는 과제의 하나라 할 터이다.

그런데 상기와 같은 재외 한국문학의 성격이 가능했던 것은 이들의 일상생활이 비록 사회주의 체재 내의 환경 조건을 무시할 수 없으며 중국을 조국으로 받아들이고 있다 하더라도 그 깊은 바닥에서 조선족으로서의 결속력을 소중히 여기고 무엇보다도 민족적 관습과 풍속을 끈질기게 보존하여 왔다는 사실 때문이었음을 인식할 수 있다.

---

5) 김학철, 『격정시대 상·하』(풀빛, 1993)
6) 김학철, 『해란강아 말하라 상·하』(풀빛, 1988)

이와 같은 사실들이 작품 내재적 상황이야말로 그들의 삶에 대한 진솔한 기록이며, 소수 민족으로서 겪어야 하는 적지 않은 불이익이 상존함에도 불구하고 조선족의 전통과 습속에 대한 긍지를 오히려 우리보다 더 강도 높은 수준으로 간직한 성과임을 알 수 있다.

이러한 사실은 우리에게는 적잖은 감동이자 놀라움이다. 연변 지역 한인 자치주의 상용어는 한어가 아니라 우리말이고, 길거리의 간판이나 서류의 기록도 모두 우리말에 한어를 병용하고 있다. 이것이 단순히 중국인들의 아량을 말해 주는 것일까? 아니다. 우리의 동족들이 우리말을 지키고 닦아나가야 한다는 의욕과 확신이 없었다면 당초에 불가능한 일이었을 것이다.

그렇다면 조선족들만이 일정한 사회와 국가를 이루고 살아가는 기득권을 거리낌없이 향유할 수 있었던 우리는 과연 그들에게 무엇을 해줄 수 있을 것인가.

서로 다른 국가 체제로 떨어져 있는 만큼 정치적 도움을 일방적으로 전달하기는 불가능하다. 또한 그것이 그렇게 중요하지도 않을 터이다. 우리가 보다 유의하여야 할 사항은, 이들이 온갖 난관 속에서도 훼손하지 않고 보존해 온 문화적 성과들을 우리 문화사의 한 각론으로 받아들이는 일이 아닐까. 좀 더 구체적으로 말하자면, 이들의 시나 소설 작품을 우리 문학사의 한 부분으로 편입하여 통시적이고 공시적인 의미 부여와 자리매김을 해주어야 한다는 뜻이다.

3 식민 체험과 동아시아 담론의 지평

일제 강점기의 구 만주는 한·중·일 세 나라에 있어서 역사적 비극과 아픔을 공유하는 공간이었다. 오늘날에 와서 새삼 이 대목이 문제가 되는 이유는 새로운 세기에 동북아 문명의 주역이라 할 세

나라의 진정한 화해 및 협력이 과거의 아픔을 묻어둔 현장에서 출발하는 것이 온당하겠기 때문이다. 과거의 역사에서 교훈을 얻지 못한다면 새로운 시대의 소망도 없을 터이다.

근년에 활발히 논의되고 있는 동아시아 담론, 곧 한국의 모방론, 중국의 특수론, 일본의 내화론 등을 포함하여 소위 〈아시아적 가치〉는 이 동아시아 지역 국가들의 문화적 성격과 깊이 관련되어 있다. 한·중·일 세 나라는 한문문화권 내지 유교문화권의 공유자이며, 역사적 시대적으로 상호간의 영향 관계를 충실히 고려하지 않으면 각 나라의 문화를 제대로 설명할 수 없을 정도로 긴밀한 상관성을 갖고 있는 형편이다.

구 만주는 일제 강점기에 세 나라의 국민들이 같은 공간에서 생활하면서, 복잡한 이해 관계를 생산하던 지역이다. 재만 한국문학은 바로 그 복잡다단한 역사 체험의 실체 가운데 하나이다. 이 만주 체험을 원형으로 한 세 나라 문학의 퇴적층을 세 나라에서 함께 탐사하며 그 접점을 검색하고 비교하는 일은, 오늘날 일정한 전망과 한계를 동시에 안은 채 발화되고 있는 동아시아 담론의 뿌리를 캐는 작업이 된다. 한국에서는 일부 학자에 의해, 동아시아 문학의 공통된 전개를 재인식하고, 세계문학사 이해의 유럽 문명권 중심주의를 시정하려는 시도가 이루어지고 있기도 하다.

세 나라 문학의 구 만주 체험은 근·현대사에 있어서 동아시아 문화권의 상호 영향 관계를 연구하는 중요한 텍스트가 될 것이다. 그 한 부분으로서 재만 한국문학에 대한 연구가 하나의 시금석이 되고, 그에 잇대어 중국 조선족 문학의 오늘을 면밀히 탐색하는 연구 작업이 활성적으로 이루어질 때, 재외 한국문학을 포괄하는 한민족 문화권의 영역이 넓어지고 우리는 식민주의의 오래고도 질긴 굴레를 탈피하는 정신적 충전의 공간을 마련하게 될 것이다.

1990년대의 사회사적 환경과 문학

1 삶의 지형학과 문학의 층위

1990년대의 사회와 문학에 대한 총론적 성격을 띠는 이 글을 시작하기에 앞서서, 먼저 다음과 같은 두 묶음의 원론적인 질문을 던져보는 것이 좋겠다.

첫째, 〈문학은 우리 삶에 있어서 과연 무엇일까〉 하는 질문이다. 이 복잡다단한 세상의 여러 가지 절목 가운데 문학의 몫은 무엇이며 그 자리는 어디일까? 문학이 우리에게 무엇을 해줄 수 있을 것이며, 우리는 문학을 통해 무엇을 절실하게 드러내고자 하는가?

이 질문의 묶음은 삶의 현장과 문학의 반영 방식 사이에 일정한 상관성이 있다고 할 때마다 예나 지금이나 지속적으로 제기되는 쟁점들이다. 기실은 그럴 것이다. 인생이 짧은데 하물며 예술이 길 턱이 있을 것이며, 삶의 밑바닥에 뿌리를 내리지 못한 문학이 도대체 무슨 소용일 것인가?

그렇기에 동시대에 문학이 우리 삶의 결곡하고 핍진한 의식을 끌어안고 있다는 생각 아래, 문학을 통하여 삶의 진실을 찾아보고 또한 삶의 진실이 문학에 어떻게 갈무리되어 있는가를 찾아보려는 것이다. 이 시도는 문학과 삶의 지형학이 동일한 기준 위에 설 수 있다는 전제를 동반한다.

둘째, 〈1990년대는 우리에게 무엇일까〉 하는 질문이다. 1990년대 사회의 성격적 특성은 무엇이며 그것은 우리 삶의 어떤 부면을 바탕으로 하고 있는가? 또 1990년대의 사회를 반영한 문학은 어떤 외양과 내용으로 우리 앞에 출현하고 있으며 그것은 전 시대의 문학과 어떤 공통점 및 변별점을 갖고 있는가?

이 질문의 묶음은 동시대의 문학이 포괄하고 있는 외형적 조건과 내면 풍경을 일정한 기간의 사회사적 의미망을 통해 구체화하려는 의도를 함축하고 있다.

그리하여 동시대적 시각에 근거한 평가와 판단의 층위를 마련하고, 아울러 그와 같은 층위의 집적이 곧 문학사의 한 기간을 구성하는 의미 단위가 된다는 사실을 수긍하려는 것이다.

이 글은 두 원론적 질문에 대한 답변의 형식으로 씌어지는 것이지만, 그 1990년대의 사회와 문학에 대하여 10년을 요목으로 한 성격 규정에는 간과할 수 없는 문제점도 있다. 즉 앞선 시대와의 상관성 및 역사의 계속성을 소홀히 하기 쉽고, 문학사 전반을 폭넓게 조망하는 총체적 인식 지평을 확보하기 어려울 수 있다.

동시대의 현실 속에서 발아하고 성장한 문학의 실체에 객관적 거리를 두지 못하고 근접해 있는 우리로서는, 결국 전체적인 문학사의 기술에 소용될 답변의 객관성을 후대의 사필에 미루어놓은 채 우리 삶의 실상과 문학적 반응의 형태를 세부적으로 추적해 볼 수밖에 없을 것이다.

2 1990년대 사회와 문학의 성격

1990년대의 마지막 해를 보내고 있는 지금, 돌이켜보면 1990년대의 사회와 문학은 1970년대 또는 1980년대에 비해 그 초입에서부터 몇 가지의 뚜렷한 차별성을 보여주었다.

1970년대의 심화된 분단 상황 및 산업화 시대의 여러 문제점에 대응한 산문적 서술의 홍성함은 이른바 〈소설의 시대〉라는 호명을 산출하기도 했으며, 분단 상황의 통시적이고 역사적인 상상력과 산업화 시대의 공시적이고 사회화적인 상상력을 배경으로 대체로 〈문학은 사회상을 반영하는 거울〉이라는 고전적인 명제를 충족시키는 편이었다.

반면에 1980년에 이르러서는 사회 변혁의 준험한 파고가 현실의 제방을 넘어서 문학의 영역에까지 그 위력을 확장함으로써 문학의 현장성이 한층 강화되고, 〈운동 개념으로서의 문학〉이 주류를 형성하여 당대의 시대정신을 대변하는 역할을 수행하는 한편 이념이 문학을 압도하는 현상을 노정하기도 했다.

〈세(勢)는 시(時)에 따라 변하고 속(俗)은 세(勢)에 따라 바뀐다〉는 옛말이 있거니와, 다양성과 다원주의의 시대인 1990년대 들어 활발한 활동을 보인 적지 않은 작가들이 더 이상 정석적인 반영론이나 메시지의 명징성을 작품 제작의 긴요한 잣대로 수긍하지 않았다. 이처럼 문학 판도의 요동이라고도 할 수 있는 전반적인 창작 성향의 변화는 사회적 환경이나 작가의식의 양면에 걸쳐 예전과 상이해진 조건들을 수용한 결과였다. 그리고 그것을 창작의 실제에 적용함에 있어서는 매우 다기한 굴곡의 변종들이 나타났다.

1990년대 초반에 가장 두드러졌던 항목은 포스트모더니즘의 강세였다. 후기 산업사회의 탈일상성과 비정론성을 매개로 하여 정체된 논리로 확정할 수 없을 만큼 파편화되고 혼란해진 가치관을 그대로 작품 가운데 드러내는 방식이 우리에게 낯설지 않게 되었다.

시에 있어서의 도시시, 일상시, 해체시, 실험시 등속의 명칭도 이 조류의 확산에 바탕을 두고 있었으며, 여성의 대사회적 역할에 대한 인식의 발전을 대변하는 페미니즘의 성향이 여기에 잇대어 설명되기도 했다.

1990년대 초반에 있어 상대성과 탈이데올로기를 표방하는 문학의 다원주의는 기본적으로 포스트모더니즘의 세계관과 관련되어 있었고, 당연히 주제의식보다는 기법적 측면이 강조되는 경향을 나타냈다. 대중적 소비 사회로 진입하여 1980년대적 가치 지향의 개념을 무력화시키는 세태 또한 이 경향에 가속도를 더하는 요인이 되었다.

그런가 하면 1980년대에 확고한 흐름을 갖고 있던 리얼리즘 계열의 소설이 현저하게 약화되었거니와, 이는 투쟁 중심의 사회적 분위기가 퇴조하고 동시에 창작 방법론에 지도적 기능을 수행하던 이론의 전열이 무너짐으로써 초래된 변모의 양상이었다.

〈사회주의 리얼리즘〉이 국내외적으로 체험의 무대를 상실하고 〈비판적 리얼리즘〉과 대비된 논쟁도 큰 반향을 불러일으키지 못했으며, 선명한 이념 지향의 계간지들(《노동해방운동》, 《사상문예운동》, 《녹두꽃》 등)이 폐간되는가 하면 민중문학 진영의 소장 이론가들이 자기비판을 통해 새로운 길을 모색하는 지점까지 나아감을 볼 수 있었다.

신예 작가들은 문학의 현장성과 내용을 담는 그릇으로서의 형식 문제를 함께 아우르려는 작품을 계속 쓰긴 했지만, 전(前) 시대와 같은 문학적 결빙력을 얻지는 못했다.

또 하나 1990년대 문학의 주요한 특성은 장편, 특히 대하장편의 활성화와 그것의 연작 출간이다. 황석영의 『장길산』이나 조정래의 『태백산맥』이 확보한 성과에 뒤이어, 역사 및 사회 현실의 총체적 의미를 규명해 보려는 노력이 우리 문단의 비중 있는 작가들에 의해 지속적으로 수행되었다.

한편 허준의 일대기를 소설화 한 『소설 동의보감』을 필두로 하여, 김소월, 황진이, 허균, 왕인, 김옥균, 홍범도, 임꺽정, 전봉준, 을지문

덕 등 역사적 인물을 소재로 한 장편소설들이 성시(盛市)를 이루었
는데, 이는 『소설 동의보감』의 대단한 상업적 성공에 영향을 받은
바도 없지 않아 보인다.

이와 같은 장편 및 대하장편의 활성화 또는 이들의 전작 출간이
라는 풍성한 분량을 자랑하는 까닭은 탈이념적 시대상이 촉발하는
문학의 객관화 작업, 작가의 전문성이 강화된 결과로서 특정한 분야
에 대한 관심 집중, 이를 뒷받침하면서 상품으로서의 효능을 겨냥하
는 출판 자본의 형성 등 여러 가지로 설명될 수 있다.

서구의 현대 문학이 점차 프래그머티즘이나 미니멀리즘의 성격을
확대해 가고 있는 데 비하면, 이를 우리 문학의 특징적 현상이라 할
수도 있을 것이다. 그리고 그 근원에는 현실 체험과 유리되어 독자
적으로 제 목소리를 낼 만한 창작 환경의 성숙이 아직도 미비한 상
황, 즉 이 부문에 있어서 문학과 사회적 현실이 여전히 깊이 상관되
고 있는 상황이 개재해 있었다고 하겠다.

1990년대의 막바지에 이르면서 아무데서나 손쉽게 등장하던 21세
기라는 용어는 이제 관념적인 거리를 두고 멀리 떨어진 자리에 머
무르지 않고 실제적인 우리 삶의 한복판으로 진입해 오고 있다. 〈세
기말〉이라는 용어가 내비치는 분위기와 무관하지 않게 근자의 우리
사회와 문학에는 많은 변화가 수반되고 있다.

지금 우리 문학에는 전 시대에 투쟁의 도구로 화두(話頭)시되던
그 문학외적 광휘가 없다. 또 무원칙 다변화의 시대적 조류에 밀리
는 한편 대중문학과 상업주의 문학의 대두로 인한 가치관의 혼란을
겪고 있다. 본격·순수·고급 문학이라는 호명이 통속·상업주의 문
학이라는 호명보다 정신적으로 질적으로 우위에 있다는 인식조차
이제 일반화될 수 없을지도 모른다.

그런데 포스트모더니즘, 대중문학, 또는 신세대문학과 같은 동시
대의 선두에 서 있는 문학적 개념들이 우리 시대의 본질적인 의식

과 그 맥락을 정확히 짚어주고 또 표출해 줄 것이라는 보장은 찾기 어렵다. 그리고 이들 문학적 현상들이 전 시대의 그것보다 우리 삶의 깊이 있는 바닥을 더 잘 두드려줄 것이라는 믿음도 구하기 어렵다.

문학이 삶의 총체적 진실을 담아내기란 쉬운 일이 아니라는 우울한 예단은 이미 G. 루카치 이래 그 연원이 오랜 것이지만, 지금 우리는 바로 그런 위축되고 의기소침한 문학적 전망의 한쪽 고삐를 다잡고 있다.

그럼에도 불구하고 이 세기말의 촉박한 기간에 우리 문학은 이처럼 온전한 가치 정립에 난관이 많은 시대상을 헤치고 자기 목소리를 내야 한다. 그것이 문학의 본령이기 때문이다. 그것은 앞선 시대의 문학에 대한 비판적 계승이나 새로운 시대정신을 문학의 내포적 구조 속에 응축하는 등 다양한 방향성의 모색을 나타낼 수밖에 없다.

3 1990년대 작가들의 창작 경향

1990년대의 우리 문학에서 우선적으로 살펴보아야 할 대목은 그 동안 우리 문학을 풍성하게 장식했던 중견 작가들이 역작의 대하소설을 완성하거나 무게 있는 장편의 출간을 통해 소정의 역할을 수행했다는 점이다.

박경리의 『토지』, 조정래의 『아리랑』, 김주영의 『화척』 등 오랜 기간 공들인 대하소설이 완간되었고 최인훈의 『화두』 같은 주목할 만한 작품이 상재되었다. 이러한 중견작가들의 꾸준한 작품 생산은 그것이 곧 우리 문학의 기반이요 저변이 된다는 뜻에서 미더움을 갖게 한다.

그러나 큰 물에는 언제나 수심과 수면이 있듯이, 예각적으로 생동하는 동시대의 의식과 문화적 감응력은 보다 젊은 작가층에서 나타나게 마련이다. 이 젊은 작가들 가운데는 대체로 두 부류가 있다. 전 시대의 문화적 전통을 비판적으로 계승하면서 새로운 길을 찾으려는 성향의 작가들과, 전 시대와의 상관성을 전혀 고려하지 않고 젊은 세대의 사고 형태를 전위적으로 반영하려는 성향의 작가들이 그것이다.

전자의 작가들이 보이는 비판적 성향에는 전 시대의 성격이 이루고 있는 단단한 각질, 그와 부딪치는 고통스러움의 실토가 선행되어 있다. 다음의 인용문은 김영현이 쓴 『그리고 아무 말도 하지 않았다』에 나오는 말이다. 시대정신의 실종을 맛보는 세대의 공허한 심경, 그 핵심을 찌르고 있기 때문에 매우 충격적이다.

혁명이 없어졌다는 것은 참을 수 있다. 하지만 온 존재를 걸 수 있는 절대적인 가치가 사라졌다는 것은 참을 수 없다.

이는 1980년대 민족문학 진영의 맹장이었던 김명인이 1990년대 중반에 와서 〈이제 '민족문학'은 끝이다〉(《실천문학》 1995년 여름호)라고 선언하며 포기 각서를 내던진 사실과 일맥 상통한다.

이러한 진술은 비단 이들 몇 사람만의 몫이 아니다. 1980년대 문학의 사회·문화적 사명에 찬표를 던졌거나 동조여론의 한 끝머리에 서 있었던 작가 및 독자 모두 이 진술로부터 자유롭지 못하다.

그러나 결과는 공허하다. 공허할 뿐만 아니라 명확하고 간결하다. 오늘의 시대와 사회가 이미 문학의 사명감을 논거하고 그것을 자랑으로 삼을 만한 인식의 토대를 건너뛰어 버린 것이다. 그래서 젊은 작가 공지영은 「꿈」에서 이렇게 적고 있다.

10년이란 건 간단한 세월이 아니었다. 특히 젊었던 우리들에게 그 10년이란 세월이 그랬다. 하지만 우리는 이제 간단하다. 짧고 간결하다. 10년 새 우리는 간결해져 버린 것이다.

그렇다. 세상이 달라졌다. 그래서 1980년대와 1990년대에 발표된 작품도 다르고, 한 작가의 작품이더라도 다르다. 예컨대 김영현이란 한 작가에게 있어서도 서로 다르다. 1980년대적 현실에서 동시대의 실제적인 현실로 그 의식을 수평 이동하면서, 내성적인 갈등과 감성적 개방의 어조를 드러내는 것이 당연한 일로 받아들여지게 되었다. 공지영의 경우도 그렇다. 1980년대 후반 강렬한 노동소설로 문단에 얼굴을 내민 이 작가는 그 시대에 주역으로 살았던 세대의 1990년대적 방향 모색을 선도하면서 공동체와 개인에 대한 관심의 비중을 개인의 영역으로 이동시키고 있다.

전 시대의 비판적 수용에 관해서는 또 다른 영역이 있다. 1970년대의 전상국, 김원일, 윤흥길, 유재용, 홍성원 등 주요한 분단문학 작가들이 유년 시절에 체험한 6·25를 후일담 소설로 썼듯이, 1980년대의 시대적 상황을 후일담 소설로 쓴 젊은 작가들이 있다. 공선옥, 김인숙, 김형경 등이 그에 속한다.

이상과 같은 서술 방식들은 대체로 작가 자신의 창작 환경과 처지에 대한 부정적 인식을 내포하고 있으며, 이러한 경향이 강화되면 마침내 작가들은 작가를 소재로 한 소설, 이른바 〈소설가 소설〉을 집필하는 방향으로 나아가기도 했던 것이다.

전영태는 「우리 소설의 탈이데올로기적 징후와 전망」(≪소설과 사상≫ 1994년 겨울호)이라는 글에서, 〈소설가 소설〉의 의미에 대해 다음과 같이 설명했다.

〈소설가 소설〉은 점점 그 가능성이 왜소해지고 있는 소설, 소설만큼이나 초라해져 가고 있는 소설가, 이 처량한 대상을 철저하게 해부·분석함으로써 소설은 왜소한 것이 아니고 소설가는 결코 초라한 인물이 아니라는 점을 확인시키려는 것이다.

　작가가 누군가에게 작품 또는 작가 자신의 가치를 확인시키려 했다면, 그 대상은 독자이기보다 자기 자신이기 쉽다. 요컨대 이것은 수용미학적 문제가 아니라 창작 심리학적 문제인 것이다. 그것은 어쩌면 문학이 한낱 종이 조각에 씌어진 볼품없는 먹글씨 정도로 치부될지도 모르는 시대, 곤고하고 대안 없는 글쓰기의 시대에 작가 스스로의 존재 증명을 위한 정신적 고투일지도 모른다.
　이제 방향을 바꾸어, 전 시대와의 문화적 상관성을 절연하는 데 개의치 않고 작품을 써온 작가들의 사회사적 입지점과 그 의미를 살펴볼 차례이다.
　여기에는 편의상 분류하여 모더니즘 또는 포스트모더니즘 계열의 작품을 포함시킬 수 있을 터인데, 실상은 이 두 사조의 경계라는 것이 우리 문학의 풍토 위에서 확고한 구분점을 가진다고 말하기도 어렵다. 다만 포스트모더니즘이 가진 탈이념, 다원주의적 의식, 형식으로부터의 자유, 그리고 후기 자본주의적 요소 등을 원용하여 포스트모더니즘적 경향을 가진 작품과 모더니즘 본래의 양식을 내장하고 있는 작품을 구분해 볼 수 있을 뿐이다.
　1980년대 모더니즘 계열의 작품이 가진 하나의 특성이 있었다면, 그것은 〈무엇을〉이 아니라 〈어떻게〉라는 방법론적 측면에 치중하면서도 궁극적으로 억압적 사회상에 대한 대결의 자세를 작품 밖으로 내던져버리지 못했다는 점이었다. 그것은 기법이나 형식 문제에 심도 있게 다가서는 데 저해 요인이 되기도 했으나, 다른 한편으로는 작품과 독자를 의미 있는 친근감으로 묶어주는 매듭이 되기도 했다. 그렇기에 우리는 1980년대의 모더니즘이 리얼리즘의 상대역으로 맞서 있을 때 더욱 그 층위가 분명했으며, 그 대립적 힘은 곧 1980년대 사회의 특수한 투쟁적 성격으로부터 말미암았다고 말할 수 있었던 것이다.

그러나 1990년대 모더니즘 계열의 작품에는 그런 요인이 개재되어 있지 않으며 또한 그럴 수 있는 정황에 있지도 못하다. 리얼리즘의 반대 영역에서 내면화의 길을 걸어가던 몸짓은 아무런 적대 세력이나 응원군도 없이 혼자만의 내성적 언어 행위를 추구해 나가지 않을 수 없게 되었다. 이 역시 1980년대의 주적(主敵) 개념을 상실한 1990년대의 사회상과 관련되어 있다.

포스트모더니즘 또한 마찬가지이다. 1990년대 우리 문학의 포스트모더니즘이 모더니즘의 한계 지평을 모두 밟아본 뒤에 그 반탄력으로 생성된 것이 아니라 일종의 복제 수입품과도 유사하기 때문에, 모더니즘과의 분기점 구획조차 분명하지 않다. 그렇기에 우리의 근대 문학, 곧 1920년대나 1930년대의 문예 사조, 또는 이상(李箱)의 작품들에서 볼 수 있는 사조의 혼재와 혼란이 동시대 문학 현실에서도 목격되고 있다 할 것이다.

서구의 포스트모더니즘에서는 페미니즘이 그 한 분파로 등장하는 것이 상례인데, 우리 문학에서의 페미니즘은 아직 그처럼 철저한 단계로 진입했다고 보기는 어려울 것 같다. 여성의 지위와 인권의 신장이 한 시대의 보편적 척도를 무너뜨리고 새롭고 유의미한 체계를 형성하는 데까지 나아가기에는 아직도 우리 사회의 의식 수준은 강고한 걸림돌들을 많이 가지고 있는 것으로 보인다.

문단에서 주목하는 바로는 페미니즘 문학 논의보다는 동시대의 베스트셀러를 생산하는 〈여성 파워〉에 대해 더 관심이 많았으며, 그것은 1990년대의 문화 자본과 문학의 상업주의적 속성이 악수하는 하나의 범례가 되기도 했다.

근자에 이르러 보다 연령층이 젊은, 말하자면 30세 전후의 젊은 작가들이 의식적·무의식적으로 선배 작가들의 그것과 상반되는 작품을 쓰면서 소위 〈신세대 문학〉이란 용어를 촉발시키는 현상을 볼 수 있다.

도시적 감수성이 작품의 전면에 부상하고 전 시대의 사고방식에 대한 반동적 의식의 표방과 함께 1990년대적 시대 자체의 성격에 몰두하는 창작 경향이 이들에게서 공통적으로 또 약여하게 나타나고 있다. 또한 기존의 가치 체계, 특히 성(性)도덕에 대하여 무차별 공격과 반란을 감행하고 자유분방한 타자와의 관계를 구가하는 이들의 가치관은, 기존의 보수적인 도덕의 잣대로 계량할 수 있는 한 계치를 넘어서고 있다. 이들은 자아의 문제를 적나라하게 노출하는데 별반 거리낌이 없으며, 한편으로는 자기 세대의 충실하면서 또 그에 저항하는 양가성을 보이기도 한다.

1990년대 우리 문학에 나타난 또 하나의 특성은 작품 무대의 세계화이다. 이는 정권적 차원에서 내세웠던 세계화의 개념보다 훨씬 더 절실할 수밖에 없었는데, 그것이 문학으로 표현된 동시대 사람들의 삶과 의식, 그 실체의 한 부분에 해당하기 때문이다.

비록 그것이 거품 경제의 허상 위에 서 있는 것이기는 했지만, 국민소득 1만 달러 언저리를 더듬으며 또 우리 대학생의 10.5퍼센트가 해외 여행 경험을 갖고 있다는 통계가 나오곤 했던 마당에, 소설 무대의 세계화는 예정된 일이었다. 그러나 작품의 무대가 해외로 확대될 때에는 그에 상응하는 문화적 성과가 더불어 확대되어야 마땅할 것이며, 신기성을 위주로 한 공간의 팽창은 후기 자본주의 시대의 무분별한 환상과 다를 바 없을 것이다.

4 미시 담론 시대의 변화와 반성

이제까지 우리는 상당히 장황하게 1990년대 우리 문학의 사회사적 창작 경향을 살펴보았다. 확실히 1990년대의 문학은 〈운동 개념으로서의 문학〉이 주류를 이루던 1980년대의 그것과 다르며, 그 다르다는 사실 또한 분명한 계열에 따라 정돈하기가 어렵다는 사실을 알 수 있었다.

그런데 명확하게 말할 수 있는 한 가지는 바로 그 다름과 어려움이 바로 1990년대 다원주의 시대의 정신적 정처라는 점이다. 말하자면 우리 문학은 지금 그처럼 난해한 숙제를 목전에 두고 앓고 있는 셈이다.

총괄적인 의미에 있어서 1980년대와 비교해 보면, 1990년대 문학은 미시 담론의 성격적 특성을 갖고 있다. 물론 이는 1980년대를 거대 담론의 시대라 부르는 호명의 방식과 대칭을 이루는 것이다. 미시 담론의 이야기 구조나 시적 발화법의 세항을 이루는 요소들은 많고도 다양하다. 그리고 그것으로 인해 어떤 면에서는 동시대에 생산된 작품들 간에 뚜렷한 구별이 불가능한 형편에 이르기도 한다.

특히 그만그만한 여성 작가들의 많이 읽히는 작품들 가운데에는, 작가와 작품의 이름을 가리고 나면 누구의 작품인지 분간하기 어려운 것이 적지 않다. 또 대중성이 강한 문학과 상업주의 문학의 경우에도 비슷한 목적에 따라 내용까지 닮은꼴인 작품이 여럿 있다.

그런데 이 움직일 수 없는 미시 담론의 시대, 다양성이 큰 미덕으로 통하는 사회사적 상황의 늪에서, 1980년대의 그것과 유사한 거대 담론의 그림자가 다시 드리워지는 기이한 현상이 발생했다. 그것은 1997년 말부터 시작된 단군 이래 초유의 사태, 곧 IMF 환란과 관련된 문학적 인식의 변이 현상이었다.

물론 이 현상은 1980년대의 거대 담론을 그대로 복사한 것이 아니다. IMF 사태와 관련하여 초래된 위기 상황에 반응하는 작가들은 현재로서는 해결의 길과 방책이 묘연한, 우리 사회가 그와 관련된 어떤 합의에도 도달하기 어려운 바로 그 사정을 또 다른 리얼리즘 의식에 기초하여 그렸다.

광주 문제를 전면적으로, 또 교과서적으로 다룬 임철우의 『봄날』
도, 그 내용의 특수성과 더불어 IMF로 인한 리얼리즘 의식의 새로
운 환기가 이루어지는 시점이라는 〈타이밍〉을 얻었다. 국가 부도 직
전의 경제적 위기 상황은 잠잠히 숨죽이고 있던 거대 담론의 인식
지평을 밝은 빛살 아래로 확장하는 힘을 공여한 것이다.

1990년대 들어 분단문학 또한 예전과는 매우 다른 면모를 나타내
고 있다. 이문열이 『변경』에서 언급한 바와 마찬가지로, 빛깔로 따
지자면 청색 시대, 보라 시대, 주황 시대를 거쳐 적색 시대에까지
이른 셈인데, 말하자면 이제는 이데올로기라는 장애물이 더 이상 작
품 창작의 장애물이 되지 않는 시대에 이르렀다는 의미이다.

1990년대의 사회사적 의미와 관련하여 우리 문학을 논의할 때,
앞으로 특별한 주의가 필요한 지점이 있다면 그것은 북한문학과 재
외 국민문학이다. 그들도 〈한민족문화권〉이라는 범박한 명칭 아래
새로이 살펴보아야 마땅하며 앞으로 더 강화된 관심을 필요로 한다
는 사실은 재론의 여지가 없다 할 터이다.

북한의 문예 이론과 문학작품에의 반영 양상

1 서론

오늘의 북한문학 또는 북한문학사를 기술하는 데는 다음과 같은 두 가닥의 시각이 적용되게 마련이다. 하나는 북한문학 그 자체의 문맥 안에서 작품에 대한 해석 및 평가의 논리를 검색하는 일이고, 다른 하나는 남한문학과의 상관성 아래에서 문학을 통하여 제기되는 민족적 문화 통합의 장래를 상정하는 일이다.

전자는 이미 발표된 작품이나 자료를 찾아서 일정한 체계를 세워 나가는 한편, 전세대의 문학사와 어떤 의미 구조로 연결되는가를 밝히면 대체로 만족할 만한 결과를 얻을 수 있는 작업이다. 그러나 후자는 이와 같지 않으며, 상당 부분 귀납적이고 결과론적인 논술보다 선험적이고 연역적인 진단의 기능에 의존해야 한다. 문학 외적인 조건이면서 남북한의 문학 모두에 지대한 영향력을 행사하는 남북한 관계의 현황 및 전망이 어떤 행로를 밟아나갈지 정확한 예측을 불허하기 때문이다.

북한문학 스스로도 문학의 한 영역으로서 독자적인 의의와 가치를 지니지 않는다고 할 수는 없겠지만, 한반도의 특수한 지정학적 상황과 결부해 볼 때는 궁극적으로 남북한 간의 문화적 접점이라는

절대 명제의 하위 개념으로 종속될 수밖에 없다. 요컨대 오늘의 북
한문학을 논의하고 분석하는 일의 끝머리에는 이 엄숙한 명제가 길
목을 지키고 있는 것이며, 어떠한 논리로도 이를 우회하거나 무시하
고 넘어갈 수 없는 상황인 셈이다. 그렇기에 남북한의 문학을 개별
적으로 다루는 모든 연구는 이 같은 사실을 하나의 불씨처럼 근본
적인 숙제로 안고 나아갈 수밖에 없다.

북한의 문학이 최고 통치자인 김일성, 김정일 부자의 교시에 의해
기본 방향을 설정했고, 이를 구체적으로 적용한 당의 문예 정책에
의해 인도되어 왔다는 특수한 사정에 비추어보면, 남북 간의 대치
국면을 포함한 문학 외적 도그마들이 문학의 활동 영역을 현저히
제한하고 있음을 쉽사리 알 수 있다.

특히 수령 혹은 지도자라는 호명으로 그 지위를 나타내는 김씨
부자의 경우는, 모든 문학 또는 예술 논의의 시발이면서 스스로 비
평 주체가 되기도 하는 보기 드문 면모를 과시한다. 그들의 문학적
시각은 그대로 하나의 전범이 되는 이데올로기로 굳어져서, 그 시각
의 창안자 자신이 그것을 변경하지 않는 한 이의나 수정 자체가 불
가능하다. 그러므로 북한문학은 문학 자신을 주인으로 한 자발성을
유지하기 어려우며, 자연히 교조적이고 일률적인 색채를 띠고 만다
는 한계성을 노정하게 된다.

다만 근래에 와서 소련 및 동구 사회주의권의 정치적 붕괴 이후
〈우리식 사회주의〉를 고집하면서도, 문학과 독자 사이의 지나친 간
극을 메우고 문학을 주민 계도의 수단으로 증폭시키기 위해 부분적
인 자생력을 허용하는 경향이 없지 않다. 주로 시나 소설의 창작과
관련하여 이러한 부분적 개방의 분위기는 비평 영역에도 순차적으
로 유입되고 있는 것이 사실이지만, 그것은 결국 북한 통치 세력의
문예 정책 기조가 변화하지 않는 한 주변부의 움직임으로 그칠 가
능성이 크다.

오늘의 북한문학은 물론 동시대의 독자적 소산이 아니다. 북한문학 내부에서 당연히 문학사의 초창기에서부터 현대 문학에까지 이르는 문학적 개관의 형틀이 마련되어 있으며, 정홍교·박종원·류만 등 북한의 비중 있는 문학연구가들에 의해 집필된 『조선문학개관 1·2』나 사회과학원 문화연구소에서 펴낸 『조선문학통사』같은 저술이 대표적인 논의를 담고 있다. 오늘의 북한문학은 이러한 통시적 논의의 후발로 위치하면서, 전 시대의 문화적 전통이나 정신적 유산을 거의 그대로 이어받고 있다.

남북한의 문학이 외형적으로 확고하게 분리되기 시작한 것은 1945년 해방과 분단 이후의 일이지만, 우리 문학 전체를 바라보고 분석하는 태도 자체를 달리함으로써 서로 다른 가치관에 의해 독자적인 문학사관을 형성하는 일은 그 파급 효과를 문학사의 초창기 기술에까지 역류시키게 된다. 상기의 문학사들이 한국문학사라는 표제를 달고 있는 우리의 여러 저술에 견주어, 변별적인 시기 구분은 물론 세부 항목의 분류나 소제목의 설정 등에 판이하게 다른 형태를 보이는 것은 바로 그 때문이다.

이 심각한 괴리 현상이 더 깊어지기 전에 양자를 접목시키고 발전적 문화 통합을 도모해야 한다는 소명이 오늘날 남북한 문학사를 다루는 모든 연구자에게 부여되어 있음을 부인할 이는 아무도 없다. 이는 또한 한반도의 두 정치 체제가 현실적으로 당면하고 있는 비극성의 본질에 대하여 문학이 제기하는 하나의 치유 방안이기도 하다.

그러나 그와 같은 작업이 당위론적 전망에 의해서만 시도된다면 그것은 별반 의미를 갖지 못한다. 남북한 사이에도 그와 같은 사실에 대해 별다른 가시적 조치가 취해진 바 없다. 따라서 오늘의 북한문학에 관한 기술도 당분간은 현재까지 진행되어 온 사실을 바탕으로 정리할 수밖에 없다.

이 글에서는 북한문학에 대한 이와 같은 인식을 바탕으로 해방

후 북한문학에 관한 연구, 특히 작품의 실제를 중심으로 한 실증적 연구를 시도하게 될 것이다. 그리하여 먼저 북한 문예 이론을 개괄적으로 정리한 다음 그 문예 이론이 순차적 시기에 따라 문학작품에 어떻게 적용되었는지를 살펴보게 될 것이다. 결국은 이와 같은 연구를 토대로 북한문학의 실상과 민족사적 의미 및 전망을 밝히는 데까지 나아가야 한다고 본다.

2 본론 ── 북한 문예 이론의 문학작품에의 적용

(1) 북한 문예 이론의 개관

북한의 문예 이론을 두고 〈주체철학을 문예 이론에 빛나게 구현〉한 것이며 이로써 〈인간학으로서의 문학예술에 대한 리론을 확고한 과학적 토대 위에 올려놓았다〉[1]고 설명되는 것은 하나의 고전적인 명제에 해당한다. 북한 문예 이론의 토대는 주체사상이며 이로부터 문예 이론이 과학적 토대를 갖게 되었다는 주장이 해방 이후 지금까지 북한에서 일반화되어 있는 것이다.

여기에서는 북한의 주요한 문예 이론을 주체 문예 이론의 철학적 원칙과 작품 창작 적용 방법론을 중심으로 살펴보기로 한다

1) 주체 문예 이론의 주체철학적 기본원칙

① 당성

북한 문예 이론에 있어서 〈당성〉이란 당에 대한 충실성을 말하며,

---

1) 사회과학원 문학연구소, 『북한의 문예 이론』(인동, 1989), 10-11쪽.

그것은 곧 김일성 수령에 대한 충실성이란 내용과 일치한다. 이는 레닌이 「당조직과 당문학」에서 언급한 당파성의 개념[2], 곧 예술적 진리를 담보해 주는 전제 조건으로서 문학이란 프롤레타리아의 보편적 과업의 일부분이 되어야 하며 당이라는 메카니즘의 톱니바퀴 나사가 되어야 한다는 규정과는 전혀 다른 의미이다.

② 노동계급성

노동계급성은 노동계급의 입장과 관점을 고수하고 노동계급의 이익을 옹호함으로써 문학예술로 하여금 노동계급의 혁명 위업에 철저히 복무하게 하는 것을 의미한다.[3] 말하자면 작가나 작품은 모두 일정한 계급의 편에 서는 것이며, 사회주의의 문학예술은 노동계급성을 띠어야 한다는 논리이다.

③ 인민성

인민성의 문제는 문학예술 작품을 인민들의 비위와 감정에 맞고 그들이 알기 쉬운 형식으로 창작하여야 한다는 점을 강조한 것이다.[4] 이는 크게 내용적 측면과 형식적 측면으로 나눌 수 있으며 내용은 인민들의 생활과 투쟁, 생활 감정, 요구와 지향 등을 진실하고 정당하게 반영하는 것이고, 형식은 문학예술을 인민들이 잘 알 수 있고 그들에게 잘 수용될 수 있도록, 즉 교양의 기능을 확대할 수 있도록 만들어야 한다는 것이다.

---

2) 김영룡, 「사회주의 현실주의 논의의 역사적 전개에 관한 일 고찰」, 『현실주의 연구』(제3문학사, 1990).
3) 이형기·이상호, 『북한의 현대 문학 I』, 고려원(1990).
4) 이형기·이상호, 같은 책.

2) 주체 문예 이론의 작품 창작 적용 방법론

① 종자론

북한의 문학 이론 가운데 가장 독자적이며 가장 큰 비중을 차지
하고 있는 종자론은 내용과 형식을 유기적 관계로 설명한다. 〈위대
한 수령 김일성 동지의 주체적 문예 이론을 구현하여 당 중앙은 문
학예술작품의 종자에 관한 독창적 리론을 제시했다[5]〉는 언급을 보
면 종자론이 북한에서 만들어진 특수한 용어임을 알 수 있다. 그 〈종
자〉의 개념[6]은 다음과 같다.

- 종자란 작품의 핵으로서 작가가 말하는 기본 문제가 있고, 형상
의 요소들이 뿌리 내릴 바탕이 있는 사상적 알맹이.
- 작품의 핵을 이루는 종자는 생활에 대한 진지한 연구와 그 본
질에 대한 심오한 인식에 기초하여 파악된 사상적 알맹이.
- 종자는 또한 형상의 요소들이 뿌리 내릴 바탕이 있는 생활의
사상적 알맹이.

이처럼 종자는 목적지향성을 가진 북한문학에서 그 방향을 결정
하는 사상적 핵심이라 할 수 있다. 즉 종자론은 북한문학의 목적성
을 강조하는 이론이다.

② 전형화 이론(갈등 이론)

전형화 이론은 현실 반영에 관한 창작론이다. 이는 사회주의적 사
실주의 문학의 등장인물 설정의 요체를 설명한다. 북한문학에서 전
형화 이론이 특히 강조되는 이유는 그들의 사실주의가 개별적인 것

---

5) 사회과학원 문학연구소, 앞의 책, 207쪽.
6) 같은 책, 207-209쪽.

에서 보편적인 것을 찾아내고 보편적인 것에서 개별적인 것을 드러내야 한다는 원칙과 관련된다.[7] 따라서 등장인물은 평범한 인간이 아니라 과학적이고 합법칙적인 인식의 결과로 창조된다.

다양하고 복잡한 현실 속에서 전형적인 것, 본질적인 것을 정확히 찾아내어 예술적으로 심오하게 일반화하여 여러 계급과 계층의 전형적인 인간 성격을 훌륭히 그려냄으로써만 작품의 높은 사상 예술성을 보장하고 그 교양적 기능과 동원적 역할을 강화할 수 있다.[8]

이와 같이 창조된 전형이 필연적으로 겪는 갈등은 세 가지로 제시되며, 첫째 사회주의와 자본주의의 갈등, 둘째 사회주의 내에서의 갈등, 셋째 김일성을 찬양하고 김일성을 문학작품화하는 것인데, 셋째의 경우는 앞의 두 경우와 달라서 당연히 창작 대상과의 갈등양상이 아니며 창작 방법에 있어서의 갈등을 말한다.

③ 속도전 이론
종자론과 전형화 이론이 작품 내부의 규정이라면, 속도전 이론은 작품 외적인 것, 곧 창작의 속도에 대한 규정이다.

속도전은 작가, 예술인들의 자각성과 책임성을 높여 창작에 모든 사색과 열정, 온갖 지혜와 재능을 쏟아 붓게 함으로써 비상히 빠른 창작 속도와 함께 작품의 높은 질을 보장하게 한다.[9]

이는 당 사상 사업의 요구를 즉각적으로 수용하여 작품을 빠른

---

7) 홍기삼, 『북한의 문예 이론』(평민사, 1981), 57쪽.
8) 사회과학원 문학연구소, 앞의 책, 227쪽.
9) 사회과학원 문학연구소, 앞의 책, 265쪽.

속도로 창작해 냄으로써 혁명 투쟁과 건설 사업을 고무, 충동하기 위한 것이며 앞의 두 이론과 함께 사상성의 강화를 목표로 한다.

④ 사회주의적 내용과 민족주의적 형식

1932년 스탈린의 연설로부터 시작된 〈사회주의적 사실주의〉라는 용어와 그 내용은 넓게는 마르크스-레닌주의를 의미하고 좁게는 북한의 특수한 사정에 비추어 당의 노선과 정책, 곧 김일성주의가 될 것이다.

민족주의적 형식 또는 전통이란 과거의 문화유산을 모두 포괄하는 개념이 아니라 계급적 관점이 우세하게 작용하는 반영론이다. 이는 내용과 형식의 유기적 결합이 결국 현실 반영을 통해 이루어진다는 결론으로 이어진다.

(2) 시기별 작품의 실증적 고찰

1) 1945-1960년의 작품과 문예 이론의 적용

이 시기의 북한문학은 『조선문학개관』의 시기 구분을 따르면 평화적 민주건설 시기(1945.8.-1950.6.), 위대한 조국해방전쟁 시기(1950.6.-1953.7.), 전후 복구 건설과 사회주의 기초 건설을 위한 투쟁 시기(1953.7.-1960) 등 세 단계를 나눈다. 『조선문학통사』에서 〈해방 후 우리 문학의 유일한 최고의 창작 방법은 사회주의적 사실주의다〉라고 밝히고 있는 것처럼, 이 시기 창작 방법론의 중심은 명백히 사회주의적 사실주의이다. 여기에서는 북한문학 내부의 이 시기 구분에 준하여 시, 소설의 장르별로 작품과 문예 이론의 적용 양상을 살펴보기로 한다.

① 시

　평화적 민주건설 시기의 북한 시문학은, 북한의 물적 토대를 사회주의적인 것으로 정착시키고 〈사회주의 조국〉을 건설하는 당면 과제의 필요성을 선전하며 인민들의 동참을 유도하는 임무를 맡고 있다. 주제별로는 해방의 감격을 노래한 작품, 사회주의 개혁을 찬양하는 작품, 소련과의 연대 및 미국에 대한 증오를 담은 작품, 김일성을 찬양하는 작품 등으로 나눌 수 있다.

　다른 주제의 작품도 대개 그러하지만 특히 사회 제도 개혁을 찬양하는 작품은 당의 문예 정책을 직접적으로 반영한다.(김우철의 「농촌위원회의 밤」 등) 더욱이 1947년 〈고상한 리얼리즘〉이 북한문학의 창작 방법론으로 공표되면서 체제 개혁을 찬동하고 대변하는 고상한 인물들이 주요한 등장인물로 등장하게 된다.(김광섭의 「감자현물세」 등)

　그러나 이 시기의 가장 큰 문학적 성과는 이후 북한문학에 하나의 전형을 이룬 조기천의 「백두산」으로, 이는 항일무장투쟁에 있어서 김일성의 영웅적 활약상을 다루고 있다.

　조국해방전쟁 시기의 시는 그 지향성이 바뀌어 전쟁을 승리로 이끌고 남북 전조선에 걸쳐 사회주의 조국을 건설하는 데 목표를 두게 된다. 주제별로는 인민군의 영웅적 투쟁상과 후방 인민들의 노력, 미군에 대한 증오와 소련 및 중국군에 대한 연대감, 그리고 김일성을 찬양하는 내용 등이 중심을 이룬다.

　인민군의 영웅적 투쟁상을 그리는 것은 전후방의 사기를 진작하고 정신 무장을 강화하기 위한 것이었다. 여기의 등장인물들은 여전히 〈고상한 리얼리즘〉을 대변한다.(안룡만의 「나의 따발총」, 김학연의 「독로강 기슭에서」 등) 반면에 미국과 미군에 대한 분노와 저주를 퍼부은 시는 적개심을 유발하여 인민들의 전투 의욕을 북돋우기 위한 것이었다.(백인준의 「얼굴을 붉히라 아메리카여!」 등)

전후 복구 시기의 시는 시대적 당면 과제인 경제 복구와 김일성 찬양이 주조를 이룬다. 이때 시적 화자나 등장인물은 〈따발총〉 대신 〈삽〉을 든 복구 현장의 인물로, 역시 〈고상한 리얼리즘〉에 입각해 있다.(박세영의 「나도 쓰딸린 거리를 건설하다」 등) 김일성에 대한 찬양은 그의 권력 점유가 더욱 확고해짐에 따라 점점 노골화되고 있다.(정문향의 「조국땅 한 끝에」, 조벽암의 「광장에서」 등)

② 소설

평화적 민주 건설 시기의 소설은 『조선문학개관』에 의하면 수령님의 불멸의 혁명력사와 빛나는 혁명업적을 형상화 한 작품(강훈의 「장군님을 맞는 날」, 한설야의 「개선」 등), 민주 개혁을 내용으로 한 작품(리기영의 「개벽」, 황건의 「산곡」, 리기영의 『땅』 등), 새 조국 건설을 위한 투쟁을 반영한 작품(황건의 「탄맥」, 리북명의 「노동일기」, 천세봉의 「오월」, 「땅의 서곡」, 윤시철의 「이앙」 등), 남조선 인민들의 투쟁을 형상화한 작품(박태민의 「제2전구」, 리동규의 「그 전날 밤」 등)으로 나누어진다.

이 시기 소설문학의 임무는 역시 사회주의 사상의 선전과 계몽에 있으며 〈고상한 리얼리즘〉에 바탕을 둔 혁명적 낭만성이 두드러진다.

위대한 조국해방전쟁 시기의 소설은 『조선문학개관』에서 정의의 성전에서 발휘한 인민군 장병들의 영웅성과 완강성을 형상화한 작품(황건의 「불타는 섬」, 천세봉의 「고향의 아들」 등), 후방 인민들이 발휘한 숭고한 애국적 헌신성과 영웅성을 형상화한 작품(류근순의 「회신 속에서」, 리종민의 「궤도 우에서」 등), 미제와 그 앞잡이 남조선 괴뢰도당의 부패성과 추악성을 폭로한 작품(한설야의 「승냥이」, 김형구의 「뼉다구 장군」 등)으로 나누고 있다.

이 시기의 소설문학은 인간의 보편적 감정에 이르는 모든 서사적 요소들을 해방전쟁의 승리와 반동자의 처단이라는 당의 목표에 복속시킴으로써 〈무기로서의 문학〉이라는 성격을 약여하게 보여준다.

전후 복구 건설 시기의 소설은『조선문학통사』와『조선문학개관』을 따르면 로력에 대한 주제에 바쳐진 작품(리북명의「새날」, 유향림의「직맹반장」등), 농업협동조합을 다룬 작품(강형구의「출발」, 김만선의「태봉령감」등), 조국해방전쟁을 다룬 작품(석윤기의「전사들」, 김영석의「젊은 용사들」등), 계급교양을 위한 작품(황건의『개마고원』등), 력사물 주제의 작품(리기영의『두만강』, 최명익의「서산대사」등), 전후 시기의 남조선 인민들의 투쟁을 다룬 작품(리근영의「그들은 굴하지 않았다」, 최재석의「탈출」등) 등으로 나누어진다.

이 시기의 소설은 전쟁의 패배로부터 야기된 사회적 혼란을 안정시키기 위해 반동적 세력과 분파주의를 척결하고 경제 복구와 체제 정비를 완수하려는 목적성을 드러낸다. 이는 궁극적으로 소설문학을 통한 김일성의 지도력 강화라는 방향으로 나아가게 된다. 그것은 수령형상문학을 핵심으로 한 향후의 문예 정책을 예고하고 있기도 하다.

2) 1960-1980년의 작품과 문예 이론의 적용

이 시기 북한문학은 이 글의 서두에서 언급한 바와 같이 1967년의 주체사상 및 주체 문예 이론의 확립이라는 중요한 변수를 포함하고 있다.

그리하여 북한문학사에서 1967년까지 전반기는 〈사회주의의 전면적인 건설을 다그치기 위한 투쟁 시기〉로 표현되며 1967년 이후는 〈온 사회의 주체사상을 앞당기기 위한 투쟁 시기〉로 기록된다. 전자의 시기가 〈천리마 현실〉을 반영하며 공산주의적 인간형의 창조와 인민들의 삶을 그렸다면, 후자의 시기에서는 김일성 우상화를 내용으로 한『불멸의 역사』총서 등 〈수령 형상화〉에 주력하게 된다.

① 시

천리마 대고조 운동의 현실을 맞은 1960년대 전반기 문학은 〈천리마 현실 반영기〉라 불리며, 이 시기의 시문학에 대해 북한의 문학사는 〈천리마의 기상으로 들끓는 장엄한 현실은 이 시기 시문학에 새로운 시대정신의 나래를 달아주었다[10]〉고 기술한다. 오영재의 「조국이 사랑하는 처녀」, 정서촌의 「하늘의 별들이 다 아는 처녀」 등이 그 대표적인 작품이다.

수령형상화문학이 본격적으로 시작되면서 북한문학사는 이와 관련하여, 당의 유일사상을 더욱 철저히 세우며 사회주의의 완전 승리와 온 사회의 주체사상화를 내세운다.[11] 이는 곧 김일성에 대한 찬양을 목표로 한 송가시의 개화를 말하며, 정서촌의 「어버이 수령님께 드리는 헌시」 등과 김일성 가계에 대한 칭송의 집체 창작 「영원히 빛나라 총성의 해발이여」를 비롯한 많은 작품의 산출을 보게된다.

물론 북한의 수령형상문학은 이 시기에 국한된 것이 아니고 해방 이후부터 지속적으로 추구되어 왔으며, 각 시기별 배경의 변화에 따라 약간씩의 차이를 드러낼 뿐이다. 또한 수용 대상에 있어서도 어린이들을 대상으로 하는 아동시가에도 점차 광범위한 확산을 보이고 있다.

북한문학의 서정시는 남한의 경우와 같이 한 개인의 순수한 내면이나 정서적 분위기의 표현을 지향하지 않는다. 이는 반드시 인민의 진취적이고 사회주의적인 생활을 바탕으로 하고 있다. 김동전의 「봄」이나 박종식의 「바다의 비밀」, 또 김정일이 직접 나서서 칭찬한 김상오의 「나의 조국」 같은 작품들을 보면 이를 잘 알 수 있다. 「나의 조국」은 김일성에 대한 흠모의 정을 강하게 담고 있으며, 이와 같은 시가 북한문학에 있어서 서정시의 모습이다.

---

10) 박종원·류만, 『조선문학개관 Ⅱ』(사회과학출판사〔인동 재간행, 1998〕), 251쪽.
11) 박종원·류만, 같은 책, 324쪽.

② 소설

시와 마찬가지로 소설에 있어서도 이 시기 초반의 작품은 천리마 기수의 전형 창조를 하나의 과제로 한다.

그리하여 천리마 운동과 공산주의적 인간형의 창조에 나선 작품들로 김병훈의 「해주-하성서 온 편지」, 권정웅의 「백일홍」, 석윤기의 「행복」, 리병수의 「령북땅」 등을 들 수 있다.

또한 혁명적 교양과 투쟁정신을 내세우며 창작된 일련의 장편소설들, 곧 천세봉의 『대하는 흐른다』, 석윤기의 『시대의 탄생』, 김병훈의 『불타는 시절』, 정창윤의 『천산령을 넘어』, 박태원의 『계명산 천 밝아오느냐』 등의 작품들을 볼 수 있다. 이중 박태원의 『계명산 천 밝아오느냐』는 그가 쓴 『갑오농민전쟁』의 전사에 해당하는 작품으로 익산 민란을 주요 배경으로 하여 민중과 지배 계급 간의 갈등을 다양하게 형상화하고 있어 주목된다.

이와 같은 혁명적 대작들은 〈대중적 영웅주의〉의 인물들을 보여주면서 사회주의의 전면적인 건설과 더불어 공산주의적 인간성의 개조를 시도하는 하나의 보기가 되고 있다.

1967년 이후 주체사상화를 앞당기기 위한 투쟁 시기의 소설은 우선 김일성을 중심으로 한 혁명 전통의 계승과 북한문학의 3대 고전으로 불리는 『피바다』, 『한 자위단원의 운명』, 『꽃파는 처녀』 등의 재창작에 대한 열정으로 시작된다. 이 3대 고전은 김일성의 주체사상과 혁명문예사상이 완벽하게 구현된 고전적 모범에 해당하며[12], 평범한 민중적 인물이 어려운 현실 속에서 혁명의식화되어 가는 과정을 그리고 있다. 아울러 수령형상의 창조가 1967년 주체사상이 확립된 이후 본격적으로 시작되며[13], 이 무렵에 결성된 〈4·15 문학 창작단〉을 중심으로 김일성의 일대기를 장편소설 총서로 간행하는

---

12) 박종원·류만, 같은 책, 278쪽.
13) 권정웅의 『력사의 자취』, 석윤기의 『눈석이』 등이 그 시발을 이룬다.

『불멸의 력사』 총서가 시작된다. 이 총서의 각각의 소설들은 김일성이 소년 시절부터 시작하여 〈혁명적이고 영웅적인 활약〉을 벌여온 과정을 각각 한 부분씩 나누어 기술한다. 이는 북한 문예 이론의 혁명적 수령관이 소설작품에 총체적으로 적용된 경우이다[14]. 동시에 이 시기 소설의 수령형상문학은 이후 북한소설의 경향을 지배하는 움직일 수 없는 기준이 되며, 1980년대 이후의 현실주제문학도 궁극적으로 이 범주를 벗어나지는 못하게 된다.

---

14) 『불멸의 력사』 총서가 다루고 있는 시기와 내용은 다음과 같다.

『닻은 올랐다』(김정) — 1925년에서 1926년 10월 〈타도제국주의동맹〉 결성까지.

『혁명의 려명』(천세봉) — 1924년에서 1928년 사이 길림에서의 활동.

『은하수』(천세봉) — 1929년에서 1930년 6월 〈카륜 회의〉까지

『대지는 푸르다』(석윤기) — 1930년.

『봄우뢰』(석윤기) — 1931년 12월 〈명월구 회의〉에서 1932년 4월 〈반일인민혁명군〉 창건까지.

『1932년』(권정웅) — 1932년에서 1933년 1월까지의 남만 원정 과정.

『근거지의 봄』(이종렬) — 1933년에서 1934년 두만강 연안 유격 근거지 창설까지.

『혈로』(박유학) — 1934년에서 1936년 사이의 북만 원정.

『백두산 기슭』(현승걸·최학수) — 1936년 3월에서 1936년 5월 〈조국광복회〉 창립까지

『압록강』(최학수) — 1936년 8월 무송현성 전투에서 1937년까지.

『위대한 사랑』(최창학) — 1933년 부모를 잃은 고아들을 거두는 과정.

『잊지 못할 겨울』(진재환) — 1937년에서 1938까지.

『고난의 행군』(석윤기) — 1938년 〈남패자 회의〉로부터 1939년 4월 〈북대정자 회의〉에 이르는 과정.

『두만강 지구』(석윤기) — 1939년 5월부터 〈대부대 선회작전〉이 시작되기 전까지.

『준엄한 전구』(김병훈) — 1939년 9월에서 1940년 3월 대부대 선회를 영도하는 과정.

『빛나는 아침』(권정웅) — 해방 직후부터 1946년까지.

『조선의 봄』(천세봉) — 해방 직후부터 토지 개혁이 성공하기까지.

『50년 여름』(안동춘) — 〈조국해방전쟁〉의 발발로부터 〈대전해방 전투〉까지.

『조선의 힘』(정기종) — 서울방어전투작전을 펼치고 전략적 필요에서 일시적인 후퇴를 하기까지.

『승리』(김수경) — 반공세를 성공시키고 정전 담판장에서 항복서를 받기까지.

이중 1970년대 말까지 간행된 순서로 보면, 『불멸의 력사』 첫 작품인 『1932년』(1972), 『혁명의 려명』(1973), 『고난의 행군』(1976), 『백두산 기슭』(1978)의 차례이다.

3) 1980-1990년대 후반의 작품과 문예 이론의 적용

1980년 이후 북한문학은 철저히 주체사상에 입각한 문예 이론에 의해 지배되고 있다. 당성을 중심축으로 인민성과 노동계급성이 바탕을 이루고, 이를 통해 인민의 자주성과 애국주의적 내용이 기본 주제가 된다. 따라서 반동 부르조아 문학과 종파주의로부터 북한 특유의 사회주의 이념을 보호하며 반자본주의 및 반제국주의 노선을 견지하면서 통일 시대를 내다보는 문학관을 수립하고 있다.

그런데 1980년대 들어 점진적으로 부각되기 시작한 현실주제문학은 사회주의적 문예 창작의 지침으로서 확고한 지위를 누리던 영웅적 인물의 형상화로부터 일상생활 속에서 평범하고 진실한 인물을 그리는 숨은 영웅 찾기로 그 방향성의 변화를 노정하였다. 이를 북한식 표현으로 말하자면 개성과 철학적 심도를 지닌 〈사상예술성〉의 창작이 나타나는 것이다.

전체적으로 1980년대 이후의 북한문학은 주체문학론의 주류와 부수적 현실주제문학론이 공존하는 형태로 드러나고 있다. 이를 시, 소설의 장르별로 작품과 문예 이론의 적용 양상을 결부하여 살펴보면 다음과 같다.

① 시

북한문학에서 주체문학의 대표적 유형이 송가시이며 송가시의 시작은 김일성에서부터 시작되지만, 1980년대에 들어와서 김정일에 대한 송가시가 김일성과 대등한 편수를 보이다가 1990년대에 이르러서는 양적 질적 팽창을 보인다. 대표적 작품으로는 정서촌의 「조선의 영광」, 전병구의 「정일봉의 해맞이」, 백하의 「하늘에 새긴 글발」, 구희철의 「귀틀집 생가에서」, 한찬보의 「김일성 장군 만세」, 강명학의 「수령님은 우리의 김일성 동지」, 최창남의 「태양만이 보이는

언덕」 등을 들 수 있다.

이 시기 북한문학에서 조국통일에 관한 시로는 백인준의 「조국에 대한 생각」, 동기춘의 「인생과 조국」, 김홍권의 「땅을 씻지 말아라」, 김형준의 「통일 렬원」, 강기수의 「봄비」, 주광남의 「강화도를 바라보며」 등을 들 수 있다.

북한문학의 현실주제문학은 근본적으로 그 내부의 상투성과 도식성에 대한 반성의 결과이며, 외형적으로는 동구권 사회주의의 몰락에 따른 위기의식을 창작 현실에 반영한 결과라 할 수 있겠다. 이 문학적 경향이 확산되면서 진실한 생활 감정은 물론 자연이나 연애를 주제로 한 서정적인 시들도 조금씩 확대되어 가게 된다. 결국 이 시기의 북한 문학은 인민 대중의 관심과 흥미 유발이라는 목표를 하나의 주요한 항목으로 상정하고 있는 셈이다.

이상은 주제론적 측면에서 1980년대 이후의 북한 시를 살펴본 것이며, 그 양식적 특성에 관한 고찰은 또 다른 논의를 필요로 한다.

북한 시의 양식은 그 내용을 담는 그릇으로서의 특성상 서사시, 장시, 풍자시, 우화시, 산문시, 담시, 벽시 등의 등장을 볼 수 있다. 이 가운데 특히 서사시는 1947년 조기천의 「백두산」에서 출발하여 1992년 오영재의 「인민의 아들」 등에 이르기까지 조국해방투쟁, 항일혁명 정신, 사회주의 건설을 위한 영웅 또는 숨은 영웅의 형상화 등 북한 시의 중심을 이루어왔다. 또한 서정시의 경우 〈감정과 사상의 지향을 결합시킨 형상적 사유의 산물〉로 규정되고 있으며, 당의 정책 노선과 정치적 전략에 의거한 도구로서 시가 존재한다는 것을 잘 알 수 있게 한다.

② 소설

1980년 이후의 북한 소설은 그 주제에 따라 크게 두 갈래로 나눌 수 있다. 하나는 역시 시에서와 마찬가지로 주체문학의 큰 흐름이며, 이는 김일성을 대상으로 한『불멸의 력사』총서와 김정일을 대상으로 한『불멸의 향도』총서가 주축이 된다. 다른 하나는 사회주의 현실주제문학으로서 이는 1980년대 들어 처음 나타나기 시작하는 경향이며 세대 간의 갈등, 부부간의 갈등 및 여성의 사회 활동을 둘러싼 갈등, 경제문제와 관련된 갈등, 통일주제문학 등을 대표적인 주제로 하게 된다.

이 가운데 세대 간의 갈등을 다룬 소설은 젊은 세대와 나이 든 세대의 교감을 다룬 작품(김삼복의「세대」, 백남룡의「60년 후」, 리규택의「인간의 수업」, 신용선의「나의 선생님」등), 세대 간의 갈등을 다루면서 젊은 세대의 가능성을 강조한 작품(백보흠의「천암산」, 정현철의「삶의 향기」, 김창옥의「마감 사람들」등), 세대 간의 갈등을 조명하면서도 두 세대의 중요성을 함께 인식하고 있는 작품(백보흠의「우리의 벗」, 백철수의「어제도 오늘도」, 윤리태의「어제와 오늘」등)으로 구분하여 볼 수 있다.

부부간의 갈등이나 여성의 사회 활동에 관한 소설로는 우리에게 잘 알려진 백남룡의『벗』[15]이 이혼문제를 다루고 있고 김교섭의『생활의 언덕』[16]이 부부간의 갈등과 여성문제를 함께 다루고 있다. 그 외에도 여성의 직장문제와 고부간의 갈등 등 가정생활을 다룬 작품이 많이 산출되고 있다. 대표적인 작품으로는 강복례의「직장장의 하루」, 리광식의「벗에 대한 이야기」, 방정강의「어머니의 마음」등이 있다.

무사안일주의와 관료주의를 둘러싼 작품으로는 강수의「언제나 그날처럼」, 안홍윤의「칼 도마 소리」, 백남룡의「생명」, 최성진의「이웃들」, 한웅빈의「행운에 대한 기대」등이 대표적이다.

경제문제와 관련된 갈등을 다룬 소설은 과학기술주제의 소설과

---

15) 백남룡,『벗』(문예출판사, 1998).
16) 김교섭,『생활의 언덕』(문예출판사, 1984).

농촌소설이 특히 중점적으로 그려진다. 전자의 경우 소설에 등장하는 청년 과학자 및 기술자는 당과 수령에 대한 충성심이 강하고 창조적 지혜와 열정의 소유자이다.[17] 허춘식의 『야금기지』, 리희남의 『여덟시간』 등은 이 분야의 살 그려진 소설로 통한다. 후자의 경우는 북한의 경제적 낙후성과 뒤늦은 농촌에 대한 관심을 보여주는 것으로, 창작의 실제에 있어서는 객관적 농촌 현실의 반영이 이루어지지 않고 도식성도 예전과 그대로인 한계점이 드러난다. 그중에서도 김삼복의 「향토」와 리명의 「명부암」등이 비교적 성공한 소설로 꼽힌다.

통일주제문학은 전통적으로 반미 투쟁으로부터 출발[18]하는 것인데, 1990년대 이후에는 북한 인물들이 겪은 분단 현실을 다룬 작품이 점점 많아지고 있다. 이를 주제별로 구분해 보면, 분단 현실에서 북한 사람들이 겪는 문제를 다룬 작품(리화의 「옛말처럼」), 이산가족의 아픔을 다룬 작품(임종상의 「쇠찌르레기」), 남한의 현실주제를 다룬 작품(김대성의 「상승」), 해외 동포의 현실을 다룬 작품(설진기, 「조국과의 상봉」), 반미 투쟁을 주제로 한 작품(남대현의 「광주의 새벽」), 남한의 방북 사건을 다룬 작품(리종렬의 「산제비」)으로 나눌 수 있다.

이상의 이 시기 소설들을 종합해 보면 작가들의 예술적 기량이 성숙되고 있음을 알 수 있으나 결말의 도식성 등 여전히 극복하기 어려운 한계를 발견하게 된다. 그러나 〈숨은 영웅〉의 등장이나 긍정적 인물 및 부정적 인물의 갈등 구조 등은 지금껏 북한문학에서 볼 수 없던 것으로 향후의 문학적 전개와 더불어 주의 깊은 관찰을 필요로 한다 하겠다.

---

17) 정희, 「현실주제소설문학에 형성된 우리 시대 청년 과학자, 기술자의 성격적 특질」, 『조선어문』, 1964. 4.
18) 박영태, 「반미투쟁을 주제로 한 소설을 더 많이 창작하자」, 『조선문학』, 1986. 3.

3 결론

이 글은 해방 후 북한 문예 이론의 문학작품에의 적용 양상을 실증적로 고찰하기 위한 목적으로 작성되었다. 동시에 그러한 실증적 연구 결과와 더불어 향후 북한문학의 사회적 환경 및 인민 생활과의 상관성을 확인하고 남북한 이질성의 극복과 통합문학사의 가능성 및 문화 통합의 전망을 설정해 보기 위한 목적을 가지고 있었다.

글의 준비 기간 및 글의 분량 등의 사정으로 조사·연구된 자료나 결과를 모두 여기에 수록하지 못했으며, 북한 현대 문학사의 문예 이론과 작품의 실증적 분석을 모두 한데 모은다는 것이 실상은 너무 과한 의욕이기도 했다고 여겨진다.

그러나 점진적으로 확대되고 있는 남북한 비교 연구 또는 공동 연구의 당위성이나 민족적 삶의 실제에 적용되는 인식의 원형을 확보해 가는 일의 중요성에 비추어볼 때, 추후 더욱 집중적인 노력이 필요한 연구가 아닐 수 없다. 북한의 문예 이론을 개괄적으로 살펴볼 수밖에 없었음은 아쉬운 점이다.

문예 이론이 적용되는 문학작품의 창작 시기에 있어서는 해방 이후 해방 공간과 1950년대를 분단 체제의 성립기로, 1960년대와 1970년대를 그 심화기로, 그리고 1980년대 이후를 그 변화 및 반성기로 보아 포괄적인 시대 구분을 선택하였다.

이러한 느슨한 문학사적 시기의 분할은 장차 남북한 문학을 비교 연구하는 데 있어서도 작품을 보는 시각의 유용성과 평가 및 판단의 여유를 줄 것으로 본다. 북한문학의 내부에서도 남한문학에 대한 관심이 점차 높아지고 있으며, 또한 남한문학에 있어서도 북한문학에 대한 관심이 증폭 일로를 걷고 있는 것은 민족적 문화 통합의 장래를 두고 볼 때 매우 바람직한 현상이다.

1988년 남한에서의 납·월북 문인에 대한 해금 조치 이래 북한

현대 소설 출간이 하나의 유행성 풍조를 보였으며,『피바다』와『꽃
파는 처녀』를 뒤이어 백남룡의『벗』, 김일우의『섬사람들』, 김종인
의『무등산』, 강학태의『조선의 아들』, 남태현의『청춘송가』, 최상순
의『나의 교단』, 석윤기의『봄 우뢰』, 권정웅의『1932』, 김정의『닻
은 올랐다.』, 하정회의『백양나무』, 최창학의『위대한 사랑』, 허문길
의『대학시절』, 홍석중의『높새바람』, 김석범의『사랑으로 쓰는 교
육수첩』, 백보흠의『우리의 벗』등이 연이어 쏟아져나왔던 사실을
우리는 기억하고 있다.

물론 그 미학적 가치로 인하여 남한의 독자들에게 지속적인 만족
감을 줄 수 없었으며 따라서 초기의 관심이 계속해서 이어지지는
못했지만, 이는 남북한 문학의 상호 관심사가 언제든지 일정한 조류
와 응집력을 유발할 수 있다는 사실을 잘 말해 준다.

그리고 국내외 여러 인사들에 의해 북한 방문기가 씌어지고, 그것
이 북한을 객관적으로 바로 바라볼 수 있는 기능을 포괄하면서 상
당한 수준의 수용력을 보이기도 했다. 루이제 린저의『북한이야기』
는 그녀의 남한 방문기인『전쟁놀이 장난감』과 짝을 이루면서 화제
를 모았고, 이은일의『나에겐 또 하나의 조국이 있었다』, 조명훈의
『북녘일기』, 황석영의『사람』, 홍경자의『내가 만난 북녘사람들』, 문
귀현의『분단의 장벽을 넘어서』, 임수경의『어머니 하나된 조국에
살고 싶어요』, 문익환의『걸어서라도 갈테야』, 조광동의『더디 가도
사람 생각하지요』와『더디 가도 우리식으로 살지요』등이 상재되어
나와 있다.

남한에서의 문학사 기술에 북한문학을 한 영역으로 편입시키는
사례도 여러 저서들을 통해 나타났고, 학계에서도 국어국문학회가
대표적으로 〈북한의 국어국문학 연구〉(1990), 〈남북한 국어국문학
연구의 성과와 전망〉(1995) 등의 주제로 학술대회를 개최하는 등 다
양한 시도가 있어왔다.

이제 이러한 부분적이고 산발적인 시도, 노력, 연구들이 보다 장기적인 안목으로 연계되고 통합되어 본격적인 북한문학 연구의 흐름을 형성해야 할 시점에 이르렀다. 그것은 또한 분단 시대를 살고 있는 이 땅의 모든 문학 연구자들에게 부하된, 중요한 숙제요 오랜 운명과도 같은 것이다.

해방 후 북한문학의 변화와
남북한 문화 통합의 전망

1　머리말

남북 관계가 급속히 변화하고 있다. 정치, 경제, 군사, 인적 교류 등 여러 부문에서 과거 냉전 시대 반세기의 경과를 단숨에 축약할 만한 변화들이 잇달아 일어나고 있다. 그 가장 큰 분기점은 지난해 6월 15일의 남북 정상 회담과 양 정상의 공동 선언, 그리고 그에 의거한 8·15 남북 이산가족 방문단 교환이 될 터이나 이 또한 그간의 오랜 교감과 교류의 실행이 없었으면 불가능한 일이었다.

그런데 위에 열거된 시기에 보다 중요한 것은 남북 간의 이와 같은 상황을 외향적이고 피상적인 관찰로 일관하지 않고 그것에 대한 대표적이고 실제적인 탐색으로 점검해 보는 작업이라 하겠다. 이 모든 현상들이 마침내 인정되고 확정되어서 남북 간의 새로운 제도와 관습, 그리고 양자의 서로 다른 인식을 한 방향으로 통합하는 사회·문화적 감응력의 확장으로 나아가야 한다. 그와 같은 측면에서 분단 체제의 변화와 남북한 문화 통합의 전망, 그리고 남북한 문화의 과제를 살펴보는 것은 매우 의의 있는 일이라 아니할 수 없다.

우리 민족의 역사상 최대의 비극으로서 6·25 동란은 조국을 두 동강으로 갈라놓았다는 표층적 사실과 함께 동시대를 살고 있는 수

많은 개개인의 생애에 지울 수 없는 깊은 상처를 안겨주었다. 문제는 이 상처의 그루터기가 〈과거완료〉의 사실이 아니라 지금도 내연하는 〈현재진행형〉이라는 점이다.

외면적으로 한반도의 분단이 고착화된 것과 우리의 의식 체계 및 문화 관습에서 건강한 활력이 위축된 것은 서로 떨어져 있는 별개의 항목이 아니다. 6·25가 한국 현대 문학사를 관류하여 하나의 줄기를 이루는 소재가 되어온 것은 그 여파의 자장이 여전히 우리 삶의 뿌리에까지 미치고 있기 때문이다. 이에 대한 작가들의 인식이야말로 분단문학의 다양한 시도와 전개를 가능하게 한 원동력이라 할 터이다.

시대 현실에 반응하여 패배와 반항의 군상을 그린 전후소설들, 그리고 이데올로기와 인간성의 갈등에 관념적으로 접근한 소설들을 거쳐, 1970년대 소설에 이르면 분단문제가 소설의 주요한 주제로 등장하는 사정을 훨씬 상회하여 이 주제로 인하여 우리 소설이 일대 흥왕기를 맞는 상황을 유발하게 된다.

전상국, 김원일, 윤흥길, 유재용, 하근찬, 홍성원, 한승원 등 주요한 작가들의 작품에서 6·25는 현실의 삶 속에 각인된 후유증의 진원, 유년 시절의 아프고도 잊을 수 없는 기억, 그리고 이제는 다시 점검되고 극복되어야 할 대상으로 형상화되었다. 1980년대로 들어와서는 이문열, 조정래, 김용성 등의 작가들이 본격적인 장편소설로 분단문제에 접근했으며, 임철우, 양선규, 이창동 등 미체험 세대들의 시각이 주목의 대상이 되기도 했다.

이러한 현상은 1990년대 들어 통일 시대 지향의 문학, 남북 간 화해의 전망을 탐색해 나가는 문학 또한 그 연장선상에 놓이게 한다. 남북한이 국토를 통일하고 문화를 통합하는 문제만큼 절실하게 우리 민족의 정신사를 압박하는 것이 없다고 한다면, 분단문학의 발전적 진행 단계야말로 민족사의 환부를 보살피는 작업이며, 직접적으로 밝은 해결의 길이 보이지 않더라도 꾸준하게 천착되어야 할 과제이다.

이와 같은 흐름에서 우리는 〈국가불행시인행(國家不幸詩人幸)〉이라는 동양 고시가의 경구처럼 6·25가 소설의 소재에 있어 중요한 보고(寶庫)가 되어왔고, 분단 이후 반세기를 헤아리는 세월이 지나는 동안 문학을 체험에서 분리시켜 역사적 안목 아래 정리할 수 있는 시간상의 간격을 확보해 주었음을 확인할 수 있다.

물론 문학이 이를 위해 구호나 행동을 앞세울 수는 없으며 그 해결의 가능성과 방안을 정신적 결정으로 응축하여 제시하는 데 그치겠지만, 이를 통해 우리 사회의 관심과 의욕을 환기하는 일은 민족과 역사 앞에 선 문학의 책무이기도 할 것이다.

분단된 조국의 비극을 언급할 때, 우리는 단순히 국토의 분단만을 말하지 않는다. 크게는 민족동질성의 균열로부터 작게는 일상적 삶의 밑바닥에까지 침투해 있는 쓰라린 고통에 이르기까지 끈질긴 멍에로 남아 있는 분단 상황의 극복을 전제하지 않고서는, 자유롭고 진취적인 우리 민족의 진로를 그려보기가 불가능하다. 그럼에도 불구하고 그 극복이 오늘 내일의 일이 아님이 분명한 이상, 우리는 분단의 언덕을 넘어서 통일의 길로 시대사의 물줄기를 전이시켜 갈 정신적 단련을 구체적으로 제시해 보는 데 게으를 수 없는 처지에 있다. 오늘날 우리 분단문학이 서 있는 지평은 바로 이와 같은 숙제를 안고 선 자리라 해야 옳을 것이다.

이와 같은 특수성이 자체적인 체험과 반응의 양식을 설명하는 데 머물 때에는 한 특정한 문화의 개별성을 드러내는 데 그치겠지만, 문학적 형상력을 통하여 역사적 계기의 의미 공간과 공감의 영역을 넓혀나갈 때에는 보다 확장된 보편성을 확보하게 된다.

이는 곧 우리 문학의 소재적 측면에서 가장 큰 줄거리를 이루고 있는 분단 현실을 어떻게 형상화하여야 세계문학의 무대로 나아갈 발판이 마련될 수 있을 것이며, 그에 앞서 어떻게 특수한 상황의 주변성과 한계성을 극복할 수 있을 것인가라는 커다란 부피의 질문과 관련되어 있다.

기실 분단 시대의 삶과 문학적 형상력에 관한 이러한 인식을 바탕으로, 그동안 우리 문학 내부에서는 많은 논의가 이루어져왔고 또 구체적인 작품의 생산도 볼 수 있었다. 그런데 1990년대 들어 남북 간의 접촉 면적이 여러 부면으로 확대되고 또 활발해짐에 따라 더 이상 북한의 정치·경제 및 사회적 현실과 북한문학을 도외시하고서 우리 문학의 장래를 설정하는 것이 불가능하게 되었다. 그것은 단순히 그렇게 되었다고 언급하기에 앞서서, 오히려 우리 문학의 능동적 추동력으로 그것을 촉진하고 담보해 나가야 할 명제로 받아들이고 있기 때문이다.

그런 점에서 이 글에서는 해방 후 북한문학의 변화 양상을 전반적으로 검토해 보려고 하며, 우리에게 익숙한 우리 문학의 시각으로 북한문학과 남북한 통합 문학의 전망을 내세우는 방식을 지양하고 오히려 북한문학의 시각으로 그 영역을 확보해 보려 시도하게 될 것이다.

2 해방 후 북한문학의 전개와 변화 양상

남북한 분단 이후의 북한문학은 1967년 〈조선노동당 제4기 15차 전원 대회〉를 기점으로 그 전후의 시기가 현격한 차이를 드러낸다. 이 분기점을 구획하는 개념은 주체사상과 주체사관에 바탕을 둔 주체문학이다.

해방 직후에서 〈고상한 리얼리즘〉이 정착되는 1947년까지 북한문학의 초입은 일본 식민지하 프로 문학에 대한 비판적 계승이 주된 골자를 이루고 있으며, 1946년 토지 개혁을 계기로 〈건국사상 총동원 운동〉 등 〈사상교양운동〉이 활발하게 일어나게 된다. 〈고상한 리얼리즘〉은 그에 따른 하나의 창작 방법이며, 이것은 그 후로 전개되는 북한문학의 완강한 도식주의에 하나의 출발점을 이룬다.

1948년 9월 정권의 체계가 갖추어진 다음 북한문학은 냉전 시대의 전개를 반영하는 정의, 예컨대 〈조선문학의 또 다른 특징은 사회주의 조국인 소련을 선두로 하는 제 인민민주주의의 국가와 전세계 근로자 인민과의 굳은 단결과 친선과 화목을 표시하는 국제주의 사상을 그 기본으로 하는 문학〉[1]과 같이 소련식 공산주의와 유물사관을 비판없이 추종하는 외형을 보인다.

동시에 정권 주체 세력들의 입지를 더욱 강화하기 위해 1953년 임화, 김남천, 이태준 등 남로당계 작가의 숙청, 1956년 한효, 안함광 등에 대한 반종파 투쟁을 거쳐 문학의 정치주의적 경향이 가속화되기에 이른다. 이 시기의 북한문학은 한반도의 역사 위에 새로운 정치 체제로 등장한 공산정권과 그 이론을 문학과 조합하는 실험적 단계를 거친다.

그 후 1958년 말 사회주의 사회로의 개조와 정치적 전망이 공식화되는 시기부터는 북한 정치 체제와 제도에 부응하는 공산주의자의 새롭고도 전형적인 성격을 창조하는 데 주력하게 된다. 이 무렵 부르주아 잔재와의 투쟁 과정이나 천리마 운동에 발맞춘 공산주의 문학 건설의 슬로건은 바로 그 공산주의 원론에 근거한 공산주의자의 전형을 창조하려는 북한문학의 지향점을 반영하고 있다.

1967년 이후의 북한문학은 주체사상, 주체문학을 논리화한 이후 이를 문학에 반영되는 유일사상 체계로 수렴하면서 소위 수령형상문학[2]의 시발을 보인다.

---

1) 한식, 「조선문학에 나타난 국제주의 사상」, 『문학의 전진』, 1950.
2) 수령형상문학의 대표적인 작품으로 김일성의 혁명적 업적을 찬양하기 위해 1967년

이 분기점을 계기로 북한문학은 그 이전 마르크스·레닌주의 미학 및 카프와 항일 혁명문학을 계승하던 성향에서 주체문학 예술에 기초를 두고 그에 상관된 김일성의 빨치산 운동을 유일한 항일 혁명 전통으로 받아들이는 방향으로 급격히 선회하였다.

여기에서부터 북한문학의 상투성·도식성·무갈등성 등 획일화의 폐단이 비롯되며, 1980년대 초반에 이르러서 그에 대한 공식적인 반성의 표현이 나타난다. 물론 1980년대에 들어서도 주체문학 또는 수령형상문학의 본류가 쇠퇴하는 것은 아니지만, 1967년 이후 10여 년간 북한문학은 수령형상문학만을 지상의 목표로 하는 무풍지대에 침윤해 있었던 셈이다.

1980년 1월, 김정일은 조선작가동맹 회의에서 〈높은 당성과 심오한 철학성으로 주체적인 창조 세계를 구현해 나갈 것〉을 교시하였다.

이때 〈높은 당성〉이란 주체문학의 기본적인 패턴을 유지하는 것을 말하며, 〈심오한 철학성〉이란 문학이 북한의 사회 현실 및 인민 대중과 괴리되지 않도록 현실적 상황을 반영하도록 교시한 것을 말한다.

1986년에 이르러서도 김정일은 「혁명적 문학예술작품 창작에서 새로운 앙양을 일으키자」라는 글을 통해, 체제 외부의 사상적 침투를 경계하면서도 다시 문학이 현실적 상황을 반영하도록 교시하였다.

이러한 북한의 문예 정책 변화는 주체문학을 본류로 하고 부수적으로 현실주제문학론을 내세우는 것으로, 이는 더 이상 문학을 현실로부터 차폐된 자리에 두는 것이 이득이 되지 못한다는 자체 평가의 결과이다.

1990년대 북한문학이 보이는 보다 확장되고 강화된 변화의 모습은 이와 같은 역사적 전개 과정을 거쳐 비로소 가능해진 것이다.

6월에 결성된 4·15 문학 창작단의 『불멸의 력사』 총서와 1980년 이후 김정일의 공적을 내세우기 위한 『불멸의 향도』 총서 등 집체 창작 문학작품을 들 수 있다.

북한에서의 문학사 서술은 북한 내부의 역사 발전 과정과 문예 정책에 밀접하게 상관되어 있으며, 이는 북한에서 사용하고 있는 문학사의 정의, 즉 〈문학의 발생 발전의 합법칙성을 밝히며…… 합법칙성을 옳게 밝히려면 매개 문제들을 인민사와의 밀접한 련관 속에서 당대의 사회 제도, 계급투쟁, 경제 관계, 정치 및 사회적 의식 형태들 그리고 다른 예술 종류들과의 호상관계 속에서 고찰하여야 한다〉[3]와 같은 설명을 통해 쉽사리 알 수 있다.

그런 점에서 북한의 문학사 연구는 인문과학이 아닌 사회과학의 영역에 속한다[4]는 논거는 타당하다.

주요한 북한의 문학사 가운데 자주 거론되는 것으로는 1959년 〈조선민주주의인민공화국 과학원 언어문학연구소 문학연구실〉 발간으로 되어 있는 『조선문학통사』(상·하권)와 1977-1981년 사회과학원 문학연구소에서 집필한 『조선문학사』(전5권), 그리고 1986년 정홍교, 박종원, 류만 등을 저자로 한 『조선문학개관』(Ⅰ·Ⅱ)을 들 수 있다.

각 문학사의 발간 연도를 통해 알 수 있듯이 주체문학 확립 이전의 『조선문학통사』는 새로운 체제로서의 사회주의 예술 미학 확립을 위한 당의 정책과 사회과학적 연구 방법을 기초로 하고 있다.

반면에 『조선문학사』와 『조선문학개관』의 경우는 해방과 분단 이후 북한에서 수행된 문학의 전개와 성과를 주체사상과 주체문학의 준거에 따라 편성된 것이다. 따라서 『조선문학통사』에서와는 달리 카프문학이 축소되고 항일혁명 안에 편입되어 나타나는 것을 볼 수 있다. 가장 늦게 간행된 『조선문학개관』의 경우 주체사상의 일관된 적용을 위해 『조선문학사』가 무리하게 기술했던 근·현대 문학의 축소와 왜곡이 교정되는 면모도 나타나고 있다.

이 문학사들은 대체로 고대와 중세의 문학보다 근대 이후의 문학

---

3) 사회과학원 문학연구소 「문학사」, 『문학예술사전』(과학백과사전출판사), 365쪽.
4) 김대행, 「북한의 문학사 연구, 어디까지 왔는가」, 《문학과 비평》, 1990년 가을호.

에 대한 서술에 광범위한 비중을 두는 특성을 보인다. 이를 알기 쉽게 하기 위해 각 문학사의 서술 시기를 나열해 보면 다음과 같다.

『조선문학통사』 상권(1959.5.) : 고대 문학-19세기 문학
『조선문학통사』 하권(1959.11.) : 1900년-전후 시기의 문학
『조선문학사』 1권(1977.12.) : 고대·중세편
『조선문학사』 2권(1980.7.) : 19세기 말-1925년
『조선문학사』 3권(1981.12.) : 1926-1945년
『조선문학사』 4권(1978.10.) : 1945-1958년
『조선문학사』 5권(1977.12.) : 1959-1975년
『조선문학개관』 1권(1986.11.) : 원시 고대-1920년대 전반기
『조선문학개관』 2권(1986.11.) : 1920년대 전반기-1980년대 전반기

이는 문학을 북한 체제의 근·현대적 성격과 관련하여 서술하려는 집필자들의 의도를 보여주는 대목이기도 하다.

1980년대 이후의 현실주제문학론이 문학사 기술에 미친 영향은 문학사에 있어서의 작가들에 대한 가치 평가로도 반영되고 있다. 예를 들어 반인민적 반동적 작가로 규정되던 이광수가 『조선문학개관』에서 긍정적 평가를 획득하는가 하면, 『조선문학사』에서는 친일 행적으로 인하여 거론조차 되지 않던 이인직이 『조선문학개관』에서 이광수와 유사한 평가를 받는다.

또한 『조선문학사』에서 누락되었던 김소월과 한용운에 대한 긍정적 평가가 『조선문학개관』에 다시 반영되는 것도 이와 같은 맥락에 속한다.

1980년대 이후 북한 사회의 개방화에 대한 관심이 증폭되고 또 사회주의 현실을 실제적으로 드러내는 작품들이 이전 시기와는 다르게 다수 생산되면서, 북한문학이 그 내부에서부터 부분적인 변화

를 보여온 것은 사실이다.

산업화 과제가 정책의 주안이던 1970년대의 〈생산 현장 영웅〉에 비해 〈숨은 영웅〉이 등장하고, 주체 문학론과 부수적 현실주제 문학론의 병행을 뜻하는 〈높은 당성과 심오한 철학성〉의 구현이 새 지도자 김정일의 교시[5]로 나타난다.

이때 당성과 철학성은 서로 이율배반적인 방향성을 갖고 있지만, 기존의 것을 지키면서 새로운 것을 추구해야 하는 북한문학의 딜레마를 함축하고 있는 배합에 해당한다. 북한의 문예 정책 당국으로서는 문학의 대중 장악력이 현저히 떨어진 현실을 버려둘 수 없었던 것이다. 그에 대한 처방으로 일종의 철학성을 바탕으로 현실의 〈의의 있는 문제〉를 포착하려 했던 것이다.

이러한 사실들은 1980년대의 북한문학이 획일성을 극복하려는 노력과 탈이데올로기의 시대적 분위기를 반영하고 있음을 보여준다. 물론 현실주제문학 가운데에서도 체제 자체에 대한 비판은 나타나지 않고 체제 내적인 갈등을 부분적으로 다루고 있는바, 여전히 인물의 고정성이나 결말의 도식성을 극복하지 못한 형편이다.

1990년대의 북한문학은 다음과 같은 두 가지 성격을 확연히 드러낸다. 첫째는 〈높은 당성〉을 철저히 구현하면서 혁명적 낭만주의의 경향으로 사회주의적 영웅을 긍정적 인물로 그리는 것이고, 둘째는 1980년대보다 더 강력하게 도식주의적 창작 성향을 비판하면서 문학의 지성도를 높이고 현실의 진실성을 창조하려는 것이다. 이 양극화 현상은 김정일의 저서 『주체문학론』[6]에서 뚜렷하게 천명되고 있다.

이 저서는 1967년 주체문학의 시발로부터 당대에 이르기까지 김정일에 의해 주도된 북한 문예 정책의 총화이며, 급격하게 변화하는

---

5) 1980년 1월 제3차 조선작가동맹대회에서 김정일이 행한 연설의 요지는 〈높은 당성과 심오한 철학성의 구현〉이다.
6) 김정일, 『주체문학론』(조선로동당출판부, 1992).

세계사의 상황에 따라 북한문학의 변화를 새롭게 덧붙인 것이다.

특히 과거 문학 유산에 대한 재평가를 통해 그동안 부당하게 소외되었다고 판단된 카프문학과 실학파 문학에 대해 다시 긍정적으로 평가하는 변화를 보여주고 있다. 북한 정책당국의 승인 아래 1980년대 중반부터 이루어졌던 이인직, 이광수, 최남선에 대한 재평가와 더불어 한용운, 김억, 김소월, 정지용, 심훈, 이효석, 방정환, 나운규 등을 새롭게 평가하는 작업도 이루어지고 있다.

『주체문학론』에서 〈문화유산론〉과 함께 새롭게 제기된 과제는 〈리얼리즘론〉이었으며, 이는 영웅적이고 긍정적인 인물에 기초한 〈고상한 리얼리즘론〉에 반하는 것으로 도식적 인물의 긍정 및 부정에 대한 비판까지도 그려내야 한다는 인식을 담고 있다. 이는 문학 일반의 독자층과 학계의 변화 욕구를 수용하는 한편, 동구 사회주의권 붕괴 이후 〈우리식 사회주의〉와 〈우리식 문화〉의 구체적 모색을 시도한 것이라 할 수 있다.

1994년 7월 김일성의 사망은 북한의 모든 정책적 판단을 중지 사태로 몰아가고 남북 간의 평화적 분위기도 급랭시켰다. 그것은 또한 북한문학을 일시적으로 1980년대 이전으로 회귀하게 하는 경향을 나타내기도 했다. 이는 궁극적으로 북한의 체제 유지에 대한 위기감에서 말미암은 것으로, 김정일 시대와 그의 체제가 안정되기까지 회피할 수 없는 상황인 것이다.

또한 1990년대 중반 이후 계속되고 있는 북한의 식량난은 위기감을 더욱 고조시키면서, 그와 같은 사회적 위기가 문학적 상상력의 억압으로 나타날 수밖에 없다.

그러나 정보화 시대의 개막과 통신망의 발달로 인한 전세계의 지구촌화는 북한 사회의 개방과 체제 변화를 요구하고 있으며, 앞으로 북한식 사회주의의 성패와 관계없이 〈현실주제문학〉의 생산은 누구도 가로막을 수 없는 명제가 될 가능성이 크다고 할 수 있겠다.

3 북한 문예 이론과 문학작품의 상관관계

북한의 문예 이론은 〈주체철학을 빛나게 구현〉한 것이며 이로써 〈인간학으로서의 문학예술에 대한 리론을 확고한 과학적 토대 위에 올려놓았다〉[7]고 설명된다. 즉 북한 문예 이론의 토대는 주체사상이며 이로부터 문예 이론이 과학적 토대를 갖게 되었다는 주장이다.

북한문학에 있어서 문예 이론의 변화는 철저히 당의 정책적 지침에 따르고 있으며, 문학은 그 사회 구성원의 정신적 교양을 위한 도구의 기능을 담당하고 있다. 따라서 주체문학이라는 확고한 문예 이론이 정립되기 이전, 곧 1967년 이전의 북한문학은 대체로 고상한 리얼리즘이나 사회주의적 리얼리즘과 관련된 인물 형상을 검증해 볼 수 있고, 1967년 이후의 북한문학은 주체사상 및 주체문학과의 관련 아래 시대 현실의 변화에 맞추어 나타난 교시 또는 지도적 지침을 문학 창작의 실제와 대비해 볼 수 있다. 여기에서는 상기 1967년이라는 분기점 이후의 주체문학을 중심으로 살펴보기로 한다.

물론 1967년을 넘겼다고 해서 북한문학의 목적이나 주제가 단번에 큰 차이를 드러내는 것은 아니다. 다만 주체 문예 이론이라는 범주 안에서 시대 변화에 따라 변화하는 당의 교시와 그에 연동된 북한문학의 부분적인 변화를 포착할 수 있을 뿐이다.

1967년부터 1970년대까지는 수령형상 창조를 통한 당성의 고취와 민족적 형식의 전범 제시가 주요한 관건으로 떠오른다. 당과 조국과 수령은 동일한 존재로 간주되며, 수령 형상의 창조는 긍정적 주인공과 주체적이고 자주적인 인민의 삶을 그리는 일과 동일시된다.

또한 민족적 문예 형식과 항일혁명 전통을 계승하기 위해 항일혁명문학의 발굴과 소개가 이루어지고 「꽃 파는 처녀」, 「한 자위단원

---

7) 사회과학원 문학연구소, 『북한의 문예 이론』(인동, 1989), 10-11쪽.

의 운명」, 「조선의 노래」 등 혁명 가극을 소설로 옮기는 작업도 진행된다. 이들은 수령형상의 창조와 당성의 구현을 통해 민족적 형식을 정립하고 인민성을 가장 잘 표현했다는 설명에 이른다.

1980년대는 〈숨은 영웅〉의 창조와 형식적인 미에 대한 강조가 두드러진 시기이다. 김정일은 1980년 1월 8일 제3차 조선작가동맹대회에 보낸 서한인 「현실 발전의 요구에 맞게 작가들의 정치적 식견과 기량을 결정적으로 높이자」라는 글에서, 〈숨은 영웅〉의 창조에 대해 고상한 풍모와 아름다운 정신 세계를 형상하도록 당부하였다. 이것이 1980년대 북한의 움직일 수 없는 창작 지침이 된 것은 불문가지이다.

이러한 숨은 영웅의 형상화와 지나친 도식주의 및 무갈등의 극복을 향한 노력 등은 1980년대에서 1990년대에 이르는 북한문학 전반에 걸친 미세한, 그러나 분명한 변화에 발판이 된다. 이는 주체문학을 인민 대중과 연계하려는 의도를 반영하는, 북한문학 내부의 시대적 분위기 판독과 밀접히 연관되어 있다.

1990년대는 대중의 인텔리화와 새세대 인물의 창조 등의 문제가 문학의 과제로 나타난다. 동시에 1992년 김정일의 『주체문학론』에서부터 카프문학과 실학파 문학의 재조명, 민요·시조·궁중 예술에 대한 재평가가 논의되며 사회주의적 긍정 인물론이나 혁명적 낭만주의에 대한 비판도 볼 수 있다. 즉 〈소설의 주인공이 현실에 실지 있는 인간이어야 하고 사람들 곁에서 같이 숨쉬고 있는 친근한 모습으로 안겨와야 한다〉는 주장이 등장하는 것이다. 현실주제문학의 이와 같은 흐름은 궁극적으로 1990년대 과학기술 향상을 위한 노력이나 새세대 인텔리의 양산이라는 목표와도 관련되어 있다.

김일성 사후에도 북한문학은 여전히 혁명문학의 전통성 확보와 그 계승을 위한 강력한 노력을 보이고 있으며, 김일성에 대한 충성 및 계속적인 형상화와 더불어 김정일에 대한 충성의 맹세 및 다짐

이 문학의 주제로 드러나고 있다.

이상과 같은 북한문학의 성격은 문학의 계몽성과 효용성에 대한 북한 특유의 인식을 바탕으로 하고 있으며, 이는 남한문학의 실상과 대비해 볼 때 그 간극이 너무도 커서 추후 남북한 문화 통합이나 통합 문학사를 염두에 둘 때 그 험난한 앞길을 예고하고 있다 하겠다.

4 북한문학의 사회적 환경과 민족사적 의미

북한문학이 당의 정치·사회적 목표를 반영하고 있고 선전·선동의 도구로 기능하고 있는 만큼, 그 주제에 있어 인민 생활의 진솔한 모습을 반영하고 있다고는 보기 어렵다. 그러나 작품의 구체적 세부를 이루는 소재에 있어서는 인민 생활의 현실을 바탕으로 하지 않을 수 없다. 이러한 측면은 1980년대 이래의 현실주제문학에 있어서 더욱 현저히 드러나는 추세이며, 북한의 문예 정책 당국도 문학과 인민의 접촉 면적을 확대하기 위해서는 그와 같은 현상을 용인하지 않을 수 없는 형편인 셈이다.

북한 시에 나타난 현실주제의 사회 현실은 청춘남녀의 연애나 중매, 여성들의 사회 활동, 생활 풍습과 민속놀이, 생활 속에서의 통일에 대한 기대 등 점차적으로 다양한 형태를 보이고 있다. 북한소설에 나타난 사회 현실은 혼인과 가족의 형성, 부부 관계, 부모와 자녀의 관계, 이혼문제, 농촌 생활, 산업 자원과 에너지 문제 등 더 다양한 형태를 보이고 있다. 기본적으로 북한 사회가 역사 이래 보기 드문 폐쇄성을 갖고 있는 만큼, 문학작품에 나타난 소재적 차원의 정보를 통해 그 실상을 정확히 추론하기는 어렵다.

그런데 이들 작품을 통해 분명히 드러나는 한 가지는 구체적인 인민 생활에 있어서 김일성과 김정일이 갖는 실제적 위치의 문제이다. 문학 속에서 발생하는 모든 문제의 해결책이 언제나 김씨 부자의 교시와 사랑에 맞닿아 있다는 점이 그것이다. 예컨대 세대 간의 갈등이나 부부간의 의견 대립, 농촌을 버리고 도시로 떠나는 자녀들 등 이 작품 속에서 서로의 입지를 가지고 맞서 있을 때, 이 구조적 대립을 해소하는 방안은 문학의 내부의 논리와 질서에 의존하는 것이 아니라 문학 밖으로부터 유입되는 수령과 지도자 동지의 은덕으로부터 말미암은 것이다. 이는 북한문학의 한계이며 향후의 과제이기도 한데, 동시에 그만큼 남북한 문학의 이질성과 문화 통합의 전망이 험난하다는 사실을 일러주고 있다.

남북한 통합 문학사의 전망이 순탄하지 않은 것은 북한문학이 남한의 그것에 비해 훨씬 더 체제 종속적이라는 사정, 곧 북한문학만의 문제로 귀일하는 것은 아니다. 이는 공히 남북한 양자 간의 문제이며, 따라서 그 문제의 극복을 위한 노력도 양측에서 함께 병행되어야 마땅하다.

그동안 남북한 통합 문학사를 서술하려는 노력이 지속적으로 있었으나, 대개 산발적인 연구의 형태로 끝났으며 그 접근 방식 또한 정론화되어 있지 않다. 다만 문학사 기술을 위한 방법론의 문제에 있어서는 김윤식[8]과 최동호[9]의 논리를 주목할 만하다.

김윤식은 〈근대성〉의 문제로 남북한 문학사의 접근을 시도하고 있으며, 그는 북한의 문학사를 초역사 곧 초근대, 혹은 탈근대의 성격을 띠는 것으로 파악하여 북한문학사의 이러한 몰근대성에서 오는 위기의식을 근대로 회귀하려는 지향성을 낳게 되는 요인으로 파악한다. 이러한 근대성에 대한 해석은 남한의 경우와 결부되어 근대성 문제를 통해 남북한 근대 문학사를 정립하는 데서 두 문학사의 접점이 마련되어야 함을 상기시키고 있다.

---

8) 김윤식, 『북한의 문학사론』(새미, 1996)
9) 최동호 편, 『남북한 현대 문학사』(나남출판, 1995)

최동호는 남북한 현대 문학사 서술의 방법에 있어, 그것이 포괄의 논리, 사실의 논리, 근대성 극복의 논리, 민족문학의 논리 등 네 가지 논리를 모두 수용해야 한다고 주장한다. 그리고 이에 따라 남북 양측의 문학을 보다 공통된 관점 아래 일치시킬 수 있도록 기존의 시기 구분을 과감히 확대하여 설명하고 있다.

물론 이러한 시도들은 차후에 이루어질 실례적이고 구체적인 문화 통합을 위한 연구의 시론에 해당한다. 이제 본격적인 연구가 이루어지면 그 양상이 여러 가지로 나타나겠지만, 남북 양측이 가진 문화적 특수성을 어떻게 조합하여 보편성을 가진 문학 논의의 마당으로 끌어낼 것인가가 궁극적인 관건이 된다 하겠다.

너무도 이질적으로 자기 갈 길을 가버린 두 문학사의 접점을 찾고 그 통합을 모색하는 일은 기실 문학적 연구 과제로 그치는 것이 아니라 남북 동질성의 회복과 민족화합의 길을 닦는 작업이라는 중차대한 의미를 함께 끌어안게 될 것이다. 그러므로 남북한 통합 문학사는 그 자체가 이미 문학의 영역에 국한되지 않고 절실한 민족사적 과제로 떠오를 수밖에 없는 실정에 있다.

남북한 문학의 서로 다른 영역 및 차별성에 대한 인식과 연구가 실질적인 성과를 보이기 시작한 것은 1980년대 중반을 넘어서서의 일이다. 이 시기의 활발한 민족문학 논의가 우리 민족의 또 다른 구성원인 북한과 북한문학에 대한 관심을 촉발하였고, 그것이 진보적인 학계의 연구 대상으로 상정되기에 이르렀던 것이다. 북한문학에 대한 실질적 연구는 특히 1988년 7·7 선언에 이어 7월 19일에 이루어진 납·월북 문인에 대한 해금 조치[10] 이후 더욱 고무되고 활성

---

10) 이 해금 조치로 복권된 작가는 정지용, 김기림, 임화, 백석, 박팔양, 이용악, 오장환, 설정식, 권환, 박세양, 박아지, 김창술, 안용만, 조운, 조벽암, 임학수, 이흡, 이찬, 김조기, 김용호, 임선경, 안막, 여상현, 조남령, 유진오, 이병철, 박산운, 김상헌, 상민 등이며 홍명희, 한설야, 이기영, 조영출, 백인준 등 5명은 해금에서 제외됨으로 완전

화되었다.

그러나 북한문학의 온전한 연구에는 여전히 어려운 문제가 남아 있으며, 그것이 북한문학의 민족사적 의미를 긍정적으로 평가하는 데 적잖은 장애 요인이 되고 있는 것이 사실이다. 그중 주요한 항목 하나는 북한문학에 가해지고 있는 문학 외적인 힘의 실체이다. 이는 다분히 정치 목적을 수반하고 있어서, 문학의 형상이 북한의 정치 노선으로부터 직접적인 영향을 받고 있다는 점이다. 문학이 문학의 자기 체계 아래에서 논의와 연구를 수행할 수 없다면, 엄정하고 객관적인 문학사, 즉 민족사적 전망과 활로를 안은 문학사를 기술하기는 어렵다.

백낙청이 지적한 바와 같이 우리는 이미 분단 극복을 역사적 과제로 안고 있는 시대일 뿐 아니라 분단 체제를 꾸준히 허물어가는 다각적인 노력이 진행 중이고 그것 없이는 통일다운 통일을 생각할 수 없는 그런 시대에 들어서 있으며, 그리고 이런 통일 시대는 주어진 현실을 엄정하게 드러내면서 동시에 그 극복에 일조하는 문학 본연의 변증법적 작업이 요청된다.[11] 이와 같은 시대에 북한문학에 대한 민족사적 요구는 당연히 문학을 정치문제의 기계론적인 예속물로 전락시키는 데 반대할 수밖에 없는 것이다. 다만 아직도 북한이 그것을 수용할 만한 자체의 역량이나 개방화된 인식을 보유하지 못하고 있다는 사실이 더욱 문제의 해결을 요원하게 하는 원인이 되고 있다 하겠다.

물론 북한문학을 바라보는 우리의 시각에도 수정해야 할 부분이 있다. 북한문학을 단순히 이해하는 차원에서 머물지 않고 그것을 우리 문학과의 통합적 관점 아래 포괄하기 위해서는 그것을 자유롭게 수용하고 연구할 수 있도록 하는 환경의 조성이 필요하다. 이제는

히 자유로운 연구를 하기에는 여전히 상당한 한계가 남아 있었다.
11) 백낙청, 「통일시대의 한국문학」, 『한국현대 문학 50년』(민음사, 1995), 608쪽.

더 이상 낡은 논리로 그것을 방어하고 통제할 필요가 없을 만큼 우리의 문화 수준이 향상되었음을 상기해야 할 터이다. 연구자들 또한 북한문학을 우리의 잣대로만 재단할 것이 아니라, 그들의 역사적 관점과 특수성을 충분히 고려하면서 살펴보아야 할 것이다.

남북한 양측의 문학 가운데 각기 극복해야 할 문제, 항일 저항문학이나 수령형상문학과 같이 가치 판단의 기준이 극단적으로 다른 문제, 상대방의 문학에 비추어 관점을 조정해야 할 문제, 그리고 문학 외적인 제도와 체제로부터 말미암은 경직성을 넘어서 전민족적인 관심과 협력 아래 문화 통합의 전망을 현실화시켜 나가는 문제 등의 해결은 그 성과가 문학 내부에만 머무는 것이 아니라 마침내 민족적 숙원인 남북 화해와 평화 통일의 길을 닦는 데 기여하는 것이므로 가일층 진지한 연구가 요청된다 하겠다.

5 마무리

근래에 와서 북한문학에서 뚜렷하게 나타나는 한 가지 현상은 남한의 문학에 대한 관심이 점차 확대되고 있다는 점이다. 지금까지의 북한문학에 대한 논의는 기본적으로 북한문학 내부에서 이루어진 성과를 토대로 한 것이지만, 북한문학 내부에서도 동시대의 남한에서 북한문학에 대해 이루어진 연구나 관계 서지를 도외시해 버릴 수는 없을 터이다.

그러한 사정은 남한문학에서도 마찬가지이다. 미상불 1988년 남한에서의 납·월북 문인에 대한 해금 조치 이래 북한 현대 소설 출간이 하나의 유행성 풍조를 보였으며, 『피바다』와 『꽃 파는 처녀』에 이어 백남룡의 『벗』, 김일우의 『섬사람들』 등 많은 작품들이 우후죽순처럼 쏟아져나왔다. 그러나 북한문학에 비해 미학적 가치가 훨씬 앞서는 남한문학에 익숙한 독자들이 지적 호기심 이외에는 크게 구미가 동하는 요소를 발견할 수 없게 되자 1990년대 초반에 이러한 출간 사업이 시들해져 버리고 말았다.

하지만 남한 작가들의 작품 속에 등장하는 북한 현실은 점점 그 농도나 빈도를 더하여서, 이문열이나 김원일 등의 분단문학 이외에도 10여 편의 통일 가상소설이 등장한 바 있다.

그런가 하면 남한에서의 문학사 기술에 북한문학을 한 영역으로 편입시키는 사례가 여럿 있고, 학계에서도 이와 관련된 주제로 학술 대회를 개최하는 것을 보면 북한문학의 연구가 반세기를 넘어서는 이 분단 시대에 남한의 문학 연구자들에게 회피할 수 없는 소명적 과제임을 다시 한번 인식하게 한다.

앞서 서술한 바와 같이 1980년 이후 오늘의 북한문학은 1960년대 이래 주체 문예 이론의 완강한 얼개 아래에서 생활의 다양한 체험이나 창작 방법론의 변화를 부수적으로 수용해 온 외형을 나타내고 있다.

이러한 독특한 성향이 언제까지 유지될지 또는 어떠한 방향으로 발전해 갈지는 예단할 수 없는 일이지만, 한 세대가 넘어가도록 견고한 성채처럼 변동이 없던 주체문학론의 문학 현실에서 사회주의적 현실주제문학론의 새로운 조류가 시발되기까지는 결코 간단한 사실이 아니며 또 우연의 소치도 아니다.

궁극적으로 남북한 통합 문학사의 전망을 설정하고 조국의 통일이 성취되는 장래와 그것을 문학으로 다루는 작업이 소중하기는 남북한 문학이 마찬가지인데, 북한의 문학적 현실 변화가 그 길의 모색을 예고하는 하나의 시금석이 되어야 한다는 것은 남북한 문학 연구자 모두의 작은 소망이 아닐 수 없는 것이다.

우리는 북한문학의 논리와 작품의 실상을 우리 문학의 그것에, 또 우리 문학의 그것을 북한문학에 대비해 보고 그 의미를 규정하며 전망을 확장해 나가는 노력이 구체적 성과를 거둘 수 있도록 예리한 경각심을 가지는 것이 마땅하다. 또한 좀 더 시야와 범위를 넓혀서 재일 조선인 문학, 재러시아 고려인 문학, 연변 조선족 문학, 미주·구주의 한인 문학 등 한민족 문화권 전반과의 포괄적인 관련 아래 남북한 문학의 접점을 찾아볼 필요도 있다. 이와 같은 노력들은 곧 남북한 문학의 통합을 넘어서 민족적 통합의 가능성과 미래를 제시할 하나의 길잡이가 될 수 있기 때문이다.

급속도로 변화하는 남북 관계의 여러 상황에 견주어 앞으로 남북한 문화와 문학을 근접시키고 마침내 통합하는 문제가 우리의 목전에 다가올 것이다. 이를 위해 미리 준비해야 할 과제가 적지 않으며, 그것은 우선 북한문학의 정체성과 그 사회사적 의미에 대한 정확한 이해에서부터 출발하지 않으면 안 될 터이다. 여기서 분단 체제의 변화와 남북한 문학의 과제를 따져보는 일은 바로 그러한 노력의 한 유형이라 할 수 있겠다.

제 2 부

우리 문학의 새로운 영역과 방향성

대중 소비 사회와 문학의 운명

1 소비 시대의 성격과 문학

우리는 시대적 환경과 성격이 급속도로 변화하는 세계에서 살고 있다. 우리 삶의 정체성을 고정적으로 또는 명확하게 설명하기 어렵고, 그런 만큼 그에 대응하는 문학에 있어서도 현재적 성격과 진행 방향을 온전히 설명하기가 어려운 형편이다. 이처럼 급변하는 상황을 배경으로 하는 문학의 모습은 과거의 문학, 특히 리얼리즘 시대의 문학이나 예술과는 매우 다를 수밖에 없다.

이를테면 예술의 정의와 그 성격을 두고 리얼리즘을 예술의 건전한 경향[1]이라고 바라보던 시대와 오늘날의 경우는 여러 부문에서 현저한 차별성을 나타낸다. 이 양자를 직접적으로 비교해 보는 것은, 근대의 미학이론가 하르트만N. Hartmann을 이 전자 문화와 영상 매체의 네온사인이 휘황한, 또는 예술적 상업주의의 기치가 높이 치솟은 저잣거리에 세워놓은 것처럼 어색한 포즈가 되고 만다.

우리는 이미 예술의 상업적 경향을 나쁘다고만 말할 수 없는 시대적 삶의 한복판에 있으며, 때로는 예술의 상업주의적 경도를 나무

---

1) N. 하르트만(전원배 옮김), 『미학』(을유문화사, 1976), 178-179쪽.

라고만 있을 일이 아니라 상업주의적 상품을 통해 예술성을 추구하고 탐색해야 할 형국을 순순히 받아들여야 할지도 모른다. 특히 경제적 측면에 있어 〈소비 시대〉와 〈문학〉을 대비하고 또 통합해야 할 과제가 주어졌을 때는 더 말할 나위가 없을 터이다.

물론 그러할 때의 문학이 그 내부의 진정성이나 예술로서의 품격과 가치 그리고 문학의 본령에 의거한 인간성 및 인간중심주의의 문제를 어떻게 할 것인가는 또 다른 숙제로 남게 된다. 오늘날의 우리는 일찍이 인류 예술사상 유례가 없는 발빠르고 변화무쌍한 동시대 예술의 자기 변신과 그 파장의 분분한 편린들을 눈앞에 목도하면서, 이 시대에 있어 예술의 참다운 의의와 값어치가 무엇인지 고뇌하며 가늠해 보지 않을 수 없는 것이다.

소비 시대, 소비 사회, 소비 문화라는 용어는 그것 자체로서 독립적인 논리와 의미를 갖기 어렵다. 이 용어의 개념들은 다분히 상대적이며, 경제적 관점에 의거해 있다는 사실을 제외하고는 그 개념의 정의도 대체로 불투명하다.

한 시대, 사회, 문화를 〈소비〉라는 말을 덧붙여 호명하기 위해서는 그것이 다른 개념의 시대, 사회, 문화와 구별되는 변별적 성격을 어떻게 가지고 있으며 〈소비〉라는 말을 덧붙이는 것이 왜 합당한가를 설명할 수 있어야 한다.

우리 시대는 과연 소비 시대인가? 그렇다. 어느 누구도 이 사실에는 이의가 없을 터이다. 그런데 어떤 시대적 성격이 소비 시대라는 규정을 가능하게 하는가? 이 질문에 한두 마디로 요약하여 제시할 수 있는 답변을 마련하기는 어려울 것이다. 오늘날의 시대는 그러한 단선적인 파악으로는 밑둥이 드러날 수 없도록 복잡다단하며 복합적이다.

소비 시대의 성격은 발생론적으로 대중 사회, 대중 매체 사회, 후기 산업사회, 후기 자본주의 사회, 다국적 자본주의 사회 등의 동시대적 성격과 연립하거나 연합하여 형성된다. 각기 정의의 방식이 다른 이 개념들의 성격은 여러 부분에서 상호 의존적이거나 공통된 면모를 발생시킨다. 소비 시대는 이들 가운데서도 특히 경제적 차원에서 현실적인 삶의 양상, 곧 동시대 사람들의 소비 생활과 그 실상에 관한 인식을 총괄적으로 표현하는 어휘라 할 수 있겠다.

모든 것의 가치가 상품화되어 시장가격을 형성하는 소비 시대, 심지어 외형으로 드러나지 않는 정신적 가치까지도 이를 계량하여 수치화하는 소비 시대는 물론 어느 날 갑자기 나타난 변종이 아니다. 사용가치가 교환가치로 전화되며 물화된 의식 체계와 경제적 효용성이 강조되는 소비 시대는 그 용어 자체가 1990년대 이후에 주로 사용되었을 뿐, 우리가 이전부터 익히 사용해 오던 산업화 시대라는 용어의 개념을 순차적으로 이어받고 있다. 그렇게 본다면 우리로서는 소비 시대의 개념적 뿌리를 매우 멀리까지 캐들어갈 수 있게 된다.

아무튼 소비 시대의 개막은 우리 삶의 양상을 여러 형태로 바꿔 놓았으며, 특히 우리가 대상으로 하고 있는 문학의 입지점 위에서는 〈작품의 상품화〉라는 문제를 더 이상 외면할 수 없도록 논의의 표면으로 밀어올렸다. 이 문제와 관련하여 마르크스주의 문예비평가 프레드릭 제임슨F. Jameson은 소비 사회가 포스트모더니즘의 문예 사조와 그 맥이 상통한다고 보고, 『포스트모더니즘과 소비 사회』라는 글에서 다음과 같이 말하고 있다.

포스트모더니즘의 목록에서 찾아볼 수 있는 두번째 특징은 어떤 중요한 경계나 분리가 소멸된 것이며, 이것은 과거 고급문화와 소위 대중문화 혹은 통속문화 사이에 존재하던 구분이 사라진 것에서 잘 찾아볼 수 있다. 전통적으로 주위의 속물주의와 값싼 것들과 키치, 텔레비전 연속물과 ≪리더스 다이제스트≫식의 문화에 대항하여 고급 또는 엘리트 문화의 영역을 보존하며, 복잡하고 까다로운 독서,

듣기 그리고 보기 능력을 입문자에게 전달하는 데 관심을 집중해 온 학구적 관점에서 보면, 그것은 아마 무엇보다도 고통스러운 발전일 것이다. 그러나 새로운 포스트모더니즘을 추종하는 많은 사람들은 광고와 모델들, 라스베이거스의 스트립쇼, 심야 쇼와 B급 할리우드 영화, 그리고 공항 대합실에서 구할 수 있는 괴기소설과 로망스, 통속적인 전기, 살인추리소설과 공상과학소설 또는 환상소설 등 소위 주변 문학들로 구성된 바로 그러한 풍경에 매혹당해 왔다.

그들은 더 이상 조이스나 구스타프 말러가 그러했듯이, 앞서 말한 텍스트들을 〈인용〉하는 데서 그치지 않고, 고급 예술과 상업적 형태들 사이에 경계선 긋기가 곤란할 정도로까지 텍스트들을 통합했다.[2]

제임슨이 통렬히 지적한 바와 같이 소비 사회에 있어서 고급문화·순수 문학과 대중문화·통속문학 사이에 설정되어 있었던 경계선은 더 이상 지탱되기 어려워졌다. 그래도 제임슨의 경우는 이 경계선의 와해를 비판적으로 검색하는 태도를 취하고 있지만, 제임슨과는 달리 대중문화의 확산을 적극적으로 선도하려고 했던 레슬리 피들러 L. A. Fiedler의 경우에는 그 경계의 사라짐에 관한 현상학적 인식은 제임슨과 동일하나 그것을 바라보는 시각은 사뭇 다른 방향이다. 다음은 피들러가 쓴 『경계를 넘어서, 간격을 좁혀서』라는 글의 한 대목이다.

대중 산업사회(자본주의건 사회주의건 공산주의건 이 점에서는 하등 차이가 없다)에서 교양인, 다시 말해 특정 사회의 소수 특권층, 우리의 경우 대체로 대학 교육을 받은 계층을 위한 예술과, 비교양인 곧 취향을 길들이지 못하여 구텐베르크적 기술이 부족한 대다수

---

2) Fredric Jameson, *Post-modernism and Consumer Society*, 1983.

의 제쳐진 사람들을 위한 또 다른 아류예술이 존재한다는 생각이야말로 계급적으로 구조화된 사회에서만 가능한 해악스런 구분이 아직 잔존하고 있다는 것의 반증이 된다.[3]

피들러는 소수 엘리트주의 비평가들이 고급문화와 대중문화의 구분을 고집하고 있을 뿐, 심지어는 고급 예술과 하위 예술도 별개로 존재하는 것이 아니라는 생각을 갖고 있었다. 반모더니즘적 측면에서서 문학의 상품화를 오히려 부추겼던 그는 1982년에 발표한 『레슬리 피들러는 누구였는가?』에서는 대중문화의 필연성에 대해서는 이전과 동일한 어조를 유지하고 있으나 작품을 상품화한 사람들에 대해서는 대단히 과격한 비판을 서슴지 않았다.

요즘에는 지식인들이 오히려 생색을 내면서 토론하는 주제가 바로 대중문화이다. 아직 유행이 바뀌기 전인 1950년대에 나는 만화 영화 「슈퍼맨」을 옹호하는 글을 최초로 발표하면서, 이미 그러한 주제를 다룬 바 있다. 그러나 과거나 지금의 나의 동료들과 마찬가지로 나는 〈상품〉으로서 예술작품을 생산한 사람들이나 배포자들을 책망하거나 그들에 대해 개탄하지 않았던 시절에 대해 부끄러움을 금치 못한다.[4]

여기서 피들러의 개탄이나 부끄러움은 예술 또는 문학의 영역에 관한 인식을 넘어 문화 산업의 이윤 추구로 벌거벗고 나서게 된 사람들이나 배포자들을 올바르게 언급하지 못했다는 자책이다.
누구에게 잘못이 있건 없건 간에 현대 대중 사회의 독자들은 더 이상 고급 문화에 지속적인 관심을 기울이지 않고 있으며, 그것은

3) Leslie A Fiedler, *Cross the Border, Close the Gap*, 1972.
4) Leslie A. Fiedler, *Who was Leslie Fiedler?*, 1982.

피들러가 개탄한바 1차 생산자인 작가나 문화 산업의 기능을 담당하는 출판사의 태도 변화와 밀접한 관련이 있다.

책의 출간과 유통에 있어서 당연시되던 상업주의적 태도는 이제 창작의 작업실에도 함께 통용되며, 순수 문학의 시각으로 볼 때 저속한 세상의 저잣거리에서 발돋움한 통속문학이 중간자적인 위치를 자처하면서 예술성의 윤색을 도모하려 하는 시대에 우리는 서 있다.

그런가 하면 이 시대의 순수 문학, 특히 구체적 담론 체계를 통해 서술되는 소설은 문자 매체를 압도하고 있는 영상 매체의 위력을 실감하고 있으며, 그런 만큼 독자들 또한 마셜 맥루언이 〈쿨 미디어〉라고 명명한 그 〈바보상자〉 앞에서 균형 잡힌 판단력을 방기해 버리는 일의 위험성을 거의 느끼지 못하는 형편인 것이다.

보다 젊은 기계 세대에 있어 영상 매체의 확장은 주체적·능동적 의식 활동을 배제시킨다는 주장은 〈문학의 위기〉를 넘어서 〈문학의 죽음〉이라는 레토릭에까지 이어져 있다. 이에 대한 처방으로 일부에서 제시된 능동적 참여 및 문화 공간의 확대·심화나 어떤 경우에도 양도할 수 없는 문학 고유의 특성에 기댄 부활의 논리는 애써 설명될 수 있으나 흔쾌히 납득되기는 어렵다.

요컨대 그와 같은 속성의 시대 또는 사회적 문맥 아래 우리는 살고 있으며, 이는 우리가 논거하고 있는 소비 시대의 환경적 특성을 구성하고 있다.

2 문학의 생산과 소비, 또는 상업주의 문학의 지위

문학이 삶의 총체적 진실을 담아내기 어렵다는 우울한 예단은 게오르그 루카치[5] 이래 그 연원이 오랜 것이지만, 지금 우리는 바로 그처럼 위축되고 의기소침한 문학적 전망의 한쪽 끝머리를 밟고 서 있다.

루카치가 일찍이 자본주의 사회에 있어서 의식의 속성 및 능력과 관련하여 〈이들은 더 이상 인격의 유기적 통일체로 결합되지 못하며, 마치 외부 세계의 온갖 대상들과 마찬가지로 인간이 소유할 수도 있고 내다 팔 수도 있는 사물로 전환되고 만다〉고 설명한 것은, 오늘날의 문학이 보여주는 정신적 퇴행 현상을 예고한 셈이 된다. 루시앙 골드만[6]의 경우에는 아예 〈몇몇 특수한 경우 이외에 부르주아 의식을 드러내는 위대한 문학은 불가능하다〉라고까지 단정한 바 있다.

그런데 문제는 세기말의 굴곡을 넘어 2000년대의 새로운 천 년을 바라보며, 문학이 이처럼 가치 정립의 난관이 임립한 시대상을 헤치고 자기 목소리를 내야 한다는 희망을 포기하지 못하는 데 있다 할 것이다.

이 판도라의 상자 맨 밑바닥에 남은 희망과 같은 정론적 방향 설정과 정체성의 탐색은 소비 시대와 관련하여 다음과 같은 두 가지 의미를 함께 검토하도록 요구한다.

하나는 오늘날의 이 시대가 더 이상의 부차적인 설명이 없이도 명명백백한 소비 시대이며, 전 시대의 가치 개념을 순탄하게 수용하거나 계승할 수 없는 방향성의 상실이 퇴영적이며 즉자적인 소비 문화의 성향을 유발할 수밖에 없다는 점, 그리고 그 현상학적 실상을 인정하지 않으면 안 된다는 점이다. 거기에는 문학의 지순한 가치를 추구하는 미래지향적 전망이 수납될 공간이 없다. 이를 두고 우리는 망설임 없이 〈문학의 위기〉라는 언표를 부가할 수 있는 것이다.

다른 하나는 소비 시대라고 하는 용어의 내부에 들어 있는 부정적 관념이 문학적 방향성의 탐색자들이 요구하는바 발전적 조정력

---

5) 게오르그 루카치(반성완 역), 『소설의 이론』(심설당, 1985).
6) 루시앙 골드만(조경숙 역), 『소설사회학을 위하여』(청하, 1982).

을 암중모색으로 전제하고 있다는 점이다. 아무리 동시대의 가장 전 방 지점에서 변화하는 문화 패턴이 순문학의 질서를 훼파하기를 멈추지 않는다 하더라도 문학에는 수천 년의 세월을 두고 축조해 온 그 본령이 있다. 인간성에 대한 애정과 믿음, 문자언어를 통한 정제된 표현 방식, 우리 영혼의 저 깊은 바닥을 두드리는 공감과 감동 등속의 순기능적 요소 모두를 허물고 현존하는 동시대적 문학의 특성만을 내세울 초인 정신의 소유자는 있을 수 없다.

이 양자의 조합, 그 화해로운 악수는 당대의 문학이 면전에서 맞이하고 있는 아포리아 aporia, 어쩌면 실현 불가능한 아포리아인지도 모른다. 그러나 난제란 그것을 풀고 해결해 나가기 위해서 존재한다. 여기서 이러한 주제로 논의를 진행하는 것도 결국은 소비 시대가 〈아, 소비 시대입니까?〉 하고 끝날 일이 아니라는 인식을 바탕에 깔고 있다 할 것이다.

여기에서 필자는 소비 시대의 특징적인 문학적 면모 가운데 하나인 상업주의 문학과 관련하여, 그 발생 사유의 유형을 추려보고 동시에 그와 같은 발생론적 구조의 배면을 뒤집어보는 극복의 방안을 유추해 보려 한다. 아울러 이 예증적 처방을 통하여 우리 시대에 소비 문화와 문학을 바라보는 하나의 패러다임을 제시해 보려 하는 것이다. 다만 여기서 열거하는 열 가지 사유의 항목은 필자의 다른 글 「황금만능 시대의 문학과 그 진로」[7]에서 일차 언급된 것임을 밝혀둔다.

(1) 이념의 부재로 인한 문학의 방향성 상실 : 역사적이고 시대적인 전망을 상실한 문학이 당대적 합의에 바탕을 둔 진로를 설정하지 못하고 표류하고 있다.

---

7) 김종회, 「황금만능 시대의 문학과 그 진로」, 『위기의 시대와 문학』(세계사, 1996).

(2) 문학이라는 예술 형식에 관한 흥미의 퇴화: 따분한 전통적인 형식의 문학보다 영상 매체나 만화 및 공포·괴기스러운 이야기를 더 선호한다.

(3) 예술성과 오락성 사이의 경계 와해: 문학의 대중취향적 기반이 강화되고 순수 문학 문인들의 대중문학 참여가 확산되고 있다.

(4) 전문 창작자의 권위와 지위력의 약화: 고통스러운 창작 과정을 기피하고 표절·혼성 모방·패러디를 구분 없이 하나의 문학 형식으로 내세우고 있다.

(5) 소비적·실용주의적 성향의 독서 욕구 증대: 문학을 통한 영혼의 울림보다는 주식·증권 투자나 비문학적 사회관계에서 활용할 수 있는 지식의 축적을 선택하고 있다.

(6) 에로티시즘의 확산과 외설 조장: 문학·연극·영화 전반에 걸친 옷 벗기기 추세와 그 분위기에 편승하여 관능적 흥미 유발을 노린다.

(7) 복고적 취향의 저급 소설 양산: 역사적인 사건이나 인물을 소재로 극적인 구성을 동원하여 흥미 위주의 독서 의욕을 유발한다.

(8) 문학 매체들의 이기적인 집단주의 추구: 출판사 중심으로 집단·세력화하는 문학계의 판도 변화와 더불어 배타적 문화 집단의 형성을 추구한다.

(9) 등단·출간 방식 및 문학상 제도의 상업주의화: 베스트셀러를 겨냥한 기획 도서의 전작 출간 및 과다한 상금을 내건 이름 내기나 상업주의적 문학상 시상 등이 시도되고 있다.

(10) 출판 광고의 상업성 극대화: 광고가 상품의 본질을 대신해 버리는 부작용과 과대 포장으로 독자들의 판단력 마비를 조장하고 있다.

문학에 있어서의 상업주의적 성향, 또는 상업주의 문학이란 용어로 수렴할 수 있는 이 논의 체계는 소비 시대의 부분적인 한 모습일 뿐이다. 이것은 우리에게 〈뜨거운 감자〉의 존재 양식으로 남아 있다. 우리가 이를 비판적 감식력으로 평가하고 또 비난할 수 있으나, 그것의 세력을 부정할 수 없으며 그에 대한 논의를 외면할 수 없는 형편에 있기 때문이다.

하지만 우리 문학 논의의 수준이 어떤 형태로 드러나든 간에 상업주의 문학은 적어도 아직까지는 타매(唾罵)의 대상이다. 그렇기에 상업주의 문학의 부정성을 극복하고 문학이 문학다운 체모를 유지하도록 하기 위한 방안의 논의는 상대적으로 신실한 효용성을 인정받을 수 있다.

그런데 그 방안이 무슨 장엄한 정자관을 쓰고 나타날 것은 아니다. 우리가 위에서 논거하고 정리한 바 있는 상업주의 문학의 발생 사유, 그리고 상업주의적 성향의 부정적 면모를 대칭적으로 뒤집어 보면, 거기에 곧 구체적인 극복의 방안이 마련되어 있는 셈이다.

오늘날과 같은 이데올로기 부재의 시대에 문학의 상업성이라고 하는 것이 떨쳐버릴 수 없도록 우리를 얽어매는 이데올로기의 차원에까지 나아갈 것인지, 아니면 지금까지의 거의 모든 문학 논의가 그랬던 것처럼 양시 양비론을 휘하에 거느린 채 과정상의 문제로 존재할 것인지는 아직 알 수가 없다.

하지만 문학의 보편적 정서와 전통적 감각의 연장선상에서, 그리고 벌써 저 멀리 달려가 버린 서구적 문학 형식 속의 상업주의적 속성들을 대비하여 살펴보자면, 그 앞날의 전망은 결코 낙관적이지 않다. 황금만능주의의 잔영이 우리 삶의 미세한 뿌리에까지 침투하고 있는 이 물질문명과 소비 문화의 시대에 정신이나 영혼의 영역이 아닌 한에서는 그야말로 문약하기 그지없는 문학의 힘으로 상업성의 거센 바람을 막아내기는 어려워 보이기 때문이다.

이러한 상황에서 문학이 대처의 방략으로 가진 비장의 무기는 그

다지 신통하지 않다. 그것은 인간의 내면세계를 소중하게 받아들이고 그것을 통어하는 정신의 질서에 경의를 표하는 그 신뢰의 힘일 뿐이다.

그러나 소비 시대의 여러 특징적 요소들의 위세에 억눌려 있는 이러한 인본주의적 발상은 적잖은 이론가들에게서 논리적으로 추구되고 이론으로 구축되었다.

미국 포스트모더니즘 계열의 작가인 로널드 슈케닉 R. Sukenick은 문학이 상상력의 산물인 까닭으로 사실적 기록 매체인 전자 매체보다 우수한 측면이 있다고 강조한다. 다음은 그의 『혁신적인 픽션, 혁신적인 비평 기준』에 나오는 한 대목이다.

> 역사나 저널리즘 또는 그 밖의 어떠한 사실적인 유형의 글보다 픽션이 우위를 차지하고 있는 것은 픽션이 표현적 매체이기 때문이다. 픽션은 감정과 에너지 그리고 흥분을 전달한다. 텔레비전은 우리에게 뉴스를 전달해 주지만 픽션은 뉴스에 대한 우리의 반응을 가장 잘 표현해 준다. 어떠한 다른 매체 —— 특히 영화 —— 도 우리 일상의 크고 작은 사실에 대한 반응을 가장 강렬하고도 가장 친밀하게 취급할 수는 없다. 다시 말해서 어떠한 매체도 우리의 경험의 실재를 그렇게 잘 추적할 수는 없다.[8]

그 외에도 월터 옹이 구어성과 구분하여 문자성이 가진 분석적인 특성을 강조한 것이라든지, 닐 포스트먼이 활자 매체가 유일하게 가지고 있는 가능성과 잠재력을 발견한 것은 슈케닉의 논리와 같은 맥락이다.

이러한 인문적 상상력의 문학적 적용을 평가하는 인식, 그리고 문

---

8) Ronald Sukenick, *Innovative Fiction, Innovative Criteria*, 1974.

학의 본질을 향한 그 꺼지지 않는 열망이 살아 있을 때에라야, 우리
는 막강한 위력을 가진 소비 시대 문학의 우울한 지평선을 넘어 우
주적 절망과 맞선 파스칼을 떠올리며 문학을 부축하여 나아갈 수
있을 것이다.

3 소비 시대의 실제적 상황과 문학의 사적(史的) 검토

앞서의 언급에서 우리는 소비 시대의 전사적 맥락이 산업화 시대
에 잇대어져 있음을 언명해 둔 바 있다. 이와 같은 문학적 계보나
친족 관계의 정립은 이를테면 경제적 관점을 주된 잣대로 하여 우
리 문학을 살펴보려는 시도를 하기 위한 것이다. 여기에서는 우선 근
대 이전의 소설로부터 이 관점에 대응한 작품들의 면면들을 개괄해
보되, 필자의 다른 글 「산업화 시대의 소설」[9]을 참고하기로 하겠다.
　연암 박지원의 「허생전」을 비롯한 조선 후기 소설에는 중세적 가
치 체계와 경제 구조의 아성이 균열되고 있는 징후를 곳곳에서 발
견할 수 있다. 이는 그 시대에 있어서 새로운 조류로 형성되기 시작
한 근대 의식의 성장이 사회 현실의 구체적 세부에 침투하기 시작
했음을 증거해 주는 현상이다.
　「허생전」의 경우 실사구시에 바탕을 둔 경세제민의 실현과 북학
이론의 정치적 수용을 표방하는 양면성을 함께 포괄하고 있다. 그보
다 발표 시기가 앞선 「홍길동전」과 비교해 볼 때, 「홍길동전」이 신
분 차별의 철폐 및 내정혁신의 주장 위에서 사회 제도의 교정을 내
세우면서 정치적·사회적 문제의식을 나타낸 데 비하면 「허생전」은
경제적 가치관에 대한 비판 정신을 분명하게 드러내고 있는 셈이다.

---

9) 김종회, 「산업화 시대의 소설」, 앞의 책.

사회 제도가 당대의 사회적 향방을 지시하는 형식의 총화라면 경제 구조는 그에 비해 보다 하위적인 개념이다. 「홍길동전」이 적서차별의 철폐와 같은 반대명제로 도전한 사회 제도의 교정은 전체적인 정치적 변화의 구도 위에서 가능하지만, 「허생전」의 경세제민은 그 사회의 하부 구조 내에서도 자의적 운용의 시도가 가능하다. 따라서 허생이 재화를 획득하는 수단이나 돈을 버리는 행위를 통해 경제적 측면에서의 불만을 가시화하는 방식은 지배 계층과의 힘겨운 갈등 요인을 유발하지 않고서도 성립된다.

그러나 우리가 「허생전」에서 정녕 유의하여 살펴두어야 할 대목은 단순히 이 작품이 경제적 변화의 시기를 반영하고 있다는 외형적인 측면이 아니다. 허생은 변 부자에게 자신이 사용했던 매점매석의 상술을 조심하지 않으면 망국적 술책이 될 것이며, 장사에도 높은 도덕적 각성이 있어야 한다고 말한다. 허생이 상리의 길을 밝혀 놓고 있긴 하되 그가 재화의 축적을 추구한 인물은 아니었으며, 오히려 이를 넘어선 고차원의 정신적 세계에서 재화 위주의 속물근성에 대해 혐오를 느끼고 있음을 볼 수 있다. 「허생전」의 작가가 자본과 상업 경영의 논리를 개진하고 있음을 통해 그의 경제적 식견이 당대의 상황에 비추어 얼마나 날카로운 것인지 알아차리게 된다. 이러한 식견의 서사적 담론화는 오늘날의 경영자들에게는 물론 산업 사회의 여러 문제에 소설적 형상력으로 대응하는 작가들에게 시공을 뛰어넘는 유익한 타산지석이 될 법하다.[10]

조선 후기의 소설 가운데 경제적인 관점을 내포하고 있는 작품들은 거개가 「허생전」이 그러했듯이 완강한 사회 체제에 정면으로 대립하는 무모함을 피해 가면서 각자의 의미 공간을 확보하고 있다. 이미 고려 말에 임춘에 의해 씌어진 「공방전」에서도 그러한 경향을

---

10) 김종회, 「한국소설과 낙원 의식의 모형」, 앞의 책.

볼 수 있거니와 대다수의 판소리계 소설이나 일부 낙선재본 소설에서 그 범례를 찾을 수 있다.

「흥부전」에서는 경제적으로 극히 무능한 흥부와 철저한 배금주의자인 놀부의 캐릭터가 대조되어 나타나면서 초자연적인 사건 전개에 기댄 권선징악의 창작 의도가 전개된다. 우리가 이 허황된 스토리의 뒷그림으로 남아 있는 당대 현실의 진면목을 면밀하게 관찰해 보면, 도덕적 가치관과 물질적 가치관이 맞물리면서 사유재산권의 확립과 이익 추구의 사회로 변모해 가는 조짐을 추출해 내는 일이 그리 어렵지 않다.

식민지 시대로 들어서면 일제의 경제적 수탈에 대한 비판의식이 작가들의 가면 쓰기를 통하여 더욱 선명해진다. 채만식이 쓴 『태평천하』의 경우, 도저히 태평할 수 없는 시대를 〈태평천하〉라 호명하면서 자본 운용의 근대적 변이 형태를 역설적 비유법으로 표현하는 부분들을 허다하게 목도하게 된다. 현진건의 「운수 좋은 날」, 나도향의 「물레방아」, 최서해의 「그믐밤」, 김동인의 「감자」, 김유정의 「마음을 갈아먹는 사람」, 주요섭의 「살인」 같은 작품들은 직접, 간접으로 망국의 현실 가운데서 경제적 피침의 피해 당사자인 하층민들의 삶을 다각적으로 형상화하고 있다.

일본이 제2차 세계 대전에서 패망함으로써 한반도는 그들이 무소불위로 휘두른 제국주의의 사슬로부터 풀려났다. 그러나 일본군의 무장 해제를 위해 한반도의 남북으로 진주한 미·소 양군과 그들의 군사적 편의주의에 의해 국토의 분단이 초래되었고, 그로부터 5년 후에는 사상 미증유의 동족상잔이 발발하였다. 해방 공간과 전쟁 후의 1950년대에는 누구에게나 균형 잡힌 삶의 모습은커녕 〈살아남기〉가 초미의 급무였고, 이 시기에 생산된 소설을 통해 경제적 측면의 논리나 이념을 걷어올리기란 크게 의미를 갖지 못하는 일일 수밖에 없다.

　　각박한 현실에서 문학의 감수성 찾기가 진행된 1960년대를 거쳐 전쟁으로부터 어느 정도의 시간적 거리가 확보된 1970년대에 이르면서 산업화 시대의 문제를 다룬 소설은 아연 활기를 띠기 시작했다. 분단 상황이라는 지울 수 없는 민족 모순을 끌어안은 채 삶의 질적 수준을 향상시키는 경제 건설이 여러 형태로 진척되면서, 문학 또한 이에 상응하는 발 빠른 변신의 행보를 옮겨놓게 된 것이다. 그런가 하면 우리 사회의 곳곳에서 산업화 시대의 들머리에서 파생되는 부정적 현상들이 양산되었고, 소설은 이 불균형성에 대해 예리한 경각심으로 반응하였다.

　　1970년대를 〈소설의 시대〉라 지칭하는 논자들이 적지 않았는데, 그것은 주로 다음과 같은 두 가지 사항을 아울러서 명명한 것이라 할 수 있다. 첫째로, 분단소설의 화명한 개화이다. 전쟁을 직접 체험한 작가들이나 전쟁의 포화 속에 유년 시절을 보낸 작가들이 〈어느 정도의 시간적 거리〉에 힘입어서 이를 객관적으로 서술하게 되었다는 점이다. 김원일, 전상국, 윤흥길, 한승원, 문순태, 이문열 같은 작가들의 활발한 분단소설이 그 세항을 이룬다. 둘째로, 산업사회의 경제적 불평등과 노동 현장의 불합리성을 소설 문법을 통해 비판하고 나선 작가들의 등장이다. 여기서 중요한 사항은 바로 이들의 작품이 산업화 시대에 대한 소설적 안목을 어떻게 열고 있으며, 〈성장의 과실〉을 조화롭게 분배할 윤리적 지침을 어떻게 상정하고 있느냐 하는 점이다.

　　현대 소설에 〈노동〉의 개념을 최초로 적용했다고 평가되는 황석영의 「객지」나 「삼포 가는 길」, 곤고한 노동자들의 삶을 충격적으로 제시함으로써 당대 소설에 분명한 획을 그은 조세희의 『난쟁이가 쏘아올린 작은 공』, 도시 소시민의 삶에 서린 불행과 애환을 상징적 알레고리의 기법으로 드러낸 윤흥길의 『아홉 켤레의 구두로 남은 사내』, 독점자본의 강력한 위력에 대비하여 농민들의 곤궁한 삶을 부각시킨 이문구의『우리 동네』같은 작품들이 대표적인 것으로 거론될 수 있겠다. 이 소설들은 기본적으로 당대의 현실을 가진 자와 못 가진 자의 이분법적 대립 구조로 파악하고 있으며, 전자가 왜곡된 방식으로 유산 계급의 이익을 추구하는 행위가 얼마나 큰 상처로 후자의 빈한한 삶에 타격을 주고 있는가를 추적하고 있다.

그런가 하면 이처럼 정공법의 소설적 대응과 함께 흥미 위주의 호스테스 소설이나 기업소설 등이 양산되어 동시대 문화의 한 특성으로 자리 잡았는데, 특히 기업소설에 있어서는 몇몇 작가들의 진지한 노력에도 불구하고 제자리를 찾지 못한 아쉬움을 남기고 있어, 이는 앞으로 우리 소설이 해결해야 할 과제 중 하나가 된다 할 것이다. 오히려 해외 건설 현장의 체험과 이를 통해 발현되는 인간성의 문제를 다룬 작품들이 그런대로 제 몫을 다하고 있음이 주목할 만한 현상으로 보인다.

격변과 혼란의 1980년대로 접어들면서 우리는 작품의 산출을 앞서 가는 도저한 이론적 체계들의 현시화와 그 쟁론의 목격자가 된다. 특히 그 중반 이후의 우리 사회에 형성된 변혁의 기류는 전례를 찾아볼 수 없을 만큼 급진적이고 충격적인 것이었다. 정치·경제·사회 등 각 분야에 걸친 이러한 변혁의 기류는 국민 의식의 변화와 함께 그동안 직접적인 거론이 금기되어 온 〈사회구성체 논쟁〉을 진보적 학계의 공식적인 논의로 밀어올리면서, 자본주의적 경제 구조의 존립을 근원적으로 수정하려는 움직임으로까지 전진하기도 하였다. 이러한 경향은 우리 문학에도 직접적인 영향을 미쳐 그동안 소시민적 세계관에서 민중적 전망의 작품화로 문학의 영역을 확대시키며 노동자 출신의 작가를 배출하는 등 새로운 창작 모델을 형성하게 하였다.

김남일, 정도상, 김영현, 김인숙 등 전문 문인들에 의해 씌어진 작품들, 그리고 방현석, 정화진, 김한수 등 노동자 출신의 비전문 문인들에 의해 씌어진 작품들은 그 창작 주체의 변별적 구분에도 불구하고 큰 테두리에 있어서는 공통의 시각을 가지고 있다. 이들의 소설은 우리 사회가 안고 있는 경제적 모순의 실체를 삶의 구체적 현장에서 거두어들이고 있으며, 전제적 폭력의 양상을 인식하고 민중적 열망에 근거한 사회 구조 개선에의 전망을 펼쳐 보이고 있다.

그러나 이와 같은 작품들은 소설의 내용이 함축하는 메시지에 주안점을 두고 이를 담아내는 그릇으로서의 형식 문제를 차선의 고려 대상으로 치부하고 있는 경향이 짙다. 이 경향이 극단적으로 나아갈 때 문학이 사회 운동의 무기로 받아들여짐으로써 본래의 자리에서 비켜서게 될 가능성이 없지 않다. 또한 대다수의 작품들이 생산 현장의 사용자 및 소시민들의 의식을 타도해야 할 대상으로만 그리는 등 소설의 인물 구성을 도식적인 흑백논리로 처리함으로써 문학의 본원적 미덕인 다층적 지평의 확산에 달갑지 않은 족쇄를 채울 수도 있음을 되새겨볼 필요가 있을 터이다.

이러한 우려에 근거해서 우리가 다시 한 번 점검해 보아야 할 유형의 또 다른 소설군이 있다. 그것은 세태소설, 또는 시정소설이라 부르는 것이 합당한 양귀자나 박영한 등의 작품들이다. 양귀자의 『원미동 사람들』이나 박영한의 『왕릉일가』 및 『우묵배미의 사랑』 등이 여기에 속한다. 『우묵배미의 사랑』을 예로 들어보자.

우묵배미는 산업사회의 자본축적과 전통적인 삶의 공간이 부딪치는 도농 접경 지대의 총칭이다. 『난쟁이가 쏘아올린 작은 공』의 〈은강〉이나 「삼포 가는 길」의 〈삼포〉와 마찬가지로 당대 현실의 상징적 공간이 되는 익명의 지역이다. 작가는 이곳의 거주자들이 겪고 있는 경제적·문화적 충격을 시종일관 따뜻한 애정을 가지고 서술한다. 이들이 펼치는 불륜의 사랑이나 사기 행각을 읽어나가면서 우리는 그들에 대한 증오보다는 심정적 이해를 앞세우게 되는데, 그러한 〈도덕적 무감각〉이 가능한 것은 곧 작가의 서술 능력이기도 하거니와 보다 근본적으로는 그것이 이 험악한 세태에 있어 도시로부터 패퇴한 서민 계층의 숨통을 터주는 정신적 탈출구로 기능하기 때문이다.

엄밀한 의미에서 이 작품들이 변동하는 사회의 역사철학적 계기를 형상화한다거나 소설의 사상적 깊이를 예시할 수 있다고는 할 수 없다. 그것이야말로 이러한 세태소설이 그 자체에서 안고 있는 단처이며, 현실의 내포적 진정성을 뚜렷한 문학의 열매로 거두어들일 수 없게 하는 한계이다. 박현채가 그의 탁발한 논문 「문학의 경제」에서 결론으로 내놓고 있는바, 〈민중의 자기 해방, 삶과 노동의 원초적 관계의 회복을 위한 노력은 민족적 요구인 민주주의의 통일, 자주와 함께 우리의 문학, 우리의 경제학이 걸머져야 할 거부할 수 없는 과제〉라는 주장에 비추어보면 이 한계점이 더욱 분명해진다.

민족문학 주체 논쟁에서는 소생산자를 (구)중간 계급으로 분류하고, (신)중간 계급인 〈화이트 칼라〉가 전면적으로 부상한 반면, 소생산자는 경제적 차원에서 볼 때 그 삶의 양식을 문화 공간으로 옮겨 갔다는 설명이 있다. 이 말은 소생산자가 자본주의 경제를 견디지 못해 쇠락했다는 의미이며, 오늘날과 같은 산업화 시대에는 작가나 문필가만이 소생산자의 기능을 담당하고 있다는 해석이다. 작가를 생산자라는 가늠대 위에 올려놓는 일은 매우 경제적인 관점인데, 실상 작가들의 소설 생산과 생활 수단의 접점이 과거에 비해 대단히 광범위해지고 긴밀해졌다는 사실을 인정한다면, 이 논법에 그다지 큰 무리는 없어 보인다.

그렇다면 중간 계급으로서 작품 생산자인 작가들이 이 산업화 시대에 필적하는 소설을 어떻게 제작해야 할 것인가라는 문제가 떠오르게 된다. 아울러 1990년대 이후 다양성과 다원주의의 시대에 있어서, 그리고 경제적 관점이 한결 더 예각적으로 적용되는 소비 문화 시대에 있어서, 우리의 작품이 어떤 형태로 주어지고 있으며 또 어떤 행로를 걸어가야 할 것인가라는 문제가 발생하게 된다. 여기에서는 이 질문에 대한 답변을 제시함으로써 마무리에 대신하고자 한다.

4 소비·상업주의 문학의 운명과 방향성

1990년대 이후의 독서 및 출판 시장은 집중적인 광고와 베스트셀러 순위 등의 유행 조작을 통해, 작품의 문학성을 주된 판단 조건으로 하지 않는 독서 소비층을 개발하기에 이르렀다. 이와 같은 상황에 있어서 순수소설과 대중소설, 더 나아가 순수소설과 상업적 성향의 소설 사이에 미미하게나마 남아 있던 경계의 벽이 무너지는 것은 별반 이상한 일이 아니었다.[11] 서두에서 프레드릭 제임슨이나 레슬리 피들러가 설명한 그 경계선의 무화는 바로 이러한 현상을 지칭하고 있다.

문학 자체를 소비 시대의 한 풍속도로 소모적인 문화유산으로 받아들일 때 깊은 방에서 외로운 책상 앞에 앉아 있어야 하는 창작의 고통스러움은 한결 경각심을 덜할 수밖에 없다. 작가가 창작 주체로서의 위신을 포기한다면 즉물적인 베끼기 현상이 더 이상 지적 해적 행위로 느껴지지 않을 것이다.

이인화의 『내가 누구인지 말할 수 있는 자는 누구인가』와 『영원한 제국』, 장정일의 『아담이 눈뜰 때』, 박일문의 『살아남은 자의 슬픔』이 발표된 후 표절 시비에 휘말렸는데 정작 작가 자신들은 이를 혼성 모방이나 패러디의 일종으로, 기법적인 고려에 의한 것이라고 강변했다. 그 작품들이 그야말로 단순한 소설적 아이디어의 도용인지, 아니면 그들의 해명대로 기법적 선구 의식의 소산인지는 더 따

---

11) 김종회, 「다원주의 시대의 소설과 정체성의 탐색」, 『문학과 전환기의 시대정신』(민음사, 1997)

져보아야 할 문제지만, 그러한 논란 자체가 오히려 상품으로서의 책의 판매를 신장하는 기이한 상업적 효과를 가져왔다는 후문도 있었다. 특히 『영원한 제국』에 대해서는 김성곤 교수가 『뉴미디어 시대의 문학』에서 움베르트 에코의 『장미의 이름』에 견주어 이 작품이 얼마나 많은 것을 차용해 왔는지를 도식화하여 밝히고 있다.

문학의 소비적 면모를 재촉하는 상업주의도 그 외형만을 가지고 말한다면 하나의 전문성이다. 그런데 문학적 전문성이 상업성을 담보하는 경우라면 이는 그다지 크게 비난할 만한 일이 아닐 것이다. 문제는 〈비문학적 전문성〉이 문학의 이름으로 문학 안에서 상업성을 극대화할 때에 있다. 이 어법은 작품 안에 문학이 가지는 고유한 덕목들이 일정한 수준으로 표현되어 있지 못하다는 지적을 내포하고 있다. 김진명의 『무궁화 꽃이 피었습니다』, 오세영의 『베니스의 개성상인』 등이 여기에 해당된다. 자료적 가치로서의 여러 가지 정보들이나 큰 스케일, 그리고 드라마틱한 구성이나 이야기의 재미 등에서는 정통 문학 진영을 각성시키는 힘이 있지만 이 작품들은 문학적 예술성이란 계측의 기준과는 등을 돌리게 되어 있다.

에로티시즘을 위주로 한 관능적이고 외설적인 묘사나 서술이 작품의 상업성과 악수한다는 지적은 이미 연륜이 오래되었다. 그 시비를 법정에까지 확장하여 세인의 이목을 집중시켰던 마광수의 『즐거운 사라』나 장정일의 『내게 거짓말을 해봐』에서 극단적으로 볼 수 있는 바이거니와 성의 묘사는 그것 자체를 위한 것이 아니라 그것을 통해 환기할 수 있는, 보다 차원 있는 단계를 남겨놓고 있어야 마땅하다. 그러하지 않기 때문에, 또는 그러하지 않을 요량으로 씌어진 소설이기에 시각에 따라서는 이 소비 시대의 즉물성을 반영한 문학적 쓰레기라는 비난에 직면하게 되는 것이다.

발표될 무렵에 온 장안의 주목을 끈 정비석의 『자유 부인』은 비록 오늘날의 상황과 시차적 구별이 있으나 그래도 윤리성과 도덕적 가치관의 저울을 내장하고 있었고, D. H. 로렌스의 『채털리 부인의 사랑』이 성애 장면을 서정시적으로 처리한 전례는 오늘날 무분별하게 벌거벗은 작품들이 무거운 교훈으로 받아들여야 마땅할 것이다.

역사적 사실을 소재로 한 작품들이 지나치게 상업성을 의식한다는 비난도 적지 않았다. 『소설 동의보감』, 『소설 목민심서』 등은 주인공이 처한 상황에 대해 갈등하고 자각하는 전기적 인물소설 특유의 과정이 강화되기보다, 그리하여 그 갈등 구조에 의해 소설이 밀려나가기보다, 독자들의 읽기 편의와 흥미를 충족시킬 만한 대목들이 앞으로 나서고 있다.

이광수의 『사랑』이나 박계주의 『순애보』까지 거슬러 올라가지 않더라도 남녀 간의 사랑 이야기는 곧바로 문화 대중 일반의 구미를 유발할 수 있는 강력한 힘을 가졌다. 김한길의 『여자의 남자』는 절대 권력의 표층을 꿰뚫는 순정한 사랑의 이야기로 낙양의 지가를 올렸다. 그러나 한 시대의 베스트셀러가 된 이 소설이 우리 사회의 달라져가는 연애관과 그 풍속도를 담아내기는 했으되, 서로 다른 지위에 처한 남녀 간의 사회사적 관계성과 그 의미의 심층을 표출하는 데는 이르지 못했다. 따라서 자연히 대중 취향의 여러 통속적 요소를 순결한 사랑이라는 보호막으로 가렸다는 지적을 받게 된 것이다.

이상에서 우리는 이 소비 시대를 풍미한 상업주의적 성향을 가진 작품들을 개괄해 보고 또 비판적인 관점으로 검토해 보았다. 근자에 이르러서는 하루가 다르게 변해 가는 동시대의 의식과 문화적 감응력을 젊은 작가들의 층에서, 그것도 앞선 세대와의 문화적 상관성을 절연하는 데 개의치 않는 작가들에게서 이러한 성향을 찾아볼 수 있다. 이들은 전 시대를 선별적·부정적으로 계승하거나 젊은 세대의 사고 형태를 전위적·실험적으로 반영하는 외양을 보인다.

지속적으로 언어 용법을 변형하고 의식의 지형을 바꾸어나가는 최수철, 컴퓨터 파일을 문면화하면서 가치 중립적인 소설을 시도한 구효서, 구체적 삶의 실상을 이미지 기호로 치환한 하일지, 전통적 윤리 의식의 파괴와 본능의 정직함을 충실히 드러낸 하재봉, 자가발전적으로 대중화되고 세속화되어 가는 사회 속에서 속물근성의 다기한 면모를 그린 박덕규 등의 작가들은 그들의 소설을 통해 동시대적 특성을 잘 드러낸다.

이들은 직접적으로 소비 시대의 대중문화를 표현하려 한다고 정색한 바는 없으되, 때로 〈포스트모던 보이〉, 〈문화 게릴라〉 등의 유별난 이름으로 불리면서 당대 우리 문학에 하나의 기상도를 형성해 왔으며, 자신의 작품이 나아갈 길에 대해 끊임없이 회의하고 방황할 수밖에 없는 동시대적 특성을 붙들고 있는 작가군이라 할 것이다.

1990년대 중반 이후에는 서른 살 전후의 더 젊은 작가들이 의식적·무의식적으로 그 이전과 상반되는 작품을 쓰면서 소위 〈신세대 문학〉이란 용어를 촉발시킨 현상을 볼 수 있다. 도시적 감수성이 전면에 부상하고 전 시대적 사고방식에 대한 반동적 의식의 표방과 1990년대적 시대 자체의 성격에 몰두하는 창작 경향이 이들에게서 공통적으로 또 약여하게 나타나고 있다. 또한 기존의 가치 체계, 특히 성도덕에 대하여 무차별 공격과 반란을 감행하고 자유분방한 타자와의 관계를 구가하는 이들의 가치관은 기존의 보수적인 도덕의 준거틀로 측량할 수 있는 한계치를 넘어서고 있다.

위에서 예거한 젊은 작가군도 대개 이러한 조류에 연관되어 있거니와 배수아, 송경아, 박성원 등에 이르기까지 그 층이 점점 두터워질 전망이다. 이들은 자아의 내밀한 문제를 적나라하게 노출하는 데 별반 거리낌이 없으며, 한편으로는 자기 세대에 충실하면서 또 그에 저항하는 양가성을 보이기도 한다.

이 동시대의 다원적인 면모들은 곧 의식이 분절되고 사고가 파편화되는 소비 시대의 시대정신과 상통하고 있는 것이며, 더 나아가서는 부분적인 장르 이탈 또는 파괴 현상을 일으키면서 〈엽편소설〉, 〈소설 코멘터리〉 등의 신조어와 새로운 형식을 생산하기에 이르렀다. 문학 잡지에서도 이제까지의 정론적 편집 방향을 현저히 바꿔버린, 추리·SF·무협 소설에 오락·연예를 곁들인 〈보는 잡지〉로서의 대중 문학지가 등장했다.

『소비의 사회 ── 그 신화와 구조』라는 책을 쓴 프랑스의 사회학자 장 보드리야르J. Baudrillard는 후기 자본주의 사회의 경제문제와 관련하여, 그 주안점이 생산의 문제가 아니라 소비의 문제에 있다고 말했다. 그에 의하면 소비는 기호와 기표라는 추상적 언어 영역으로 탈바꿈하고 상품은 물건을 환상에 결합시키며, 경제에는 그가 〈소비의 가장 아름다운 대상〉이라고 명명한 육체적 에로티시즘이 결합됨으로써 구매 욕망을 생성시킨다고 했다.[12] 요컨대 물적 토대 위에 있는 소비 행위가 역으로 정신적 가치 판단을 지배하는 암울한 시대, 그러한 첨단 소비 시대가 우리 삶의 배경을 이루고 있다.

그런 만큼 오늘날 우리 문학의 다원주의적 변모는 지적 수준과 이성적 인식으로 통어할 수 없는 지경에 이르렀으며, 헤겔이 『법률 철학 요강』에서 애써 설명한 〈미네르바의 부엉이〉는 날개를 접고 황혼의 장막 뒤편으로 물러가야 할 운명에 처했다.

그렇다고 해서 문학이 현실의 검색 및 개량에 임하는 본연의 임무를 내던져 버릴 수도 없다. 특히 현실을 서사적 형상력으로 재창조하는 소설은 구체적인 담화의 구조를 통해 파편화되어 가는 세계의 공동체적 유대를 되살려놓아야 할 책무로부터 자유롭지 못하다.

그러니 문제는 남는다. 이 극과 극을 이루는 양자 간의 외나무다리를 어떻게 건너야 할 것이며 어떤 약방문으로 이들을 조화로이 만나도록 할 것인가를 탐문해 보지 않을 수 없다. 그러나 이는 참으로 곤고한 질문이다. 이 복잡다단한 시대에 어느 누구도 그에 대한

---

12) 장 보드리야르(이상률 역), 『소비의 사회』(문예출판사, 1991).

정답을 마련할 수 없기 때문이다. 그런 연유로 결국 이 글의 정처도 그와 같은 상황을 표면화시켜 밝은 조명 아래로 이끌어내는 일 이상일 수 없다.

그런데도 답안을 내놓아야 한다면, 그 답안의 형상은 한결같을 것이다. 분절적 세계의 부정적인 모습에 세미한 관찰의 시각으로 접근하거나 총체적인 대응력으로서 일정한 가치 체계를 창출하거나 간에, 소설이 이 괴기스러운 시대의 본질을 각각의 방식으로 부각시키고 그에 대한 개성 있는 해석들을 부가해 나갈 때, 우리는 우리의 정신적 텃밭을 가꾸어나가는 활력 있는 충전의 공간을 갖게 될 것이라는 그런 답안일 터이다. 산업화 시대 그리고 소비 시대의 부정적 현실들이 완강하게 우리 삶의 앞길을 막아선다고 할 때, 이를 폭넓은 시각으로 조망하고 해결의 방책을 모색하는 힘은 문학이 가진 바 정신주의의 덕목 이상이 없을 것이기 때문이다.

이렇게 말하면서도 우리에게는 한 가지 유보해 둔 비밀이 있다. 그것은 마침내 문학의 정신주의가 소비 시대의 그로테스크한 형상들을 감당하지 못하리라는 점이다. 그런데 바로 그 패배와 멸절의 예감이 우리가 노리는 표적인 것이다. 성한 데 없이 상처 입고 황량한 불모의 광야로 나선 문학은 오히려 그 상황으로 인하여 활기찬 반탄력과 새로운 기력을 섭생할 수 있기 때문이다. 문학이 그 내부에 기민하고 본능적인 감각으로 끌어안고 있는 이 반동적인 힘이 죽지 않았다면, 문학은 죽은 것이 아니다. 단정하여 말하건대 그럴 때의 문학은 희망이 있다.

그럴 때의 문학은 이 현대적 환멸의 신화 가운데에서 저 오랜 전통성의 뿌리를 효과적으로 대물림하여 수습하고 있는 문학이며, 일찍이 에른스트 블로흐 E. Bloch가 마르크스주의의 해석학을 통해 희망의 원리를 제시하면서 내다보았던 미래, 바로 그 미래를 새롭게 불러오는 문학일 것이다.

새로운 문학의 양식, 하이퍼텍스트 소설의 도전
──「디지털 구보 2001」의 성격과 의의

1 종이책과 전자 문학 텍스트, 그리고 경계의 와해

문학의 장르 개념을 비롯하여 서술 방식이나 태도 등에 분명한 의미가 부여되고 그 의미가 질서정연하게 분화되던 시대가, 이제 우리 문화사 또는 문학사의 지평선 너머로 이울고 있다. 이를테면 지금 우리는 문학사적으로 한 시대의 경계가 무너지는 동시에 그 다음 단계로 다가오는 시대의 성격이 모호한 만큼 양자를 결정적으로 구분하는 경계선 자체가 모호한, 매우 복잡한 변화의 지점에 서 있다.

어찌 이것이 문학에서뿐이겠는가. 문학을 배태하고 포괄하는 우리의 삶 자체가 이미 그렇게 경계의 와해를 감당해야 하는 시기가 아니겠는가. 일찍이 문화 인류학자 레비스트로스가 〈꿀과 담배〉의 양분법으로, 곧 생식(生食)과 화식(火食)의 예각적인 대비로 자연과 문명의 양 극단을 설명하던 방식은 더 이상 유효하지 않다. 이 양자가 함께 얼크러지고 그 접촉과 환류를 통해 새롭게 형성되는 회색 지대, 회색 공간 gray zone이 오히려 가치와 생산성을 인정받는 시대가 되었다.

이를테면 일과 놀이, 생업과 문화 향수가 동일한 코드로 소통되고, 이제는 어느 누구도 〈놀이〉의 생산성을 부정하는 태도가 경직되고 의고적인 것임을 의심하지 않게 되었다. 나라마다 있는 저 오랜 개미와 베짱이의 민담 가운데, 베짱이의 노래가 재화로 치환되는 발상의 전환이 문화 산업의 모티브를 이룬다거나, 더 직접적으로 영화 한 편이 자동차 수십만 대의 수출에 필적한다거나 하는 등속의 논의가 일상의 차원에서 진지하게 이루어진다.

문학의 생산과 소비를 형성하는 두 축으로서 작가와 독자, 창작과 독서의 관계도 그렇다. 우선 작가의 영역에서 독자들의 〈교사〉로서, 아니면 여러 걸음 양보하여 독자들을 위해 복무하는 〈가수〉로서 일방통행적 역할을 감당하던 작가의 지위는 더 이상 그 엄숙한 명호를 내걸기 어려워졌다. 반면에 작가 자신이 독자의 눈높이로 내려서는 경우, 독자가 작가의 역할을 수행하거나 아니면 작가의 창작 행위에 개입하여 작품의 완성에 참여하는 경우 등 새로운 패러다임이 만들어지고 있다.

이렇게 되면 작품이 읽히지 않고 팔리지 않는다는 수용과 유통의 문제는 이미 작가만의 영역에서 다룰 문제가 아닌 셈이다. 이처럼 상호 밀접하게 상관되어 있는 작가와 독자의 역할론은 거대 담론에서 사적인 글쓰기로 이행되는 사회사적 배경으로부터 자유롭지 못하지만, 더 크게는 그러한 인식의 근본마저 휩쓸어버릴 만큼 강력한 문화 유형의 변화와 맞물려 있다.

문자 매체와 활자 문화에서 영상 매체와 전자 문화로의 변화, 아날로그적 서사 구조에서 하이테크 디지털 미디어에 의한 글쓰기 모델로의 변화를 넘어서, 이윽고 문자와 영상과 소리의 혼합에 의한 통합 매체의 출현을 목도하고 있는 때이다. 이러한 혁명적 변화, 금세기의 코페르니쿠스적 전환이 그에 맞는 발화의 형태와 서사 구조를 촉발하는 것은 지극히 자연스러운 사정이라 할 터이다.

서사학 narratology에서 영상 언어 visual language로, 디지털 매체의 양방향성 interactivity, 비선형성 nonlinarity, 통합성 audio-visuality 등

의 개념이 일반화되는 형식으로 문학의 경계가 확대되면서, 종이책만을 판도라의 상자 맨 밑바닥에 남겨두던 고집은 전 시대의 유물로 치부되기에 이르렀다. 기실 이러한 상황에 따른 도의적 판단이나 주제론적 평가는 새로운 논의를 필요로 하거니와, 바로 지금 서사 구조의 현실이 진출해 있는 그 전방 지점을 부인할 길은 없다. 바야흐로 디지털 시대, 사이버 문화, 전자 문학 텍스트 등의 개념은 하나의 시대정신으로 착근을 시도하고 있는 형편이다.

2 하이퍼텍스트 소설의 창작 방식과 새로운 시도

작가와 독자 사이의 경계가 와해되고 그 소통의 관계가 새로운 모델을 정립한다는 측면에서, 하이퍼텍스트 문학은 새로운 조명을 필요로 한다. 이 방식으로 만나는 작가와 독자는 지금까지와는 전혀 다른 국면에서 전혀 다른 역할을 수행한다.

작가는 일종의 데이터 제공자로서 일정한 순서로 인터넷 상의 웹사이트에 소설의 길을 열어놓지만, 독자는 작가가 정해 놓은 길을 따라 소설을 읽을 수도 있고 전혀 다르게 읽을 수도 있다. 독자는 마우스를 누르면 원하는 부분을 이곳저곳 열어갈 수 있다. 다시 말해 마우스로 링크를 클릭해서 여러 개의 독서로reading path를 택하여 소설을 읽을 수 있는 것이다.

이와 같은 하이퍼텍스트의 근원을 처음으로 생각한 사람은 바네바 부시였고, 그는 이미 1940년대에 책장을 넘기며 사전의 단어를 찾는 방식으로는 넘치는 정보와 자료의 관리가 어렵다고 생각했다. 반면에 인터넷에서는 원하는 단어를 넣기만 하면 규정된 배열을 통과하여 곧바로 자료 검색이 가능하지 않은가.

부시의 생각은 1960년경 테오도르 넬슨에 의해 본격적인 실용의 단계로 들어선다. 그는 자료의 저장 또는 자료의 활용이 고정된 장소 개념을 넘어서는, 비선형적 텍스트 개념으로 〈하이퍼텍스트 hypertext〉란 용어를 사용했다. 이것이 문학의 한 형식이 되었을 때 마치 새로운 〈의식의 흐름〉과도 같이 다양한 가능성, 창의적 상상력을 크게 떨칠 수 있다.

이러한 형식을 사용하면 일찍이 김동인이 「광화사」에서 부분적이고 한정적으로 시도해 보았던바, 주인공의 행동에 여러 경우의 서사적 전개를 부여하는 것이 아주 자유로워진다. 그런가 하면 독자는 스스로 선택하는 독서로를 따라 작품을 읽을 뿐 아니라 작가의 글쓰기에 참여하거나 그 글쓰기를 변형할 수 있고, 경우에 따라서는 독자들이 모여 릴레이식 글쓰기를 할 수도 있다. 이야기의 제작뿐만이 아니라, 때로는 컴퓨터 게임과 같은 방식으로 독자가 작품의 구성을 만들어가는 다양한 플롯을 창조할 수도 있다.

그러할 때 작가와 독자는 근본적으로 지금까지의 문학작품에서와는 다른 창작 문법 아래에 있고, 심지어 작품의 생산은 기본 골격에 해당할 뿐 정작 중요한 것은 아직 완성되지 않은 작품의 감상에 독자가 참여함으로써 비로소 작품을 완성해 가는 패러다임의 변화를 보게 되는 것이다. 우리 고전 문학에서 구비문학(口碑文學)이 갖는 〈현장성〉을 여기에 참고해 볼 만하다. 이 지점에서 작가와 독자를 이분법적으로 구분하는 것은 무의미한 일이 된다.

그러나 이처럼 획기적인 창작 방식의 변화가 시대적 조류를 앞서 가는 것으로 환영받기만 하는 것은 물론 아니다. 하이퍼텍스트 문학은 필연적으로 디지털 매체의 네트워크 기능과 손잡고 있다. 네트워크는 누구에게나 열려 있으므로 누구나 언제든지 여기에 작품을 올리면 작가로서의 역할을 할 수 있다. 그러할 때 작가의 저열성을, 그리고 작품의 질적 하락을 견책할 장치가 극히 미흡하다. 아울러 신세대가 중심인 네티즌의 감성에 의존할 수밖에 없는, 수용의 수준에도 문제가 생길 가능성이 뚜렷하다.

하지만 이러한 우려조차도 이 형식의 문학이 활성적 전개를 보이고 생산과 소비가 일정 수준 이상으로 진척되었을 때의 일이다. 우리 문학에 있어 이 대목은 아직 초동 단계를 벗어나지 못했다. 그동안 우리 사이버 문학의 현주소가 인터넷에 활자 형식의 작품과 다를 바 없는 작품을 올려놓는 데 그친 것으로 평가되어 온 것이 바로 이를 말한다.

그런 까닭으로, 앞으로 정말 변화하는 시대정신을 반영하고 동시대의 깊이 있는 바닥을 두들기며 문학 향수자로 하여금 문화 현상의 중심에 서 있다고 느낄 수 있도록, 제대로 제작된 하이퍼텍스트 문학이 요청되어 온 것이 사실이다.

최근에 등장한 디지털 북 또는 전자책 e-book이라 불리는 새로운 문화 매체가 기업적 경영의 형태를 추구하고 있고, 문학 관련자들의 인식이 변화하고 있는 것은 이 문제에 괄목할 만한 환경 변화가 아닐 수 없다. 이러한 흐름을 타고 근자에 본격적인 하이퍼텍스트 문학의 산출이 이루어지고 있는 것은 여러모로 주목을 요하는 일이다.

3 우리 문학의 새 영역, 그 첫걸음 ── 「디지털 구보 2001」

하이퍼텍스트 문학의 국내 첫 시도는 정과리 교수를 중심으로 진행된 문화관광부 산하의 〈새천년 예술〉 하이퍼 시 사이트(언어의 새벽, http://eos.mct.go.kr) 프로젝트였다. 100여 명의 시인이 동원된 이 프로젝트는 문자 매체의 지위 하락과 영상 매체의 영향력 확산을 받아들이면서 문자·영상·소리의 혼합에 의한, 다시 말하면 시각적인 요소와 청각적인 요소의 통합에 의한 통합 매체의 가능성을 시연해 보인 바 있다.

이들의 의도는 〈동영상 음향을 주된 매질로 하고 감각적 반응 시간을 최대한 단축하는 하이퍼텍스트를 순수한 문자 언어로만 구성하여 감각적 반응 시간을 가능한 한 지연시키고 그 사이에 사유와 상상이 개입될 여백을 열어놓음으로서, 문자 언어 특히 문학의 고유한 활동인 반성적 활동을 하이퍼텍스트에 심어보고자 하는 것〉이라고 서술되어 있다.

그런데 하이퍼텍스트란 개념 자체가 벌써 〈순수한 문자 언어〉의 영역을 넘어버렸으며, 하이퍼텍스트 문학 자체가 이미 〈문학의 고유한 활동인 반성적 성찰〉에 큰 비중을 두고 있지 않은데, 국내 첫 시도로서 하이퍼텍스트 시 체계를 구축하면서 이처럼 어정쩡한 자세를 내보이는 것은 순수한 복고적인 태도도, 과감한 실험 정신도 아닌 형국이 되기 십상이다.

이 시범적 작업에 대해 신범순 교수가 시작도 끝도 통일성도 없는 텍스트로서 집단 창작의 한 유형이라거나 주체의 분산이라는 당초의 시도가 그 정체성을 상실했다거나 하는 문제점을 비판한 것은, 앞서 언급한 의도의 명확성과 관련이 있어 보인다. 하이퍼텍스트는 하이퍼텍스트인 것이며, 이 방식의 문학적 산출이나 향수를 추구할 양이면 먼저 동시대의 문학인들에게 여전히 마성적 영향력을 발휘하고 있는 문자 언어에의 미련을 벗어버려야 할 것이다. 그것이 아니면 문자 언어의 단계를 넘어서 다음 단계의 문화적 현상의 한복판으로 진행할 준비가 덜 되었다는 지적을 면하기 어렵다.

이 새로운 시도에서 한 걸음 더 나아간, 그리고 그 유형의 개념을 소설 양식으로 옮겨간 것이, 최혜실 교수가 주도하여 창작한 하이퍼텍스트 소설 「디지털 구보 2001」이다.

수세기에 걸쳐 우리에게 익숙한 문자적 의미에 동영상, 소리, 이미지와 같은 새로운 매질이 가세한, 거기에 디지털 단편 영화까지 덧붙인 이 소설은 그 문학사적 지위가 결코 만만치 않다. 이는 단순히 문자적 속성의 와해와 새로운 통합 서사의 출현이라는 부분적 의미망을 구성하는 데 그치지 않고, 21세기의 거대한 인문학적 패러 다임의 전환이라는 문제와 맞물려 있다. 작품의 성과를 세밀하게 탐 색하기에 앞서 이와 같은 발생론적 구조를 통해 보면, 이 작품은 언 필칭 〈21세기의 『혈의 누』〉란 호칭을 부여받을 만하다.

소설 내용의 구성에 있어 이 작품은 그 제목이 지시하는 바와 같 이 박태원, 최인훈, 주인석으로 이어지는 구보계 소설 범주에 든다. 그런데 그 구보는 전대의 구보들과 사뭇 다른 입지를 가졌다. 산책 자의 지팡이 또는 지적 탐색자의 더듬이를 가졌던 전대의 구보들은 이 소설의 생산자적 지식인과 다르다. 더욱이 이 구보는 여성 지식 인이다. 중심인물을 여성 지식인으로 내세운 것은 여성성이란 구태 의 극복 가능성과 새로운 단계로의 진입을 시사한다. 여성을 얽어매 는 육신적 제한 조건들이, 사이버 공간이라는 바탕 및 배경의 확장 과 더불어 새로운 서사적 패턴을 이룰 가능성이 발생한다.

이 소설의 구보가 전대의 구보를 패러디했다면 구보의 남자 친구 이상 역시 역사적 인물로서의 작가 이상을 패러디했다. 일제하 상실 과 말소의 시대에 치열한 문학적 열정을 모더니즘적 기법으로 표현 했던 이상은 여기에서 컴퓨터 시나리오 작가로, 디지털 기술과 인문 적 상상력을 통합하고자 하는 새로운 인식의 토대를 갖춘 지식인으 로 변형되어 나타난다.

또 하나의 중심축인 구보의 어머니에게는 박태원 소설의 어머니 에 대응될 만큼 삼등분으로 구획된 자기 영역의 역할이 있다. 어머 니와 구보, 또 구보와 구보의 딸로 이어지는 모성애의 사슬은 이 디 지털 문화로 백화난만한 시대에 가장 근원적인 모성의 문제가 무엇 을 의미하는가라는, 문명적 인성과 자연적 본성의 충돌이라는 저 고 색창연한 역사적 과제를 다시 환기하는 장치로 기능한다. 이 대목에 강한 엑센트를 부여하기 위해 구보는 이혼한 여자로, 딸은 장애아로서의 외형을 갖는다.

이 세 인물, 구보와 이상과 어머니가 하루 동안이라는 제한된 시간대에 걸쳐 각기 겹치기도 하고 헤어지기도 하면서 서술적 사건을 만들어간다. 독자들은 인물이나 시간대에 따라 마련된 독서로를 통해, 어느 인물 어느 시간이든지 원하는 지점에서부터 읽기를 시도할 수 있다. 매체의 특성상 그 읽기는 보기·듣기·느끼기를 함께 감각할 수 있는 가능성의 길 위에 펼쳐져 있다. 독자의 의도 또는 그 실행에 따라 소설의 이야기 과정이 다시 짜이며, 문자와 동영상과 이미지가 동시에 다양하게 작동함으로써 기존의 소설 문법이 가진 속성 및 한계로부터의 일탈이 가능해진다. 이를테면 문자 매체의 서술 형태와는 전혀 판이한 통합 서사의 형태가 지금 여기서 우리 앞에 놓이게 되는 것이다.

이미 언급한 바와 마찬가지로 이 경우의 작가는 독자에게 선험적인 독서로를 제시하고 다양한 자료를 제공하며 독자가 그 향수의 노상에서 풍성한 체험을 누릴 수 있도록 조력을 공여하는 존재로 전화된다. 과거의 오만한 교술자로서의 작가는 존재하지 않으며, 사이버 문화 공간에서 자기 방식의 읽기를 시도하는 독자도 결코 과거처럼 겸손하지 않다. 아울러 작가와 독자 사이의 경계 또한 무력해진다. 이 하이퍼텍스트 소설은 바로 이와 같은 문화적 변이 양상의 반영이기도 하다.

그런데 이 소설 또한 디지털 문화의 기계적 과정과 사회적 매개체로서 인간의 삶을 유기적으로 연결하고 있으며, 그로 인한 한 시대 문화의 〈문열이〉 기능을 감당하고 있으되, 그 서사적 내용 자체는 의고적이며 시대적 변화의 선진적 지점을 점유할 만한 의식의 변화에는 이르지 못했다. 이 작품을 두고 비판의 언설을 세우자면 바로 이 대목에 초점을 두어야 하며 일부의 격앙이 앞선, 매체 양식의 성격에 관한 포괄적 비판은 매우 신중하지 못한 경우이다.

4 콜럼버스의 달걀을 넘어서, 새로운 서사 세계로

디지털 시대! 사이버 문화, 하이퍼텍스트 문학, 시대는 이렇게 흘러가고 그것은 이제 인위적으로 되돌릴 수 없는 도저한 물결을 형성하고 있다. 종이책이여 안녕! 전자책을 넘어서! 이러한 수사가 일상적 언어로 횡행할 날이 바로 목전에 있다. 그런데 이 창대한 시대사적 흐름에 동화하기를 거절하는 문자로서의 문학은 이제 어떻게 될 것인가?

과거의 영예를 간직한 문학, 그 문학의 정신주의가 이 시대의 그로테스크한 형상을 감당하지 못하고 패배와 멸절의 예감에 떨고 있을 때, 고작해야 문학이나 인문학의 위기라는 수사를 작성하고 있을 때, 그때의 문학은 무엇을 어떻게 해야 할 것인가? 그처럼 성한 데 없이 상처 입고 황량한 불모의 광야로 나섰다고 생각될 때의 정신주의 문학은 오히려 그 상황으로 인하여 새로운 기력과 반탄력을 발양할 수도 있을 터이다. 그 오랜 역사 과정을 품고 있는 문학이 그 내부에 끌어안고 있는 반동적인 힘이 죽지 않았다면 문학 또한 죽은 것이 아니다. 그것은 그것대로의 희망이 있다. 그러나 그것은 아무래도 과거지향적이며 견고한 형식 속에 내용을 담으려 할 것이며 무엇보다 소수일 것이다.

그러할 때 그와는 다른 얼굴을 가진 디지털 시대의 문학은 우리 사회의 모든 부면에서 전방위적으로 기존의 경계가 무너지고 범주가 해체되는 시대적 상황을 수용하면서, 보다 진전된 실험적 단계로 진입해 갈 것이다. 전문성을 가진 작가나 독자가 아닌 평범한 독자들은 이러한 변화에 어떻게 대응할 것이며, 그처럼 일반화된 가변성의 세계 또는 그것이 연장된 사이버 공간에서 발생하는 가치중립주의나 허무주의의 문제점들은 어떻게 다루어야 할 것인가? 물론 이 문제는 여기에서와는 달리 별도로 준비되는 논의를 필요로 한다.

　이렇게 시대정신이 변하고 문화 및 문학의 반응 양태가 달라지는 전환의 시기에 「디지털 구보 2001」은 영상 언어를 디지털 매체에 적용하는 새로운 문학의 가능성으로 제시하면서 문학사적 진일보라는 도전적 명제를 체현했다. 이 작업은 이 작품의 제작에 보조 작가로 참여했던 한 젊은 작가의 표현을 빌리자면, 〈콜럼버스의 달걀을 넘어서〉 가는 길이었다. 일찍이 이인직의 『혈의 누』가 열었던 문학의 새 길, 그리고 루카치가 도스토예프스키를 두고 명명했던 〈새로운 서사시〉의 길 등이 이 작품의 미래와 더불어 어떻게 문학사적 친족 관계를 형성할지 주목해 볼 일이다.

생명 사랑, 인간 사랑의 문학을 위하여
—— 생태 환경 소설의 현 수준과 과제

1 왜 생태 환경 소설인가

오늘날의 현란한 물질문명, 첨단 과학문명은 자연에 대한 반역에서 출발했다. 자연을 개발하고 지배하며 물질문명의 도구로 복속시키는 성장 우선주의의 메커니즘 가운데, 삶의 환경과 조화로운 관계를 도모하려는 자연 친화의 사상은 별로 설 땅이 없었다.

근래 이래 서구의 선진국들을 중심으로 급격한 변화와 발전을 보인 기계문명, 물질문명은 이제 일정한 한계점에 도달했다. 서구의 이름 있는 학자나 이론가들이 동양의 기층 문화나 정신문명에 경도되고, 물질문명과 정신문명의 발전과 통합을 통한 제3의 새로운 문화 전통을 지향해 나가야 한다는 논리가 개발되는 것은 바로 서구 물질문명의 한계점을 명시해 주는 증거들이다.

그런데 문제는 단순히 원론적이고 태생적인 한계를 가진 물질문명이 정신의 위기나 인간성의 황폐화나 공동체적 삶의 질서에 파탄을 가져온다는 현상학적 결과에만 있는 것이 아니다. 물질문명의 폐해로 인하여 삶의 파장이 원심력을 미치는 환경 조건의 범주 전체, 곧 자연 환경 전체의 규율과 질서가 부서져 내리는 참담한 현실이 눈앞에 다가선 것이다.

자연환경의 반응은 인간이 만든 문명의 움직임에 비해 완만하다. 그러나 그 반응의 실상은 천의무봉으로 철저하다. 인간의 사회가 자연의 순리를 반역하고 훼파한 데 대해 자연은 이미 보응을 시작했다. 만약 여기에 예리한 경각심으로 대응하지 않는다면, 그리고 미리부터 장기적인 계획으로 대비하지 않는다면, 궁극적으로 인류의 미래는 멸절의 날, 심판의 날을 앞당길 수밖에 없다.

한국의 경우, 1960년대 이래 장기 집권하에서 개발 독재의 날선 창검이 빛나는 동안, 생태 환경 문제는 깊은 침묵 속에 가라앉아 있었다. 기실 이에 대해서는 지금에라도 입을 열어 말할 수 있는 이가 많지 않을 것이다. 그러한 과정을 통하여 인권과 인도주의에 대한 기본권마저 유보당한 채, 민족적 기아의 현실이 치유되는 과정을 모두가 함께 지나왔기 때문이다.

이러한 구조적 문제는 국가 경영의 큰 그림과 관련된 것이라 할지라도, 그에 수반된 무기력한 타성과 성의 없는 부주의가 생태 환경 문제에 대한 기본적인 인식마저 소멸시켜 버리는 형편에 처하였거니와 사태의 심각성이 실로 간단하지 않다. 목하 우리는 시화호의 오염과 오염된 물의 무단 방류라는 얼토당토않은 사건을 목도하면서, 여태까지 문제의 책임이 누구에게 있는지조차 알지 못하고 있다.

북한 핵문제, 대만으로부터의 핵 폐기물 반입 시도, 독일로부터는 이미 그 반입이 끝났다는 추측 보도 등도 암울하기 이를 데 없거니와 지구 온난화로 인하여 오존층이 파괴되고 북극의 빙하가 녹고 있다든지 지구의 허파라 불리는 아마존의 숲이 점차 줄어간다든지 하는 외신에 이르면, 이 문제가 한 지역 한 국가의 차원에 국한된 것이 아니라 지구 전체, 인류 전체의 생존문제와 절실히 연계되어 있다는 사실에 놀랄 수밖에 없다.

이 문제에 대한 각성이 심각한 만큼 이제야 인류 사회의 발걸음은 바빠졌다. 오늘날 세계 여론을 움직일 수 있는 의제는 둘밖에 없는데, 그 하나는 인권문제이고 다른 하나는 환경문제라는 묵시적 합의는 이를 잘 말해 준다. 실제로 서구 선진국 중심의 국제 사회에서는 환경문제에 관심과 성의를 보이지 않는 국가를 소외시키고 배척하는 경향이 두드러지고 있다. 때를 맞추어 다국적 성격의 환경 단체들이 막강한 영향력을 행사하고 있기도 하다.

1990년대 중반을 넘긴 우리 사회에도 국제적 수준에 비하면 미흡하긴 하지만 생태 환경 문제에 대한 인식이 괄목할 만큼 달라지고 있다. 그것은 다행스럽고도 반가운 일이 분명하다. 문학에 있어서도 이는 중요한 담론으로 떠오르고 있다. 그것은 1980년대 이념의 시대를 전송하고 다양성과 다원주의의 물결 가운데 시대적 핵심 이슈의 공동화 현상으로부터 말미암기도 하고, 1990년대 문학의 도시화·세속화 현상과 황금만능의 시대정신을 반영한 문학의 미학적 퇴행 현상에 대한 반작용이기도 할 터이다. 중요한 것은 이 문제에 대한 관심이 증폭된 만큼 이 문제를 정면으로 다룬 작품들이 양산되기 시작했다는 점이다.

페퍼 D. Pepper는 『현대 환경론』에서 오늘날의 환경문제에 대한 인식을 기술지향주의와 생태지향주의로 나누어 설명했다. 전자는 테크노피아의, 후자는 에코토피아의 세계관을 설정하게 되는 셈인데, 오늘날의 현실 또는 문학에서 생태 환경론이 떠맡고 있는 과제는 테크노피아의 막강한 위력을 뚫고 에코토피아의 세계를 건설해 나가야 한다는 어려움에 직면해 있다. 그것은 결코 쉬운 문제가 아니다. 생태학적 상상력 Ecological Imagination의 연약한 추동력으로 현대 물질문명의 강고한 콘크리트 장벽을 뚫고 나아가야 하기 때문이다.

그런데 바로 이 지점에 문학의 강점과 특장이 소용될 수 있다. 문학의 정신주의가 물질문명의 기괴한 장벽 앞에 절망할 수밖에 없을 때, 오히려 그 패배감의 늪 깊은 바닥에서 솟아오르는 반탄력과 새로운 기력이 문학의 존재 양식을 증거한다는 점을 기억할 필요가 있다.

문학은 이 분수령을 넘어서 생태 환경의 문제와 더불어 생명 존중과 인간중심주의의 길로 오히려 활기차게 나아갈 수 있을 것이다.

근자에 생태문학, 생명문학, 녹색문학, 공해문학 등 여러 이름으로 불리는 이 분야의 문학은 소설보다는 시에서 훨씬 더 기민한 대응력을 보였다. 소설도 아직까지는 소재 중심의 초등 단계를 벗어났다고 보기는 어렵지만, 앞으로 점점 그 영역을 확장해 갈 것이라는 사실은 분명해 보인다.

일찍이 프랑스의 작가 에밀 졸라는 자연주의 문학관을 제창하면서, 〈악의 묘사는 그 치료를 위해 있다〉는 유명한 수사를 남겼다. 생태 환경 문제에 관해서도 졸라의 이 말은 그 외양을 차용해 올 수 있다. 생태 환경 문학의 창작 및 그에 대한 논의는 결국 이 문제의 해결을 지향하고 주의를 환기하는 공동체적 목표의 연장선 상에 놓인다. 그것은 우리 동시대의 과제인 동시에 인류사적인 쟁점이다.

이 글에서는 우리 소설문학에 나타난 생태 환경 문제의 현재 수준과 성향을 작품을 중심으로 살펴볼 터이며, 그 작품의 실제를 통하여 이 문제가 문학적 논리 안에 끌어안고 있는 과제와 앞으로의 전망을 진단해 보려 한다.

2 생태 환경 소설의 문제 의식과 지향점

필자가 우리 소설을 지속적으로 읽어온 기억에 의지하여 말하자면, 우리 문학에서 가장 먼저 마주치게 된 본격적인 생태 환경 소설은 아마도 김용성의 「사해(死海) 위에서」가 아닐까 싶다. 이 소설은 1976년 ≪한국문학≫ 10월호에 발표되었다.

　　바다는 짙은 잿빛을 띠며 죽어 있었다. 그것은 마치 선사시대의
거대한 거승의 시체처럼 소리 없이 누워 있었다.

　　이 소설은 들머리에서부터 단도직입적으로 해양 오염의 문제를
작품의 문면 위로 밀어올린다. 강의 하구와 바다가 만나는 곳에 거
대한 산업 시설이 들어서고 바다는 죽어버렸으며 마을 사람들도 모
두 객지로 떠나버렸다.
　　유일하게 남아 있는 염소를 기르는 노인과 그의 손자가 있고, 산
업 시설 보호 임무를 맡고 있는 이 순경이 있다. 화자는 이 순경이
다. 이 황폐한 마을에 한 사나이가 찾아든다. 그는 노인의 손자에
의해 거동 수장자로 신고된다.
　　우여곡절 끝에 노인과 이 순경과 사나이는 사나이의 요구에 따라
배를 저어 바다로, 오염되지 않은 청정한 바다로 나간다. 그 사나이
는 망부의 유언을 받들고 고향 바다의 청정한 물위에 화장한 유골
을 뿌리러 왔던 것이다.
　　김용성다운 간결하고 속도감 있는 문체와 해양 오염 문제에 초점
을 맞추면서 그것을 하나의 명료한 사건에 견주어 부각시키는 솜씨
로 단편소설의 산뜻한 묘미를 살렸다. 1970년대 중반, 산업화의 진
전과 산업 공해의 확산에 맞서는 소설의 저항력은 아직 순후한 감
동의 공간을 동반하고 있었다.
　　그 뒤를 이은 이문구의 『관촌수필』은 전란으로 인한 실향민의 문
제와 점점 옛 모습을 잃고 황폐하게 변해 가는 고향의 이야기, 그리
고 훼손되어 가는 생태계의 문제를 복합적으로 다루고 있다. 모두 8편
의 연작으로 이루어진 이 작품은 1977년 단행본으로 묶여나왔다.
　　작가는 이 작품 속에서 무소불위의 근대화 성장주의가 문제의 발
생 원인임을 확고하게 인식하고 있으며, 고향의 파괴가 곧 정신적 기
초의 궤멸로 이어짐을 지속적으로 환기하고 있다. 그러므로 이 소설

은 그의 시니컬한 문장만큼이나 우울한 분위기 한 자락을 거느렸다.

보다 철저한 준비로 환경문제와 생태계 파괴에 대한 적신호를 들어올린 소설은 김원일의 「도요새에 관한 명상」이다. 여러 가지 측면에서 괄목할 만한 이 중편은 1979년에 발표되었다.

김용성의 「사해 위에서」가 이미 죽은 바다의 외형에서 출발하고 있다면, 김원일의 이 소설은 하천이 오염되어 가는 과정 속에서 그 원인을 추적하는 작품이다. 이 소설에 등장하는 한 가족, 네 인물 가운데 큰아들 병국이 그 역할을 맡고 있다.

병국은 수재로 알려졌고 명문 대학에 진학했으나 학생운동의 반정부 시위 끝에 제적되어 낙향한 인물이다. 그와 대조되는 동생 병식은 재수생인데 윤리적 감각이 전혀 없는 속물적 인물이다. 이들의 아버지는 분단의 상처를 안고 있고 공직에서 축출되어, 그야말로 속물근성의 전형과 같은 어머니에게 구박을 받으며 산다.

작가는 이 소설을 모두 네 단락으로 나누고 각기의 단락을 병식, 병국, 아버지, 작가 관찰자 시점으로 이끌어나간다. 소설의 화자들은 모두 정신적 상처를 가진 인물들이다. 민족 모순의 분단문제, 체제 내적인 민주주의와 인권 탄압의 문제, 그리고 가치관의 상실에 따른 정신적 방황의 문제 등이 이들의 몫이다. 분할된 네 개의 시점은 이들이 가진 문제의 깊이를 효율적으로 드러낸다.

이렇게 될 때 우리는 작가가 생태계의 파괴와 인간성 및 인도주의의 파손을 겹친 꼴 시각으로 바라보고 있음을 수긍할 수 있다. 그런 점에서 「도요새에 관한 명상」은 동진강 하구의 환경오염이라는 근본적인 명제를 무너져내리는 가족 관계의 거울에 반사시킴으로써, 더욱 주제를 강화하고 소설 기법상의 성과를 거두어들였다.

황순원이 1978년에서 1982년까지 4년에 걸쳐서 완성한 장편『신들의 주사위』에도 부분적으로 공해문제가 나온다.『움직이는 성』이후 10년 만에 선보인 작가의 일곱번째 장편소설인 이 작품은 한국

농촌의 한 소읍과 중산층 가정을 중심으로 새로운 문물과 가치관의 유입을 보여주는 동시에, 현대 사회의 통치문제, 교육문제, 공해문제 등을 공들여 서술하고 있다. 거기에는 세상의 온전함에 대한 한 원로작가의 소망이 원숙한 분위기 속에서 발화되고 있다.

1980년대를 가로지르며 계층 간의 갈등과 성장의 과실에 대한 불공정한 분배에 대해 강력한 문제 제기를 한 작가가 조세희이다. 이때 한 시대를 가로지른다는 말은 작가가 그 시대 내내 작품을 썼다는 뜻이 아니라 그의 소설이 그 시기의 문학에 일종의 지배적 가치를 형성하고 있었다는 의미이다. 조세희는 특히 창작집 『난쟁이가 쏘아올린 작은 공』에 실린 작품들을 통해, 산업 현장에서의 공해와 오염의 문제를 끈질기게 표현하였다.

『난쟁이가 쏘아올린 작은 공』에서 난쟁이 가족의 딸 영희가 팬지꽃 두 송이를 공장 폐수 속에 던져 넣는 장면은 작은 소도구로써 사물이나 사건의 상징화에 능숙한 조세희의 면모를 잘 보여준다. 작가 스스로도 이를 〈자신이 믿는 부분인 미학〉이라 자평했거니와, 이 장면은 그들 삶의 배경이 되어 있는 도시 은강이 경제적 조건이나 환경적 조건 모두에 있어 매우 비관적 상황임을 확정해 준다.

연작인 단편 「기계 도시」는 그 제목부터 작가의 의도를 상기시킨다. 소설 속에서 작가가 말하는 기계 도시, 은강은 그 이름이 가진 청량한 음성적 이미지와는 전혀 반대의 모습을 하고 있다.

수없이 솟은 굴뚝에서 시커먼 연기가 오르고, 공장 안에서는 기계들이 돌아간다. 노동자들이 그곳에서 일한다. 죽은 난쟁이의 아들 딸도 그곳에서 일하고 있다. 그곳 공기 속에는 유독 가스와 매연, 그리고 분진이 섞여 있다. (……) 은강 내항은 썩은 바다로 되어 있다. 공장 주변의 생물체는 서서히 죽어가고 있다.

　이와 같은 은강의 그로테스크한 모습에 비해 두 사람의 등장인물 윤호와 은희는 너무도 심약하다. 이들은 부르주아 가정의 자녀이면서 난쟁이 가족을 걱정하는, 조세희의 표현 방식을 빌면 이른바 〈난쟁이성〉 인물들이다. 이들의 캐릭터가 어떠해야 경제적 불평등과 대기 및 연안의 오염 문제가 극명해지는지, 작가는 명민하게 알아차리고 있다.

　이들의 삶의 배경이 되어 있는 도시 은강은 이 모든 소설적 장치들을 매설하기 위해 작가가 건설한 가공의 도시이다. 은강에서 일어나는 산업 사회의 모든 문제는 결코 난쟁이들만의 문제가 아니라 바로 우리의 문제이며, 이 땅에 비도덕적 금전만능 사상과 물신주의가 팽배해 있는 한 우리의 삶이 이 문제로부터 자유롭지 못할 것이다. 그 비극적인 산업 사회의 한복판에서 우리는 살고 있다.

　우한용의 단편 「불바람」은 방사능 오염문제를 다루고 있는 소설이다. 지방의 원자력 발전소 홍보과장으로 근무하는 남편을 둔 연진이라는 인물이 이 작품의 관찰자이다. 임신 중인 그녀는 결코 자신이 안전하다는 확신을 갖지 못하는데, 남편 이성득 과장은 발전소를 대표하여 그 안정성과 무공해성을 홍보하고 증명해야 하는 위치에 있다.

　결국은 완전 철수를 요구하는 시위가 일어나고, 서울의 병원에 입원한 연진이 전화로 확인한 바로는 오히려 남편이 시위대의 앞장에 서 있다는 것이다. 결미의 반전이 어느 정도 급박해 보이는 감이 없지 않으나, 이 작품은 관찰자 자신을 피해 당사자의 자리에 세움으로써 그 폐해의 정신적 차원까지 실감나게 그렸다.

　1989년 동아일보 신춘문예 중편소설 당선작인 한정희의 「불타는 폐선」은 작가 초년생인 데뷔작답지 않은 완숙한 서술을 보인다. 이 작품은 대기업의 산업 폐기물 문제를 다루었는데, 대개의 다른 소설들처럼 피해자의 입장에서 서술하지 않고 산업 폐기물 무단 방기를 지휘하는 재벌 회사의 박인원 이사를 서술의 중심에 세웠다.

그는 그룹 내의 중화학 부분 육성에 대한 책임 의식을 앞세워, 일본으로부터 싼 값에 고철을 수입하는 대신 폐기물도 함께 받아들인다. 그러나 마침내는 이를 집요하게 추적하던 오순근 기자에 의해 〈출세욕이 빚은 수입 폐기물〉이란 제목으로 기사화되고 만다. 작가는 동생 인희가 진주 제조공장에서 일하다 화약 약품에 중독되는 데까지 박 이사를 몰아간다. 가해자가 또 하나의 피해자로 전락하는 이야기 구조는 우리에게 산업 폐기물 공해가 남기는 환경오염과 파괴의 한 모형을 예시적으로 보여주는 것이다.

그런가 하면 최성각의 단편 「약사여래는 오지 않는다」는 식수 오염에 관한 소설이다. 삼십대 중반의 소설가가 유락산 약수터에서 물을 길어 먹으려 한다. 그는 복잡한 약수터가 비위에 맞지 않았지만, 그보다는 맑은 물에 대한 갈증이 더 컸다.

그가 물 받기 전쟁에서 환멸을 느끼고 숲 속에서 조용한 약수터를 발견했지만, 그곳도 이미 몇 사람이 독점하고 있었다. 마침내 약사전 뒤 광덕 약수터에서 물을 받은 그는 약사전 벽의 불화를 흥미롭게 관찰한다. 그중의 하나는 병든 여인이 자연으로부터 치유의 기력을 섭생하는 것인데, 작가는 소설의 마무리에서 자연과의 가느다란 선의 연결이 끊어지며 광덕약수터에도 또한 식수 부적합 판정이 내려지는 비극적 결말을 내고 있다. 결국 질병과 재난을 면하게 하는 약사여래조차 이 심각한 수질오염 문제에 대해서는 신통력을 발휘할 수 없다는 것이 그의 우울한 결론이다.

마지막으로 박덕규가 1997년 봄에 발표한 단편 「기러기 공화국」에는 탐조 여행이나 철새 도래지 보호 구역 지정 등 자연보호 문제가 내포되어 있다. 이 소설은 박덕규 특유의 감각적인 세계 인식과 이 작가가 근래 깊은 관심을 기울이고 있는 탈북자 문제, 그리고 부자간인 남북의 조류학자가 새를 통해 서로 교류한 실화 등 많은 이야깃거리를 담고 있다.

소설의 끝부분에 이르면 철새 도래지에 새떼들의 먹이 창고였던 겨울 논이 줄어들고 소음과 불빛과 공해가 들어차는 일, 그 지역을 철새 보호 구역으로 지정할 것을 요구하는 환경 단체와 그렇게 되면 당장 생산성이 떨어져 생계가 막연해질 주민들 간의 대결장이 발생하는 일 등이 환경문제에 관한 깊은 우려로 나타나 있다.

3 우리 시대 문학의 묵시록적 소임

지금까지 살펴본 아홉 명의 작가들과 그들이 쓴 생태 환경 소설들은 각기의 구조적 얼개 아래 다양한 환경오염과 생태계 파괴의 문제점을 제기하였다. 이 소설들을 면밀히 살펴보면 그 뒷맛이 씁쓸하기 이를 데 없지만, 이처럼 불유쾌한 감정의 생성이야말로 이 소설들이 씌어진 이유에 해당할 터이다. 문제는 그것을 일시적인 느낌으로 소모시키고 말 일이 아니라, 그를 통해 생태 환경 문제에 대한 우리들 자신의 경각심을 일깨우며 할 수만 있다면 개별적으로 또 집단적으로 개선과 향상의 방도를 찾아나가야 한다는 사실이다.

앞서 살펴본 소설들은 생태계의 파괴, 해양·하천·식수의 오염, 공해·방사능 오염, 산업 폐기물 등 여러 측면에서 문제의식을 보여 주었다. 그런데 이 소설들은 아직도 소재적 차원의 문제 제기에 그친 느낌이다. 문학이 꼭 그래야 하느냐는 반론이 없지 않겠으나, 이제는 생태 환경 파괴의 구조적 원인을 더 깊이 천착하고 가능한 이를 해소해 나갈 길의 방향 제시에까지 이를 수 있었으면 한다. 적어도 이 문제에 관한 한, 문학이 언덕 위 높은 곳에서 내려다보고만 있기에는 사태가 너무 급박하기 때문이다.

소설 제작상의 어려움이 있을 것이다. 생태 환경의 문제만 가지고

서는 소설이 되지 않으며, 그것을 담아낼 이야기 고조가 선행하여
마련되지 않으면 안 될 것이다. 그런 점에서 김원일의 「도요새에 관
한 명상」이나 한정희의 「불타는 폐선」이 좋은 보기가 될 수 있겠다.
　생태 환경의 문제에는 국경이 있을 수 없다. 서두에서 인권의 문
제와 환경의 문제만이 오늘날의 세계 여론을 집중시킬 수 있다고
했지만, 날이 갈수록 심각해지는 환경의 문제는 오히려 인권의 문제
를 넘어서 인류 전체의 생존권 문제로 확대되고 있는 형편이다. 다
시 말해 이제 환경의 문제는 인류사가 직면한 최대의 보편적 현안
에 해당된다 하겠다.
　생태 환경을 회복하고 보전하는 일에 문학이 발 벗고 나서는 것
은 지극히 당연한 일이지만, 이것은 문학 혼자서 떠맡을 수 있는 사
안이 아니다. 이것이야말로 우리 공동체 전체가 함께 감당해야 할
과제이다.
　우리가 정치적으로 민주주의를 추구하는 것이 세상의 모든 분야가
제구실을 하도록 하자는 뜻이라면, 당연히 정치는 생태 환경 문제에
뜨거운 관심을 가져야 한다. 우리가 올바르고 건전한 사회를 만들고
그것을 후손들에게 물려주어야 한다는 데 동의한다면, 당연히 건전
사회 단체들과 교육 당국은 이 문제 해결의 선두에 서야 한다. 그리
고 신이 주신 자연의 세계를 그 섭리에 따라 가꾸고 지키기를 원한
다면, 종교 또한 도저히 여기에서 눈을 돌릴 수 없는 것이다.
　문학은 이 모든 부분에 대하여 그 의식의 잠을 깨우는 나팔소리
여야 한다. 그것은 생명 사랑, 인간 사랑에 부응하는 문학 본연의
임무이며, 이 피폐한 시대적 환경 앞에서 문학 스스로 감당해야 할
묵시록적 사명이기도 할 것이다.

한국 정치소설의 현재와 지향점
—— 우리 문학의 정치소설이 이른 곳

1 문학과 정치의 상관성, 서로 다른 두 잣대

이 땅에 인류가 생겨난 이후, 그리고 그 삶의 조건이 복수의 형태로 주어지면서, 인간의 사회에는 갈등과 불화가 생겨나고 따라서 질서의 필요성을 느끼지 않을 수 없었다. 하나의 부족이나 국가로 발전해 가면서 이 초보적인 질서는 정치 체계의 외관을 갖추게 되었고, 그것은 또한 정치적인 힘이 작용하는 방향성의 변화를 거듭하면서 오늘에까지 이르게 되었다.

인간이 집단생활, 사회생활을 하는 존재인 한 인간의 삶에 있어서 〈정치〉의 발생은 필연적이다. 정치는 일상생활에 직접적인 파급 효과를 미치지 않는 것처럼 보일지라도 궁극적으로 우리 삶의 전체적인 범주를 규정하는 실체를 가진 힘이며, 그 규정력은 포괄적으로 넓게 펼쳐지면서 동시에 완강하고 촘촘한 그물과 같다. 〈오늘날 모든 사람의 운명은 정치적으로 규정된다〉고 한 토마스 만의 언급은 이를 잘 설명해 준다.

근대 이전, 곧 평민의식의 성장이 괄목할 만한 수준으로 성장하기 전까지만 해도, 정치의 제반 문제는 정치 지도자의 문제와 전적으로 동일시된다고 말할 수 있다. 그래서 덕치(德治)와 법치(法治)의 구분이 있었고, 계전만리(階前萬里)와 가정맹어호(苛政猛於虎)와 같이 서로 대비되는 어휘가 정치 지도자의 품성이나 역량과 관련하여 상정되고 있었던 것이다. 여기서 계전만리란 만리나 되는 먼 곳도 계단 앞과 같다는 말로 정치 지도자가 지방의 정치에 이르기까지 좋고 나쁨을 통촉하고 있다는 뜻이며, 가정맹어호는 가혹한 정치로 말미암아 백성에게 끼치는 해악이 호환보다 크다는 말로, 정치 지도자의 폭정을 뜻하고 있다.

『논어』의 「태백편(泰伯編)」에 나오는 유명한 문구, 〈백성은 이를 따라오게 하라. 이를 알리어서는 안 된다〔民可使由之 不可使知之〕〉는 표현도 폐쇄적이고 봉건적인 정치를 일컬을 때 자주 사용된다. 물론 이 구절은 학설에 따라 가(可), 불가(不可)를 가능과 불가능으로 풀이하여, 백성으로 하여금 정부의 정책에 따르게 할 수는 있어도 정책 자체를 이해하도록 하는 것은 여간해서 되는 일이 아니라고 해석하기도 한다. 그렇게 된다면 정치의 어려움에 대한 공자의 탄식이 문장 속에 숨어 있는 셈인데, 어쨌거나 정치나 정치 지도자를 동일시하는 확고한 사례의 하나임에는 틀림없다.

이와 같은 정책상의 방법이 부정적인 형태로 나타날 때, 우리는 2차 세계 대전을 일으킨 군국주의 국가들이 자국민을 우민 정치(憂民政治)의 늪으로 밀어넣었던 바와 같은, 지배 계급이 피지배 계급의 비판력을 빼앗음으로써 정치 체제의 안정을 얻으려는 시도를 볼 수 있다. 오늘날의 북한이 인류 역사상 유례 없는 강력한 대중 장악력과 더불어 자기 체제를 고수하고 있는 것, 바로 이 우민화 정책의 결과라 할 수 있을 것이다.

정치 지도자의 덕치, 계전만리의 정치를 펼치고자 할 때 치중하지 않을 수 없는 것이 그 뜻을 백성들에게 알리는 일〔使知之〕일 터이다. 그러할 때뿐만 아니라 그 반대의 경우에도 알리는 수단으로 동원되는 것은 언어, 즉 말이다. 일찍이 무솔리니는 〈정치를 행하는 인간에게 말의 힘은 무한의 가치가 있다〉고 토로한 바 있으며, 카뮈는 정치 연설을 들을 때마다 인간다운 소리를 전혀 들을 수 없다는 사실이 경이롭다고 그의 『비망록』에 적었다. 정치적 공보 수단으로서의 말이 확장되고 체계화되거나 기교화될 때 언어로 지어진 또 다른 체계, 즉 문학의 영역이 문제시된다. 요컨대 문학은 정치의 언어가 효과적으로 또 설득력 있게 흘러갈 수 있게 하는 하나의 처방인 셈이다.

그런가 하면 문학의 방향에서 볼 때, 정치를 담은 문학이란 정치적 상황이나 정치문제를 소재로 삼고 있을 뿐 아니라, 그러한 소재를 통하여 일정한 정치 이념에 대한 비판 또는 옹호의 태도를 나타내는 작품을 말한다. 대체로 하나의 정치 이념이나 정치 상황에 대하여 비판적 태도를 유지하는 문학은 자유주의적이며 개인주의적인 측면을 강조하기 쉽고, 반대로 옹호하는 태도를 유지하는 문학은 전체주의적이며 국가주의적인 측면을 강조하기 쉽다.

문학의 역사가 시발된 이래 많은 문인 문필가들이 그들의 글과 작품 가운데 정치적인 문제를 수용해 왔고 지금까지 계속되고 있다. 영국 엘리자베스 시대의 극문학에 마키아벨리가 언급되는 횟수가 무려 395회나 된다는 어떤 통계는 이 상관성을 잘 말해 주는 하나의 보기이다. 정치권력과 화해로운 관계를 나누어 가짐으로써 세상의 영달을 도모한 문학이 있는가 하면, 정치권력의 불의에 과감히 저항함으로써 스스로 핍박의 극점에 서기를 사양하지 않은 문학도 있다.

그런데 이 모든 논의들을 통하여 명료하게 거두어들일 수 있는 개념 한 가지는 정치의 잣대와 문학의 잣대가 서로 다르다는 사실이다. 이 글에서는 그것이 어떻게 다른 형상으로 나타나며 그것의 동시대적 의미가 무엇인가를 우리 고전 소설과 동시대의 소설을 통하여 살펴보려고 한다. 이 작업은 또한 정치와 문학의 보완적이면서 대칭적인 관계를 비추어보는 하나의 거울이 되기도 할 것이다.

2 우리 문학사에 나타난 정치소설의 면모

우리 고전 소설 작품에 나타난 정치사상은 대체로 유학의 전통적 국가주의를 준수하는 바탕에서 출발한다. 영웅소설의 형태를 취하고 있는 대다수의 소설은 말할 것도 없거니와 「박씨전」이나 「전우치전」처럼 민본사상을 내포한 소설에서도 마찬가지이다.

이는 문학작품의 창작자인 식자 계급의 사람들, 다시 말하여 사대부들의 최종 목표가 정권 참여에 있었던 사정과 관련이 있으며, 그러한 까닭으로 정철이나 윤선도의 자연 친화를 발설하는 문면 그 배면에는 군왕에 대한 충성과 정권 복귀의 긴절한 관심이 잠복해 있었던 것이다.

이와 같은 고정적인 사고 유형이 조금씩 변화를 보이기 시작하는 것이 조선 영·정조 시대의 실학사상이 대두되는 지점이라 하겠다. 허균의 〈호민론(豪民論)〉이나 정약용의 〈전론(田論)〉에서 볼 수 있는바, 민본사상의 발아는 한 개인의 선각적 인식으로부터 시대적 조류로 흘러가는 과정을 밟아가고 있으며, 바로 그 변화의 과정을 소설 형식으로 증언하고 있는 것이 허균의 「홍길동전」과 박지원의 「허생전」이라 할 수 있겠다.

이 두 작품은 당대의 정치적, 사회적 부조리와 이에 대한 불만의 표출이라는 공통된 목표를 가지고 있다. 문헌상으로 보아 박지원은 그보다 앞서서 저술 활동을 한 허균의 행적에 대해 익히 알고 있었으며, 서학의 첫번째 소개자라고 일컫기도 하고 또 허균의 저술에 대해 비평적 의견을 제시하기도 했다. 박지원이 허균의 정치사상으로부터 영향을 받았으리라는 사실은 두 작품의 유사성을 통해서 충분히 짐작할 수 있다.

이 작품들은 근대 의식이 생성하고 성장하는 가운데 발아한, 정치 현실에 대한 비판적 각성을 부각시키고 있다. 그것은 중국으로부터

서학을 최초로 소개한 허균과, 같은 곳에서 근대적 사상을 받아들인
실학파의 주요 이론가로서의 박지원이 새로운 세계를 열망하는 진
취적 사상을 소설로 표현했다는 데서 연유한다. 이들은 정치적 이상
주의자요 휴머니스트였으며 불우한 생애를 마친 공통된 자서전을
가지고 있다. 이들이 가졌던 근대적 정치의식은 사고방식에 있어서
는 물론 구체적인 삶의 모습에까지 변혁의 기류를 형성하였으며, 거
기에 생동하는 표현의 형식을 부여한 것이 「홍길동전」이요 「허생전」
이었던 것이다.

이 두 작가는 당대의 정치적 불합리성을 비판하고 이를 표현하는
데 소설 형식이 가장 유익하다는 점에 일치된 견해를 가지고 있었
으며, 그러한 근대 의식의 반영이나 기법적 시도가 결국은 당대의
정치 현실로부터 소망스러운 이상 세계의 구현을 지향하는 응용 수
단으로 기능했다 하겠다. 「홍길동전」의 율도국이나 「허생전」의 무인
공도는 현실의 정치적 제약으로부터 자유로운 새로운 공간이며, 이
러한 소설 구성법의 심층에는 당대의 정치 지도층이 표방하는 통치
이념이 작가가 가진 혁신사상의 논리와 배치되는 것이라는 의식이
자리하고 있다.

이렇게 볼 때 두 작품이 이상향을 형성하는 기본 구조는 현실 개
혁 의지와 이상 세계 실현이 악수하는 모습으로 나타나는 것을 납
득할 수 있다. 그러나 두 작품의 주인공이 한결같이 정치적 제도의
틀을 넘어서지 못하고 도피처를 선택하여 이상국을 마련하는 것은
선각적 관념과 관습의 외피 속에 차단되어 있음을 말해 준다.

그러나 허균의 정치의식이 한 외로운 선각자의 결단이라면, 박지
원의 그것은 당대 실학사상의 조류를 등에 업은 시대적 대표성을
갖는 것이었다. 이는 작품의 내용 분석을 통해서도 확연히 드러나는
바이다.

「홍길동전」이 신분 차별의 철폐와 내정 혁신의 주장 위에서 사회

제도의 교정을 내세우면서 〈정치+사회〉의 문제의식을 나타내었다면, 「허생전」은 실사구시에 바탕을 둔 경세제민의 실현과 북학이론의 정책적 수용을 표방하는 〈정치+경제〉의 문제의식을 내세우는데 더 비중을 두었다. 전자가 적서차별과 같은 반대명제로 맞선 사회 제도의 교정은 포괄적 정치적 변화의 구도 위에서 가능하지만, 후자의 경세제민은 그 사회의 하부 구조 내에서도 자의적인 운용이 가능하다.

따라서 허생이 재화를 획득하는 수단이나 돈을 버리는 행위를 통해서 경제적 측면의 불만을 가시화하는 방식은 지배 계급과의 갈등 요인을 유발하지 않고서도 성립된다. 「홍길동전」이 작품의 무대를 세종 시절로 설정하는 안전판을 마련한 것을 이러한 측면에서의 조심성이라고 한다면, 「허생전」은 주인공의 행적을 통해 보다 자유롭게 경제적 가치관을 현실 비판의 도구로 활용하고 있고 한걸음 더 나아가 전제군주의 시정에 대한 직접적 비난이 될 수 있는 〈시사삼난〉의 문제를 제기하는 과감성을 보이고 있다.

이러한 차이점이 있는 데는, 두 작품의 태생적 한계와 관련된 것이지만 이들의 정치적 관심과 현실 개혁 의지는 한 영웅적 인물의 도술이나 능력에 의지하여 주어지는 〈증여형〉이다. 문학이 정치에 대하여 온전히 발언하자면, 그것이 백성들의 총제적인 노력에 의해 확보되는 〈쟁취형〉에까지 나아가야 할 것이다.

당대로서는 그와 같은 가치 전도의 실질적 자리바꿈이 불가능했으리라 볼 때, 두 소설이 보이는 의욕 상승 및 한계점에서의 추락이라는 방정식은 미리 예정된 것으로 보아도 무방하다. 「홍길동전」과 「허생전」의 정치적 이상향에 관한 작품 세계를 〈비쩍 마른 유토피아〉라 지칭하면서, 〈이러한 소재가 한 인물을 통해 형상화되는 과정이 허균에서 황석영까지 장장 400년의 세월을 필요로 하였다〉고 한 김윤식의 지적이 설득력이 있는 것은 바로 그 때문이다.

3 정치소설의 흐름과 오늘날의 경박한 작품들

그러면 그로부터 4세기의 세월이 경과한 오늘날에 있어서, 우리 현대 문학의 정치소설은 어떠한가, 어떤 작품들이 문학 논의의 표면에 떠올라 있으며 그 의미들은 어떠한가를 살펴볼 차례이다.

홍길동이 가졌던 개혁적 정치의식을 이어받은 장길산은 황석영이 쓴 대하소설 『장길산』의 주인공이다. 1974년부터 1984년까지 11년에 걸쳐 씌어진 이 소설은 조선조 숙종 연간에 있었던 극적(劇賊) 장길산 부대의 사건을 다루고 있지만, 그 소설적 효용성이 적용되는 곳은 바로 현세적 삶이었다. 그것은 이 소설이 소설에서의 시대상과 유사한 정치적 압제의 상황이 전개되던 기간에 수차례 중단의 압박을 받아가며 씌어졌음을 보아도 알 수 있다. 이 시기가 고통스러운 물리적 통제와 불합리성으로 일관된 시대였으며, 이와 같은 정치적 실상에 반응하여 작가는 다른 시대에 기대어 자신의 시대를 상징화하면서 역사의 현존성을 상기시키는 비판적 글쓰기를 수행했다 하겠다. 허균의 「홍길동전」이 봉건시대 해체기에, 홍명희의 『임꺽정』이 민족해방운동기에 씌어지고, 황석영의 『장길산』이 군부의 근대화 개발독재 저항기에 씌어졌음을 비교해 보면, 우리는 거리낌없이 『장길산』을 비판적 정치소설의 한 범례로 적시할 수 있는 것이다.

이러한 점은 김주영의 『객주』나 박경리의 『토지』 등 대하소설들이 민중의 역동적인 힘과 의지 및 집단의식을 부각시키려 했다는 측면에서 상당 부분 정치의식을 가지고 있다고 설명할 수 있는 근거가 된다.

민주화 투쟁이 최고조에 달하고 운동 개념으로서의 문학과 문예 전선 운동이 시대적 화두가 되었던 1980년대의 노동자, 도시빈민, 농어촌 문제, 운동권 등을 소재로 한 소설들은 예외없이 강력한 정치적 견해를 작품의 표면으로 밀어올리고 있었고, 이와 대비되는 의견 또는 태도를 가진 소설들은 모두 수면 아래 잠복하지 않을 수 없었다.

그러나 이 시기 문학의 이념성을 주도적으로 이끌었던 사회구성체 논쟁이나 민족문학 주체 논쟁 1990년대로 접어들면서 현격한 퇴조를 보였다. 국내의 정치적 상황 변화와 문학이 타매해야 할 주적(主敵) 개념의 상실, 사회 환경의 변화와 더불어 여러 분야에서 동시다발적으로 전개된 포스트모더니즘적 창작 경향, 다양성과 다원주의의 미덕에 대한 공감의 진폭 확장 등으로 민족문학론은 그 내부에서부터 폐절 선언에 직면하는 사태를 보였다.

1990년대의 중반을 넘어선 오늘날에 있어, 앞선 시대의 소설들이 보여주었던 강력한 정치소설은 괄목할 만한 수준으로 떠오르지 않고 있다. 다만 몇 달 후에 있을 대통령 선거를 앞두고 이를 예측하면서 동시에 상업주의적 촉수를 드러낸 경박한 정치소설들이 주류를 이루고 있으며, 여러모로 찬반의 논의가 있는 채로 이인화가 쓴 박정희 전 대통령을 소재로 한 『인간의 길』이 그나마 본격적인 정치소설의 면모를 지녔다고 말할 수 있을 정도이다.

대권을 소재로 한 정치소설의 발언권을 쥐었던 작가는 단연 고원정이다. 그는 1985년 중앙일보 신춘문예에 제3세계를 배경으로 선명한 정치의식을 드러낸 소설 「거인의 잠」이 당선되면서 등단한 이래, 전체주의의 무서움과 이에 대한 저항의 정신을 그린 대하소설 『빙벽』을 발표하여 주목을 받았고, 1991년 지난번 대선을 예측한 『최후의 계엄령』으로 획기적인 대중적 반응을 얻은 바 있다. 이 소설에서는 노태우 전 대통령과 박태준 민자당 탈당을 예측, 100만 부에 달하는 판매 실적을 기록했다. 그는 그동안 ≪한국일보≫에 연재되었던 『대권』이란 소설을 묶어냈고, 다시 『마지막 대권』이란 소설로 이수성의 등장과 권영길 민주노총위원장의 국민 후보 출마를 내세웠는데, 이수성의 경우에는 예측이 맞지 않았고 여타의 경우는 대개 맞아떨어졌다. 이 작가는 야권의 여러 변수와 기층 세력의 정치권 진입 시도를 구체화하는 데 더 중점을 둔 듯하다.

고원정의 경우에서 알 수 있는 것처럼 그 당시 대선은 하루가 다르게 상황이 돌변하고 있어, 작가들의 상상력과 예측에 한계가 드러나고 있는 편이다. 그럼에도 불구하고 대부분의 소설들이 정치인의 실명을 거론하고 있으며 대선의 승자까지도 점치고 있는 실정이다. 물론 이러한 사정으로 몇 달 후에 이 소설들이 한낱 쓰레기로 치부될지도 모른다는 위험성을 내포하고 있기도 하다.

후보별로 보면 이회창의 승리를 내세운 이찬행의 『먼저 부는 바람은 바람이 아니다』, 이수성을 내세운 고원정의 『마지막 대권』과 이범천·신화철이 함께 쓴 『불타는 청와대』, 이한동을 내세운 박정진의 『왕과 건달』, 김대중을 상징적 결론으로 제시한 이원호의 『대통령』, 3김 연합에 따른 내각제 개헌을 예측한 조인옥의 『내가 대한민국 수상이다』 등이 있다.

그런가 하면 소설은 아니지만 남한의 3김과 북한의 김정일에 대한 개인적인 정치적 소회를 토로한 장지웅의 『굿바이 4김』, 미국의 시각으로서 한국의 정치판도를 진단하는 보고서 형식을 취한 이용수의 『미국은 한국의 다음 대통령이 누구인지 알고 있다』 등의 저술이 있다.

작가 나름대로는 현재의 정치 상황에 대해 문학적 검색을 감당한다는 주장이 서 있겠지만, 적어도 정치와 문학을 관련시켜서 해석하는 기초 위에서는 이 소설 및 저술들이 치열한 비판의식이나 철저한 전문성을 담보하고 있다고는 보기 어려우며, 하물며 문학성이나 미학적 가치의 차원에서는 전혀 되돌아볼 여지를 남기지 않고 있다고 판단할 수밖에 없다.

20세기 초반 미국의 경제 공황을 다룬 그 많은 소설들이 지금 전혀 기억되지 않고 있다는 사실에 비추어보면, 시대를 넘어서 생명력

을 갖는 작품의 산출은 결코 만만한 과제가 아니며 때로는 한 작가
의 생애와 운명 전체를 걸어야 할 경우도 있다 할 것이다.

4 『인간의 길』, 객관적 사실성이 없으면 실패다

한 작가의 운명을 건다는 포즈에 있어서는, 이인화의 『인간의 길』
1, 2권이 그에 부응하는 각오로 세상에 나왔다. 이 소설에서는 〈박
정희〉를 〈허정훈〉이라는 이름으로 바꾸어 쓰고 있다. 이 소설은 이
미 그 역량이 알려진 이 작가가 평생을 바칠 각오로 할 수 있는 모
든 공력을 다 들였다고 한 것처럼 범상치 않은 규모의 작품이며, 근
자의 거의 유일한 본격 정치소설이라 할 만하다.

방대한 자료의 섭렵, 그것을 이야기로 꾸미는 능력, 또 이야기의
재미와 박진감, 도처에서 전체적인 흐름을 미리 예비하는 용의주도
한 암시들, 설득력 있는 문장과 단계적 구성력 등 이 소설이 가진
장점은 실로 적지 않다. 그러나 동시에 이 소설이 선택한 저 민감한
소재와 주인공으로 인하여 작가가 살얼음판을 걷듯 조심하지 않으
면 안 될 일 또한 한두 가지가 아니다.

박정희란 인물은 아직도 한국과 한국 국민의 운명, 그 정치적 운
명의 한 부분을 담당하고 있는 신화적 존재이다. 그는 개인이면서
공동체적 목표였고, 시대적 역사적 평가의 명암이 엇갈리는 자리에
서 있는 불우한 개인이었다. 그러므로 그에 대한 평가는 예리한 경
각심으로 객관적 공정성을 견지하지 않는 한 언제든지 위험 수위를
넘을 우려가 있다. 이미 그 책에서는 그러한 우려가 현실로 나타나
고 있으며, 그것이 세간의 부정적 여론을 불러일으키기도 했다. 이
작품이 과연 시대적 정치사와 민족의 운명에 대한 탁월한 해석에
이를 수 있는가는, 대체로 작가가 그 부분을 어떻게 풀어나가느냐에

달려 있다 하겠다.

익히 알려진 대로 박정희는 근대화를 촉진하고 국가적 절대 빈곤의 문제를 해결한 긍정적 인물임과, 동시에 군부 쿠데타에 의한 독재 정권의 장기 집권으로 숱한 인권과 인도주의 탄압의 중심에 선 부정적 인물이기도 하다. 그러므로 기실 그에 대한 평가는 어느 방향에서 그를 보느냐와 관련된 시각, 관점의 문제이다. 일제하의 춘원과 육당을 평가할 때처럼 관점 자체에 대한 안전장치 없이 박정희를 객관적으로 기술할 수 없다는 말이다.

비록 허정훈으로 그의 이름을 바꾸었지만 그것은 별반 의미가 없다. 그 자리에 박정희란 이름이 들어가서 큰 줄기가 달라질 일은 없기 때문이다. 작가는 이야기의 흐름 전체를 전지적 작가 시점으로 조망하고 있는데, 그런 만큼 사실성의 확인에는 더 신중을 기해야 할 것이다. ≪중앙일보≫에 연재된 바 있는 「실록 박정희 시대」의 생생한 현장감에 비추어보면, 일제 말기 만주군 장교 시절의 행적은 과장되고 미화되었다는 혐의를 벗기 어렵다. 그의 만주행에 지나치게 민족적 의미를 부여하는 것 또한 그렇다.

같은 작가의 잘 알려진 소설 『영원한 제국』과 관련하여, 그 역사적 사실성과 고증의 문제에 대하여 통렬할 정도의 이의(異意)를 제기한 한문학자 김언종의 지적을 우리는 알고 있다. 적어도 『인간의 길』에 그와 같은 지적이 다시 제기된다면, 그것은 이 작가의 불행이기를 넘어서 그나마 수준 있는 정치소설 한 편을 추수하고 있는 우리 문학의 상처요, 손실일 수 있다.

바라기로는, 그러나 그 바람은 당분간 매우 어려운 것으로 보이는 터이지만, 동시대의 문제를 다룬 더 많은 정치소설들이 문학의 보편적인 이름에 값하면서 뛰어난 소설적 형상력으로 우리에게 좋은 작품을 만나는 기쁨을 선사해 주었으면 한다.

장애인 문학의 이해와 성숙을 위하여
—— 세계문학 속의 장애인 문제

1 장애, 장애인, 장애인 문학

일상적인 사회생활을 해나가는 데 있어서 신체적으로나 정신적으로 불리한 조건을 가진 사람을 일러 〈장애인〉이라고 한다. 대체로 다수의 평균 집단이 가지고 있는 공통적인 특성과 거리가 있고 또 불리한 특성을 가지고 있으면 〈장애〉가 있다고 한다.

그러나 장애의 여부를 판단하는 데 있어서 이처럼 단선적인 논리를 적용시키는 것은 그다지 사려 깊은 일이 아니다. 왜냐하면 소수자가 가진 특성 중에는 바람직하지 않은 것도 있지만 바람직한 것도 있기 때문이다. 한 사회 또는 집단에서 바람직한 것이 다른 사회 또는 집단에서는 바람직하지 않을 수도 있다. 요컨대 여기에 적용되는 기준이 그 사회나 집단에 통용되는 지배적 가치에 따라 상대적일 수밖에 없다는 뜻이다.

예를 들어 인디언의 한 부족은 간질병 환자를 희귀하고 가치 있는 능력을 가진 자로 보고 그에게 권세와 명예를 주었다고 하며, 제1차 세계 대전 이전의 독일에서는 상처를 명예의 표상으로 여겼다는 기록이 남아 있다. 이러한 상대성의 가치 기준에 탁월한 사례가 될 만한 소설, 곧 스위프트의 『걸리버 여행기』에서 걸리버는 소인국과 대인국에서 모두 장애인 취급을 받고 있다.

물론 이 예들은 부분적이고 적은 숫자에 해당할지 모르지만, 한 사람이 가진 불리한 특성을 무조건 장애로 규정한다든지, 또는 그 특성으로 인하여 불리한 대우를 받게 해서는 안 된다는 점을 설명하는 데는 유익하다.

장애를 사회심리학적 개념으로 정의한 메어슨Meyerson은 〈장애란 한 개인에게 객관적인 사실로 존재하는 것이 아니라 사회적인 가치판단에 의해 필요에 따라 규정되는 것〉이라고 했다. 이는 한 사람이 장애인으로 인식되는 것은 그 사람 자신의 자격 문제가 아니라 사회적 규범 때문이라는 것이다.

이 정의를 수긍한다면, 장애인 문제에 대한 인식 자체를 상당히 수정해야 옳을 터이다. 인간은 누구나 불완전하며 장애 문제는 그것이 언제나 나 자신의 문제로 될 수 있는바, 다수자인 정상 집단에 의해 규정되는 가치 규범을 사회 구성원 모두에게 일방적으로 적용해서는 안 될 것이다. 장애인에 대한 편견의 벽이 높고 환경 시설의 문턱이 높기 때문에, 장애가 되지 않을 수도 있는 조건을 장애가 될 수밖에 없도록 몰아가서는 안 된다.

맹인용 신호등, 장애인용 전화, 화장실, 경사로 등 여러 부분에 있어서 다수의 평균 집단에 초점을 맞추지 아니하고 소수의 소외 집단을 적극적으로 배려한다면 장애가 되지 않을 장애는 무수히 많을 것이다. 이와 같은 일의 실천은 장애에 관한 인식에 균형 감각을 부가하는 것일 뿐 아니라, 사회 제도와 규범에도 합리적인 균형성을 확립하는 것이라 하겠다.

신체적인 장애나 정신적인 장애는 지속적인 치료와 교육과 훈련을 통해 많이 개선될 수 있다. 이를 통해 비록 장애를 가지고 있으나 큰 불편 없이 사회생활을 할 수 있는 사람이라면 구태여 그를 장애인이라고 말할 필요는 없을 것이다. 다시 말하자면 신체적 또는 지적 결함의 정도에 장애의 기준을 둘 것이 아니라, 일할 수 있는 능력과 생활의 불편 정도에 따라 그 기준을 적용해야 할 것이다. 그렇게 한다면 오늘날 우리가 장애라고 부르는 조건 가운데 상당한 부분이 그것의 개념적 범주를 벗어나게 될 것으로 보인다.

이상의 논의는 그 중심 사상을 대부분 여광응 교수의 「장애자, 그들은 누구인가」에서 빌려왔는데, 그에 의하면 장애인을 보는 시각은 역사적 시대적으로 다음과 같은 변천 과정을 거쳐왔다.

고대에는 장애인이 부족사회에 무익하거나 유해한 존재로 인식되어 이들을 박해, 추방하였다. 그래서 심신에 장애를 가진 이는 부족의 생존 투쟁에 도움을 주지 못하므로 산중에 버려지거나 혹은 악령이나 마귀가 붙은 것으로 이단시되었으며, 심지어 귀족 계층의 노리갯감으로 취급받기도 했다.

중세에 와서는 시대적 지배 가치였던 기독교 사상에 힘입어 장애인이 종교적 보호와 자선 및 연민의 대상이 되었으나, 소극적인 보호의 차원이었고 교육적 관습을 갖지 못했다.

근세에 와서 르네상스의 영향에 의한 인문주의 사상의 대두, 종교 개혁의 추진, 의학을 중심으로 한 과학적 연구 성과 등에 의해서, 그때까지 미신과 편견에 의해 방임되어 온 장애인에 대한 인식 태도에 새로운 변화가 시작되었다.

20세기 이후에는 장애인 인권 운동이 본격화되어 장애인이 정상인과 동등한 인권을 가졌다는 인식이 한층 강화되고 장애인의 생존권, 발달권, 교육권이 보장되었으며 이들의 교육과 복지 대책에 대하여 사회적 국가적 관심이 증폭되었다. 그리하여 오늘날에 이르러서는 사회적으로나 법률적으로 장애인을 정상인과 동등한 독립된 인격의 주체임은 물론 평등한 사회 구성권으로 인정하게 되었다.

이처럼 장애인을 보는 시각은 배타적인 장애인관에서 보호, 동정적인 장애인관으로, 그리고 오늘날은 사회 통합적인 장애인관으로 변천되어 오면서, 선진국을 중심으로 장애인들을 가능한 한 최대한으로 사회에 통합하려는 움직임이 활발하다.

이와 같은 장애의 문제를 문학으로 수용하는 장애인 문학에 있어서는 인간의 정신적 아름다움과 인간성의 참다운 가치를 추구하는 문학의 속성상 장애의 문제를 인본주의 또는 인간중심주의의 관점으로 끌어안는 것이 일반적인 경향이다. 우리는 그러한 문학을 건강한 문학이라고 말할 수 있으며, 또한 그와 같은 사실주의 문학을 두고 예술의 건전한 경향이라고 한 하르트만의 논리를 쉽사리 납득할 수 있다.

여기에서는 그러한 관점에서 먼저 장애인 문학의 개념적 정의와 인식의 문제를 살펴보고, 이어서 한국문학과 세계문학 속에 나타난 장애의 문제를 순차적으로 검토해 보기로 하겠다.

2 장애인 문학의 개념과 인식의 검토

장애인 문학의 개념 정의와 관련해서는 먼저 꼭 이 호명을 사용해야 할 것인가라는 문제부터 검토할 필요가 있다. 문학의 일반론적 성격 속에는 인간의 모든 삶과 그에 대한 반응의 양식이 포괄될 수 있으므로, 장애인 문학이란 명칭 스스로 문학의 입지를 축소하고 개념을 한정한다는 비판이 제기될 수 있기 때문이다.

그러나 굳이 이 명칭을 사용한다면 그것은 문학의 한 특정한 분야에 대하여 편의적으로 붙인 이름이라 해야 옳겠다. 예컨대 여성문학이나 노동문학 등이 문학의 일반적인 범위 안에 있으면서 특정한 문학적 관심을 표방하고 있는 것과 마찬가지의 경우이다.

장애인 문학의 개념은 우선 두 가지 관점에서 정의해 볼 수 있겠다. 먼저 장애인 문인이 쓴 문학이다. 다음으로는 장애와 장애인 문제를 다룬 문학을 그렇게 말할 수 있다.

장애인 문인이 쓴 문학이라는 개념은 매우 협소하여 그야말로 문학을 하나의 울타리 안에 가두는 형국이 된다. 뿐만 아니라 이 개념을 성립시키기 위해서는 장애인이 쓴 문학의 수준 문제에 앞서서 그가 과연 장애인인가, 그리고 어느 정도의 장애인인가라는 문제에 대한 판단이 있어야 할 것이다. 그러므로 이 개념은 장애인 문학을 말하는 부분적 조건 중 하나로 치부하면 될 듯하다.

장애와 장애인 문제를 다룬 문학이라는 개념은 전자에 비해 훨씬 광범위하고 그 개념의 운동 범주도 자유롭다. 그런데 여기에서는 하나의 문학작품 속에 장애인 문제가 어느 정도의 비중을 차지하는가, 그리고 그것이 작품의 주제에 밀도 있게 관련되어 있는가, 아니면 단순하고 지엽적인 소재적 차원에 그치고 있는가 등의 문제가 검토되지 않으면 안 된다. 물론 이러한 문제가 작품 속에서 객관적 증빙을 동반하고 있거나 그 결과를 통계 수치화할 수 있거나 하기는 어렵다. 문학은 그러한 형편을 고려하면서 제작되는 예술품이 전혀 아니기 때문이다.

그렇다면 결국 장애인 문학이란 용어는 객관화된 기계적 개념 정의에 이르기 어려우며, 문학의 본질적 성격에 따라 상황적으로 유동하는 개념이 될 수밖에 없다. 엄밀히 말하여 앞서 예거한 여성문학이나 노동문학 등의 경우도 마찬가지이겠지만, 장애인 문학이란 쓰고 읽는 이들이 그렇게 느끼고 받아들이는 것이지 사회사적인 객관성을 담보할 수 있는 개념이 아닌 셈이다. 위에서 이 명칭을 〈편의적〉이라 규정한 것은 이러한 경우의 개념 정의와 관련된 자발성을 말하고 있으며, 모호하고 편리하게 그 개념을 얼버무리는 태도를 말하지 않는다.

장애인 문학이 그 영역에서 가지는 강점이 있다면, 그것은 인간의 삶에 있어서 장애 또는 장애인과 관련된 깊은 고통의 심연을 두드려

보는, 그러한 절박성의 강도를 들 수 있겠다. 〈눈물 젖은 빵을 먹어
보지 아니한 사람은 인생의 깊은 의미를 모른다〉는 수사가 괴테의
시집에 나오지만, 그 눈물 젖은 빵이 장애의 문제와 상관되어 있다
면 그렇지 않은 경우에 비해 절실한 감응력이 한층 더 강화될 수도
있을 것이다. 노트르담의 콰지모도는 그가 장애의 몸을 갖고 있기
때문에 소설의 주제와 비극성을 한층 강화하는 효과를 얻고 있다.

　장애인 문학의 지향점은 대체로 작품 속에 등장하는 장애의 문제
가 절망의 나락으로 침몰하기보다는 소망의 언덕으로 거슬러 오르
도록 하는 데 있다. 그렇기에 많은 장애인 문학의 배면에는 눈물겨
운 인간 의지의 개가나 인간 승리의 숨은 이야기들이 묻어 있는 것
이다. 청각을 잃은 채 작곡한 베토벤의 장엄한 선율이나 실명한 후
여섯 살 난 딸 데보라의 손을 빌려 완성된 밀턴의 문필이 그 좋은
예라 하겠다.

　장애인 문학이란 명칭을 내걸고 이 소중한 불씨를 살려가는 사람
들, 특히 장애인으로서 창작을 하고 있는 사람들이 유의해야 할 것
은 적어도 일시적이고 값싼 동정에 편승하는 안이함은 버려야 한다
는 것이다. 그것은 궁극적인 도움이 되지 않으며, 오히려 예리한 경
각심이나 불퇴전의 의욕을 소멸시킬 가능성이 있기 때문이다.

　장애인 문제를 소재나 주제로 선택한 것은 창작자 자신의 고유한
정신 영역에서 이루어진 일이며, 그것이 문학적 예술성의 성숙이나
완성도와 관련하여 어떠한 면죄부도 될 수 없음을 확고히 인식해야
한다. 그런 점에서 장애인 문학을 대표하는 ≪솟대문학≫의 경우,
장애인 창작자의 문학과 장애를 소재로 하되 문학 일반의 수준을
넘어서는 문학의 두 구분을 두고 이를 이분법적으로 운영하는 방안
을 생각해 봄직하다.

　우리 문학사, 그리고 세계 문학사 속에는 장애인 문학으로 그 이
름이 빛나는 수많은 장애인 문인들이 있다. 시각 장애를 감당했던

호머, 밀턴, 사르트르, 지체 장애를 겪은 이솝, 세르반테스, 셰익스피어, 바이런, 마가렛 미첼, 사마천, 언어 장애가 있었던 헤르만 헤세, 서머싯 몸, 간질병으로 고생한 톨스토이 등을 쉽게 예거할 수 있다. 여기서 예거한 이들은 장애를 가지고 있으면서 그에 굴복하지 않고 자신의 문학과 더불어 세계문학의 중심부로 진입한 작가에 해당된다. 요컨대 그들의 문학과 작가로서의 삶이 모두 장애인 문학의 온전한 목표를 설정하는 데 좋은 보기가 된다 할 것이다.

3 한국문학 속의 장애인 문제

서두에서 장애인 문학의 개념과 관련하여 장애인 창작자의 문학과 장애인 문제를 다룬 문학으로 나누어 설명한 바 있으며, 바로 앞항에서 전자의 예를 든 바 있다. 여기서부터는 문학 속에 나타난 장애인 문제를 위주로 살펴보려 한다. 나병 환자의 타는 듯한 고통을 토속적 정서와 언어로 표현한 한하운의 시는 앞의 두 가지 요건을 함께 포괄하고 있는 경우이며, 문학적 성취도에 좀 더 관대해지기로 하고 찾아보면 이와 같은 사례가 적지 않을 터이다.

우리 고전 문학에서 가장 먼저 발견할 수 있는 장애인 문학은 아마도 『고금주(古今注)』에 나오는 「공무도하가」일 것이다. 백수광부의 처가 강을 건너다 빠져 죽은 지아비를 노래한 이 시는 정신 장애의 문제를 다룬 첫 문학작품이라 하겠다.

그 뒤를 이어 실명(失明), 즉 시각 장애의 문제를 다룬 것으로 희명(希明)이 쓴 향가 「도천수관음가」, 백제의 「도미설화」 등이 있고 고전 문학 가운데 가장 본격적인 장애인 문학이라 할 조선시대의 「심청전」 등의 작품이 있다.

『삼국사기』에 나오는 「온달 설화」는 바보, 곧 정서 장애나 정신 장애의 문제가 모티브를 이룬 것인데, 이런 경우 해석의 관점을 어떻게 할 것이냐 하는 판단 기준은 매우 중요하다. 그 기준의 확립은 현대 문학에 있어서도 어떤 작품을 장애인 문학에 포함시킬 것이냐 하는 문제와 관련되어 있다.

일제하의 암울하던 시기에 장애인 문제를 다룬 작품으로 언어 장애를 소재로 한 나도향의 「벙어리 삼룡이」와 계용묵의 「백치 아다다」, 시각 장애를 소재로 한 김동인의 「광화사」, 성장 장애를 소재로 한 김유정의 「봄봄」 등을 쉽게 떠올릴 수 있다. 또한 착한 바보의 슬픈 운명을 다룬 전영택의 「화수분」, 시대적 균형 감각을 상실한 등장인물을 희화적으로 그린 채만식의 『태평천하』 같은 작품도 있다.

이 가운데 나도향의 「벙어리 삼룡이」는 학대받는 정직한 장애인의 인간적 자각과 마지막 반항을 극적으로 표현한 작품으로, 그 줄거리로 미루어보아 『노트르담의 꼽추』에서 상당한 영향을 받았을 것으로 보인다.

주인공 삼룡이가 언어 장애와 추물의 외관을 가지고 있는 반면, 그의 내면적 자아는 진실하고 충성된 성향으로 드러나는 이 이율배반적인 조건이 이 소설의 문학적 발화 지점이다. 한 인간이 그 가슴 깊이 품은 진실이 여타의 모든 불리한 조건을 넘어설 수 있다는 메시지를 가진 이 소설은 장애의 상황과 비인간적인 환경에 대한 강력한 저항과 진실성의 표현이라는 두 문제를 동시에 제기하고 있다.

김동인의 「광화사」는 그의 「광염소나타」와 함께 유미주의 소설의 대표적인 작품으로 손꼽힌다. 이 소설에서 우리는 장애의 문제를 압도하는 예술적 탐미적 열정을 목도할 수 있으며, 주인공의 외모 장애와 처녀의 시각 장애 모두를 불타는 예술혼의 하위 개념으로 치부하는 느낌을 받게 된다.

요컨대 외모 장애를 동기로 하여 예술적 의지가 발아하고 시각 장애의 특성으로 인해 예술적 성취에 육박하는데, 결말은 예술적이긴 하지만 비극적일 따름이다. 그러므로 이 소설에는 한 인간이 가진 장애의 요건에 대해서는 깊은 관심과 통찰이 없는 셈이다. 이는 「광염소나타」에서도 마찬가지이며, 그것이 한편으로는 김동인 소설의 특성이면서 다른 한편으로는 소설을 통해 휴머니즘적 탁월성을 드러내는 데 일정한 한계를 노정하는 원인이 된다.

김유정의 「봄봄」을 장애인 문학에 편입시킬 것이냐는 이 영역의 범주 문제를 다시 생각해 보게 하는 대목이며, 그런 점에서 〈성장 장애〉라는 요건은 이를 범박하고 폭넓게 받아들이는 형편이라 할 것이다. 서구에서도 귄터 그라스의 『양철북』 같은 성장 장애의 문제를 다룬 역작이 있지만, 물론 「봄봄」은 그 역동적 의미망의 생산에까지는 이르지 못한다.

「봄봄」은 성장 장애를 동기로 하여 사윗감을 부려먹으려고만 하는 장인, 그리고 이에 반발하는 사윗감 〈나〉와 그 반발을 부추기는 점순이 사이의 여러 삶의 형태를 해학적으로 묘사한 소설이다. 성장 장애를 이용하는 악랄한 심사를 비난하기보다는, 그러한 악덕까지도 풋풋한 전원적 풍취 속에 용해하고 희화화함으로써 농촌 사람들의 심리적 저변을 자연스럽게 드러내었다. 그것이 김유정 소설의 힘이며, 성장 장애는 거기에 소박한, 그러나 간과할 수 없는 조력을 공여하였다.

6·25 동란을 매개로 하여 장애의 문제를 다룬 작품도 적지 않다. 일제의 징용에서부터 6·25 동란 전후에까지 이르는 시간대를 가진 하근찬의 「수난이대」, 비극적 역사의 체험을 암시하는 이호철의 「닳아지는 살들」, 6·25 동란의 피해를 직접적으로 서술하면서 그 정신적 외상의 실체로서 백치를 등장시킨 전상국의 「아베의 가족」과 「여름의 껍질」, 그리고 전후의 피폐한 사회상 가운데 향방을 잃은 사람들을 그린 손창섭의 「잉여인간」이나 이범선의 「오발탄」 등을 그 예

로 들 수 있겠다.

하근찬의 「수난이대」는 일제의 징용에서 한쪽 팔을 잃은 아버지와 6·25 전장에서 한쪽 다리를 잃은 아들이 등장하는데, 그 역사적 현실과 민족적 비극으로 인한 수난의 실상이 지체 장애의 모습으로 표현되고 있기에 장애인 문학이다.

작가는 그 개인적이고 개별적인 아픔을 절실하게 묘사하는 동시에 그것을 통해 우리 근·현대사의 파행성을 상징적으로 표출하고 있다. 마지막 대목에서 한쪽 팔이 없는 아버지가 한쪽 다리가 없는 아들을 업고 개천을 건너는 장면은 지체 장애의 제한적 조건과 심정적 절망을 어떻게 넘어설 것인가라는 명제에 대해 청신한 시사가 된다. 그것은 서로 사랑하고 의지하는 힘, 마음으로 돕고 몸으로 돕는 힘인데, 그것이 결코 부자간의 관계에만 그칠 수 없다 하겠다.

이호철의 「닳아지는 살들」은 「무너앉는 소리」라는 중편 연작의 첫 부분에 해당하는 단편이다. 이 소설의 〈아버지〉는 정신 장애로 의사소통이 되지 않으며, 비극적 역사와 비극적 현실의 피해자이다. 그를 딸보다 더 극진히 돌보는 며느리는 단 한 번의 의사소통도 없는 시아버지이지만 그를 소중한 가족 구성원으로 받아들이고 있다.

이 가족애의 희생적이고 헌신적인 발현은 매우 중요한 것이다. 그것이 확대되면 민족애요 인간애에 이를 수 있으며, 이 휴머니즘의 따뜻한 마음을 저버리지 않을 때 우리는 인간다운 인간일 수 있고 그러한 때에라야 장애의 문제도 온전한 해결의 길로 들어설 수 있기 때문이다.

동시대의 우리 문학 가운데는 이 밖에도 많은 장애인 문학작품들이 있다. 시각 장애의 문제를 신앙을 통한 인간 승리로 승화시킨 이청준의 「낮은 데로 임하소서」, 산업화 시대의 불균등한 분배 문제와 하층 계급 사람들의 꿈과 절망을 난쟁이의 형상으로 그린 조세희의 「난쟁이가 쏘아올린 작은 공」, 1980년대의 벽두 저 남쪽 광주의 민주화 운동과 그로 인해 청각 장애인이 된 등장인물의 맑은 영혼을 보여준 정찬의 「완전한 영혼」 등을 비롯하여, 박완서의 「우리들의 부자」, 이경자의 「곱추네 사랑」 등 아직 열거해야 할 작품들이 많이 있다.

이상과 같은 논의에서 알 수 있듯이 한국문학 속의 장애인 문제는 고전 문학에서부터 현대 문학에 이르기까지 폭넓게 펼쳐져 있으며, 그 인본주의적 관점과 장애 문제에 대한 관심 및 이해도 점차 확대되어 이 영역에서 앞으로 더 깊이 있는 감동을 산출할 작품을 기다려볼 만하게 되었다.

4 세계문학 속의 장애인 문제

세계문학 속에서 장애인 문제를 어떤 통계 수치로 검출하는 것은 거의 불가능한 일이다. 다만 널리 알려진 작품 가운데서 장애인 문제를 깊이 있게 다룬 경우를 선정하여, 이를 일정한 기준에 따라 분류해 볼 수 있을 뿐이다.

이처럼 자의적인 방식에 따라 필자가 선정해 본 작품은 모두 12편이며, 그중에는 지체 장애를 다룬 것이 5편, 시각 장애를 다룬 것이 3편, 정신 장애를 다룬 것이 2편, 정서 장애를 다룬 것이 2편이었다.

이 작품 선정은 소설만을 대상으로 하였다. 시에 있어서도 그러한 작품이 없는 것은 아니지만, 서사적 담화 구조를 통해 사건의 구체성을 담고 있는 소설이 훨씬 더 이 문제에 본격적으로 접근할 수 있다고 보았기 때문이다.

지체 장애를 다룬 작품으로는 빅토르 위고의 『노트르담의 꼽추』, 에밀 졸라의 『목로주점』, 허먼 멜빌의 『백경』, L. 톨스토이의 「이반 일리치의 죽음」, 애드거 앨런 포의 「절름발이 개구리」 등이 있다.

위고의 『노트르담의 곱추』는 『레미제라블』과 함께 이 작가의 대표적인 역작이다. 발표 당시(1831년)의 원제는 『파리의 노트르담』이었으며, 중세 성당의 아름다움과 민중의 힘을 노래한 역사소설로, 오늘날까지 불후의 명작으로 손꼽힌다.

척추 장애와 청각 장애의 불우한 모습으로 태어난 주인공 콰지모도는 아름다운 집시 처녀 에스메랄다에 대한 연모에 자신의 삶 전체와 죽음 이후까지도 투여한다. 작가는 콰지모도를 척추 장애로 인한 곱추, 청각 장애와 그에 따른 언어 장애, 그리고 추악한 외모 등으로 더 이상 있을 수 없는 불우한 조건으로 그렸으며, 그렇기에 그의 정신적 순수성과 헌신적 사랑이 훨씬 강력한 반탄력으로 부각되고 있다.

이 부조화한 대비를 통해, 작가는 한 인간이 형성할 수 있는 심연의 깊이와 더불어 부당한 절대 권력에 저항하는 당대 민중의 소망을 역사적 변화의 무대 위에 함께 올렸다. 우리는 이 작품을 읽으면서, 콰지모도의 외형적 조건 너머에 숨어 있는 보석처럼 빛나는 정신의 아름다움을 찾아낼 수 있어야 할 것이다. 만약 우리에게 그러한 눈이 있다면, 그 눈이야말로 지혜로운 눈이 아닐 수 없다.

에밀 졸라의 『목로주점』은 이 작가의 자연주의 문학관을 대표하며, 20여 편의 장편소설로 이루어지는 〈루공 마카르 총서〉의 제7권에 해당한다. 자연주의 소설인 만큼 19세기 후반 프랑스의 시대 및 사회상을 특히, 하층 계급 사람들의 편에서 잘 묘사하고 있다.

이 소설의 주인공은 제르베즈라는 다리를 저는 지체 장애인이다. 그녀의 두번째 남편은 지붕 수리공인데 지붕에서 떨어져 다리가 부러지고, 제르베즈 자신은 소설의 말미에서 정신이상 증세를 보인다.

제르베즈의 이러한 상황과 더불어 작가는 문명의 조명이 휘황했던 당대 유럽과 프랑스의 뒷골목에 펼쳐진바 하층민들의 삶과 고통을 생생한 리얼리티로 그렸다. 그녀의 지체 장애와 정신 장애는 그것을 드러내는 이야기 구조이며, 또한 그것 자체를 상징화하여 보여 주는 기능을 맡고 있다.

허먼 멜빌의 『백경』은 지체 장애와 더불어 부분적인 정신 장애의 문제도 함께 내포하고 있다. 멜빌은 포경선 선원을 지내면서 몇 년 간 방랑 생활을 했는데, 그러한 모험적인 삶이 작가로서의 큰 체험 이 되었다. 『백경』은 처음에는 그다지 큰 반응을 얻지 못했으며 세 월의 흐름 속에서 잊혀질 뻔했으나 멜빌 탄생 백주년을 맞은 1919년 에 재평가 작업을 통해 문학사의 수면 위로 떠올랐다.

이 소설이 장애인 문학인 이유는 흰 고래 〈모비딕〉을 쫓는 에이 허브 선장이 의족을 한 지체 장애인이기 때문이며, 순진무구한 인간 성을 보여주는 흑인 소년이 백치로 등장하는 등의 줄거리 때문이다.

허브 선장의 장애는 외형적으로 고래와의 첫 싸움에서 패배하고 고래를 추척하는 동기를 제공하지만, 더 중요하게는 한 인간이 처한 역경과 그것과의 투쟁을 전개해 나가는 집념을 상징한다. 그런 점에 서 이 소설은 장애라는 제재를 유효적절하게 활용한 작품이다.

톨스토이의 「이반 일리치의 죽음」은 와병 종신의 마지막 단계에 서 그 당사자 및 주변 인물들의 심리적 동향을 예리하게 적출한 작 품이다. 관리의 집안에서 자라나 판사로 일했던 이반 일리치가 갑자 기 병에 걸리고 자리에 누워 죽을 날만 기다리는 신세가 되자 가족, 친구, 의사 등 모두 그에게 등을 돌린다. 분노와 고통 속에 있던 그 는 농민 게라심의 꾸밈없는 간호를 받으면서 소박한 삶 가운데 있 는 진실을 발견하고 평안히 죽음을 맞는다.

이반 일리치의 분노는 아무도 자신을 진심으로 대하지 않는다는 데 있다. 주변 인물들의 위선적 태도는 그들 자신이 죽음을 대할 때 까지 고쳐지지 않을지도 모른다. 병들어 몸을 쓰지 못하고 누워 있 는 이반 일리치가 미래의 자신일 수도 있다는 반성적 성찰이 없기 때문이다. 여기에서 우리는 와병 종신 또는 장애로 고통을 겪고 있는 사람들을 위한 온당한 태도의 규범을 볼 수 있다. 진심과 성의가 없는 위로는 위로일 수 없으며 아무런 감응력도 유발하지 못한다. 진실만이 또 다른 진실을 불러올 수 있다 할 것이다.

포의 「절름발이 개구리」는 지체 장애인을 소재로 한 우화소설이다. 어느 왕이 난쟁이이며 절름발이인 익살꾼을 노리개처럼 부리고 있는데 그 난쟁이의 별명이 〈절름발이 개구리〉이다. 그는 궁중의 난쟁이 처녀 무용수와 가까운 사이인데, 어느 날 왕과 일곱 명의 대신들이 이 두 사람을 극단적으로 모욕하자 여덟 명 모두를 태워 죽이고 달아난다는 이야기이다.

이 우화는 장애에 대한 조롱과 복수를 담고 있는데, 이러한 일이 현실 속에서 일어난다면, 그보다 더 비인도적인 일은 드물다. 그러나 이런 일은 엄연히 우리 삶의 현실 속에서 실재하는 사건이다. 말은 쉬워도 실천은 어려우며 장애의 조건을 가진 이들에게 참된 우호의 감정을 갖기가 어렵다는 점, 그렇기에 포가 이 소설을 쓴 19세기 전반기와 마찬가지로 오늘날에도 우리에게 올바르게 깨어 있는 정신이 필요함을 환기하게 된다.

시각 장애를 다룬 작품으로는 앙드레 지드의 「전원교향곡」, 샤를로트 브론테의 『제인 에어』, 그리고 D. H. 로렌스의 「눈먼 사람」 등 세 편을 언급해 보기로 한다.

앙드레 지드의 「전원교향곡」은 작품의 제목처럼 아름답고 감동적인 스토리를 담고 있다. 자전적인 체험을 소재로 일기 형식으로 씌어진 이 작품은 화자이며 목사인 〈나〉와 아들 자크, 그리고 시각 장애인 소녀 제르트뤼드 사이의 삼각관계를 통해 순정한 정신의 힘과 그 아름다움을 그렸다.

제르트뤼드가 눈 수술을 통하여 세상을 보게 되자, 자신이 정신적으로 사랑한 이는 목사이지만 그 형상은 아들 자크임을 알게 된다. 그녀는 자살을 기도했으며 결국은 죽게 되는데 이로써 한 맹인 소녀의 순결하고 아름다운 마음이 외형적 조건을 훨씬 앞서는 고귀한 가치를 가진 것임이 드러난다. 작가는 제르트뤼드의 장애를 지렛대로 하여, 인간의 마음속에 숨은 순수성과 죄악의 본질을 소설의 표면으로 끌어올렸다.

『제인 에어』를 쓴 샤를로트 브론테는 『폭풍의 언덕』을 쓴 에밀리 브론테와 자매이다. 『제인 에어』는 이들 자매의 자전적인 이야기들을 많이 반영하고 있으며, 주인공 제인 에어는 빅토리아 시대의 보수적인 문화 전통과 사회 관습에 반항하면서 억압당해 온 여성의 자유와 지위 향상을 추구하고 있다.

이 작품에서는 제인 에어 자신이 장애인은 아니다. 주요 등장인물인 로체스터가 실명에 이르고 그의 부인이 정신 장애를 가진 것으로 나타난다. 그러할 때 장애의 문제는 소설의 구조를 성립시키는 장치이며, 특히 로체스터의 시각 장애는 제인의 사랑이 진실하고 본질적인가에 대한 척도가 된다. 제인은 시각 장애인임에도 불구하고 진심으로 로체스터를 사랑하며, 작가는 그 사랑의 힘으로 점점 밝아지는 결말을 예비해 놓았다.

로렌스의 「눈먼 사람」은 이 작가의 다른 소설들이 그러하듯이 탁월한 심리 묘사를 보여주는 작품이다. 눈먼 남편 모리스와 일간 신문에 신간 비평을 쓰는 아내 이사벨, 그리고 이들을 찾아와 모리스와 친구가 되는 버티 등 세 사람의 심리적 움직임이 중심 테마이다.

이사벨이 느끼는 권태의 감정, 버티가 느끼는 억지로 떠맡겨진 우정에 대한 도피 심리가 얼마나 날카롭게 포착되었는가에 이 소설의 가치가 있다 할 터인데, 이를테면 그러한 작가의 의도를 성립시키는 것이 모리스의 시각 장애라는 문제이다.

정신 장애를 다룬 작품으로는 도스토예프스키의 『백치』와 스티븐슨의 『지킬 박사와 하이드』, 정서 장애를 다룬 작품으로는 알베르 카뮈의 『이방인』과 세르반테스의 『돈 키호테』를 살펴보도록 하겠다.

도스토예프스키의『백치』는 작가가 〈더할 나위 없이 훌륭한 인간〉을 그리기 위해 쓴 작품인데, 그 완전한 인간을 백치인 미슈킨 공작, 곧 윤리적 이상의 체현자로 그려낸 소설이다. 러시아가 자랑하는 세계적인 문호인 이 작가가 영롱한 감성과 예지로 빛나는 인간의 완전성을 백치에게서 찾았다는 사실은 사뭇 시사하는 바가 크다.

이 소설에서 도스토예프스키가 찾으려고 또는 형상화하려고 시도한 것은 결국 〈완전한 인간〉은 없다는 사실이며, 미슈킨이 가지각색의 불행 앞에서 스스로 발광하고 마는 비극적 결말은 작가가 미슈킨에게 걸었던 이상이 현실의 중압감을 견디지 못했다는 증명이 되고 있다. 작가가 의도한 것이 병인으로서의 백치는 아니었지만 정신 장애인인 백치와, 정신은 온전해 보이는데 도덕적 감각이 백치인 인물을 새롭게 비교해 보는 데 이 작품을 읽는 하나의 이유가 있다 할 것이다.

『보물섬』으로도 우리에게 널리 알려져 있는 스티븐슨의『지킬 박사와 하이드』는 인간의 마음속에 자리 잡고 있는 악의 충동을 두 가지 사람으로 모습을 바꾸는 기괴한 이야기를 통해 드러내었다. 이 작품은 스티븐슨의 작가적 지위를 크게 높여준, 인간의 이중성을 잘 드러낸 걸작이라 하겠다.

그런데 이 소설을 과연 장애인 문학이라 할 수 있느냐는 의문이 제시될 수 있는데, 사람이 바뀌는 괴기담에 중점을 둔다면 그러할 수 있으되 인간의 마음속에 질병보다 더 강고한 뿌리로 깃든 악마성을 염두에 둔다면 분명 정신적 장애에 관한 작품이라 할 수 있겠다. 조금 비약해서 말하자면 악독한 마음이야말로 정신 장애의 극단인 것이다.

카뮈의『이방인』은 정서 장애로 널리 알려진 작품이다. 이 소설은 실존 철학, 부조리 철학 등의 개념과 관련해서 세계문학의 주요한 작품으로 인정되고 있다.

실존 철학이란 그 정서 장애의 본질과 주변 문제에 대한 해답을 행위 당사자의 내면에서 찾아내는 것인데, 그렇게 본다면 주인공 뫼르소의 우발적 살인은 그야말로 철학적이며 심정적 차원에서 보자면 범죄 행위가 아니다.

그를 정서 장애의 고통을 가진 자로 파악하는 것은 그러므로 철학의 밖에서, 작품의 밖에서, 복합적 의식의 밖에서 보는 시각이다. 한 인물이 가진 내면적 정직성이 그로 인한 행위 전부를 정당화하지는 못한다. 우리가 이러한 논리에 의거해서 『이방인』을 고찰하면 이 소설은 명백한 장애인 문학이며, 정서 장애가 가진 현실 일탈의 파괴력과 고통의 크기를 함축하고 있는 표본적인 작품이 된다 하겠다.

마지막으로 세르반테스의 『돈 키호테』는 돈 키호테의 우스꽝스런 기사 수업을 통해서 중세로부터 근대 산업화 시대로 넘어오는 변환기의 문화 충격을 잘 표현하고 있다. 작가는 돈 키호테의 병적인 정서 장애를 통해 이를 극대화하고 있으며, 실제로 제1부의 문면을 통해 그를 정서 장애 또는 정신 착란이라 인정하고 있다.

작가로부터 그러한 비난을 받으며 광기의 모험을 벌이는 돈 키호테의 내면을 자세히 들여다보면, 그 속에 약자를 돕고 악을 물리치려는 의인의 기질이 잠복해 있다. 돈 키호테는 정의와 윤리의 귀중함을 입증하기 위해 사건 속으로 뛰어드는데, 그것은 곧 작가 세르반테스의 생각이기도 하다. 그를 통하여 우리는 정서 장애를 가진 이의 정황을 방향을 바꾸어서 살펴볼 필요를 깨우치게 되며, 외형적인 온전함과 내면적인 온전함의 가치를 전도(顚倒)해야 하는 경우가 허다함도 납득하게 된다. 이 전도의 깨우침은 좋은 문학이 우리에게 선사하는 귀한 값어치가 아닐 수 없다.

5 마무리

지금까지 우리는 한국문학, 그리고 세계문학 속의 장애인 문제에 대해 순차적으로 검토해 보았다.

왜 장애인 문학인가, 장애인 문학은 왜 필요한가 등의 명제가 검토하는 과정 속에 개입되어 있었으며, 그 이유는 장애인 문학이 오히려 삶의 건강성과 진실성을 촉발하는 설득력 있는 계기가 된다는 인식에 바탕을 두고 있었다.

문학이 인간의 삶 각처를 두루 돌아보면서 그 고통을 반사하여 드러내고 내면적인 치유를 도모하는 것이라면, 특히 장애인 문학은 유의미한 관찰의 대상이 되어야 옳다.

수용미학적 차원에서 장애인 문학은 장애 또는 장애인 문제에 대한 올바른 이해를 동반하고 있지 않으면 안 된다. 장애인 문학이 소재 또는 제재로 선택하는 장애의 문제는 그 조건이 실제적으로 불리하다는 것보다는 오히려 그것이 잘못 이해되고 있다는 데서 더 폐해가 크다. 그러므로 온당하게 잘 제작된 장애인 문학을 통해 우리는 이 문제에 대한 올바른 이해의 지평을 넓혀가야 할 것이다.

창작 심리학적 차원의 장애인 문학은 주로 장애인 창작자의 편에서 문학을 보는 시각과 관련될 것이다. 만약에 문학이 여러 가지로 불리한 심신의 조건을 극복하고 굳건한 의지력을 확장하는 데 큰 조력자가 된다면, 그러한 문학을 〈위대한 문학〉이라고 불러서 안 될 이유는 세상 어디에도 없다. 우리는 많은 시인이나 작가의 경우에서, 문학이 한 장애인 창작자에게 건실한 의욕과 자기 성취, 그리고 특출한 인간 승리의 매개가 된 사례를 목격해 왔다.

대략적인 통계에 의하면, 우리나라에는 400만 명의 장애인이 있고 400명 이상의 장애인 문인들이 있다. 장애인에 대한 배려와 편의 및 복지 시설의 수준이 그 사회의 선진성에 대한 척도가 되는 것처럼, 장애인 문학에 있어서도 사정은 마찬가지이다.

　장애인 문학을 따뜻한 관심으로 돌보지 않는 사회나 국가의 문학은 선진적인 문학이 아니다. 이 단정적인 언표가 너무 작위적이라면, 이 말을 다음과 같이 바꿀 수도 있다. 장애인 문학을 돌보지 않는 사회나 국가의 문학은 적어도 인본주의 문학, 인간중심주의의 문학은 아닌 것이다.

한국문학에 수용된 기독교 사상 연구
—— 기독교 문학의 의미 영역과 그 반영 방식을 중심으로

1 서론

기독교 신앙 혹은 기독교 문학은 서구 정신문명의 근원에서부터 그 시발을 찾아야 한다. 헤브라이즘과 헬레니즘이라는 두 줄기가 나누어 점유하고 있던 서구 정신사의 흐름이 313년 콘스탄티누스 황제의 밀라노 칙령 이후 헬레니즘의 영향권 안으로 합류되었고, 우리가 200여 년 전에 접할 수 있었던 기독교는 헬레니즘의 전통에 의해 포장된 것이었으되 거기에는 헤브라이즘의 배타성과 헬레니즘의 합리성이 공존하고 있었다.

기독교가 특정한 사회 제도의 준거틀과 접촉할 때는 합리성의 측면이 전면에 나서지만, 그 가운데서 절대자의 존재에 대응하는 개인의 정신과 부딪칠 때는 배타성의 측면이 강화된다. 이때의 배타성이란 여하한 정황에 처하여도 후퇴할 수 없는 절대자의 지위, 또는 권위의 다른 이름이다. 그리하여 성서에는 〈현자들의 사상도 허영에 불과하다〉[1]고 단정적으로 기록되어 있으며, 서구 문학의 역작들 속에 잠복해 있는 기독교 사상의 성향도 거의 공통적으로 절대자의

---

1) 『전도서』에서는 〈지속적으로 모든 것이 헛되다〉라고 기록하고 있으며 〈지혜가 많으면 번뇌도 많아서 지식을 더하는 자는 근심을 더하느니라〉(전 1:18)라고 적고 있다

권능에 순복한 외양을 보인다.

우리 근대 문학의 초기에 기독교 사상이 단편적으로 도입된 최남선, 이광수, 주요한의 작품들을 비롯하여 윤동주, 박두진, 김현승의 작품들에서 더욱 직접적인 육성으로 드러나기까지, 이 도저한 배타성은 한 개인의 정신적 입지로는 허물기 어려운 완강한 울타리를 유지한 형편이었다. 이는 때때로 동양 문명의 바탕 위에서 오랜 관습으로 굳어진 직관 및 보편성의 관점과 상충할 수밖에 없었다. 예컨대 김현승의 시에 나타난 외형적 굴곡도 궁극적으로 서로 대립되는 두 이류를 함께 체득함으로써 발생한 갈등의 표출[2]이었다 할 수 있을 것이다.

기독교 사상이 문학으로 치환된 가장 기본적인 예는 성서 자체가 문학적 기술의 성격을 약여하게 갖고 있다는 데 있다. 성서를 예언 문학, 묵시 문학, 지혜 문학 같은 호칭으로 부른다든지 「시편」, 「잠언」, 「전도서」, 「아가」 등이 노랫말의 운율로 되어 있다든지 「룻기」, 「에스더」가 단편소설의 형식적 특성을 그대로 구비하고 있다든지 하는 사실이 그에 대한 좋은 반증이 된다.

옥스퍼드 대학의 바J. Barr 교수는 성서 연구에서도 신학적, 역사적, 문서적 연구 외에 미적, 문학적 연구가 수행되어야 한다는 주장을 내놓은 바 있다. 영국의 문인 루이스C. S. Lewis가 인간을 수륙양서의 동물이라고 정의한 바 있지만, 그 정의가 내포하는 의미처럼 성서는 지상의 육신과 영적 피안을 아울러서 있을 수 있는 모든 인간 체험을 다루고 있다.

그러나 우리가 기독교 사상의 문학적 변용이라는 명제를 우리 문학에 적용할 때, 그처럼 직설적인 교의의 발화법을 모두 수긍할 수

---

2) 그 갈등의 표출 양상을 대변하는 것이 「견고한 고독」, 「절대 고독」 등의 시편들이다.

있는 것은 아니다. 성서에 기술된 문면에 집착하여 그 범주 자체를 신성시하는 태도가 우세하다면, 그것은 〈종교로서의 문학〉일 뿐 〈문학의 종교적 경향〉이 아니기 때문이다. 따라서 비록 종교적 체험이 체질화되어 있는 경우라 할지라도 그것이 스스로의 문학성을 고양하여 문학사에 비중을 둘 수 있는 작품의 산출에까지 나아가야 한다는 요구를 수반하게 된다.

그러할 때 〈교의는 진정한 시에서는 그 모습을 나타내지 말아야 한다. 혹 나타낸다 하더라도 교의로서가 아니라 순수한 환상이어야 한다〉[3]고 글릭스버그C. I. Glicksberg가 『문학과 종교』에서 내세운 논리는 기독교 문학의 존립 근거를 잘 말해 준다.

천주교 2백 년, 개신교 백년의 역사를 가진 한국의 기독교 문학은 개화기 이후 구조화된 윤리와 인습의 각질로부터 탈출하려는 계몽주의적 수단으로, 일제하의 피압박 민족으로서 저항 및 자립 운동의 정신적 버팀목으로 효율적인 수용의 과정을 보였다. 또한 그 이후의 곤고한 역사 과정을 거치면서 개인적 신앙의 고백에서부터 사회사적 관점의 표출에 이르기까지 다양한 반응 양상을 보여왔다. 근자에 이르러서는 기독교에 대한 부정적 인식을 강력하게 드러내는 작품들도 적잖이 눈에 띄고 있다.

기독교 문학은 범박한 의미에 있어서 종교문학이다. 종교적 인자가 문학의 예술성을 부축해 주고, 문학이 종교적 교리의 의미를 평이한 해석의 차원으로 끌어낼 수 있을 때, 우리는 탁발한 종교 소재의 문학작품을 만나게 될 것이다.

이 글에서는 앞서 기술한 바와 같은 의미 영역의 기준과 범주에 비추어 김동리의 「사반의 십자가」[4], 유재용의 「성자여 어디 계십니까」[5], 그리고 이승우의 기독교 소재 소설[6]들을 집중적으로 분석해

---

3) C. I. Glicksberg(최종수 역), 『문학과 종교』(성광문화사, 1981), 272쪽.
4) 김동리, 「사반의 십자가」, ≪현대 문학≫, 1955.11.-1957.4.

볼 것이다. 그리하여 종교와 문학, 또는 성과 속의 의미가 작품 속에서 어떻게 나타나며, 그것은 또 어떻게 대비될 수 있는가를 살펴보려 한다.

이 세 작가의 작품들은 종교와 문학, 혹은 종교문학으로서 기독교의 사상적 바탕을 문학에 효율적으로 적용시킨 사례에 해당한다. 그리고 그 반영 방식에 있어서도 신성과 인본주의, 신의 실재성과 세속의 논리, 성과 속의 구분·대비·연관·통합을 통해 우리 문학의 사상사적 지평을 넓히고 있는 작품들이라 규정할 수 있다.

2 반영 방식의 구분과 작품의 분석

(1) 성경과 소설의 직접적 대비 ── 신성과 인본주의의 접점(김동리의 「사반의 십자가」)

1) 「사반의 십자가」와 성경적 배경

김동리는 1913년 경북 경주에서 태어나 기독교 계열의 학교인 경주 계남소학교와 대구 계성중학교를 다녔다. 어린 시절 기독교 문화와의 접촉은 나중에 작가가 된 그로 하여금 기독교 또는 종교 소재의 작품을 쓸 수 있도록 하는 계기가 되었다.

종교문제를 소재로 한 그의 소설들은 샤머니즘의 전통 신앙과 기독교 신앙의 상충으로 인한 한 가족사의 비극을 그린 「무녀도」, 기독교의 절대적 신앙과 교리를 민족 해방을 갈망하는 인본주의적 투

---

5) 유재용, 「성자여 어디 계십니까」, ≪동서문학≫, 1990.12.-1992. 여름호.
6) 이승우의 「에리직톤의 초상」 이래 근작에 이르기까지 거의 모든 작품이 기독교적 의미를 내포하고 있다.

쟁의 정신으로 추적한 「사반의 십자가」, 불교의 수도와 정진의 단계를 소신공양이라는 극단적 지점까지 밀고 나간 「등신불」 등 그의 작품 세계 내부에서도 압권을 이루는 것들이다.

그중 「사반의 십자가」는 작가 자신이 이에 대하여 〈작가 생활 25년 만에 처음으로 작품을 가지게 되었다는 자신이 들었다〉고 서슴없이 토로할 만큼 공을 들였고 애착을 가졌던 작품이다.[7]

이 소설의 주인공은 사반이라고 하는 유내 민족주의의 골수분자이다. 예수 그리스도의 직접 사역 당시, 로마의 압제 아래에 있던 이스라엘 백성들이 무장 투쟁을 서슴지 않는 열심당 Zealots을 결성하고 로마의 철권 통치에 맞서던 시대를 배경으로 한다.

궁극적으로 사반은 예수의 십자가 처형에 함께 매달린 좌우의 두 강도 가운데 끝까지 종교적 구원을 거부하고 현실적 인간으로 죽어 간 왼편 강도가 된다. 성경의 정경 어디에도 그의 이름이 사반이라고 밝혀진 바가 없으나, 김동리는 그에게 그 이름을 부여하고 그를 생동하는 인간의 모습으로 그렸던 것이다.

김동리는 이와 같은 인물 설정과 인적 구성을 토대로 신성과 인본주의가 서로 대립할 때 인본주의의 목소리가 어떻게 들리며 그것을 어떻게 수용해야 할 것인가라는 난해하고 형이상학적인 문제를 추구해 나갔다.

그런데 왜 김동리는 우리의 삶 또는 문학과 먼 상거의 지역 그리고 전통에서 창작의 동기를 일으켰던 것일까? 예수 그리스도의 사역 현장과 유대인들의 가열한 민족 해방 의지를 함께 바라보면서, 그는 무엇을 우리 문학과 우리 문학의 독자들에게 발화하려 했을까?

거칠게 답부터 말하자면, 김동리는 이 작품을 통하여 인간의 문제

---

7) 「사반의 십자가」는 김동리가 43세가 되던, 그러니까 필력이 한창 무르익은 시기였던 1955년부터 ≪현대 문학≫에 연재되기 시작하여 1957년에 간행된 소설로, 그는 1958년 첫 예술원 문학 부문 작품상을 수상했다.

를 인간의 의식과 사고 속에서 해결하려는, 작가 자신의 표현을 빌릴 때 〈인간주의의 틀〉 속에서 해결해 나가보려는 열망을 펼쳐 보이려 했다. 예수의 신성과 신앙적 초절주의를 거부하고 굳은 땅에 굳게 두 발을 딛고 선 인간의 의지를 그 극점까지 추구해 보려고 한 문학적 시도의 소산이 곧 이 작품인 셈이다.

종교문제를 소재로 한 그의 다른 작품들에서도 이와 같은 도식은 공통적으로 적용될 수 있는데, 이러한 문제를 논리화하고 확대해 나가면 그의 이른바 〈제3휴머니즘〉이나 〈한국 인간주의〉와 마주치게 된다[8].

말하자면 이 작품과 더불어 김동리에게 문제되는 것은 단순한 지역적·환경적 차별성이 아니며, 그러한 현실적 전제를 넘어서는 본질적이고 근원적인 삶의 조건이 된다. 그렇기에 한국문학과 별다른 친족 관계를 형성하지 않는 재료를 가지고서도 그는 한국문학사에 새로운 정신적 영역을 개척할 수 있었던 것이다. 하지만 이 소설을 보다 주밀하게 읽고 일정한 평가와 가치 판단을 해보려는 우리로서는, 우선 이 소설이 처한 환경 조건을 살펴보는 일에서부터 출발하지 않을 수 없겠다.

성경의 「구약」은 온갖 간난신고를 헤치고 면면히 이어져온 이스라엘 민족의 생존사이다. 솔로몬 왕국 이후 이들이 남 유대와 북 이스라엘로 분단되고 마침내는 바빌론의 네브카드네자르 왕에게 멸망당해 70년 포로 생활로 들어가면서, 이들에게 변함없이 지속된 하나의 갈망이 있었다면 그것은 곧 〈메시아 대망 사상〉이다. 모세의 출애급을 기억하면서, 백만 대군을 거느리는 장군의 모습으로 메시아가 나타나서 바빌론 포로의 오욕과 로마 식민 통치의 압제를 물리치고, 과거 역사 속에 찬연히 빛나는 다윗 왕국의 영광을 재현해 줄

---

8) 김동리, 「한국문학과 한국 인간주의 - 한국문학은 한국정신의 소산이라야 한다」, 『김동리 문학앨범』(웅진출판, 1995), 157쪽.

것을 고대했던 것이다.

그러나 그들이 기다리던 메시아는 오지 않았다. 말구유에서 태어나고 변두리 벽촌 갈릴리에서 성장한 가난한 목수의 아들이 그들의 메시아일 수는 없었다. 그래서 유대교에서는 지금도 예수를 선지자 중의 한 사람으로 인정할 뿐 구세주로 수용하지 않고 있다. 이것이 지금까지 기독교와 다른 신앙 체계로 전승되고 있는 유대교의 율법적 판단이요 유대 민족주의의 독선적 시각이다. 「사반의 십자가」에서 사반의 의식은 바로 이 대목을 중점적으로 대표한다.

이들은 예수가 지상의 왕이 아니라 천상의 왕으로, 창검의 왕이 아니라 화평의 왕으로 오는 것을 수긍하지 않았다. 뿐만 아니라 구약의 율법을 거스르며 새로운 가르침, 곧 복음을 선포하는 예수는 당대의 종교적 의사결정에 최고 의결 기관인 산헤드린의 시각으로 볼 때 위험한 이단자요 기존의 율법적 질서를 훼손하는 파괴자였다. 종교 지도자들은 예수를 죽여야 했고 유대 민족주의자들은 이를 납득했다.

예수가 지상에서 이스라엘 민족의 왕국을 회복시킬 의사와 능력이 있느냐 그렇지 않느냐라는 질문은 기독교적 사랑의 완성이자 이 소설의 결말인 〈십자가의 최후〉에까지 이어진다. 이 질문은 또한 천상주의와 인간주의의 분기점에서 결코 천상주의로 경도될 수 없으면서 인간주의만이 절대선이라고 주장하지 못하는 작가 자신의 고뇌이기도 하다.

김동리는 「한국문학과 한국 인간주의」라는 글에서 서구 문화의 두 원류인 헬레니즘과 헤브라이즘의 속성을 명료하게 구분하고 이 둘의 변증법적 지양을 통해 〈한국 인간주의〉라는 개념을 도출하고 있는데, 이러한 논리적 지향점은 곧 그의 고뇌에 찬 세계관의 갈등이 그 나름의 출구를 찾은 것으로 설명될 수 있겠다.

김동리가 세밀히 풀어서 보여주는 십자가의 두 강도는 성경 문면상으로는 복음서에 따라서 그 기록이 상반되게 나타난다. 이를테면 「마태복음」과 「마가복음」에서는 함께 십자가에 못 박힌 강도들이 모두 예수를 비난하는 것으로 되어 있는데, 「누가복음」에서는 좌도와 우도가 정반대의 태도를 나타낸다.

물론 작가는 이 가운데서 「누가복음」의 기록을 취하고 있으며, 그 외에도 이 작품의 여러 부분에서 볼 수 있는 바와 마찬가지로 미소한 정보에 활달한 상상력으로 부피 있게 살을 붙여서, 우리로 하여금 소설적 이야기 속으로 진입하게 해준다.

2) 성경 해석과 자의적 판단의 문제

「사반의 십자가」는 역사적 사건을 소재로 한 역사소설이다. 그것도 사상 최대의 베스트셀러인, 그리하여 여러 사람에게 익숙한 성경이라는 구체적 전범을 모태로 한 역사소설이다. 기실 작품의 소재가 널리 알려진 것일수록 작가가 운신할 수 있는 문학적 공간은 비좁아지고, 작품을 진행해 나가기가 쉽지 않을 것이다. 성경의 문학적 해석이 쉬울 수 없고, 자칫 어느 곳에서 예기치 않은 해석상의 누수 현상이 발생할지도 모른다. 경우에 따라서는 어떤 사건이나 현상을 자의적으로 해석하여 무리한 결과를 가져올 수도 있다.

이 소설에서는 실제로 그러한 사례가 적잖이 발생하고 있으며, 그것이 작가의 인본주의적 시각을 발단 사유로 하고 있기 때문에 그 자의적 해석의 유형들을 검색해 보는 일은 곧 이 작가가 표출하고 있는 관점을 확인하는 일과 다르지 않다.

우선 작가는 성경에 그 이름이 나오는 적지 않은 인물들을 소설 가운데서 형상화하여 그들에게 소설의 전개에 조응하는 임무를 부여한다. 앞서 언급한 막달라 마리아나 예수의 제자이며 혈맹단의 주요한 구성원으로 나오는 도마와 유다는 말할 것도 없고, 역시 열두 제자 중 하나이면서 막달라 마리아의 이종사촌 오빠인 빌립, 예수 사후 엠마오 도상의 두 제자 중 하나의 이름인 글로바, 예수의 능력으로 종의 목숨을 구한 백부장 등 많은 인물들이 성경 문면에서는 나타나지 않은 구체적 직임을 소설 속에서 수행하고 있다.

그중에서도 산헤드린의 대제사장에게 예수를 판 유다의 행위를, 단순히 은자 몇 푼을 욕심낸 것이 아니라 유대 민족주의의 열망이 실현되지 아니하고 좌절된 데 대한 반작용이라고 해석하는 것은 인본주의적 관점 가운데서도 상당한 설득력이 있는 대목이다.

또한 예수의 성장 과정 중 유일한 기록으로 나타나 있는 열두 살[9] 때와 다섯 살[10] 때 생각을 구체화한다든지, 세례 요한과 더불어 메시아로서의 사명을 자각한다든지, 십자가의 희생을 향해 가는 두 번째의 예루살렘행을 오히려 그곳이 덜 위험하기 때문이라고 해석한다든지, 예루살렘 입성 때의 호산나 외침이 마지막 기회의 소망을 건 혈맹단에 의해 주도되었다든지 하는 부분들은 소설의 성격에 맞도록 상황을 구성한 것으로서 어떤 면에서는 이 소설을 소설답게 하는 장점이 있다.

그러나 다음에 열거하는 몇 가지 시각은 언제든지 소설의 기본적인 텍스트인 성경 해석에 오류를 범하고 있다고 이의와 논란이 제기될 수 있을 것으로 보인다. 부연하여 말하자면 이러한 단편적인 취약점들이 많으면 많을수록 신성과 인본주의의 접점을 탄력 있게 유지시키고 있는 이 소설의 대립 구조, 즉 소설의 기본적인 골격이 부실해질 수 있는 것이다. 그 몇 가지를 작가의 시각과 성경의 본의를 구분하여 대비해 보면 다음과 같다.

---

9) 「누가복음」(2:40).
10) 「누가복음」(2:42).

■ 작가의 관점

① 수로보니게 출신의 헬라 여인이 귀신 들린 딸을 살려달라고 했을 때 〈자녀에게 먹일 떡을 개에게 던지겠느냐〉고 냉담하게 대답한 것은 정신 상태의 피로와 생명력의 소모 속에서 될 수 있으면 못 들은 체하며 지나가버리고 싶었기 때문이었다.

② 예수는 제자들 앞에서도 가까운 장래에 십자가에 달릴 것이라고 일러둔 바 있었지만, 이왕 져야 할 십자가라면 좀 더 보람 있게 빛내고 싶다는 생각이 처음부터 그의 의식 속에 잠재되어 있었던 것이다.

③ 그날이 마침 예비일(금요일)이라, 그날 안으로 그들을 처치해야 하였다. 제사장과 서기관들은 빌라도에게 청하여 내려오는 방식대로 그들의 다리를 꺾어 숨을 거두게 했다.

④ 아리마대 요셉이 무덤으로 가서 부활한 후 간신히 왼쪽 팔을 조금 움직이는 예수를 싸서 밖으로 안고 나갔다.

■ 성경적 관점

① 헬라 여인에게 그렇게 말한 것은 그의 믿음을 시험하기 위해서였다. 예수는 어떤 경우에도 믿음을 먼저 보고 병을 고쳐주었다.[11]

② 십자가의 최후는 이미 「구약」의 곳곳에서 예언되어 있는 것으로 인간에의 사랑과 구원의 완성이다. 그것은 말할 수 없는 모멸 속에 엄청난 희생을 요구하는 그야말로 〈쓴 잔〉이다. 예수 자신이 이것을 빛나게 치장하는 것은 곧 그 의미를 무화시키는 것이다.

③ 「요한복음」 19장 31절 이하에 두 강도의 다리를 꺾었지만 그때 예수는 이미 절명하였으므로 다리를 꺾지 아니하였다. 이는 구약에서 〈그 뼈가 하나도 꺾이우지 아니하리라〉한 말씀에 응하게 하려

---

11) 「마태복음」(15:21~28).

함이었다.[12]

④ 아리마대 요셉은 빌라도에게 허락을 받아 십자가에서 죽은 예수를 장사한 사람이며, 예수의 부활은 신성의 본질에 근거한 완벽한 부활이므로 〈간신히 팔을 움직이는〉 차원의 부활은 기독교 교리 전체에 대한 이해 부족이다.[13]

물론 여기서 두번째 항의 성경적 관점은 필사가 작성한 것이다. 비교 방식이 거칠기는 하지만 이 두 관점을 대비해 보면 김동리가 이 소설을 쓰면서 작동시키고 있는 인본주의의 관점이 어떠한 것인지 명백하게 드러난다.

김동리에게 있어 신성과 인본주의는 영원히 만날 수 없는 대극의 자리에 있다. 김동리 또한 인본주의의 관점에 주력하여 소설을 쓰되, 양자택일의 판결은 보류해 놓았다. 이론적으로는 이러한 입장이 작가가 개진한 〈신인간주의〉로 연결되며, 이 작품에 대한 어떤 논자의 〈신인간주의를 우리의 신문학사상 일찍이 유례가 없는 웅혼정대한 스케일로 전개시킨 장편〉이라는 다소 격앙된 평가를 통해서도 이를 입증할 수 있다.

인간주의 또는 인본주의의 관점에서 바라보는 김동리의 기독교는 기독교 본래의 신앙적 교리에 잇대서 설명되지 않으며, 차라리 동양적 정신사의 원형에 그 맥이 닿아 있다고 하는 편이 옳을지도 모른다. 종교문제를 소재로 한 그의 작품들에서도 인간중심주의의 사고가 유사한 형태로 나타나고 있다는 사실은 그 하나의 예증이라 할 수 있겠다.

---

12) 「요한복음」(9:31).
13) 「마태복음」(27:57-61).

(2) 실천 신학의 사회사적 의미 천착 —— 신의 실재성 또는 종교적 범주의 와해(유재용의 「성자여 어디 계십니까」)

1) 두 개의 모티프, 신의 실재성과 창녀와의 사랑

유재용은 1936년 강원도 김화에서 출생했으며 1969년 ≪현대 문학≫에 단편 「손 이야기」와 「상지대」가 추천되면서 문단에 나왔다. 등단 초기부터 지금까지 30여 년에 이르도록 한결같이 정통적인 사실주의 기법의 소설을 써온 그는 당대 문학에서 작가로서의 성실성과 이야기를 만들어내는 능력이 조화롭게 만난 사례로 꼽힐 만하다.

처녀작 「손 이야기」가 신인 예술상을 받은 이래 그는 1979년 「두고 온 사람」 및 「호도나무골 전설」로 현대 문학상을, 그리고 1980년 「관계」로 이상문학상을, 1987년 「어제 울린 총소리」로 동인문학상을 받은 바 있다. 그러면서 계속해서 「누님의 초상」, 『화신제』, 『나는 살고 싶다』, 『성역』, 『침묵의 땅』, 『성자여 어디 계십니까』 등 역작들을 발표해 왔다.

장편소설 『성자여 어디 계십니까』는 선택된 주제를 이야기로 꾸미는 데 중견 작가다운 진중함과 완숙함을 큰 미덕으로 갖추고 있다.[14]

주인공인 전도사 박요단이 교회를 개척하기 위해 계림이라는 신생 도시를 찾아가고 여러 우여곡절 끝에 창녀 출신의 권미림이라는 여자를 아내로 맞아 살면서, 그의 곤고한 목회를 통해 신과 인간의 계층적 갈등을 드러내는 것이 이 소설의 주된 줄거리이다. 그런 만큼 이 소설에서는 천지만물을 창조하고 길흉화복을 주재하는 절대자로서의 신이 과연 실재하는가, 또 그러하다면 인간의 구체적인 삶에 대한 신의 권능과 역할은 무엇인가라는 기독교 역사 이래의 의

---

14) 유재용의 『성자여 어디 계십니까』는 ≪동서문학≫ 1990년 12월호부터 1992년 여름호까지 연재되었던 것을 단행본으로 묶은 장편소설이다.

문점을 하나의 축으로 삼고 있다. 그러면서 식자 계급의 남자와 창
녀의 사랑이라고 하는, 우리가 국내외의 소설들을 통하여 익히 보아
온 담화의 도식을 또 다른 하나의 축으로 세우고 있다.[15]

　기독교의 절대자와 그 존재 방식에 대한 질문은 근본적으로 직관
적이고 종합적인 성향을 띠는 동양의 문화 전통 아래에서가 아니라
논리적이고 분석적인 성향을 나타내는 서구의 문화적 관습 아래에
서 답변이 제시될 수밖에 없다. 그것이 헤브라이즘적 해석으로 시도
되느냐 아니면 헬레니즘적 해석으로 시도되느냐에 따라서, 그리고
그것이 신화문학론적 차원에서 설명되느냐 아니면 문화사회학적 차
원에서 설명되느냐에 따라서 답변의 방향도 달라질 수밖에 없을 터
인데, 그 다른 방향이란 단순한 이질성의 수준이 아니라 극단적인
상치의 모습을 보이게 마련이다. 기독교 소재의 문학에서 가치 지향
적 전범으로서의 『실락원』과 가치 부정적 전범으로서의 『데카메론』
이 표방하는 상극의 대립이 이를 잘 말해 준다.

　니체가 〈신은 죽었다〉고 선언하고 〈신은 구름 뒤로 숨어버렸다〉
고 골드만이 단정하는 수사가 쉽사리 설득력을 가질 만큼 패악해
진 이 시대에 신의 위상이란 진정 어떠한 것인가. 이 작가는 이 무
거운 명제에 어떤 답안을 내놓을 작정으로 이 소설을 썼는가. 결론
부터 말하자면 작가는 답변을 유보하고 말았다. 그것은 어쩌면 한
편의 소설로 온전하게 대응할 수 없는 주제인지도 모른다. 책으로
는 완성되었지만 이야기가 완결되지 아니하였으므로, 그의 후속 작
업과 정제된 결론을 기다려볼 필요도 있겠다.

　지식인 또는 상류 계급의 청년과 창녀의 사랑이라는 모티프는 우

---

15) 우리 문단에서는 유재용의 이 작품 외에도 이승우의 『황금 가면』이나 정광숙의
　　『순교자의 피』처럼 종교와 신의 의미를 새롭게 탐색해 보려는 장편소설들이 계속
　　출간되어 관심을 끌고 있으며, 그간에 있었던 이문열이나 조성기 등의 작가가 쌓아
　　온 이 분야의 성과와 더불어 이제 보다 체계적인 검증이 요청되고 있는 형편이다.

선 그 상대역 선정의 파격성으로 인하여 소설적 흥미를 유발하는 요인이 된다. 그런가 하면 바로 그 요인으로 인하여 독자의 기호에 영합하는 천박성이 지적되거나 때로는 진부하다는 평가를 유발할 수도 있다.

문제는 결국 이 낯설지 않은 소재를 다루는 작가의 솜씨에 달려 있다 하겠는데, 『춘희』나 『죄와 벌』 같은 작품들이 그 좋은 반증이다. 창녀와의 사랑에 따르는 감정적 정직성과 친권 윤리의 배타성이 상충함으로써 마침내 우수 어린 결말에 이르는 『춘희』나, 철학적 논리에 의한 살인과 죄에 대한 참회를 감싸안음으로써 절대적인 사랑의 추출에 이르는 『죄와 벌』의 경우에서, 우리는 범상한 주제를 인본주의의 극점 또는 세계사적 전망의 높이로 끌어올린 작가의식을 만날 수 있다.

그렇기에 존 메이시는 『세계문학사』에서 『죄와 벌』을 두고 〈라스콜리니코프와 소냐라는 두 젊은이의 사랑이 러시아와 세계 전체를 구제하는 미래를 꿈꾸었다〉고 기술하고 있으며,[16] 게오르그 루카치는 『소설의 이론』 말미에서 바로 이러한 총체적 전망을 평가하여 〈도스토예프스키는 단 한 편의 소설도 쓰지 않았다〉, 즉 그의 소설은 지금까지의 소설들과는 다른 전혀 새로운 서사 세계에 속한다고 매우 도전적으로 단언하고 있는 것이다.[17]

그렇다면 우리의 작가 유재용은 이 전도사와 창녀의 결혼이라는 문제를 어떻게 다루고 있는가. 거기에 어떤 사회사적 의의를 포함시키고 있는 것일까. 여기에는 앞의 두 작품에서 볼 수 있었던 신실한 사랑의 그림자는 찾아볼 수 없다. 박요단과 권미림은, 아니 박요단은 권미림과 사랑의 내적 충동에서 결혼하는 것이 아니라 사명감에 입각한 외적 당위론에서 결혼한다. 다시 말하자면 이 소설은 기본적

---

16) 존 메이시(박준황 역), 『세계문학사』(종로서적, 1981), 407쪽.
17) 게오르그 루카치(반성완 역), 『소설의 이론』(심설당, 1985), 205쪽.

으로 인간과 인간 사이의 농밀한 사랑 이야기가 아닌 셈이며, 신과 인간의 관계를 파격적 남녀 관계의 구도를 통해 짚어보려는 의도의 소산인 것이다. 그러할 때 우리가 제기한 두 개의 모티프는 전자가 후자를 포괄하고 후자는 전자에 종속되는 모습으로 정리된다.

2) 응답 없는 시대의 사역, 그 미완의 꿈

주인공 박요단은 소설의 초입에서 전도사의 신분으로 등장한다. 그는 천당과 지옥으로 구분되는 사후 세계의 영역과 그 갈림길의 심판을 확신하고 있으며, 때로 기도하면서 신의 내밀한 교시를 감각하기도 한다. 그러한 열정으로 그는 계림의 한 공터에 천막을 치고 무모하기 비길 데 없는 환경 조건에서 개척 교회의 문을 연다.

그가 처음으로 계림에 도착하여 밤을 지낸 마리아 여관 골목은 성서적인 의미에서 〈소돔과 고모라〉의 축소판이다. 거기에 도사리고 있는 매음과 폭력의 조직, 그 악의 뿌리는 깊이를 짐작하기 어렵다. 이 거대한 조직 앞에 적수공권의 무방비로 마주 선 전도사 박요단이 과연 무엇을 할 수 있을 것인가. 소설 밖의 사실적인 시각에 근거하여서도 그러하거니와 이 요목을 충족시킬 수 있는 소설적 상황이 구성되지 않고서는 소설 자체가 앞으로 나아갈 여지가 없다.

이 난관을 넘어서기 위하여 작가가 마련한 대안은 두 가지인데, 하나는 소설 속에 연극 공연이라는 사건을 도입하는 것이고 다른 하나는 박요단과 권미림의 결혼이라는 사건을 발생시키는 것이다.

연극 공연의 도입에는 주목을 요하는 이동철이라는 인물의 역할이 개재되어 있다. 이동철은 처음에 교회 부지를 소개한 복덕방의 일원으로 박요단과 대면하지만, 차츰차츰 박요단의 목회 활동에 충고와 영향력을 보태며 역할을 확장하고, 마침내 연극 공연의 기획자가 되어 박요단의 결혼 및 그 주변 문제도 조정한다.

그 연극의 내용은 곧 전도사와 창녀 및 폭력 조직 사이에 얽힌 표면적 사건을 그대로 극화하는 것이며, 소설 진행상의 필요에 따라 연극의 도입이 촉발된 만큼 연극이 소설의 진행에 극적인 굴곡과 탄력성의 효과를 더하게 한다. 연극 내용이 갖는 이야기의 상징성도 그렇지만, 연극이 공연됨으로써 박요단의 활민교회도 돈을 주고 산 창녀들의 예배 참석으로부터 연극 단원들의 예배 참석으로 자연스럽게 외형이 변모해 간다.

연극 공연이 주인공 박요단과 계림이라는 공간적 배경을 표층적으로 접합시키는 몫을 담당하고 있다면 이 둘을 심층적으로 만나게 하는 계기는 박요단과 권미림의 결혼이다. 이 결혼을 통하여 박요단은 마리아 여관 골목의 창녀촌과 직접적인 관련을 맺게 되고, 더 깊숙하게는 권미림의 뒤에 도사리고 있는 검은 세력과의 길항에 나서게 된다.

박요단 편에서는 나병 환자를 돌보기 위하여 스스로 나병 환자가 된 어떤 살신의 예화처럼 완전한 희생은 아니더라도 신의 공의와 사랑을 실천하려는 진정성이 있는 반면, 권미림의 편에서는 도덕적 마비 증세나 아니면 뒤에서 조종하는 자의 뜻에 따라 움직이는 빼어난 연기력이 있을 뿐이다. 그녀는 박요단과 결혼한 몸이면서도 서슴없이 창녀 시절의 유객 행위를 되풀이한다.

악연이라고 부를 수밖에 없는 이들 두 사람의 상관성은 결국 이 소설에서 종교적 경건과 세속의 패악이 부딪치는 형상을 환기시킨다. 그것은 또한 순수한 종교적 열정을 굴절 없이 받아들이기에는 이 세상이 너무 극심하게 혼탁해져 버렸다는 작가의 날카로운 경각심을 반영하고 있기도 하다.

성심을 다한 간절한 기도, 그것을 실행에 옮기는 현장에 신은 결코 확연한 응답을 내려주지 않는다. 그러므로 박요단의 사역은 이 응답 없는 시대에 절대자의 율례를 쫓는 곤비의 길이요 미완의 꿈일 따름이다. 그리하여 작가는 과연 신이 실재하는가라는 존재론적인 질문에 대한 단답형의 응대보다는 그 선험적인 확신을 따라가는 인간의 성의에 찬 노력을 높이 사는 태도를 견지하고 있다.

그렇게 본다면 소설의 결미에서 제시되는 박요단의 좌절, 예컨대 아내 권미림에게서 전혀 개전의 정을 볼 수 없다든지 천막 교회에 화재가 발생한다든지 하는 일은, 그의 일방적인 패배로 치부될 성질의 것이 아니다. 더구나 기독교는 그 교리의 성격이 매우 역설적이어서, 고난의 극복을 통해 더욱 신의 영광을 드러낸다는 규범도 있다. 그런 의미에서 이 소설은 계속해서 얼마든지 씌어질 수 있을 것이다.

부분적으로 권미림과의 결혼을 결단하는 대목이나 하나님의 분부를 주장하는 대목의 객관적 논리화라든지, 끝부분에 이르러 느닷없는 성자의 출현 문제를 단계적으로 완충하는 장치라든지 하는 등에는 작가의 신경이 좀 덜 간 느낌이 든다. 하긴 성자라는 개념이 튀어나오는 그 느닷없음만큼, 종교적 신성이 세상의 부박함 속에 자리잡기가 어렵다는 증빙이 될 수는 있을 것이다.

(3) 성과 속의 교직과 그 내면화 —— 수직 및 수평의 축 구도와 새 방향 탐색(이승우의 기독교 소재 소설)

1) 수직과 수평의 축, 성과 속의 교직

이승우는 1959년 전남 장흥, 그에 앞서 이청준과 한승원을 세상에 내보낸 바 있는 장흥에서 출생했다. 중앙대 부속 중·고등학교를 졸업하고 서울신학대학에 재학 중이던 1981년, ≪한국문학≫ 신인상에 매우 독특한 중편 「에리직톤의 초상」이 당선되면서 문단에 나왔다.[18]

이 작가의 신학대학 및 대학원 수학이라는 이력에서 짐작할 수 있거니와, 이승우는 기독교의 이해에 정통한 보기 드문 작가이다.

그는 첫 작품부터 시작해서 종교적인 수직의 축과 사회사적인 수평의 축을 소설 제작의 두 가닥 줄거리로 상정하였으며, 종교적 성향이 소설의 폭과 깊이를 제한하는 부정적 도그마로 작용하지 아니하고 오히려 그것을 기력 있게 발양하는 강점을 보여준다.

엄밀한 의미에서, 또 「구약」적 의미에서 한 개인의 신앙이 바로 서 있다는 것은 그와 하나님의 관계가 수직적으로 건강하다는 의미이다. 우리는 키에르케고르의 표현처럼 신 앞에 단독자로 서야 하는 실존적 인간이며, 각기 개인이 신성의 주체와 일대일의 대응 관계를 갖는다.

그런데 이 수직의 축과 대비하여 이승우가 마련하고 있는 수평적 세계 인식의 방법은 주로 1980년대의 군사 독재와 압제적 상황을 지속적으로 환기하면서, 권력의 부당한 힘과 그로 인한 피해의 상황을 점진적으로 들추어나간다. 수직의 축을 〈성(聖)〉으로, 수평의 축을 〈속(俗)〉으로 호명할 수 있다면, 그의 소설은 엘리아데가 종교의 본질을 기술한 저서의 제목 〈성과 속 The sacred and the profane〉[19]으로 그 개념을 요약할 수 있겠다.

먼저 수평의 축에 중심을 두고 이승우의 소설을 살펴보면, 몇 가지 테마에 따라 다음과 같은 분류가 가능해진다.

① 동시대 현실에 관심을 가진 작품, 운동권 젊은이들을 내세우거

---

18) 이승우는 1987년 첫 창작집 『구평목씨의 바퀴벌레』를 출간한 이래 『일식에 대하여』, 『세상 밖으로』, 『미궁에 대한 추측』 등의 창작집을 내놓았으며 1991년 데뷔작을 개작한 장편 『에리직톤의 초상』을 비롯하여 『가시나무 그늘』, 『따뜻한 비』, 『황금가면』, 『생의 이면』 등의 장편소설을 상재한 바 있다.
19) 『성과 속』에는 〈종교의 본질〉이라는 부제가 붙어 있으며, 성과 속의 상관성을 통해 현대인의 종교에 대한 인식을 신화문학론의 시각으로 분석하고 있다.

나 소규모 편집실에서 일하다가 불안감과 강박관념에 쫓겨 숨어야
하는 사정을 그린 작품: 「구평목씨의 바퀴벌레」, 「아틀란티스」.
 ② 개별적 인간이 가지는 심적인 고통과 권력의 메커니즘을 조합
한 작품: 「그의 실종」, 「수상은 죽지 않는다」.
 ③ 평범한 현실을 살아가는 소시민의 애환과 그 질박한 삶의 언
저리를 사실적으로 드러낸 작품: 「신들의 질투」, 「홍콩박」.
 ④ 민족사적인 분단의 비극과 숨겨진 가족사의 비극을 다룬 작품:
「유산일지」, 「일식에 대하여」.
 ⑤ 장편 가운데 수평의 축을 위주로 한 작품: 『따뜻한 비』.

 이상에서 언급한 작품의 성격은 주로 수평적 관점에 근거한 것이
지만, 이승우는 이 이야기들의 행간 곳곳을 수직적 담화로 채워놓고
있다. 직접적인 발화의 유형을 보이지 않는 작품에서도 그 내면을
흘러가는 기층적 사유 체계에 그러한 성향이 잠복해 있음을 느낄
수 있다.
 반면에 표면적인 이야기는 매우 다양하고 다채롭다. 예를 들어 「미
궁에 대한 추측」 같은 작품은 미궁의 건축 동기를 네 개의 가설로
나누어 살펴봄으로써, 마치 네카의 입방체와도 같이 진리는 여러 방
면에서 관찰이 가능하다는 수사를 입증해 보인다.
 그가 아무리 종교적 인자를 유다른 후원군으로 확보하고 있다 할
지라도 현실적이고 수평적인 이야기의 축조에 능란하지 못하다면,
우리는 좋은 작가로 그를 만날 수 없었을 것이다.
 이제 수직의 축을 중심으로 그의 대표적인 작품들을 살펴볼 차례
이다.
 이승우의 데뷔작인 「에리직톤의 초상」은 에리직톤 Erisichton이란
흥미로운 존재의 입지점을 어떻게 해석하느냐에 따라, 그 해석의 프
리즘을 통과한 소설의 태깔이 달라지도록 되어 있다. 에리직톤은 그

리스 신화에 나오는 인물로, 신의 징벌에 의해 자기 살을 뜯어 먹다 죽고 마는 비극적 결말의 주인공이다.

만약에 우리가 수직의 축을 강조하여 설명하자면, 에리직톤은 오늘날 종교적 진리와 대척적인 자리에 선 현대인들의 초상이라 규정할 수 있다. 종교적 신성을 세속의 물살에 흘려보내고 마침내 그 응답으로 황폐한 자리에 설 수밖에 없는 현대인들은 바로 우리들 가운데 부지기수로 널려 있다.

그러나 수평의 축으로 무게중심을 이동시켜 관찰하자면, 에리직톤은 강압적 권위와 무차별한 폭력에 저항 정신의 의지력으로 맞서는 자유인의 표본이라 할 수 있다. 권력과의 싸움은 그것을 가지지 못한 자의 감당하기 어려운 고통이요 대개의 경우 무참한 패배로 끝나는 것이지만, 정신적 자유주의자들이 그 과정 자체에 의미를 두는 한 작위적인 의지를 말살할 수 없다. 소설 속에서 알렉산더 델브류크라는 인물이 기독교 교리에 대하여 세속적 관점을 극한 해석을 내놓는 대목도 이와 관련하여 생각해 볼 부분이다.

그러면서 작가의 수평적이고 현실적인 인식의 촉수가 닿아 있는 곳은 저 1980년의 남쪽 〈광주〉이다. 미리 던져진 관념의 그물에 의해 이 작품은 동시대에 〈광주〉를 다룬 다른 소설들이 안고 있는 획일적인 창작 방법으로부터 아주 멀리 떨어져 있다. 이 작품을 통하여 이승우는 〈광주〉에 대한 부분적인 외형의 조작과 상관없이 그 본질이 이미 폭압적 권력에 의해 강요된, 회피할 수 없는 희생양이었음을 반증하고 있다.

수직의 축이 현저히 강조되어 있는 작품으로는 그 외에도 「예언자론」, 「못」, 「고산지대」와 장편 『생의 이면』 등이 있다.

작가 이승우가 이 수직 및 수평의 두 갈래를 하나로 통합해 보이려는 시도는 단편 「고산지대」에서 적극적으로 시도되고 있다. 민중 신학적 신앙관을 가진 최찬익, 신비주의적 신앙관을 가진 몽크 김,

그리고 관찰자인 화자의 삼분법은 이 작가의 세계에서 익히 보아오던 도식이다. 다만 다소 조작적으로 보이기는 하나 마지막 장면에서 몽크 김을 통해 두 상반된 지류를 한 줄기로 통합해 보려는 노력은 온전한 세계관의 정립에 관한 작가 자신의 고뇌를 반영하고 있다 하겠다.

수난절에 십자가의 고난을 재현하는 몽크 김의 행위가 실행은 물론 의미 규정에서도 간단하지 않은 것처럼, 수직과 수평의 축을 통합하려는 시도가 용이할 리 없다. 종교적으로는 그것을 위해 예수 그리스도가 십자가에서 죽었던 것이다. 그렇기에 이승우의 이 어려운 길 찾기는 소설적 성과에 앞서 감투의 정신에서부터 주목할 만하며, 우리 문학은 그러한 이승우를 낯설고도 소중한 작가로 끌어안고 있는 것이다.

2) 후속작들에서 보이는 새로운 방향 탐색

그런데 그 이승우에게 허여되었던 소설적 환경, 곧 종교적인 수직의 축과 사회사적인 수평의 축이 변동 없이 지속적인 작품 제작의 형틀로 기능할 수는 없는 일이다. 수직의 축은 기실 세태의 변화에 따라 유동하는 환경 조건이 아니다. 종교적 신성은 세상의 현실과 이미 그 향방과 궤도가 다르다. 그러나 그것이 소설적 구조로 치환되어 있을 때, 요컨대 소설 내부에서 수용되고 발화되는 방식에서는 반드시 그렇지 않다.

더욱이 이승우 소설의 경우, 수직의 축이 수평의 축과 긴밀히 연관되어 있고 이 양자의 상호 조합을 주요한 소설적 덕목으로 하고 있으므로, 사회사적인 상황의 변화는 수평의 축에 직접적으로 반영되는 동시에 수직의 축을 표현하는 방식에도 충격을 가하게 된다.

이승우는 1990년대 중반에 주목할 만한 작품 두 편을 발표했다.

하나는 중편 「갇힌 길」[20]이고 다른 하나는 단편 「목련공원」[21]이다. 여기서는 「목련공원」과 「갇힌 길」의 순서로 작품의 내부를 들여다 보면서, 겉으로는 별반 상관없어 보이는 이 작품들의 내포적 발화법 이 그의 수직 또는 수평의 축과 어떤 구조적 연계성을 갖고 있는지 검토해 보려 한다. 아울러 그러한 연관은 향후 이승우 소설에 대하 여 어떤 전망을 예고하고 있는지 살펴보려는 것이다.

「목련공원」은 이승우답게 꽉 짜인 구성과 섬뜩한 아름다움, 음울 한 검은 이미지의 소설이다.

가정을 가진 한 남자가 있고 〈목련〉이라는 찻집의 주인인 한 여 자가 있다 이들은 우발적으로 만나고 깊은 관계에 빠지며 남자의 가정에 문제를 야기시킨다. 여자는 남자의 사정에 대해서는 전혀 무 관심하다. 자기의 내포적 충동을 따라가며 자기 위주로 행동한다.

그런가 하면 남자의 아내는 여자와는 또 다른 방식으로 강압적이 다. 아내는 지극히 이성적이요 논리적인 반응태로 남자에게 육박해 온다. 남자는 여자에게 대항력을 상실한 것과 마찬가지로 아내에게 도 대항력을 상실하고 있다.

어느 순간 운명적으로 사랑에 빠지고 그로 인해 가정의 파탄을 초래하며 쉽사리 죽음의 문제에까지 근접하는 것이 우리에게 익숙 한 일은 아니다. 그러나 그것을, 그 존재의 극단적인 모습을 소설의 이야기 구조 속으로 가라앉힌 것은 이승우의 저력이다.

이 소설에서는 이승우가 흔하게 사용하던 수직 또는 수평의 축 구도가 내면화되어 있다. 신성과 인본주의의 양자를 가름함으로써 두 축의 의미 구분을 시도하려는 경직성에서 벗어나기로 한다면, 그 내면화가 어떤 것인가에 대한 대답을 마련하는 일이 그렇게 어렵지 는 않다.

---

20) ≪문학사상≫, 1996년 11월호.
21) ≪현대 문학≫, 1996년 12월호.

이 소설에서 수직적 의미 구조는 남자에게 부하되고 있는 불가항력적인 삶의 조건이요, 수평적 의미 구조는 그로 인하여 남자가 삶의 현장에서 부딪쳐야 하는 외형적 사건들이라 할 수 있겠다. 후자는 전자로부터 영향을 받지만, 만약 남자가 후자의 중요성을 이성적으로 인식한다면, 또 그래야만 전자의 무분별함을 경고할 수 있는 것이다.

비록 그 겹친꼴 구조의 방향성은 달라졌다 할지라도, 이야기를 통하여 이 두 축의 교직을 추수하는 이승우의 창작 방법은 여전히 관행을 내포적 실체로 끌어안고 있는 셈이다.

「갇힌 길」은 이 중의적 구조를 보다 선명하게 드러낸다. 그 드러냄 정도의 차이는 사실 그렇게 중요한 것이 아니다. 한 작품 한 작품에는 제각기 몫이 있는 법이어서, 지금 우리가 점검하는 방식과 같이 미리 설정된 도그마를 덮어씌우는 일이 그다지 의미가 없을 수도 있다. 그러나 이러한 구조적 얼개와 그 의미망에 대한 해명 없이는 한 작가를 종합적으로 평가할 수가 없다. 그런 점에서 수직과 수평의 축은 이승우 소설의 체계적 설명에 따르는 하나의 필요악인지도 모른다.

1인칭 화자인 〈나〉는 여자로부터 배신을 당하고 도시를 떠나기로 결정한다. 화자가 찾아가기로 한 곳은 친구인 P와 그의 집이 있는 곳, 친구가 초청한 곳이다. 그런데 그곳의 지명이 〈천산〉이다.

이곳은 범상한 공간적 환경이 아니다. 천산이라는 지명도 그러하거니와, 거기에 친구가 지었다는 집과 함께 천산에 대한 묘사의 유형이 이미 일상적인 공간이나 집이 아님을 증명한다.

전체적으로 이 소설의 이야기 구조나 지향점은 요령부득이다. 현실과 비현실이 과도하게 중첩되거나 때로는 긴장감 없이 교체되고 있으며, 이러한 서술적 상황이 말미에서 화자가 죽음에 이를 때까지 계속된다.

그러나 이 소설은 한 인간이 삶의 한계에 부딪쳤을 때 새로이 열어 보이려는 현실 일탈의 의지를 줄기차게 전개하고 있는데, 그것이 의의를 가질 수 있는 이유는 나타내 보임의 의지가 아니라 그 방식이라 하겠다. 그리고 그 방식의 바탕은 역시 우리가 이승우의 소설에서 익히 보던 구도 아래에 있다.

화자가 살던 공간이나 화자의 태도는 일상적이요 수평적인 것이다. 하지만 P가 살던 마을의 공간 환경이나 마을 사람들의 태도는 비일상적이요 수직적이다. 이 두 성향이 다른 이야기의 흐름을 교차시킴으로써 이 소설은 한 인간의 정신적 일탈 과정이 가지는 아픔과 어려움, 절망과 허무, 그리고 온당한 균형 감각의 상실을 적시하고 있다.

이상의 두 소설에서 살펴보았듯이 이승우의 후속 작품들은 그가 익숙하게 사용하던 성과 속의 두 발화 기점을, 그 두 축을 내면화하고 내포적으로 운용하고 있다. 그것은 사회사적 세태의 변화에 따라 작가의 관심이 변화한 결과이기도 하고, 또 작가로서는 새로운 방향성의 모색이기도 할 것이다. 다만 이를 통해 한 작가가 가꾸어온 세계관이나 인식의 유형이 쉽사리 변질되기 어려운 것임을 넉넉히 짐작할 수 있다.

아마도 이승우는 이런 유형의 소설을 더 써나갈 것이며, 만약 그 서술 방식이 유다른 방향으로 변모할 때에는 그가 새로운 세계 인식의 들머리에 서 있다고 받아들여도 크게 틀리지 않을 것이다.

3 결론

한국 현대 문학에서 〈사상을 담은 문학〉이라는 잣대를 통해 당대에 이름을 얻은 작품들을 검증해 보는 일은 기실 그다지 유쾌하지 않다. 현대 문학사가 포괄하고 있는 작품들의 부피나 개별적인 성과에 비추어 사상성의 집적 및 심화라는 항목이 여전히 긴요한 숙제로 남아 있기 때문이다.

문학 기법은 후진한 반면 사상이 범람하던 괴테의 독일이나 도스토예프스키의 러시아가 작가라기보다 사상가라고 해도 좋을 이들의 문필에 힘입어 〈세계 수준의 문학〉으로 세계문학의 중심부로 진입할 수 있었던 것은,[22] 이와 같은 경우 우리에게 하나의 부러움이자 우리 문학이 아직도 넘어서기 어려운 주변부의 한계를 환기시킨다.

우리 문학의 기저에 자리하고 있는 기독교 의식의 본질과 그것이 작품의 형상으로 치환되는 상관관계의 문맥을 살펴본 이 글을 마무리하면서, 여기서 논거된 문학의 일상적 면모가 기독교 사상의 초월적 면모로부터 끊임없이 간섭받고 또 일정한 사상성의 자양을 섭생했다는 판단을 추출하게 되었다. 그리고 그러한 기독교적 기반이 창작의 실제에 사상성의 힘을 공여하고 그것이 확장된 문학적 성과를 수확하게 하였음을 확인할 수 있었다.

물론 기독교 2000년 역사를 따라가며 그 정신적 열매를 추수하고 있는 기독교 문학을 한두 마디의 언어로 정의할 수는 없다. 한국에 기독교가 전파된 지도 어언 200년의 세월이 지났다. 한국의 기독교 문학에 있어서 그 정의, 범주, 작품의 실제를 구명하는 일은 어떤 경우에는 200년 아니 2000년의 역사적 하중을 고스란히 떠안아야 할 때도 있다.

그런데 그러한 기독교 사상의 역사와 그 경과 과정에 수반되어 있는 사상성이 우리 문학의 허약한 사상적 토대를 보강하고 작품의 폭과 깊이를 더하는 데 기여할 수 있다는 사실에 주목할 필요가 있는 것이다.

---

22) 존 메이시, 앞의 책.

　인간주의 또는 인본주의의 시각으로 기독교를 바라본 「사반의 십자가」는 한국문학사에 김동리가 세운 돌올한 봉우리들 중에서도 한층 돋보이는 문학적 성과를 거양했으며, 이 소설에서 축적된 인식의 지평을 딛고서 이문열이 애써 쓴 『사람의 아들』이나 현의섭의 정론적인 작품 『소설 예수 그리스도』 등 좋은 소설들이 산출될 수 있었다고 해도 과언이 아닐 것이다.

　신의 실재성에 대한 질문을 세속적 삶과의 관련 아래에서 제기한 「성자여 어디 계십니까」는 종교적 심성과 세속의 저잣거리가 어떻게 마찰하는가를 유재용다운 성실성과 사실성에 기반을 둔 차분한 필치에 기대어 읽을 수 있게 했다. 만약 그가 후속편을 쓰게 된다면, 여기에서 유보된 신의 실재성에 대한 철학적 답변을 준비하면서 사상을 담은 문학의 깊이를 체현해 주기를 요청해 보아야 할 것이다.

　성과 속의 교직을 통해 독특한 기독교적 세계관과 그 해석의 소설적 방안을 내놓은 이승우의 작품들은, 그리고 그것을 현대적 문맥으로 시험한 새로운 작품들은, 어쩌면 이승우의 작품 세계뿐만 아니라 기독교 문학이 나아갈 하나의 방향 탐색에 값할 터이다. 이승우가 수직의 축과 수평의 축을 거멀못처럼 함께 얽어내는 소설 문법을 보여주었던 만큼, 앞으로는 그 질긴 강박감의 각질을 깨고 새로운 세계관과 창작 방법으로 나아가야 할 때인지도 모른다. 우리 문단의 지형도에 비추어 상대적으로 젊은 연륜에 기독교 신앙의 돕는 힘으로 깊이 있는 사상성의 문학화를 시도해 온 그와 더불어, 우리는 한국문학의 한 단처가 괄목할 만한 수준으로 메워질 수 있길 기대해 봄직하다.

　전체적으로 살펴보면 이상의 작품들은 모두 종교와 문학, 또는 신성과 세속이 서로 접촉하는 그 교차 지점에 작품의 입지를 마련해 두고 있으며, 그 자리가 곧 종교 문학 또는 기독교 문학을 포괄적으로 조망하게 하는 공간이 된다 할 것이다.

제 3 부

동시대 소설의 정론성과 비평의 논리

순수성과 서정성의 문학, 또는 문학적 완전주의
―― 황순원의 작품 세계와 완결성의 미학

1 세계 인식의 넓이와 깊이

오랫동안 글을 써온 작가라고 해서 반드시 훌륭한 작품을 남기는 것은 아니다. 그러나 지속적 시간을 바탕으로 하고 있는 문학은 그렇지 않은 경우에 비해 더 넓고 깊은 세계를 이룰 가능성을 안고 있다. 서구 문학에서 괴테를 통하여 우리가 그 좋은 전범을 발견할 수 있거니와, 우리 문학에서는 당대의 작가 가운데 황순원을 일컬어 그 같은 사례에 해당되는 작가라 할 수 있겠다.

해방 50년을 넘긴 우리 문단에서는 많은 작가들이 활발하게 창작 활동을 하고 있지만, 평생을 소설과 함께 해왔고 그 결과로 노년에 이른 원숙한 세계관을 작품으로 형상화할 시간적 간격을 획득한 작가는 그리 많지 않은 것이다. 오염과 격변의 근대사를 거치는 동안 우리에게는 문학의 그 지속적 시간이 쉽사리 마련되지 않았기 때문이다. 황순원이 우리에게 소중한 작가인 것은 이러한 시대적 난류 속에서 흔들림 없이 자기 자리를 지키면서 순수성과 완결성의 문학을 가꾸어왔고 작품 속에서 그러한 축적된 세월의 중량이 느껴지고 있음이 주요한 몫을 차지하기 때문이다.

장편소설로 만조를 이룬 황순원의 문학을 거슬러 올라가 보면, 시

에서 출발하여 단편소설의 세계를 거쳐온 확대 변화의 과정을 볼
수 있다. 그의 소설 가운데 움직이고 있는 인물들이나 구성 기법 및
주제의식도 작품 활동의 후반기로 오면서 점차 다변화되는 경향을
보이고 있다. 여러 주인공의 등장, 그물망처럼 얼키설키한 스토리의
진행, 세계를 보는 다각적인 시선 등이 그러한 경향의 서술부로 나
타난다. 하지만 그러한 다변화는 견고한 조직성을 동반하고 있으며
작품 내부의 여러 요소들이 직조물의 정교한 이음새처럼 짜여져 한
편의 소설을 생산하기에 이른다.

이러한 작법의 변화는 한 단면으로 전체를 제시하는 제유법적 기
교로부터 전면적인 작품의 의미망을 통하여 삶의 진실을 부각시키
는 총체적 안목에 도달하는 과정을 드러낸다. 우리가 일찍이 「소나
기」나 「학」에서 마주쳤던 순정한 서정성의 세계와 『움직이는 성』이
나 『신들의 주사위』에서 만난 다면성의 서사 세계 사이의 상거는
곧 그와 같은 과정의 구체적인 모습에 해당된다.

지속적 시간과 함께 하는 문학이라는 소중한 창작 유형과 순차적
확대 변화의 과정이라는 독특한 발전 양상이 한 사람의 작가에게서
동시에 진행되고 있음은 보기 드문 것이며, 그 시간상의 전말이 한
국 현대 문학사와 함께했음을 감안할 때, 우리는 황순원의 소설 미
학을 통해 우리 문학이 마련하고 있는 하나의 독창적 성과를 확인
할 수 있는 것이다.

2 황순원, 그 이름과의 거리 좁히기

모든 문학하는 청·장년층들이 다 그러하겠지만, 필자가 〈황순원〉
이란 이름 석자와 마주한 것은 중학교 때의 교과서에 실린 「소나기」
의 지은이로서였다.

어린 소견에도 어쩌면 그렇게 아름답고 정갈한 이야기가 있을 수 있는지, 그 작가는 도대체 얼마나 아득한 먼 거리에 있는 사람인지, 그러한 분과 접촉할 수 있다면 얼마나 대단한 일인지 알 수 없겠다는 상념이 분분했었다.

나중에 황순원 문학 연구자로서 알고 보니 「소나기」나 「학」은 그저 주어진 문학적 성과가 아니었으며, 단편소설에서 장편소설로 넘어가는 대목에 이르러 황순원의 원숙한 창작 기량이 당대 문학은 물론 작가 자신의 작품 세계에 있어서도 그 천장 한 부분을 때리고 있었던 것이다.

필자는 그 황순원 선생을 알아보지 못한 채 입학시험 면접에서 처음 뵈었다. 그날 이후로 그분의 소설을 읽어오면서, 또 이 글을 쓰는 순간까지 필자로서는 황순원이란 큰 이름과의 거리 좁히기를 계속해 온 셈이었다. 그러므로 이 글도 필경은 그 일의 일부에 해당될 수밖에 없겠다.

강의실에서 황순원 선생은 빛나는 지성과 날카로운 논리로 문학을 가르치는 교술자가 아니었다. 늘상 언어를 다루고 언어와 더불어 일상생활을 함께하는 작가이면서도 그 말씀은 태깔이 현란하지 않았고 여울목의 물살처럼 빠르지도 않았다. 언제나 앞뒤 순서를 보아가며 차근차근 말의 걸음을 옮겨놓았고, 늘 어조가 부드러웠으나 어떤 평가 또는 판단을 내려야 할 때는 단호한 결의가 겉으로 배어나오곤 했다.

그분이 스승으로서 그 자리에 있다는 사실만으로도 제자들의 문학하는 분위기가 한껏 고조될 수 있었으니 한국 문단에 응당한 이름을 얻은 제자 작가군을 그 증빙으로 내세울 수 있겠다. 전상국, 김용성, 조해일, 조세희, 정호승, 이유범, 고원정, 박덕규, 김형경, 이혜경, 서하진 등의 작가들 가운데 이 정동적(情動的) 논의에 반대 의사를 가진 이는 아마 한 사람도 없을 것이다.

필자가 기억하는바 황순원 선생과 관련된 일화는 너무도 많지만, 그 사실과 사건들의 공통점을 들자면 모두가 그분의 합리적이고 균형 잡힌 사고나 따뜻하고 순후한 인간애를 드러내고 있다는 점이다.

이러한 면모는 작품 세계 가운데서도 처처에서 발견되는 것으로, 대표적인 예를 들자면 먼저 세상을 떠난 친구 원응서와의 교감을 그린 「마지막 잔」을 지목할 수 있겠다. 선생은 술자리에서 친구에 대한 기억을 되살리면서 꼭 병 바닥의 마지막 잔 술을 탁자 옆 허공이나 퇴주 그릇에 부었는데, 그것을 아는 제자들은 덩달아 그 〈법칙〉을 지켜가며 숙연해하곤 했다.

이러한 측면들이 주위에 있는 사람들로 하여금 누구에게도 못한 비밀스런 말을 선생께는 다 털어놓을 수 있겠다는 주관적인 친숙감을 갖게 했던 것 같다. 그러나 실제로 그와 같은 기회는 임의로운 것이 아니며 글을 쓰는 제자들은 자신의 글을 통하여 그 깊숙한 정신적 사고와 운동 범주를 표현해 보기도 했던 것이다.

문학 속에 인간의 본원에 대한 깊은 사랑과 인간의 영혼이 겪는 아픔을 치유하는 의지가 있어야 한다면 그런 문학은 바로 황순원 작품 세계의 핵심과 소통된다. 그분의 소설을 읽는 독자는 좋은 작가 이전에 좋은 인품을 먼저 만날 수 있는 복을 누리는 셈이다.

3 선생이 남긴 숨은 이야기들

선생이 타계하신 후 한동안 도하 각 일간지의 지면에 선생의 삶과 문학에 대한 기사가 큰 부피로 장식되더니, 계속해서 월·계간 문예지들이 여러모로 예를 갖추어 황순원 특집을 마련해 내놓았다. 그동안 선생에 관한 특집의 문면들을 살펴보면서, 필자는 어쩌면 지금 해두지 않으면 영원히 묻혀버릴지도 모르는 몇 가지 언급을 내놓는 것이 좋겠다는 생각을 했다.

문단 일각에서 〈국민 단편〉이라고까지 부르는 작품 「소나기」에 대해서, 많은 분들이 작가의 적접 체험이 반영된 것 아니냐는 호사가적 관심을 가졌다. 이에 대한 선생의 답변은 한결같았다. 작가는 어떤 형태로든 자신의 체험을 형상화한다고. 그러나 그것이 직접 체험인지 간접 체험인지는 밝히지 않았다. 그것은 선생의 철학이었다. 작가는 오직 작품으로만 말한다!

다만 소나기의 그 빼어난 결미에 관해서는 선생께 들은 말씀이 있다. 원래의 원고에서 소년이 신음을 하며 돌아눕는다는 끝 문장이 있었는데, 절친한 친구 원응서 선생이 그것은 사족이니 빼는 것이 좋겠다고 권유했다는 것이다. 좋은 친구요 좋은 독자를 가진 복을 누리신 경우이다.

프랑스에서 선생의 대표작을 요약해서 출판하겠으니, 필자에게 간략한 해설을 써달라는 청탁이 왔었다. 대표작? 글쎄, 선생의 대표작을 선정하기가 쉽지 않았다. 이분은 「소나기」 같은 단편을 대표작으로 거론하는 이에게 매우 언짢아하셨다. 당신은 스스로 시에서 출발하여 단편의 세계를 거쳐 장편으로 일가를 이룬 작가라는 생각을 가지고 계셨다. 장편 중에서도 『일월』과 『움직이는 성』으로 압축해 놓고 선생께 의견을 여쭈었더니, 〈김 군〉이 정하라는 말씀이셨다. 여러 생각 끝에 필자는 이 두 편을 함께 대표작으로 추천해 보냈다.

기실 이 두 작품의 작중 인물 연구는 필자의 석사학위 논문이었고, 심사위원장이셨던 선생께 작품에 관한 질문을 던졌던 적이 있다. 백정의 가계를 가진 인철의 가문이 이미 신분 상승이 된 이후인데 왜 그렇게 과거가 문제되느냐고 여쭈었다. 선생은 작가는 원래 이런 종류의 질문에 대답하지 않지만, 〈김 군〉에게 특별히 말하는 바이다, 신분 상승을 이루었기 때문에 과거가 문제되는 것이다라고 간략히 말씀하셨다. 복잡한 질문에 짧고 명쾌한 답변, 필자는 이를 흔연히 수긍할 수 있었다.

선생께서 홀연 타계하시고 장례를 준비하는 동안 이를 사회장으로 확대하자, 생전에 23년 6개월 동안 봉직하신 경희대학에 들러 장지로 가자는 등 여러 논의가 있었다. 그러나 유족들의 기준은 〈아버님이라면 어떻게 하셨을까〉였고, 결국 가장 조촐하고 품위 있는, 가장 소박하면서도 가장 화려한 영결식을 치렀다. 그렇게 한 시대 문학의 거인은 거인답게 가셨던 것이다.

4 가문, 생애, 황순원 문학의 전개

선생은 일제 병탄의 초엽인 1915년 3월, 평양 부근의 평남 대동군 재경면 빙장리에서 출생했다. 황 씨 가문은 조선 초기 저 유명한 황희(黃喜) 정승의 후예로서 향리에서 누대에 걸친 명문이었고 조부〔黃鍊基〕께서 조선의 참봉을 지내었으니 만약 지금이 조선시대라면 선생은 큰 갓에 도포를 입고 다녔을 법하였다.

조선의 영조 때 평양에 〈황고집〉이라는 유명한 효자가 있었고 그의 조상 공경과 강직 결백함은 이름이 높아 이홍식 편 〈국사대사전〉에까지 올라 있는데 이 〈황고집〉 또는 이를 호로 딴 집암(執庵), 곧 본명이 순승(順承)인 분이 선생의 8대 방조이다.

30여 년에 걸쳐 지속적으로 변화하고 승급하면서도 순수 문학과 미학주의를 지향하는 그 전열을 흐트러뜨리지 아니한 황순원 작품 세계의 본질을 구명함에 있어서, 우리는 이와 같은 황고집 가문의 기질과 음덕이 밑바탕에 잠복해 있음을 간과할 수 없는 것이다.

열다섯 살 나던 1929년, 선생은 정주의 오산중학교에 입학했다. 건강 때문에 다시 평양의 숭실중학교로 이사하기까지 한 학기를 정주에서 보냈다. 이 무렵 선생은 거기서 교장을 지낸 남강 이승훈 선생을 보고 〈남자라는 것은 저렇게 늙을수록 아름다워질 수도 있는 것이로구나〉 하는 느낌을 얻었다고 술회했다.

나이에 비해 관찰력과 생각의 깊이가 이미 범상하지 않았다는 증거일 터이며 단편 「아버지」에서는 남강의 이러한 기품을 부친에게서 발견했다고 적고 있다. 부친은 3·1 운동이 일어나던 해, 곧 선생이 다섯 살이던 해에 평양 숭덕학교 고등과 교사로 재직 중이었으며 태극기와 독립선언서를 평양 시내에 배포한 책임자로 일경에 체포되었다. 그리하여 부친은 1년 6개월의 실형을 선고받고 감옥살이를 했다.

숭실중학교에 재학 중이던 1930년, 선생은 이팔청춘의 나이에 드디어 시를 쓰기 시작했다. 그로부터 그분은 시인에서 출발하여 단편소설 작가로 자기를 확립했고, 다시 장편소설 작가로 발전해 간 이력을 보여준다.

1931년 7월 처녀시 「나의 꿈」을, 9월에 「아들아 무서워 말라」를 《동광》에 발표하기 시작한 이래, 와세다 대학 영문과에 재학 중이던 1936년까지 선생은 시집 『방가』와 『골동품』에 묶인 두 권 분량의 시를 썼다. 선생은 두번째 시집 『방가』를 낸 이듬해인 1937년부터 소설을 발표하기 시작했다.

선생의 첫 소설 작품은 1937년 7월 《창작》 제3집에 발표된 「거리의 부사」였다. 소설을 쓰기 시작한 지 3년 만인 1940년 『황순원 단편집』이 첫 작품집으로 간행되었고 이는 나중에 『늪』으로 개제(改題)되었다.

1951년 두번째 작품집 『기러기』를 간행하였는데 여기에 실린 대다수의 작품들은 1941년 태평양 전쟁 발발 이후 일제의 한글 말살 정책으로 발표되지도 못하고 그냥 되는 대로 석유 상자 밑이나 다락 구석에 틀어박혀 있을 수밖에 없었던 것들이었다. 월남전의 선생은 평양 기림리의 집에서 술상을 가운데 놓고 절친한 친구 원응서에게 작품을 낭독해 주곤 했다. 당시 유일한 독자였던 것이다.

일제 말기의 어지럽고 뒤숭숭하던 시절을 피해 향리인 빙장리로 소개해 갔던 선생은 계속해서 단편소설을 쓰면서 해방을 맞았다. 그러나 6·25 동란이 나자 마침내 솔가하여 경기도 광주로 피난했으며 1·4 후퇴 때에는 다시 부산으로 피난했다. 이 부산 망명 문인 시절 김동리, 손소희, 김말봉, 오영진, 허윤석 등과 교유하며 그 포화의 여진 속에서도 작품 창작을 계속해 나갔다.

서울로 올라와 서울고등학교 교사를 거쳐 선생은 1957년 경희대학 교수로 자리를 옮겼다. 또한 같은 해에 예술원회원에 피선되기도 했다. 선생의 생애에 있어 경희대학으로의 전직은 그 의미가 가볍지 않다. 이때부터 정년 퇴임을 하는 날까지 23년 6개월 동안, 단 한 가지의 보직도 갖지 않은 채 그야말로 평교수로서 초연히 살아오면서, 전체 작품 가운데 3분의 2에 해당하는 단편과 『잃어버린 사람들』, 『나무들 비탈에 서다』, 『일월』, 『움직이는 성』, 『신들의 주사위』 등 주요한 장편들을 집필하였다. 뿐만 아니라 서두에서 언급한 바와 같이 김광섭, 주요섭, 김진수, 조병화 등 쟁쟁한 문인 교수들과 더불어 활기찬 창작열을 북돋워 많은 문인 제자들을 생산한 시기이기도 했다.

선생은 소설 이외의 잡문을 쓰지 않기로 유명하다. 〈작가는 작품으로 말한다〉는 신념에서이다. 그 신념으로 황순원 문학은 1992년 9월 일흔여덟의 노경에 한치의 흐트러짐도 없는 시상으로 「산책길에서·1」 등 여덟 편의 시를 발표하는 데까지 달려갔다.

5 격동의 시대와 모성적 사랑의 결합
── 「카인의 후예」

황순원의 첫 장편 『별과 같이 살다』가 간행된 것은 6·25 동란이 발발하기 넉 달 전인 1950년 2월이며, 우리가 여기서 주목의 대상으로 하는 「카인의 후예」는 동란 이듬해인 1954년 12월에 간행되었다. 「카인의 후예」는 1953년 9월부터 ≪문예≫에 연재하기 시작했으나 5회까지 연재하고 이 잡지의 폐간으로 중단됐으며 나머지 부분은 따로 써두었다가 함께 묶었다.

이 소설은 해방 직후 북한에서의 토지 개혁 및 지주 계급이 탄압받는 이야기가 하나의 중심축이 되어 있는데, 그런 만큼 황순원 소설에서 흔하지 않은 강렬한 시대성을 함축하고 있다. 동시에 황순원 가문의 자전적 요소들이 많이 내포되어 있으며, 그 일가가 월남할 수밖에 없었던 배경도 잘 내비치고 있다. 이 소설의 무대는 작가의 향리, 곧 평양에서 40리 떨어진 평남 대동군 재경면 빙자리다. 1950년대 한국문학의 대표작이 된 이 작품으로 작가는 이듬해 〈아세아 자유문학상〉을 수상하게 된다.

이 소설의 한 중심축은 앞서 언급한 토지 개혁과 지주 계급의 탄압에 관한 이야기다. 이는 곧 작가의 현실 인식과 밀접한 관련을 맺는 것으로, 이를 먼저 살펴보는 것이 좋겠다. 이와 다른 또 하나의 중심축은 지주 계급 출신 지식인 청년 박훈과 마름의 딸 오작녀 사이의 교감과 사랑의 이야기인데, 이는 그 다음에 살펴보겠다.

북한에서의 토지 개혁은 1946년 3월 〈북조선 토지 개혁에 관한 법령〉이 공포되고 이를 추진하는 담당 조직으로 빈민과 농업 노동자로 구성된 1만 1500여 개의 〈농촌위원회〉가 만들어지면서 본격화된다. 이 위원회의 주도하에 일본인, 민족 반역자, 5정보 이상을 소유한 대지주의 땅은 몰수되어 토지가 없거나 부족한 농민에게 가족

수에 따라 무상으로 분배되었다. 이 당시에는 개인 영농을 위주로 토지 분배가 이루어졌으며, 북한에서 토지에 대한 사회주의적 집단화가 이루어진 것은 6·25 동란 이후의 일이다.

「카인의 후예」는 이와 같은 토지 개혁을 배경으로, 그 와중에 숱한 인간관계의 파탈과 고통을 겪고 있는 북한 사회를 사실적으로 그렸다. 그것이 단순히 역사적 사실을 그대로 반영한 기록이 아니라, 작가 자신의 가문을 바탕으로 생동하는 인물들의 이야기를 통해 축조되었다는 측면에서 문학적 특성과 장점을 반영하고 있다.

작품의 표제 〈카인의 후예〉는 두 가지 의미를 함께 끌어안고 있다. 카인은 성경에 기록된 인류 최초의 살인자이며 동시에 인류 최초의 곡물 경작자였다. 그러므로 카인의 후예는 곧 범죄와 농민이라는 중의법의 의미망을 함께 둘러쓴 이름이다. 북한의 농경 사회에 불어닥친 인간성 파괴의 현장, 작가는 그것을 일종의 범죄 행위라는 시각으로 본 것이다.

지주의 아들 박훈은 넉 달 동안 운영해 오던 야학을 예고 없이 접수당하는 일로부터 시작하여, 주변 인물들이 상황에 따라 변해 가는 모습을 목도하면서 끊임없는 불안감에 시달린다. 반면에 그의 주변에 있는 농민들은 토지 개혁에 관한 기대감과 죄의식을 동시에 갖고 있으면서, 염량세태의 냉혹한 현실을 뒤따라간다.

지주 계급 출신의 용제 영감, 부재지주 윤기풍 등이 이 혼란기의 표적이 되고 박훈 역시 그러하다. 반면에 남이 아버지, 도섭 영감, 홍수 등 농민 위원장을 맡는 인물들은 이들을 타도하는 일의 선두에 서지 않으면 안 된다. 특히 박훈 집안의 마름이었던 도섭 영감은 자신이 살아남기 위해 악랄한 변신의 길을 가는데, 자신의 이용가치가 다하자 냉정하게 버림받는다. 그의 딸 오작녀가 바로 박훈을 연모하는 여인이며, 박훈을 위기에서 구출한다는 데 이 소설의 구조적 묘미가 있다.

이 소설을 통하여 우리는 북한의 토지 개혁에 관한 법령이나 사례집을 수십 번 읽는 것보다 더욱 쉽사리 문제의 본질을 파악할 수 있다. 작가의 역사의식과 현실 인식이 그것을 이야기 속에 담고 있기도 하거니와, 박훈과 오작녀의 사랑에 있어서도 그 전개 과정이 토지 개혁으로 인한 지주들의 수난사와 직접적으로 상관되어 있는 것이다.

남녀 간에 이루어지는 어느 사랑인들 거기에 숨은 사연이나 정황이 없으랴마는, 한 시대의 의식 전반이 뒤바뀌는 혼란한 시기를 감당하고 있는 박훈과 오작녀의 사랑은 소극적이면서도 뜨겁고 의미심장하다. 작가는 이 유별난 사랑의 이야기를 남녀 간의 대등한 정분으로서가 아니라 여자가 남자를 한없이 감싸안는 모성적 사랑으로 그렸다.

박훈은 어려서부터 병약하고 무서움을 잘 느끼는 아이였으며, 지식인 청년으로 일제의 압박을 피해 고향에 돌아와 있는 작중의 상황에서도 그러하다. 오작녀에 대한 감정을 겉으로 드러내지는 않지만, 그 열망은 때로 그의 꿈을 통해 나타나며 소설의 말미에 오작녀를 대동하고 월남하려는 시도를 통해 더욱 확연해진다. 이를테면 오작녀는 성장 과정에서부터 그에게 하나의 주박(呪縛)과도 같은 존재였다.

오작녀 역시 직접적인 사랑의 표현을 표출하는 유형이 아니다. 가슴속의 사랑은 강렬한데 그것이 모여 몸 밖으로 탈출할 자리를 얻은 곳, 그것이 바로 오작녀의 〈타는 듯한 눈〉이다. 그 눈을 떠올리며 박훈은 약혼까지 할 뻔한 나무랄 데 없는 여자를 거부하기도 했던 것이다. 〈타는 듯한 눈〉, 〈불타는 눈〉, 〈언제나 눈꼬리가 없어 보이는 큰 눈〉의 이미지는 박훈에게는 익숙한 도피처요 오작녀로서는 희생과 헌신의 표상이다.

그러니 이들의 내연(內燃)하는 사랑이 모성의 빛깔을 띠는 것은 당연하다. 시집을 갔던 오작녀가 끝까지 남편에게 가슴을 허락하지 않다가 쫓겨오는 것은 이를 단적으로 말해 준다. 한 남자에게 여자로서의 사랑보다 더 큰 어머니로서의 사랑을 공여하고 있으므로, 오작녀는 그 가슴을 열어줄 수 없었던 것이다.

이 헌신적 사랑은 마침내 농민 대회에서 박훈을 보호하기 위하여, 많은 사람들 앞에서 서슴없이 〈우리는 부부가 됐어요〉라는 발설을 하게 한다. 거기에 지신의 체면이나 안위에 대한 염려는 조금도 없다.

이렇게 본다면, 이 작가는 이들 두 남녀의 사랑 이야기를 통해서 변동하는 새 사회의 내막을 절실하게 드러내고 있으며 그 시대상이 이들의 사랑을 한층 절실하게 하는 짜임새 있는 구성 기법을 사용한 셈이다. 이 두 줄기의 조화로운 결합이 이 소설을 1950년대 우리 문학의 대표적인 작품으로 밀어올리는 힘이었다 할 수 있겠다.

소설의 결말로 보자면, 이 이야기는 아직 다하지 못한 전개를 남겨놓고 있어서 그 속편이 씌어졌음직도 하다. 그런데 그 속편이란 바로 다름 아닌, 분단 시대를 살아가는 우리의 삶에 해당한다. 단절과 대립의 역사, 고난과 통한의 분단사를 꾸려가고 있는 동시대 우리 민족 구성원이 모두 〈카인의 후예〉라는 호칭으로부터 자유스러울 수 없는 것이다.

6 인간의 존엄성을 증거한 문학

황순원의 시와 초기 단편들, 그리고 앞서 언급한 장편들조차도 기실 우리가 바탕으로 하고 있는 구체적 삶의 현장에 과감히 뛰어든 문학이 아니다. 이는 어쩌면 암흑기의 현실적인 제약과 타협하지도 맞서지도 않았기 때문인지 모른다. 그러나 그것은 상실과 말소의 시대에 있어서 본원적인 자기 회귀이면서 뒷날의 문학적 성숙을 예비한 서장이라 할 것이다.

　장편소설로 넘어오면서 황순원의 작품에는 한국현대사의 가장 큰 격동의 사건인 6·25 동란이 배경으로 등장한다. 인생의 첨예한 단면을 보여주도록 고안된 단편소설의 양식으로서는 그와 같은 굵은 줄거리들을 받아들이기 힘들었을 것이며, 적어도 인생의 여러 면모를 전면적으로 추구하는 데 적합한 장편소설의 양식을 통하여 전란의 와중과 전후에 펼쳐진 좌절 및 질곡을 표현하고자 했을 것이다.

　그러면서도 여전히 절제되고 간결한 문장, 서정적 이미지와 지적 세련의 분위기를 유지하고 있다. 장편소설에서 그것이 가능하고, 또 작품의 중심 과제와 잘 조응하고 있는 점은 그와 그의 문학을 드물다고 말할 수 있는 또 하나의 근거가 된다.

　장편소설에서도 그는 때때로 산문적 서사적 서술보다 우리의 정서에 익숙한 인물이나 사건의 단출한 이미지 부각을 통해 작중 상황을 암시적으로 환기한다. 이러한 묘사의 특질이 단편의 특성을 장편 속에 접맥시켜 놓고서도 서투르지 않게 한다는 점에서 그의 작가적 역량을 짐작해 볼 수 있다.

　1930년 열여섯에 시를 쓰기 시작하여 1992년 일흔여덟까지 작품을 쓴 황순원은 시 104편, 단편 104편, 중편 1편, 장편 7편의 거대한 문학적 노적가리를 남겼다. 이 작품들은 그로 하여금 한국 현대문학에 있어서 온갖 시대사의 격랑을 헤치고 순수 문학을 지켜온 거목으로, 그리고 작가의 인품이 작품에 투영되어 문학적 수준을 제고하는 데까지 이른 작가 정신의 사표로 불리게 하였다.

　황순원의 문학과 시대 현실의 관계는 흥미로운 굴곡을 이루고 있다. 초기 단편에서는 작가 자신의 신변적 소재가 주류를 이루면서 토속적 정서와 결부된 강렬하고 단선적인 이미지가 부각되고 있다. 「목넘이 마을의 개」를 전후한 단편에서부터 『나무들 비탈에 서다』까지의 장편에서는 수난과 격변의 근대사가 작품의 배경으로 유입되어 현실의 구체적인 무게가 가장 크다. 장편『일월』과『움직이는 성』그리고 단편집『탈』에서는 인간의 운명에 관한 철학적 종교적 문제가 천착되면서 시대 현실이 한걸음 후퇴한다. 그러나『신들의 주사위』에 이르면 인간 존재에 대한 철학적 탐구는 그대로 지속하되, 한 지역 사회가 변모해 가는 내면적 모습이 함께 그려진다.

작품 활동의 후반기로 오면서 그의 세계는 인간의 운명과 존재에 대한 깊은 성찰에 도달하고 있으며 시대 현실을 다루는 작가의 복합적 관점을 느낄 수 있다. 이는 삶의 현장에 대한 관조적인 시야가 없이는 어려울 것이다.

황순원의 문학은 인간의 정신적 아름다움과 순수성, 인간의 고귀함과 존엄성을 존중하는 바탕 위에서 출발했고 이를 흔들림 없이 끝까지 지켰다. 그가 일제하에서 읽혀지지도, 출간되지도 않는 작품을 은밀하게 쓰면서 모국어를 지킨 일도 이러한 상황과 무관하지 않을 것이다. 대부분 그의 작품이 배경으로 되어 있는 상황의 가열함 속에서도 진실된 인간성의 회복을 위한 암중모색을 잊지 않고 있는 것은 그 때문이며, 문학사에서 그를 낭만적 휴머니스트로 기록하고 있는 것도 그 때문일 것이다.

하나의 완결된 자기 세계를 풍성하고 밀도 있게 제작함으로써 깊은 감동을 남기고 있는 황순원의 작품들은 한국문학사에 의미 있고 돌올한 한 봉우리를 형성하고 있다. 그것은 또한 현대사의 다기한 부침을 겪어오는 가운데서도 뿌리 깊은 나무처럼 우뚝 서 있는 이 작가에게 우리가 보내는 신뢰의 다른 이름이요 형상이기도 하다.

실향의 아픔과 비판의식, 또는 인간애의 회복
—— 이범선 론

1 출생과 등단, 문학적 삶의 궤적

학촌(鶴村) 이범선(李範宣)은 1920년 평남 안주군 신안주면 운학리(雲鶴里)에서 태어나, 비교적 부유하고 유복한 가정에서 성장하였다. 독실한 기독교 집안에서 청소년 시절을 보낸 체험이 그의 삶에 적잖은 영향을 미쳤으며, 그것은 작품 곳곳에서 세계관의 원형으로서 얼굴을 보이고 있기도 하다.

이범선은 남북 분단과 그 민족적 비극의 산 증인이다. 8·15 해방 이듬해, 지주들에 대한 탄압을 피해 토지를 소작인들에게 나누어 주고 월남하게 된다. 그 이전까지 북한에서 결혼을 하고 직장을 가졌으며, 이와 같은 삶의 경력 역시 작품 속에 다각적으로 반영되어 있다. 월남 후에 맞은 6·25 동란의 참혹한 실상과 그 목격에 따른 비판의식은 그를 대표적인 전후 문학 작가의 한 사람으로 우리 문단의 표면으로 밀어올렸다.

이범선은 1955년 김동리의 추천으로 단편 「암표」와 「일요일」을 ≪현대 문학≫에 발표하면서 문단에 나왔다. 1958년 첫 창작집 『학마을 사람들』을 시발로 하여, 1982년 작고하기까지 27년간 10여 편의 장편을 포함, 모두 90편 가까운 소설을 남겼다.

「학마을」이라고 하는 그의 출생지 또는 호명과 관련하여 살펴보면, 그 소설의 성향이나 작가로서의 인품이 가히 〈학(鶴)〉의 품격에 비견할 수 있을 만큼 청신했다는 후평을 얻었다.

1958년 「갈매기」로 현대 문학 신인상을 수상한 후 문단의 주목을 받기 시작했으며, 1961년 「오발탄」으로 동인문학상을, 1970년 「청대 문집 개」로 월탄문학상을, 1981년 대한민국 예술상을 수상하는 등 작가로서도 다복한 족적을 남겼다.

그 밖의 작품 세계는 실향민으로서의 숙명적인 비극과 통한을 바탕으로 지속적인 사회 고발의 비판의식을 보여주었으며, 지천명(知天命)을 넘긴 1970년대 이후에는 회고적 성향의 작품들 가운데 사회 풍자의 깊이를 담은 원숙한 분위기를 보여주기도 했다.

이 글에서는 먼저 전후 문학 작가로서의 특질이 잘 드러나는 1950년대와 1960년대의 작품들을 실향민 의식과 비판의식의 발현이라는 측면에서 살펴보고, 이어서 1970년대의 작품들이 나타내는 회고와 풍자의 경향을 검색해 본 다음, 이 모든 작가로서의 성취가 어떻게 따뜻한 인간 사랑의 정신에 도달하는가를 살펴보려 한다.

2 첨예한 실향민 의식, 그 고통스러움의 미학적 발현

고향을 버리고 떠나야 하는 사람의 의식, 그 정황을 직접 체험해 보지 않은 사람은 이 실향민 의식의 깊은 바닥을 두드려보는 데 절박함이 덜할 것이다. 그런데 이범선의 경우는 자신의 삶이 곧 그 표본에 해당하며, 그로 인해 여러 편의 수작을 생산하기에 이르렀다.

「수심가」는 이범선 실향민 의식의 뿌리에 해당하는 작품이다. 〈민〉이라는 이름의 지주 집안 청년과 그 집안에서 견마지로를 다하던 〈천식〉이라는 이름의 장년, 두 인물의 관계에 대한 짧은 소설이다. 세상이 험악해지자 지주 집안은 핍박을 받고 천한 신분이던 천식이 세력을 얻는, 우리가 황순원의 「카인의 후예」에서 익히 본 상황이 전개된다. 결국 〈민〉은 이범선 자신이 그러했듯이 월남할 수밖에 없는 운명이지만, 여기서 중요한 것은 두 사람 사이에 존재하던 따뜻한 인간애가 궁핍한 환경 가운데서도 그 불씨를 살려가고 있다는 점이다. 이 인간애의 불씨는 두고두고 이 작가의 작품에 작용하는 모티프가 된다.

작가 이범선의 이미지를 대표하는 작품 「학마을 사람들」은 앞서 언급한 작가 황순원의 「학」과 비슷한 시대적 배경에 비슷한 감성적 인본주의의 색채를 가졌다. 강원도 두메의 학마을〔鶴洞〕이라는 세상과 차폐된 공간에까지 전란의 여진이 밀어닥쳤다. 몇 가구 안 되는 선하고 순수한 사람들의 마을이다. 그들은 피난도 가야 하고 또 그들 내부에서 발생하는 이단아, 곧 공산주의가 무엇인지도 모르면서 그 앞잡이의 역할을 맡은 공동체 구성원을 감당하기도 해야 하는 형편에 처한다.

그러한 어려움 가운데서도 이들의 삶과 그 소망을 지탱하는 것은 전설처럼 전해 오는 마을 안의 학나무와 거기에 깃드는 학의 가족들이다. 이 학의 전설이 세상의 풍파로부터 이들의 삶을 지켜주지는 못한다. 학나무가 불타고 사람이 죽고, 꿈은 멀고 현실은 가깝게 있다. 사람들의 순정한 의식과 학마을 본래의 정취가 아름다움이라면 이는 비극성의 미학인 셈이고, 그것이 이 작가가 가진 실향민 의식의 바탕에 있다.

전후 문학 작가로서 이범선의 위상을 결정해 준 작품이 「오발탄」이다. 계리사 사무실의 서기 〈송철호〉라는 인물이 주인공이다. 고향을 북한에 두고 온 그의 어머니는 실성하여 〈가자! 가자!〉 하는 외침만 남았다. 그런데 이 한마디의 언사는 수십 절의 문장보다 더 강력하게 실향민의 아픔을 담았다. 남동생 영호는 은행 강도로, 여동생 명숙은 양공주로 전락하고, 아내는 애를 낳다가 병원에서 죽었다. 이를테면 더 이상 악화될 수 없는 질곡의 늪에 빠진 형국이다.

작가는 송철호의 형편을 충치가 쑤시는 알레고리적 사건으로 치환하고, 또 말미에서는 택시를 타고 경찰서와 병원 사이에서 목적지조차 정하지 못하는 패배적 인물로 끌고 간다. 택시 운전수는 이렇게 중얼거린다. 〈어쩌다 오발탄 같은 손님이 걸렸어. 자기 갈 곳도 모르게.〉 그런데 어찌 송철호만이 오발탄이랴. 그 전후의 시대 상황도, 동시대 사람들도, 작중 인물도, 어쩌면 작가 자신의 의식도 오발탄일지 모르는 우울한 풍광, 그것이 이 소설의 모양새이다.

시절이 험난하면 사람의 품성도 그만큼 완악해지는 것이 아닐까? 그것을 소설적 예증으로 보여준 작품이 「살모사」이다. 살모사는 말 그대로 혈연의 친족 관계를 도외시하고 이기심의 극단에 선 사태를 형용한다. 전란을 전후하여 변전하는 세태 속에서, 이범선은 우리에게 〈궁남〉이라는 아주 특이한 인물을 그려 보인다. 더 정확히 말하자면, 그의 살모사적 품성을 그려 보인다.

궁남은 의부든 친부든 혈연의 유대가 자신의 출세를 가로막을 수 없다고 생각한다. 심지어 죽음 앞에서도 구원의 손길을 내밀지 않는다. 이처럼 극악한 인간 유형은 전상국의 「썩지 아니할 새」나 「싸이코 시대」의 극악무도한 인물들과 닮아 있고, 그의 과거와 현재의 전말을 목도하는 서술 유형은 이문열의 「우리들의 일그러진 영웅」을 닮아 있다. 작가는 이러한 인간의 유형이 그 시대의 토양 위에 돋아난 독버섯과 같다는 사회사적 인식을 붙들고 있다. 이 도식에 의하면 6·25 동란은 전후 문학 작가로서의 그에게 충실한 원인에 해당하고, 그는 이를 작품의 원자료로 잘 활용하고 있다 하겠다.

이상의 작품 이외에도 분단의 아픔과 실향민의 고통스러운 사정을 다룬 작품은 많다. 그것이 작가 자신의 삶이었기 때문에 그 표현에 있어서도 한결 친숙할 수밖에 없을 터이다. 그렇게 본다면, 우리는 이범선의 작가로서의 체험과 그 문학적 소산을 공동체적 기억의 회복과 그것의 기록 또는 예술적 치장에 복무하는 한 개인의 고투로 받아들여도 무방할 것이다.

의용군 낙오병의 문제를 다룬「분수령」, 전란 중의 체험에 비추어 아이를 강하게 기르기 위해 권투로 단련시키는「몸 전체로」, 전방 지역의 북한 출신 미친 여자 이야기인「단풍」, 그리고 인민군에 희생당하는 육촌 형님의 이야기인「그의 유작」등은 바로 그 치열한 고투의 기록들이다.

동시에 그것은 패배자와 반항의 군상을 그린 여러 전후 문학 작가들 가운데서도 이범선이 확보하고 있는 미학적 성과의 부피들이다. 전후 세대의 실향민 의식, 그 고통스러움을 예술적 발화법으로 전환하는 이야기 구조, 거기에 전후 이범선 문학의 주력이 잠복해 있다.

3 사회 고발의 비판의식, 인간성의 내면 탐색

1950년대와 1960년대 이범선의 작품들은 분단과 실향의 문제를 직접적으로 부각시키는 동시에, 그 문제에 대한 인식의 정체성에 있어서는 끈질긴 사회 고발의 비판적인 정신을 보여준다. 그리고 그것이 때로는 실종된 인간성으로, 또 때로는 인간의 내부에 깊이 갈무리된 인간애로 나타난다. 그러나 두 경우 모두 사회 고발의 차원을 외형적 현시화에 두기보다 인간의 내면을 탐색하는 깊이의 시각으로, 유실의 위기에 처한 인간애를 되살려야 한다는 의지를 읽을 수 있게 한다.

앞서 언급한「수심가」,「학마을 사람들」,「오발탄」,「살모사」등의 작품이, 모두 이범선의 이 내면 읽기 패러다임에 복속될 수 있는 작품들이다. 이 시기의 작품 중에서 아주 특이한 스토리를 가진 「환원」
은 이범선이 인간성 탐구의 수준과 차원을 증폭시키기 위해 특별히
구상한 것으로 납득해도 될 만큼, 한계 상황에서 인간의 심리적 기
제가 반응하는 방식을 잘 드러낸다. 그리고 「사망 보류」와 「자살당
한 개」는 메마르고 몰인정한 세태를, 「돌무늬」와 「명인」은 관습적
압제의 잔인하고 무거운 모습을 그리고 있다.

「환원」은 출구 없이 울울한 삼림 속에 불시착한 통역 장교 김 소
위가 기이한 부녀를 만나 함께 살다가 탈출을 도모하는 이야기이다.
한국적 지형에 있어서 상상해 보기가 쉽지 않은 이 소설적 환경 구
성은 작가의 핵심적 관심 대상이 아니다. 그처럼 앞뒤가 차폐된 공
간에서 살아온, 그리고 살아야 하는 인간의 심리적 반응 양상을 치
밀하게 걷어올리는 것이 이 소설의 향방인 것이다.

그런데 왜 이 작가에게 이와 같은 실험적 소설 제작의 방식이 필
요했을까? 민족적 환부의 배면에서 구차한 삶을 이어가지 않을 수
없었던 사람들이 어떻게 마음먹을 수 있었는지 되짚어보는 힘이
이 소설에 있다. 그렇다면 이 소설이야말로 작가가 자신의 작품들
내부에 매설할 수 있는 여러 가지 심리 상황의 장식들을 실험적으
로 가늠해 보는 시금석에 해당할 것이 아닌가?

「사망보류」는 한 가난하고 병든 교사가 곗돈을 타기 위해 아내에
게 그 돈을 타는 날까지 자신의 죽음을 알리지 말라고 다짐하는 쓸
쓸하고 처연한 이야기이다. 이미 곗돈을 타는 다른 사람이 죽음에
이르러 부채 때문에 그 돈을 압류당하는 것을 본 터이라, 자기 자신
에게 〈사망보류〉의 선고를 내리는 것이다.

전후의 힘든 세상살이 속에서 인간관계들이 속절없이 무너져나갈
때, 얼마간의 금전 때문에 사망 사실을 숨겨야 하는 가난한 사람들
을 통해 작가는 무엇을 발화하려 했을까? 이 소설 속에는 각박한
세태를 고발하는 비판의식이 살아 있다. 그러나 왜 그러한 세태에

이르렀는가를 고찰하는 큰 그림의 흔적은 전혀 없다. 그것은 이범선의 몫이 아닐 뿐더러 전후 상황에 즉각적으로 반응해 온 전후 문학 작가들의 몫도 아니었다. 우리 문학은 그때까지는 아직 그만한 안목과 기량을 섭생하지 못하고 있었다.

「자살당한 개」의 경우도 이와 유사한 입지 위에 있다. 무직자인데다가 불구의 몸을 가진 한 청년이 자신의 처지를 상징적으로 변하는 외양을 가진 개를 목 졸라 죽이는 것이다. 집에서 기르던 개를 목 졸라 죽이는 엽기적 사실의 배후에 역시 각박하고 살벌한 염량 세태에 대한 비판의식이 웅크리고 있는 셈이다. 다만 주인공인 영철을 사랑하는 〈난〉이라는 여자와 기르는 개를 박대하는 형구를 대비해 보면, 비판의식과 맞서 있는 인간다움의 의식이 만만찮음을 주목해 둘 필요가 있겠다.

「돌무늬」는 남편의 외연과 축첩으로 인해 인고의 세월을 살아야 했던 한 여자의 일생을 그렸다. 그런가 하면 「명인」은 송 씨가 훌륭한 백정이지만, 그 백정 일 때문에 아내와 딸에게 엄습한 불우한 운명을 보아야 하는 한 남자의 일생을 그렸다. 이 두 작품을 통해 작가는 우리가 무분별하게 붙들고 살아온 관습적 행동 양식이 얼마나 크게, 또 구체적으로 개인의 삶을 무너뜨리는지 증명한다. 그러나 그들 당사자의 가슴속에 끝까지 꺼지지 않는 온기를 남겨두는 것 또한 이 작가의 〈관습〉이다.

그리하여 「갈매기」 같은 작품을 보면 온갖 간난신고 끝에 아버지를 찾는 아들과 그 아버지를 돌보던 관찰자의 훈훈한 이야기를, 그리고 「가을비」 같은 작품을 보면 거지 아이를 불쌍하게 여길 줄 아는 아들과 그 아들을 응시하고 있는 아버지의 풋풋한 시각을 잘 살려내고 있다.

한 작가의 작품 세계에서 예리한 비판의 정신과 따뜻한 인간애의 미덕이 함께 공존하는 것은 쉽지 않은 일이며 동시에 매우 소중한

일이다. 이범선은 그것의 공존을 가능하게 하는 작가이며, 그것은
어떤 의미에서 작가의 품격을 짐작하게 하는 대목이기도 하다.

4 회고의 눈, 또는 사회 풍자의 폭과 깊이

우리 문학에 있어 1970년대는 전후의 현실이 점차 안정되고 전란
으로부터 객관적 시간의 거리가 확보됨에 따라 분단문학의 새로운
조류가 형성되던 시기였다. 따라서 전후에 활동하던 전후 문학의 작
가들은 작품 활동을 그만두거나, 아니면 작품의 경향을 바꾸지 않을
수 없었다. 손창섭이나 장용학 같은 작가의 경우를 생각해 보면, 이
는 쉽사리 납득이 가는 말이다.

이범선은 전후 문학 작품을 쓰면서도 전후 현실에 즉자적으로 매
달려 있던 경우가 아니어서, 시대의 변화가 그렇게 큰 충격으로 작
용하지는 않은 편이다. 그러나 1970년대의 이범선은 더 이상 그 이
전과 같은 자리에 머물 수 없는 것이 사실이었고, 그것은 전체적인
작품의 분위기가 변화하는 양상으로 나타났다.

1970년대 이후 이범선의 작품은 여전히 사회적 비판의식과 사회
고발적 성격이 약여한 형편에 있으면서도 이와 병행하여 회고적 성
향과 풍자적 특성을 함께 포괄하는, 말하자면 보다 유연한 자세를
취하게 된다. 그와 더불어 인간의 내면에 대한 탐색에 있어서도, 그
것이 단순한 인간애를 드러내는 데 그치지 않고 사회사적 의미 구
조 속에서 인간됨의 문제를 다루는 방향으로 발전해 간다.

「청대문집 개」라는 작품은 과거의 어려웠던 시절에 대한 회고와
이제 좀 형편이 나아질 만한 때에 이르러 둔감하고 교만하게 변해
가는 세태의 풍자를 함께 담고 있다. 그런가 하면 「초배」라는 작품
은 어느 시골 여관방에 초배지로 발린 4·19 혁명 때의 신문을 읽

는 세 신문기자를 통해, 가장 격렬한 방식의 회고담으로 그 시기를 소설적 현재의 시각에 비추어보는 이야기이다.

왜 이와 같은 회고체의 이야기들이 이 작가에게서 발생했을까? 그것은 세월의 흐름을 따라잡는 이 작가의 균형 감각이기도 하고, 또 세상사를 원숙하고 이지적인 눈으로 바라보는 작가의 성격적 특성을 반영하는 것이기도 하다.

그런가 하면 사적 이익의 극대화에 탐닉하는 사람들, 사회 제도의 모순에 항거하는 개인, 세계와의 불화에 침윤한 자아 등속을 풍자적으로 그린 작품들이 1970년대 이범선 소설의 한 축을 이루고 있다.

「문화주택」은 재산 증식의 수단으로 집 장사를 하는 한 집안, 그래서 수시로 이사를 다니지 않으면 안 되는 집안의 아이가 어떤 심경으로 이 사태를 응대하는지 보여준다. 구가옥들의 틈새를 비집고 날림으로 지은 문화 주택은 그처럼 부유하는 시대의 천박한 천민 자본주의를 대행하는 용어이다. 그런 만큼 아이의 순진한 눈에 비치는 세태는 그 자체로 강력한 풍자성을 발휘하게 마련이다.

「미친 녀석」은 자신을 장군이라 생각하는 한 정신이상자, 주변 사람들이 다른 거지들과는 색다르다 하여 〈백작 거지〉라 부르는 정신이상자를 서술의 중심에 두고 있다. 소설의 말미에서 화자인 〈나〉는 약방 주인과의 대화에서 〈어쩌면 녀석은 미치지 않았던 것이 아닐까요?〉라고 말한다. 물론 그가 미치지 않은 것은 아니지만, 이와 같은 발화가 가능하다면 그 〈미친 녀석〉을 제외한 사회 구성원 일반의 의식, 당대의 사회상 전체에 문제를 제기하는 풍자성에 이르게 된다.

「정 교수의 휴강」은 평소에 휴강이라고는 없던 정 교수가 분명한 사유도 없이 강의실에 나타나지 않는 사태를 외관의 줄거리로 한다. 그런데 놀랍게도 그 정 교수는 자신의 꿈으로부터 시달림을 받거나 기억의 불분명함 때문에 고민하는 아주 사소한 장애에 가로막혀 있

다. 그에게 발생하기 시작한 세계와 자아의 부조화는 기실 누구에게
나 있는, 누구나 겪게 되는 일이다. 그런데 이를 특별한 휴강이라는
상황으로 이끄는 것은 작가의 민첩한 기지이며, 어쩌면 자신의 세대
와 연륜의 무상함을 향한 풍자성의 숨은 질책인지도 모른다.

장편소설『흰 까마귀의 수기』는 한 법관이 자신의 지위를 버리고
행방이 불명해지면서, 그가 살아온 삶의 갈피에 적층된 여러 가지
진실들을 들추어 보이는 작품이다. 형의 죽음, 결벽증, 여자 관계 등
여러 사건들을 반추하면서 존재론적 자아의 정체성을 질문하는 이
소설은 기실 사건 자체의 전개보다는 하나하나의 사안에 접근하는
작가의 관조적이고 숙성한 세계관에 더 중점을 둔다. 그리고 그 가
운데 지금껏 우리가 논거해 온 1970년대 이범선 소설의 성격적 특
성들이 거의 그대로 수용되고 있는 편이다. 다만 너무 통속적이고
확고한 의미상의 부재라는 단처가 그대로 남았다.

5 특정 주제에 기울인 전문성의 힘 ── 기독교, 새

글의 서두에서 언급한 바와 마찬가지로, 이범선은 기독교 가정에
서 출생하여 일생을 기독교 신자로 살았다. 그런 까닭으로 기독교를
통한 종교성의 구명은 그의 소설이 이룬 독특한 성과 가운데 하나
이다.

「피해자」는 이와 같은 성과를 대표하는 소설이다. 화자인 〈나〉는
장로의 외아들 최요한이다. 그는 자신이 아버지가 돌본 고아 양명숙
을 사랑하여 결혼하려 했으나, 부모가 반대했다. 나중에 미션 스쿨
의 교사가 된 화자, 그리고 술집 마담이 된 명숙이 다시 만나지만,
그들에게 화해로운 미래는 없다. 결국 비극적 결말에 이르고 명숙은
수학여행지인 석굴암까지 따라갔다가 자살로 삶을 마감한다.

기독교 정신의 본령은 우리가 익히 알다시피 이와 같지 않다. 그러므로 〈나〉와 명숙은 왜곡된 기독교 정신과 그것이 사회적으로 적용된 사례의 피해자들이다. 이러한 이야기를 풀어나가는 과정에는 작가가 기독교의 교리와 발현 방식에 정통하지 않으면 서술하기 어려운 전문성이 개재해 있다. 실제로는 이와 같은 소설적 노력들을 디딤돌로 하여, 오늘날 이문열, 조성기, 이승우 등의 기독교 소재 소설들이 가능했을 것이다.

「지신」은 교회를 옮겨가라고 압박을 받을 때 그에 무모하게 대항하는 목회자를 통해, 그 무모함이 어떤 결과에 이르는지 보여준다. 그런가 하면 「천당 간 사나이」는 교리나 종교의 실생활 어느 측면에 비추어서도 요령부득의 태작에 해당한다. 대체로 이범선의 기독교 소재 소설은 비판적 인식을 드러내고 있는데, 그것은 기독교 자체에 대한 부정이 아니라 오히려 소망스러운 종교성에 대한 인식을 반증한다고 할 수 있겠다.

이범선의 소설에서는 동물, 특히 새를 소설의 핵심에 둔 작품이 여럿 있다. 「태자까치」, 「비둘기」, 「선녀제비」, 「두메의 어벙이」 등이 그러한데, 특히 참새를 다룬 「두메의 어벙이」는 이를 단편집 단행본의 표제작으로 내놓았다.

그렇다면 이범선에게 있어 새의 이미지는 무엇일까? 그것이 가진 자유로움, 인간과의 상관성, 새를 발화자로 하는 의인법의 효율적인 적용, 새가 가진 특성과 이야기의 능란한 결합 등이 그 세항을 이룰 것이다. 이 서술 방법의 성취가 그에게는 중요하게 받아들여진 듯하여, 우리가 흔히 놓치고 지나가기 마련인 사건과 사물의 후편을 살피는 작가의 섬세한 눈이 작동된 결과라 하겠다.

6 우리 문학의 비극적 낭만성, 그 한 도면

지금까지 살펴본 바와 같이 이범선은 1950년대 전후 문학 작가로 출발하여 30년 가까운 세월을 창작으로 일관했으며, 실향민 의식과 사회사적 비판의식, 그리고 원숙한 풍자의 정신을 작품을 통해 보여주었다.

그가 전후의 현실에 직접적으로 반응한 다른 작가들과 달리 관조적이고 유장한 사유의 기질을 가진 것은 작가로서의 그의 생명을 길게 연장시킨 요인이 된 듯하다. 그런가 하면 가열한 상황을 다룬 작품들 속에서도 인본주의와 따뜻한 인간의 심성을 포기하지 않은 것은 그로 하여금 품격과 작가로서의 원숙성을 갖추었다는 평판을 유발하기도 했다.

그러나 각 작품들이 대체로 원만하고 고른 수준을 갖추고 있기는 하되, 치밀하고 정교한 맛, 이를테면 맵고 쏘는 맛이 덜한 편이다. 이는 그의 작품을 우리 문학사의 가장 상층부에 진열하도록 하는 데 적잖은 장애 요인이 된다.

아울러 관심의 범주가 너무 산만하게 흩어져서, 중심 주제의 확고한 방향성을 정초하지 못한 것도 아쉬움으로 남는다. 그런데 이는 부분적으로는 이범선 개인의 창작에 따른 문제로되, 전체적으로는 그 당대의 우리 문학이 가졌던 전반적인 취약점의 하나인 것이어서 보다 포괄적인 판단을 필요로 한다.

어쩌면 이범선은 자신의 창작 성향과 시대적 환경의 상관 아래, 1950년대적 작가도 아니요 1970년대적 작가도 아닌 어정쩡한 모습일 수밖에 없었는지도 모른다. 그러나 이 냉정한 지적은 그가 쌓아 올린 90여 편의 문학적 노적가리, 그것이 가진 인본주의적 성과와 더불어 평가되어야 하며, 이는 곧 자기 시대를 고투의 정신으로 살았던 한 작가에게 우리가 보내는 애정이기도 하다.

사회의식의 깊이와 그 문학화에 이르는 도정
—『잃은 자와 찾은 자』에서 『이민』까지

1 문학의 길과 그 성숙을 예비한 서장(1940-1963년)

김용성은 간결하고 평이한 문체로 정확하고 객관적인 서술의 행보를 유지하고 있는 작가이다. 그의 작품들은 당대의 공시적인 문제들에 대해서 강렬한 사회학적 관심을 함축하고 있으며, 타락해 가는 사회 속에서 타락해서는 안 될 정신적 순수성을 끈질기게 추구해왔다. 그것을 표현하는 소설의 제재는 우리 사회의 여러 면모에 폭넓게 이르고 있으며, 그 다각적인 성과로 인하여 우리 문학이 끌어안고 있는 소중한 작가의 한 사람으로 기록되고 있다.

바로 그 김용성의 출생지는 일본이다. 1940년 11월 22일 고베〔神戶〕에서 아버지 김명수(金明洙)와 어머니 강신원(姜信元) 사이의 삼남매 중 장남으로 이 세상에 나왔다.

부친은 경기도 포천 사람으로 몰락한 집안에서 농업에 종사하였으나, 일제 말기의 어려움과 궁핍을 벗어나고자 서울 출신의 규수와 결혼한 후 일본으로 건너가서 기계 기술을 익혔다.

그래서 김용성이 일본에서 태어났던 것인데, 그는 고베의 어느 학교 교실에서 여섯 살의 어린 나이에 폭격으로 죽은, 수도 없이 많은 시신들을 목격하게 된다. 그 충격으로 그는 세상을 우울하게 바라보는 아이가 되었다고 술회한 바 있다. 세상을 〈우울하게〉 받아들이는 반성적 성찰의 시작, 어쩌면 거기에서부터 〈작가 김용성〉의 여린 움이 돋고 있었는지도 모른다. 2차 대전 말기 미군의 공습이 가일층 심해지던 1945년 6월, 그러니까 해방을 두 달 앞두고 김 씨 일가는 폭격을 견디기 어려워 귀국을 결행한다. 배를 타고 여수를 거쳐 열차 편으로 서울에 와서 맨 먼저 궁정동에서 살았다. 일본에서 김용성의 이름은 〈마코도〔誠〕〉였는데, 서울에 와서는 광산(光山) 김 씨의 돌림인 용(容) 자를 찾아 지금의 이름으로 불리게 되었다.

처음 서울에 온 그가 우리말을 잘 모르는 것은 당연했다. 동네의 아이들은 그를 〈쪽발이〉라고 놀렸다. 그렇게 우리말과 글에 서툰 채 삼청국민학교에 입학하여 학교를 다녔는데, 국어 점수는 대체로 30점 정도에 그쳤다. 그 언어 장애가 해소되기까지는 2년의 세월이 걸렸다.

김용성이 우리 나이로 아홉 살 되던 1948년, 체신부 직원이던 부친이 위암으로 청량리 밖 위생병원에서 두 차례 수술한 끝에 사망했다. 험악한 외풍의 바람막이로서 부친이 건재해 있어도 살기가 어려웠던 시절, 그의 가족은 하는 수 없이 모친의 친정이 가까운 서대문 밖 현저동으로 이사했다. 김용성은 학교를 옮겨 안산국민학교로 전학을 했다.

그의 대표적 장편 『도둑일기』를 포함한 몇몇 소설의 무대가 영천과 서대문 일대로 되어 있는 것은 그의 성장지인 이곳에서의 삶을 체험적으로 반영하고 있기 때문이다. 구 형무관 학교와 담 하나를 사이에 두고 연접해 있던 그의 옛집은, 그의 표현에 의하면 〈6·25와 더불어 슬픔과 눈물로 점철〉되어 있다.

1950년 6·25 동란이 발발하자 인민군 탱크가 서울까지 진입해 왔고, 김용성은 그 탱크가 서대문 형무소의 철문을 부수고 들어가는 엄청난 광경을 목도하게 된다. 그리고 죄수들이 쏟아져 나와 〈인민

군 만세! 김일성 만세!〉를 부르며, 전날까지 〈국군 만세! 이승만 대
통령 만세!〉를 부르던 연도의 구경꾼들까지 덩달아 전혀 다른 만세
를 부르는 모습을 보았다. 학교에서는 그 인자하던 교감 선생이 이
제는 자기가 교장이라며, 위대한 김일성과 스탈린에 충성해야 한다
고 목청을 높이는 모습도 보았다. 김용성은 이때부터 〈인간의 이중
성〉을 실감하게 되었고 이는 나중 그의 작품 처처에 각기 다른 차
림으로 출현한다.

일본이 전쟁으로 위험했던 만큼 서울 또한 그렇게 위험했다.
1950년 7월 말 김용성은 공습을 피하고 또 식솔을 줄이고자 하는
모친의 뜻을 따라 막내동생 용태(容泰)와 함께 포천의 큰댁으로 피
신했다. 거기서 여름을 지내고 수복이 된 후 서울로 돌아오니, 집은
불타버렸고 그 자리에 판잣집이 세워져 있었다.

그의 『도둑일기』에 등장하는 판잣집, 서울은 물론 일선까지 다녀
오는 구두닦이 행각, 서울역에서의 석탄 훔치기 등은 이 무렵에 실
제로 그가 체험한 사실을 바탕으로 한다. 이 시절의 심정적 동향,
전쟁을 바라본 시각에 대해 작가는 이렇게 술회했다. 〈무엇을 선택
할 능력이 없는 한 소년이 전쟁에 부대끼며 체험한 것은 오직 한
가지 — 전쟁은 파괴를 그림자처럼 거느리고 있는 괴물이라는 것이
다.〉

이러한 수준의 사고, 이러한 부피의 인식이 가능했던 만큼, 국민
학교 6학년인 그에게 〈문학〉이 있었다. 이때 그는 소설이란 것을 처
음으로 대했으며, 그것은 외사촌으로부터 빌린 겉장 떨어진 이광수
의 역사소설 『이차돈의 사(死)』였다. 이 소설과의 만남을 시발로, 그
에게는 차츰 〈될성부른 나무〉의 흔적이 나타나기 시작한다.

전쟁으로 한 해를 쉬고 1년 늦게 국민학교를 졸업한 다음, 김용
성은 1954년 배재중학교에 입학했다. 이때도 여전히 구두닦이를 했
으며, 구두약에 노란 물이 든 손가락을 보고 친구가 담배 피우는 줄

오해하는 사단이 있었을 만큼 그는 가난했고 힘들었고 슬펐다.

고등학교는 학비를 내지 않고 공부할 수 있는 학교를 찾았다. 그는 무려 24대 1이라는 놀라운 경쟁률을 뚫고 교통고등학교 업무과에 합격을 했고, 이 학교 재학 시절에 오랜 문우인 작가 양문길을 만났다. 이 실업계 겸 공업계 고등학교에는 문예반을 중심으로 묘하게도 문학하는 전통이 살아 있었으며, 김용성은 무턱대고 40매짜리 소설을 한 편 써서 교지에 실었는데 그것이 그의 40년 문학 성상(星霜)에 첫 작품이었다. 재학 중에는 대학에서 시행하는 학생 문예작품 공모에 두어 번 입선하기도 했다.

이때 그가 살던 곳 부근 영천 시장 북쪽 끝머리에 책 대본집이 하나 있었는데, 그는 여기서 『전쟁과 평화』, 『바람과 함께 사라지다』 등의 대작들, 그리고 헤르만 헤세와 투르게네프와 도스토예프스키와 앙드레 지드의 소설들을 빌려서 탐독했다. 그는 자신의 초기 소설에 번역투의 문장 냄새가 나는 것이 그 체험 때문이며, 이 외국 소설에 대한 다독이 자신의 문학에 토대와 자양이 되었다고 믿고 있다.

4·19 혁명이 일어나던 1960년, 고등학교를 졸업하고 취직을 전제로 하여 야간인 국제대학 영문과에 입학하였으나 정부가 혼란한 와중이라 취직을 할 수가 없었다. 이 향방 없던 때에 그의 눈앞에 새로운 목표가 나타났다. 한국일보에서 화폐개혁 전의 돈으로 육백만 환을 걸고 장편소설 공모를 발표했던 것이다. 고등학교 학우였던 양문길을 통해 김원일, 김원두, 신중신 등과 교유하면서 문학의 꿈을 키우던 때였다. 김용성은 도서관에 틀어박혀 소설 쓰기에 몰두했다.

그래서 김용성의 입신작 『잃은 자와 찾은 자』가 탄생했다. 그는 이 현상 공모를 통해 무엇인가를 성취하겠다는 욕구도 있었지만 솔직하게 한국일보에서 내건 대단한 현상금이 탐이 났다고 했다. 당시의 그 금액이 얼마만한 가치에 이르는지 판단이 잘 안 되지만, 나중에 그가 그 당선금의 절반으로 20평 남짓한 기와집을 사서 이사했다고 했으니 대략 규모를 짐작할 만하다.

그러나 욕심이 재능과 노력보다 앞설 수는 없었다. 그는 어렸을 때부터 겪어온 대동아 전쟁과 6·25 동란을 바탕으로 북한군으로 자원해 갔던 주인공과 국군이었던 또 하나의 주인공을 내세웠다. 자신의 체험은 어린 시절의 목격밖에 없으므로, 국립·시립 도서관의 책들을 뒤지며 〈철저한 거짓말〉 곧 완벽한 허구를 준비했다. 그리고 두 주인공이 각기 같은 편인 중공군과 미군의 총격에 죽는 아이러니컬한 상황을 연출함으로써 전쟁이 어떤 방식으로 얼마나 무섭게 인도주의와 인간중심주의의 적대 세력인가를 밝혔다. 그의 나이 스물이 갓 넘었을 때의 일이었다.

『잃은 자와 찾은 자』는 그를 작가의 길로 들어서게 했으며, 작품을 써서 이름을 얻고 또 생계를 유지할 수도 있다는 자신감을 갖게 했을 터이다. 그렇기에 그가 군에서 제대한 후 짧은 직장생활을 거쳐 일찍부터 전업 작가의 길로 들어서지 않았나 싶다.

이 요란한 등단으로 문단에 얼굴을 내민 후, 이듬해인 1962년 중편 「도전하는 혼」을 썼다. 그리고 문학 공부를 제대로 하기 위해 등단할 때의 심사위원이었던 황순원 선생께 청원하여 학교를 경희대학교 영문과로 옮겼다. 그리하여 나중에, 지금 이 글을 쓰고 있는 필자와도 선후배의 인연이 닿았으며, 그가 늦깎이로 대학원에 진학함으로써 필자는 그와 한 교실에서 공부하는 행운(?)을 누리게 된다.

경희대 영문과를 다니는 동안 김용성은 에드거 앨런 포, 토마스 하디, 윌리엄 포크너, 어네스트 헤밍웨이에 주로 관심을 갖고 있었다. 그리고 앞서의 상금 덕분에 형편이 나아져서 서대문 천연동, 충정로 3가 등지로 이사하며 살았다. 1963년에는 단편 「제6열 인간」과 중편 「버림받은 집」을 발표했으며 그 해에 경희대에서 4학년을 마쳤다.

대개의 한국 현대 문학 작가들이 단편에서 출발하여 중편과 장편으로 확대 발전해 가는 것이 상례인데, 김용성은 처음부터 장편으로 시작했고 초기에도 중편을 시도한 비교적 호흡이 긴 작품을 가지고 있었다.

어려운 가정 환경과 생활 여건을 뚫고 여기에까지 이른 것은 가히 입지전적인 의지와 노력의 결과였다고 말할 수 있겠다. 이 어려운 시절이 말하자면 작가 김용성의 문학적 성숙과 성과를 예비하는 준엄한 수업 기간이었던 것이다.

2 다각적인 현실 체험의 문학적 변용(1964-1987년)

대학을 졸업하자마자 김용성은 곧바로 군에 입대했다. 군대생활을 제대로 체험하겠다는 각오로, 해병대 간부 후보생에 지원했던 것이다. 필자 또한 해병대 출신이어서 익히 아는 터지만, 그 무렵의 해병대 훈련과 내무생활의 고됨이란 필설로 형용하기 어려운 바가 있었다.

1965년 1월, 훈련이 끝나 소위로 임관하고 포항 사단에 배치되어 보병 소대장으로서 군생활을 시작했다. 그로부터 1969년 4월까지 만 5년 간 그는 군대에서 〈고도의 교육을 받은 지적이고 이상적 인간일지라도 본능적이고 충동적인 인간으로 전락할 수 있다는 것과 군대 조직을 움직이는 것은 인간이 아니라 메커니즘이라는 것〉을 배웠다.

그 보병 소대장 생활 첫 해에 단편 「아플락싸스」를 썼으며, 나중에 이 시기의 체험을 바탕으로 자신의 평판작이 되었던 중편 「리빠똥 장군」을 쓰게 된다. 그러나 그것은 1971년의 일이다.

군문에 머무는 동안, 그는 시간을 쪼개어 계속 작품을 썼다. 1966년에 단편 「환멸」 등 4편을, 1967년에 단편 「벽」 등 2편을, 그리고 1968년에 단편 「불상」 등 2편을 발표했다. 이는 기실 놀라운 일이다. 그 고된 군생활을 헤치고 지속적인 작품을 발표한 것도 그렇거니와, 아무리 한국일보 장편 공모로 이름을 얻었다 할지라도 신인 작가가 그처럼 지속적으로 발표 지면을 확보하는 일이 결코 용이하지 않았을 것이기 때문이다.

이러한 대목들은 결국 그가 가진 작가로서의 끈기와 성실성으로밖에는 설명할 길이 없다. 이 무렵의 작품들은 주로 군생활의 체험과 연관된 것들이 많았으나 그다지 그의 마음에 드는 작품은 없었다.

군인의 신분으로 김용성은 1968년 1월 중앙대학교 영문과 출신의 규수 이근희(李槿姫)와 결혼하고 12월에 장남 홍중(泓中)을 얻음으로써, 한 가정의 주인이 되었다. 험준한 시대사의 파고 속에서 가족 구성원의 의미를 유다르게 체험해 온 그로서는, 그 당시가 이를테면 인생의 한 전기(轉機)에 해당하는, 하나의 단계를 넘는 시기였다.

1969년 4월, 그는 월남전 때문에 연장되었던 복무 기간을 임시 대위 계급장을 끝으로 청산했다. 그리고 곧바로 5월, 한국일보 기자로 입사했다. 이래저래 한국일보는 그와 인연이 깊은 셈이다. 군생활 5년 간이 길고 지루하긴 했으나 그동안 〈수직적 사고〉에 익숙해 있던 그에게 세상은, 사회는 낯설게만 보였다. 그러나 그 〈낯설다〉라는 인식이 그로 하여금 작가로서, 〈제2의 생〉을 다시 출발하게 하는 추동력이 되었다.

한국일보 기자로 일하던 그 첫 해에 단편 「덜미 잡힌 사내」 등 3편을 발표하고, 다음해인 1970년 김포 임진강변의 군생활에서 얻었던 체험을 토대로 하여 단편 「거짓말쟁이」를 발표했다. 이 해에 차남 욱중(郁中)이 출생했다. 기자와 작가는 같은 글쓰는 직업을 가졌으되 그 시각과 사유의 방향이 상당히 다를 수밖에 없다. 그는 〈작가〉에 충실하고 전념하기 위하여 이태에 걸쳐 붙들고 있던 〈기자)를 버리기로 결심하고 1971년 한국일보를 퇴사했다. 그리고 곧 바로 앞서 언급한 「리빠똥 장군」을 ≪월간문학≫에 분재하기 시작했으며, 이를 ≪문학과지성≫에 재수록했다.

김용성의 저서 가운데 작고한 문인의 행적을 뒤쫓아 그 작품 서지와 작품 세계, 그리고 전기적 사실과 작품과의 관련성 등을 총괄적으로 수록한 것으로 『한국현대 문학사 탐방』이 있다. 한 작가를 단기간에 전체적으로 파악하는 데 있어서는 더없이 좋은 길잡이가 되는 책이다. 김용성은 이 책의 서두를 1972년 9월부터 주 1회 ≪한국일보≫에 르포 기사로 연재하면서 시작했다.

이 연재가 꼭 1년이 걸렸는데, 이는 기자로서 문화부 일을 할 때 구상했던 것으로, 생각보다 반응이 좋았다. 이 연재를 계속하는 동안 1973년까지 「조그만 영토」를 비롯하여 모두 6편의 단편을 발표했다. 이때의 문학사 탐방은 10년 후인 1982년 6월부터 12월까지 주 1회로 ≪한국일보≫에 제2차 연재가 이어지게 된다.

1974년 김용성은 강력한 풍자 정신으로 동시대 독자들의 가슴, 그리고 동시대 삶의 중심을 두드린 장편 『리빠똥 사장』을 ≪일간스포츠≫에 연재한다. 그러면서 단편 「조상기(眺翔記)」 등 4편을 발표했다. 이듬해 1975년 첫 작품집인 『리빠똥 장군』과 장편 『리빠똥 사장』을 예문관에서 간행했으나, 그 제목의 어의(語義)에서부터 발산되는 비판의식과 풍자성으로 인하여 당시 박정희 정권에서 발동한 긴급 조치 제9호에 걸려 광고 한번 해보지 못하고 만다. 이 해에도 단편 「마(魔)의 자유」 등 3편을 발표했다.

두번째 작품집 『홰나무 소리』는 1976년 현암사에서 나왔다. 첫 작품집 『리빠똥 장군』은 1970년대 발표된 것들을 수록한 반면, 여기에서는 문단 데뷔 이후 이때까지의 전 기간에 걸쳐 발표된 작품 가운데 13편을 추렸다. 「후기」에서 작가 자신의 진단에 의하면 데뷔 이래 15년 간의 작품이 대체로 〈비극적 관점〉에 입각해 있다는 것인데, 그것은 아마도 그가 살아온 신산스러운 세월과 관련이 있을 터이다. 그는 추후 〈도태되지 않고 창조하는 인간〉을 그리고 싶다는 소망을 적어두었다.

1976년에 단편 「도주」 등 4편을 발표하는 한편, 장편 『정죄(淨罪)의 산』을 여성지에, 그리고 또 다른 장편 『내일 또 내일』을 ≪한국일보≫에 연재하기 시작했다. 이처럼 한국일보와 끊임없는 관련을 보여주는 것은, 그를 가까이서 겪어본 사람들이 그의 인품과 기량을 십분 인정한다는 증좌에 다름 아닐 것이다.

1977년에는 그동안 살던 충정로 3가에서 아현동으로, 개봉동 밖 철산리로 전전하다가 마침내 관악구 남현동 지금의 집으로 이사했다. 이 해에 단편 「뻐꾸기에서 기러기까지」 등 2편을 발표하고 작품집 『화려한 외출』을 갑인출판사에서 묶어냈다.

1978년에는 장편 『내일 또 내일』, 『야시』, 『오계의 나무들』 등을 간행하고 『떠도는 우상』을 ≪부산일보≫에 연재하기 시작했으며 중편 문제작 「밀항」을 그 다음해까지 3부의 연작으로 발표하기 시작했다. 중편집 『밀항』은 1981년에 단행본으로 간행되었는데 여기에는 「밀항」 외에 「그날의 행방」, 「안개꽃」 등 3편의 작품이 실려 있다.

『내일 또 내일』은 이규화, 강진우 등 당대 젊은이들의 전형성을 가진 탁월한 인물들을 창조하면서 장안에 화제를 뿌렸다. 비극적 세계관을 배경으로 세 남자와 세 여자의 위선, 욕망, 사랑, 희생을 펼쳐 보임으로써 당대 사회의 정체성과 그것의 핍진한 의미를 소설 문법으로 걷어올린 작품이었다. 이 소설에는 외형적 사회 현상의 배면을 읽어내는 작가의 깊은 눈과 이를 비판적으로 바라보는 작가의 비판 정신이 잘 드러나 있다.

1979년에는 장편 『그것은 우리도 모른다』를 ≪매일신문≫에 연재했으며, 1980년에 장편 『나신(裸身)의 제단』을 ≪경향신문≫에 연재했다. 1981년에 단행본으로 나온 『나신의 제단』은 베트남 전쟁을 참전하고 돌아온 세 명의 주인공들을 중심으로 그들이 각기 다른 사회 계층 속에서 어떻게 서로 다른 삶을 영위하고 있는가를 보여 준다. 작가의 표현에 의하면 전쟁터에서 〈동류항(同類項)〉이었던 그들이 어떻게 어떤 〈이류항(異類項)〉으로 변화해 가는지 추적하는 것인데, 이와 같은 접근법은 이 작가가 우리 사회의 본질적 성격을 끊임없이 탐색해 나가는 또 하나의 도정(道程)에 해당한다.

김용성은 1980년 동인지 《작단(作壇)》의 일원으로 가입하고 이를 통해 전상국, 김원일, 유재용, 김문수, 김국태, 현기영, 최창학, 한용환, 이진우 등의 동년배 작가들과 교유하며 그 문학과 삶의 폭을 넓혀나간다. 필자가 이 작가를 처음으로 가까이 만난 것은 이 무렵이었으며, 작단의 동인들이 그때 우리 제자들이 가까이 모시고 있던 스승 황순원 선생과 자주 자리를 함께 하면서였다.

여기까지 김용성은 〈불혹〉의 나이를 넘기고 있었고 문필에 임하여 소설을 써온 지 20년, 그러니까 지금 현재까지의 40년 문필생활에 비견해 보면 대략 절반의 기간을 지나고 있던 시점이다. 그는 그동안 강력한 사회의식과 비판적 안목으로 우리 사회의 정체성과 부정적 측면의 의미를 구명하고, 그것을 딛고서 발아할 수 있는 새로운 소망의 내일을 조망해 왔다. 그리고 이와 같은 태도를 소설 제작의 성실성을 통해 증명했던 것이다.

3 원숙한 세계관과 사회의식의 형상(1982-2000년)

1982년 김용성은 그의 삶과 작가로서의 길에 있어서 시사점이 될 만한 몇 가닥의 행적을 보인다. 우선 그는 그동안 빈번히 연재해 오던 신문 소설에 회의를 품고 될 수 있으면 신문 연재를 하지 않으리라 자신에게 다짐한다. 전업 작가로서 상당한 수준의 금전 치환이 가능한 이 연재를 거부키로 한 것은, 사실 상당한 각오와 자기 독려가 없이는 어려운 일이다.

다음으로 오래전부터 품어온 뜻을 따라 비록 만학(晚學)이긴 하나, 경희대 대학원에 진학했다. 필자가 이때부터 이 작가와 석사과정 및 박사과정을 함께 다닌 연고로, 그 무렵의 그의 늦은 대학원 생활을 손바닥 안의 그림처럼 익히 알고 있는 편이다. 그런데 그때는 경희대 대학원의 새 르네상스 시절이었다. 어떻게 만학의 바람이 불었는지 신봉승, 전상국, 조세희, 조태일, 정호승, 박남철 등 우리 문단의 쟁쟁한 문인들이 한 강의실에 함께 앉은 진풍경, 한국 문단사에 전무후무한 상황이 전개되었던 것이다.

그런데 그때 김용성은 누구보다도 성실하고 부지런했다. 한 번도 결석이나 지각을 하는 법이 없었고 발표나 과제물도 우리들 같은 젊은 축들보다 항상 앞섰다. 지금에야 전업 작가들이 많이 있고 또 그것으로 생활이 유지되기도 하는 시대이지만, 필자로서는 그때까지 전업 작가로는 살기가 어려운 우리 문단 풍토에서 저 작가가 저만이나 하니까 버티고 나왔구나 하는 느낌이었다.

그의 눈매는 본인의 작위적인 의지와 관계없이 날카롭게 보이는 쪽이다. 그는 언젠가 어느 주점에서 전혀 상관도 없는 사람들로부터 이유 없이 왜 째려보느냐는 시비를 당한 적이 있다고 술회했다. 그는 그 정직하고 무거운 눈으로 세상을 바로 보려 애쓰는 작가이다.

그가 가진 강렬한 사회사적 관심, 사회의식은 일찍이 그가 대학의 사회학과를 가고 싶어했다는 고백을 통해서도 그 밑동을 짐작해 볼 수 있다. 반면에 안으로 갈무리된 그의 심성은 매우 따뜻하며 또 공의롭다. 필자는 한 번도 그가 부당하게 남을 비방하는 언사를 내놓는 것을 보지 못했다. 이를테면 그의 비판 의식에는 항상 납득할 만한 이유와 설명이 있었다는 것이다.

그와 더불어 술자리에 있을 때, 혹 식대를 계산할 의향이 있을 양이면 매우 빨리 움직여야 한다. 그는 대체로 자신이 참석한 모든 자리의 식대를 모두 자신이 내려는 쪽이다. 이것이 해병대 장교 시절부터 몸에 밴 지휘관의 기질인지, 아니면 어린 시절의 어려웠던 기억에 대한 반사 작용인지 필자는 잘 알지 못하겠다. 그런데 중요한 점은 그가 전업 작가로 거의 무직에 가까웠을 때에도 그러하였으니, 이는 분명 그의 무엇이든지 먼저 감당하려는 공의로움의 자세에서 말미암은 것이라 여겨진다.

1982년에 앞서 일러둔바 『한국현대 문학사 탐방』을 다시 연재하기 시작한 김용성은 1983년 자신의 성장지인 서대문 일대를 배경으로 하여 장편 『도둑일기』를 ≪현대 문학≫에 연재하기 시작했다. 다음해 2월 이 작품으로 제29회 현대문학상을 수상했으며, 그 직후 경희대에서 「채만식의 〈태평천하〉 연구」로 석사학위를 받고 곧바로 박사과정에 진학하게 된다. 『한국현대문학사 탐방』은 개정 보완되어 현암사에서 다시 간행되었다.

『도둑일기』는 1980년 현대 문학에서 한 권이 나왔고, 이후 1992년 2부를 ≪동서문학≫에 연재한 다음 1·2부 2권으로 동서문학사에서 다시 나오게 된다.

『도둑일기』의 제1부는 6·25 동란기로부터 4·19 혁명 직전까지의 1950년대를, 제2부는 그 이후 10년간, 즉 1960년대의 시간을 무대로 펼쳐진다.

소설의 중심 인물 한수·중수·성수 삼형제는 이 격동의 근대사와 더불어 삶의 첫 장을 연 전쟁 고아로 출발한다. 이들의 성장과 성인화 과정을 통하여, 이제는 이들이 중추가 되어 있는 우리 사회의 난맥상과 그 원인을 추적하는 이 소설은 지나치게 엄숙한 표정을 짓지 않고서도 분단 모순과 계급 모순의 민족사적인 문제들을 폭넓게 조감한다. 지금까지 이 두 가지 민족 모순에 대응한 작품들이 허다하게 산출된 것은 사실이지만 그 통상적인 주제의 심화를 위해 이 작가가 새롭게 제기하고 있는 글쓰기의 방식, 이른바 성장 소설 형식의 도입은 선택된 과제에 이르는 길을 매우 원활하고 설 득력 있게 열어나간다.

『도둑일기』는 우리 문학사에 거의 그 전통이 없다시피한 부피 있 고 체계적인 성장소설의 지평을 개척했다는 사실만으로도 주목할 만하다. 더 나아가서는 큰형 한수가 사업가로, 둘째 중수가 소설가 로, 막내 성수가 성직자로 삶의 목표를 설정하고 자의적으로 그 단 계를 밟아 나가는 사정을 통해, 동시대 현실의 밑그림을 효율적으로 부각시키고 있다. 아울러 이들 형제의 서로 다른 목표와 성격 유형 은, 서로 대비되는 사회 세력들의 행로와 가치관 및 현실 반응의 양 태를 총괄적으로 검증하기 위한 주밀한 배합이라 할 것이다.

이렇게 본다면 『도둑일기』가 단순한 성장소설이 아니라 강력한 사회학적 관심으로 지나간 1950년대와 1960년대를 조명하고 있다는 사실을 쉽사리 수긍할 수 있게 되는 셈이다. 그중에서도 큰형 한수 의 경우, 곧 이제는 도둑질에 대한 변명거리로서의 명분도 없고 따 라서 인도주의적 차원에서 용서받을 만한 근거도 없는 시대에 반성 없이 도둑질을 계속하는 인간형에 대해, 작가는 날카로운 비판의 칼 날을 세우고 있다 할 것이다. 전후의 혼란한 사회가 정비됨과 함께 산업 자본주의의 시대로 이행하고 물질 만능주의의 팽배가 진실된 가치의 타락을 가속화시키는 시대에 대한 경각심, 그것이 한수의 언 행을 그려나가는 작가의 심중에 자리 잡고 있을 것임에 틀림없다.

이 글의 서두에서 이 작가의 성장사를 통해 살펴본 것처럼, 『도둑 일기』는 작가의 직접적 체험의 반영과 사회학적 관심 또는 견식이 조합되어 산출된 수작이다. 그 제목을 두고 장 주네의 『도둑일기』를 운위하는 이들도 있으나, 전혀 다른 종류의 이야기이다.

1985년 김용성은 인하대학교 국문과 소설 담당 교수로 부임함으 로써 만학의 열정이 객관적 성과에 이르게 된다. 1986년에는 「아카

시아 꽃」으로 제1회 동서문학상을 수상하고, 작품집 『탐욕이 열리는
나무』를 문학사상사에서 간행한다. 그리고 경희대 대학원에서 드디어
「한국소설의 시간의식 연구」라는 논문으로 문학박사 학위를 취득하
기에 이른다. 한국 나이로 마흔여덟, 지천명(知天命)을 눈앞에 둔 만
학이었으되, 그의 열심과 성실성은 후학들의 귀감이 되기에 족했다.

1989년에는 작품집 『슬픈 양복 재단사의 나날』을 묶어내었고,
1990년 장편 『큰 새는 나뭇가지에 앉지 않는다』를 펴낸 다음 이 작
품으로 1991년 대한민국문학상을 수상했다. 이 수상작은 한 중진
작가의 시대와 사회를 보는 균형 잡힌 시각을 보여주면서, 당대의
첨예한 명제였던 학생 운동이나 노학 연계 투쟁에 대해 올바른 내
포적 의미망을 제기하고 있다.

우선 등장인물들의 입체적 운동 범주와 사실성에 대한 공감이 매
끄럽게 객관화되어 있다는 점이다. 단순한 운동권의 학적 박탈자인
조예수가 점진적으로 확고한 의식과 균형 감각을 획득해 나가는 과
정에 무게와 설득력이 있다. 〈해전총〉의 대표였던 〈백〉의 결별이나
분신에까지 이르는 방선구의 배신을 동료들이 선별적으로 받아들이
는 대목도 현실적인 사태의 바닥과 든든하게 연결되어 있어 보인다.

다음으로 이와 같은 인물들을 하나의 연결고리로 묶어주는 상징
적인 장치로서, 예수 그리스도의 사역에 의지한 중의법적 의미의 활
용이 효율적으로 도입되었다는 점이다. 주 예수에 대응한 조예수란
이름, 운동의 지도자 가운데 한 사람인 남민철이 개척 교회를 이끄
는 전도사이며 목회와 운동을 동일한 차원에 상정하고 있는 상황,
희생의 덕목에 대한 강조, 나무 십자가를 메고 나아감, 대단원에서
애순이의 〈오오, 오빠, 오오, 예수!〉라는 부르짖음 등이 모두 이를
함축적으로 드러내고 있다 하겠거니와, 참으로 척박한 시대적 배경
에 견주어 종교적 수준의 결단과 희생이 전제되지 않고서는 역동적
인 저항력을 확보하기 어렵다는 깨우침이 자연스럽게 걷어올려진다.

그리하여 김용성이 궁극적인 답변으로 제시하는 대안은 〈누구나 K이다〉, 즉 누구나 은밀한 조정과 표면적 행동을 포괄하는 대표자로 올라설 수 있다는 민중 주체의 사고이다. 막심 고리키의 『어머니』에서 볼 수 있는 변모 양상과 마찬가지로, 도입부의 평범한 조예수는 결미에 이르러 마침내 시대적 전형성을 갖춘 문제적 인물로 떠오르게 된다.

이 시기의 젊은 작가 김인숙이 퇴락하고 병약한 분위기의 초기 소설에서 의욕적인 변신을 보인 바 있지만, 이미 확정된 세계를 가진 한 중진 작가가 우리 사회를 향해 내놓은 엄중한. 도전에 대해 우리는 경각심을 갖지 않을 수 없었던 것이다.

1992년에는 콩트집 『고장난 시계는 고쳐서 씁시다』를 간행했으며, 연말인 12월 문예진흥원의 기금을 지원받아 두 달간 남미 한국 이민들의 실상을 소설화하기 위해 취재 여행을 떠났다.

1994년에 『도둑일기』 3부를 ≪동서문학≫에 연재 완료하였고, 1998년 앞서 취재 여행의 결과로 전작 장편 『이민』 전3권을 밀알출판사에서 간행하였다. 늘 이 사회의 구석이나 배면에서 소외된 자, 두려움과 추위와 사랑의 결핍으로 떨고 있는 자를 형상화하던 그의 〈작가의 눈〉은, 이번에는 그 시선을 멀리 들어 이역만리 먼 곳의 힘겹고 슬픈 풍속도를 우리의 시계(視界) 안으로 끌어당겨 준 것이었다.

근자에 우리들의 스승 황순원 선생이 별세하시기 전에는, 두 달에 한 번꼴로 선생님을 모시고 그를 중심으로 동문수학한 문인들이 자리를 함께했었다. 선생님이 가신 다음에는 아마도 이 작가의 회갑 모임이 우리들의 첫 모임이 될 듯싶다. 필자가 처음 만났을 때 〈불혹(不惑)〉 전후의 활기차고 튼실하던 그에게서, 이제는 오랜 그리고 중후한 세월의 족적이 느껴지고 있다. 부디 바라기로는 더욱 역부강(力富强)하시어, 우리들에게 계속해서 좋은 작품을 만나는 행복을 누리게 해주었으면 한다.

문학의 외길로, 지천명의 언덕을 넘어
—— 『변경』을 탈고한 작가 이문열

1 마침내 그가 머문 곳, 부악산 자락의 작은 마을

작가 이문열이 대하 장편소설 『변경』의 집필을 끝냈다. 제1부가 1986년 8월부터 씌어지기 시작했으니, 제3부가 마무리된 1998년 11월까지 무려 12년이 넘는 세월의 대장정을 달려온 셈이다.

그의 『변경』은 1989년 2월에 탈고된 제1부와 1992년 12월에 탈고된 제2부가 각기 3권씩의 단행본으로 상재되어 있다. 그런데 이번에 제3부를 마저 끝내고 책으로 묶으려다 보니, 전체적으로 분량이 늘어났다. 그간 대개의 책들이 본문 글자를 키웠고 또 부분적으로 보완할 곳도 있어, 결국 1·2·3부 각 4권씩 모두 12권에 이르는 방대한 부피를 끌어안게 되었다.

문제는 그의 이 회심작이 그만한 서술의 분량에 이르렀다는 데 있지 않다. 이문열 개인에게 있어 이 작품은 자신이 꾸려온 삶의 이력 또는 작품 활동의 행적 전체를 설명하는 이야기 방식이다. 이데올로기의 허상을 좇아 북으로 간 아버지와 그 뒤에 남은 가족들의 이야기인 『영웅시대』, 그리고 그 뒤를 이어 계속되는 역사 과정 속에서 이 척박한 땅에 뿌리내리고 살아야 했던 후대들의 이야기인 『변경』은 그야말로 이문열 자신의 가족사이다. 그는 이 두 작품에 그동안 숨기고 아껴두었던, 자신의 겉과 속에 있는 상처를 모두 담았다. 그런 점에서 『변경』의 완성은 우리 문학에 굵은 족적을 남기고 있는 한 작가가 자기 정체성을 확인하는 일이요 신산스러웠던 자기의 삶을 카타르시스 하는 일이며 궁극적으로 자기 존재를 증명하는 일이다.

동시에 이 작품은 남북 간의 이데올로기 대립과 동족상잔의 전란으로부터 말미암은 파행의 역사가 우리의 삶에 드리우고 있는 검고 짙은 그늘을 보여주고 있으며, 그것이 산업화 시대의 개막과 천민 자본주의의 후안무치한 속성에까지 이르는 세부적이고 구체적인 과정을 드러내고 있다. 그러므로 1970년대 초반에 도달한 이 작품의 서술 영역 끝머리는 그의 가족사가 개인적 차원에 머물지 않고 곧바로 우리 시대 보편적 삶의 양태로 전이되고 확산될 수 있음을 증거한다. 말하자면 그의 내밀하고 절박하고 고통스러운 삶의 이야기들은 동시대를 살아가는 우리 모두의 슬픔이요 아픔으로 치환될 수 있는 성격의 것이다.

사정이 그러하다면, 그가 『변경』을 탈고하고 마지막 손질을 가하여 새로운 저술의 얼굴을 선보이려고 하는 지금, 그를 만나 저간의 심경을 들어보는 일에 뜻이 없을 수 없다.

이문열이 서울을 떠나 한 작은 시골 마을에 둥지를 틀고 있다는 사실은 이미 널리 알려진 바이다. 11월 10일, 오후에 강의가 있는 날이라 시간을 절약하기 위해 필자는 아침 일찍 출발했다. 영동고속도로의 덕평 인터체인지에서 국도로 빠져나가 이천 방향으로, 또 좁은 시골길로 30여 분을 달렸다.

부악문원. 그가 그 시골 마을에 작은 성채처럼 지어놓은 삶터의 이름이다. 마을 뒤로 작은 야산이 팽창하면서 봉우리를 이룬 그 산의 지난 이름이 부악산(負岳山)이요 지금은 설봉산이라 부른다는데 그는 어감이나 의미를 보아 〈부악〉을 선택했다.

그는 이곳을 마지막 거처로 생각하고 있었다. 어느덧 〈틀어박힐 둥지〉가 되어버렸고, 덩치가 너무 커져서 〈몸을 가볍게〉 하여 빠져나가기가 어렵게 되었다고 했다. 그 삶터의 전면은 숙생들이 기숙하고 공부하고 행사도 가질 수 있는 시설의 건물이 들어서 있고, 거기서 산마루 방향으로 살림집과 별채의 서재가 자리 잡았다. 부악문원 일대는 마침 추색이 짙어, 작은 관목들과 키가 조금 자란 수풀과 낮은 들풀들이 모두 황금빛 우수에 잠겨 있었다. 탈속한 서정, 가히 작가의 집이었다.

필자는 그의 서재에서, 또 서재 바깥의 뜨락을 거닐며 2시간 30분 동안 애기를 나눴다. 전날 밤, 『변경』의 마지막 대목을 손질하느라 새벽 늦게야 잠들었다는 그는 피곤한 중에서도 어떤 확신에 찬 말을 내놓을 때는 눈빛이 예리하고 깊었다. 필자는 그와의 대화 속에서, 한 이름 있는 작가의 소탈한 일상과 꾸밈없는 속내를 읽었다. 그렇게 긴장을 풀고 무장을 해제할 수 있는 이문열을 만난 것으로도, 그날의 걸음은 매우 상쾌했다.

2 20년을 쌓아온 소설의 노적가리, 그리고 『변경』

김종회(이하 〈김〉) : 이 선생님이 우리 문학에 이루고 있는 작품의 양과 질을 요약해서 말하기는 쉬운 일이 아닙니다. 지금까지 써오신 작품의 분량에 대해 좀 말씀해 주시지요.

이문열(이하 〈이〉) : 장편이 17편인데 단행본의 분량으로는 40권이 됩니다. 단편집이 5권인데, 여기에 실린 작품이 아마 모두 45편일 것입니다. 아직 책으로 묶이지 않은 중·단편이 3편 있습니다. 그리고 잡문집이 1권(자유문학사에서 나온 『시대와의 불화』) 있지요.

그 외에 〈평역〉이라 이름 붙은 『삼국지』와 『수호지』 20권을 합하고, 〈문학산책〉 등 이러저러한 책들을 모두 모으면 제 이름을 달고 세상에 나온 책이 80여 권이 될 것으로 보입니다.

김 : 이 선생님이 지금 여기 부악문원에 자리 잡고 계시는 그 의미의 바탕에는 80여 권의 서책으로 표상되는 작가의 이력, 그리고 한국문학의 한 굵은 줄기가 잠복해 있는 셈이겠습니다. 여기 함께 있는 숙생들과의 일은 어떠신지요?

이 : 문원에 머물고 있는 분들은 대개 대학을 졸업하고 문학에 뜻을 둔 경우이며, 그 가운데는 심상대 씨처럼 문단에서 작품 활동을 하고 있는 작가도 있습니다. 한 주에 한 번 강독회를 하고 때로 작품에 대한 합평회도 합니다. 강독은 플라톤과 아리스토텔레스를 텍스트로 정하여 예닐곱 명이 함께하는데, 내년 6월까지는 플라톤을, 그 이후는 아리스토텔레스를 읽도록 예정되어 있습니다. 한 주에 영어 원문을 대략 30쪽내지 50쪽 정도 읽습니다. 그 동학(同學) 가운데 그리스어에 능한 분이 있어, 의미상의 혼란이 있을 때는 그리스어 원문을 대조하여 판정을 내리기도 합니다.

김 : 이 선생님께서 1948년생이시니 올해로 지천명(知天命)의 고개를 넘고 계시는군요. 이 연륜에 개인적 자전의 한 매듭에 해당하는 소설, 『변경』을 완성한 감회가 만만찮을 것으로 여겨집니다.

이 : 〈울적한 나이〉입니다. 지나온 날들이 이리저리 눈에 밟히는 나이이기도 하구요. 내 삶의 관리 방식에 대해 다시 생각해 보기도 합니다.

오십을 앞두고 이제 내 생애에 남아 있는 물리적 시간을 계량해 보면, 살아갈 날이 살아온 날보다 훨씬 짧습니다. 작가로서도 서른에서 쉰까지 이십 년간 작품을 썼다면, 앞으로 칠십까지 작품을 쓴다고 해도 꼭 지나온 세월만큼 밖에는 남아 있지 않아요. 문제는 이미 써버린 이십 년이 아니라 남아 있는 그 이십 년을 채울 〈시간의 질)이 어떻게 되겠느냐는 것이겠지요.

또한 이런 생각도 해봅니다. 제가 문학 청년이던 시절, 밤을 새워 가며 감동적인 명작들을 읽던 기억이 지금도 생생하게 살아 있는데, 내가 쓴, 또 쓸 작품 어느 것이 그러한 명작의 목록에 끼일 수 있을까 하는 것입니다.

김: 그것은 한 작가로서 작품 활동의 전체 궤적을 한눈에 훑어보는 반성적 성찰이겠군요. 그리고 그것은 이 땅의 어느 작가를 막론하고 외면할 수 없는 자기 작품의 위상에 대한 자문(自問)이겠습니다. 동시대의 다른 작가들에 관해서는 어떤 생각을 갖고 계신지요?

이: 많은 좋은 작가들이 작가로서의 〈이름〉 때문에 세속적으로 넘어가는 경우가 안타깝게 여겨집니다. 저 자신도 그러한 위험에 무방비로 노출되지 않도록 경각심의 날을 벼려보곤 합니다. 당장 이름을 들면 누구나 알 만한 작가들이 지금 전혀 작품을 쓰지 못하고 있는 사례가 여럿 있지 않습니까?

거기에 비하면 황순원이나 이청준 같은 작가들이 엄정한 자기 관리를 통해 지속적으로 작품을 써온 것은 우리 작가들에게 소중한 타산지석이 될 것으로 봅니다. 마음을 터놓고 가까이 지내는 분들도 있습니다. 김원일 선생께는 주기(酒氣)가 약간 있을 때에 쉽게 〈형님〉 소리가 나옵니다.

김: 〈변경〉이라는 호명과 관련하여, 세계문학의 주변부 혹은 변경에 있는 우리 문학의 처지에 대해서는 어떻게 보시는지요?

이: 미상불 이 문제는 근래에 제가 가장 심각하게 숙고하고 있는 대목입니다. 제 소설의 세계 무대 진출이라는 문제를 현장에서 몸으로 겪으면서 우리 문학의 세계화에 가로놓인 장애물이 얼마나 높고 험난한지를 실감했다고 할까요?

얼마 전 프랑스 출판사의 초청을 받고 현지를 다녀오면서 우리가 국내에서 생각하는 문학 상품의 시장과 서구의 그것이 너무도 다르

다는 것을 다시 한 번 깨우쳤고, 그것을 깨우치는 절차는 어떤 면에
서는 대단히 〈모욕적〉이었습니다. 또 언론에 알려진 뉴욕 출판사와
의 에이전트 계약에 있어서도, 저들이 요구하는 것은 우리 문학의
바탕 위에서 갖는 원본으로서의 진품성이 전혀 중요하지 않다는 것
이었습니다. 요컨대 작가 자신이 저들의 출판 성향에 적합하도록 작
품의 내용을 요약해 주거나 아니면 저들이 알아서 그렇게 하겠다는
것입니다. 만약에 앞으로 한국 작가들이 세계문학 시장에 작품의 목
록을 내건다고 할 때, 이와 같은 구조적 판도를 익히 파악하고 있어
야 할 터입니다.
  일본의 경우 하루키의 소설이 일본 내에서는 〈변종〉 취급을 받지
만 서구의 독자들이 읽었을 때 별반 이질감이나 거부감을 느끼지 않
는 정황은, 이러한 형편에 있어 하나의 시금석이 된다 하겠습니다.

3 분단 현실을 보는 시각, 그 반영으로서의 문학

  김 : 부친으로부터 비롯되는 남북 분단 현실의 직접적인 체험, 그
에 대한 유다른 관심과 작품을 통한 표현 등속에 비추어 남북한 관
계에 대한 이 선생님의 인식이 남다를 수밖에 없겠지요? 11월 18일
첫 출항하는 금강호를 타고 금강산을 다녀오기로 되어 있으시지요?
  실상 금강산 관광과 관련된 정부의 정책에 찬반 양론이 있는 것
을 무시해서는 안 되리라고 봅니다. 특히 휴전선 이북이 고향인 실
향 이산가족들의 경우, 이들의 의사를 대변하는 월간 종합잡지 ≪동
화≫에서 조사한 바에 의하면 〈금강산 관광을 가겠다〉라는 의사를
밝힌 숫자는 8.8%에 불과하다는 것입니다. 거기에는 분명 이 분단
역사 이래의 떠들썩한 사건을 냉소적으로 바라보는, 그것이 이산가
족 문제 해결을 포함한 인적 교류의 확대에 전혀 도움이 되지 못한

다고 보는 비판적 시각이 숨어 있을 것입니다. 금강산 관광의 성격 자체가 경제적 비즈니스의 범주 안에 국한되어 있다는 것이지요.

　이 : 저도 다녀와서 언론사에 금강산을 본 소감에 대해 글을 쓰기로 하고 갑니다. 〈현대〉 측의 금강산 관광 및 여타 개발 사업의 추진과 정부의 승인은 이른바 대북 개방 유도 및 햇볕 정책의 일환일 것입니다. 거기에는 거기대로 합당한 전제가 있겠지요. 그러나 제가 다녀와서 글을 쓸 때는 그 마음의 자세가 남달라야겠다고 생각하고 있습니다.

　적잖은 사람들이 우리가 북한을 지원하는 것이 북한 인민들을 위한 구휼의 명목으로 쓰이지 않고 군사 목적으로 전용되지 않느냐고 말합니다. 우리는 그러한 우려로부터 자유롭지 못하며, 따라서 맹목적으로 북한을 돕는 일이 결코 지혜롭지 않다는 반성을 하지 않을 수 없습니다.

　〈햇볕 정책〉이란 용어의 의미와 그 우의성(寓意性)에 대해서도 적절하지 못한 부분이 있습니다. 나그네의 외투를 벗기려는 바람과 해의 시합에 시험 대상이 된 나그네는 그들이 자신의 외투를 벗기려 하는 줄을 모르고 있지만, 북한은 이를 손바닥 들여다보듯이 알고 있습니다. 그럴 때의 〈햇볕〉이 따뜻하다는 성격만으로 북한의 외투를 벗길 수는 없지 않겠습니까?

　동서독의 경우에는 명백한 힘의 차별성과 우위라고 하는, 그야말로 적나라한 힘의 논리와 더불어 화해 및 협력의 방안을 익혀나갔습니다. 우리 남북한의 경우에는 그와 많은 부분이 다르며, 심지어 외부적 조력 없이 남북을 일대일로 비교했을 때 군사력에 있어 우리가 뒤지는 부분도 있을 터입니다.

　그런 만큼, 남북 관계의 모든 부면에서, 그리고 금강산 관광을 통해 북한을 관찰하고 판단하고 평가하는 데 있어서도 냉정하고 이성적인 시각이 필요하다 하겠습니다. 근래 북한을 다녀온 우리 사회의 소위 〈이름 있는〉 인사들이 무엇 때문인지, 다시 북한에 가기 위해 선지 아니면 무슨 눈치를 보아야 하는지 북한을 우호적으로만 쓰고 있는 것은 비판받아 마땅하다고 봅니다. 그런 점에서 저는 금강산을 다녀오는 그 전 과정에 있어서 북한의 응대하는 태도와 준비와 진행에 관해 본대로, 느낀대로, 부정적인 측면이 있다면 있는 그대로 쓸 참입니다. 그래야만 작가로서 제가 이 요란한 나들이에 동참하는 의의가 있지 않겠습니까?

　김 : 분단 시대에 있어서 한 사람의 지식인이, 또 한 사람의 작가가 북한 사회의 존재 양식을 바라보는 시각은 결코 가볍지 않은 중량을 가질 것입니다. 더욱이 이 선생님처럼 그것을 바탕으로 파급 효과가 큰 작품들을 생산해 온 경우에는 더욱 그렇겠지요.

　이를 여러 작가들의 공통된 관점을 포괄하는 방향으로 확대하고 그 공통점을 사적(史的)으로 통시적으로 정리해 보면, 곧 우리 분단문학의 줄기와 그것의 성격 변화를 추출할 수 있겠습니다. 분단문학에 관한 한 이 선생님의 『영웅시대』에서 「아우와의 만남」에 이르는 작품들이 변화하는 시대의 남북 관계에 대한 시각을 특징적으로 드러내고 있다고 생각합니다.

　『영웅시대』를 쓰고 나서 이선생님께서 ≪조선일보≫에 「달보다도 더 먼 북한」이란 짤막한 글을 쓰셨는데, 그것은 소설의 주인공 이동영을 북한으로 보내면서 북한에 대한 빈약한 정보로 인하여 그를 〈보통명사의 바다〉로 들여보내는 것 같았다는 실감 있는 진술이었습니다. 그에 비해 「아우와의 만남」에 이르면 북한이 지속적인 폐쇄 정책을 고수하고 있음에도 불구하고 오늘날 북한에 대한 우리의 정보 체계와 접촉 면적과 인식 유형이 격세지감을 느낄 수준에 이르렀음을 알게 됩니다.

　어쨌거나 남북 대치 상황이 반세기를 끌어온 우리에게 있어, 그 환경적 조건을 작품으로 수용해 온 우리 작가들에 있어, 분단문학이란 하나의 숙명적 굴레와도 같은 것이겠지요. 그러한 분단문학의 전개 과정을 바라보는 이 선생님의 생각은 어떠신지요?

이 : 『영웅시대』를 쓸 때 북한에 대한 자료가 부족했고 북한을 잘 몰랐던 것은 사실입니다. 나중에 고치기는 했지만, 소설 속에서 북으로 간 이동영이 1952-1953년 무렵 트럭도 아닌 기차를 타고 평양과 원산 사이를 오가는 장면이 있는데, 이는 전란 중의 파괴된 기간 시설을 염두에 두면 어림도 없는 일입니다. 아무튼 이러한 형편으로 북한에 대한 작품 내부의 서술을 시작했었습니다.

굳이 분단문학이 아니라 하더라도 문학은 전체적인 사회 현실에 대해, 내포적 인식의 기능을 가진 프리즘을 통하여 그 내부의 여러 요소들을 분광해 보는 작업이 아닐까요? 인위적 차단 장치를 넘어서 프리즘의 기능을 온전히 행사할 수 있을 때 문학의 자유와 가치가 있지 않을까요? 예컨대 햇빛은 겉보기에 투명한 무색이지만, 프리즘을 통과시켜 보면 선명한 일곱가지 색깔이 나타납니다.

그런데 제가 생각컨대, 우리 분단문학은 그처럼 색깔에 따른 단계적 구분이 가능할 것 같아요. 그리고 그것 전체를 모으면 분단문학의 총체적 의미가 형성되는 그런 색깔 말이지요. 저는 이와 같은 논리의 생각을 『변경』 제3부의 작품 속에 썼습니다.

분단문학의 첫 단계는 〈청색 시대〉가 되겠지요. 황순원의 「카인의 후예」처럼 북이 악의 대명사로 등장하는 시대 말입니다. 두번째 단계는 〈보라 시대〉라 할 수 있을 것입니다. 최인훈의 『광장』에서처럼 붉은빛을 배경으로 대비되어 비추어지는 남북 관계를 수용한 문학이라는 뜻입니다. 세번째 단계를 〈황색 시대〉 또는 〈주황 시대〉라 부를 수 있겠습니다. 주로 1970년대의 분단문학 작품들로서 유년 시절에 체험한 6·25에 대해 상당 부분 가치 판단을 유보하고 있는 작품들입니다. 그리고 마지막으로 〈적색 시대〉입니다. 조정래의 『태백산맥』이 나오고 빨치산의 수기가 맨 얼굴로 등장하는 시대의 작품들, 그래서 그 빨간색이 충격과 경이를 던져주던 시기를 말합니다.

분단문학이 우리 민족의 총체적 정신사 아래에서 온당한 균형 감각을 갖기 위해서는, 이제 청색의 문학과 적색의 문학이 한 자리에서 함께 논의될 수 있어야 한다고 봅니다. 『변경』에서 인철을 문학 지망생으로 설정한 것도, 이를테면 문학으로 획득할 수 있는 그러한 균형성의 시각을 확보하기 위한 것이라 해도 좋을 것입니다.

이와 같은 분단문학의 총체성 문제와 관련하여 최인훈의 『광장』이 돋보인다 하겠고, 타계한 작가 이병주의 『지리산』은 보다 신중하고 우호적인 재평가가 필요하다고 생각하고 있습니다. 항간의 주장처럼 『지리산』이 극우적인 주장만 담고 있다는 것은 작품의 한 면만을 주목한 결과가 아닐까 싶습니다.

4 체험으로서의 문학, 관념으로서의 문학

김 : 대다수의 작가들이 구성하고 있는 작품 세계를 보면 일정하게 특징적인 면모가 있고 그것을 그 작가의 창작 경향이라고 말합니다. 그런데 이 선생님의 작품들은 워낙 그 분량도 많지만 관심 영역도 다양다기해서, 그 작품 내부의 세계를 몇 가닥으로 구획하기가 쉽지 않아요. 오늘은 대략 이 선생님의 직접적이고 구체적인 체험을 담은 작품들과 그렇지 않고 지적 상상력과 관념적 세계관을 담은 작품들로 나누어 논의해 보았으면 좋겠습니다.

우선 체험적인 소설과 관련해서는 『그해 겨울』이나 『그대 다시 고향에 가지 못하리』가 성장기의 개인적인 상흔들을 담고 있다면 『영웅시대』나 『변경』이 모두 가족사의 음영을 담고 있지요. 『영웅시대』의 〈열이〉나 『변경』의 〈인철〉은 누가 보아도 작가 자신의 성격이 투영되어 있는 인물임을 알 수 있습니다. ≪세계의 문학≫에 『영웅시대』의 연재를 끝낼 때 작가는 그 말미에다 열이를 두고 〈그 아이는 자라 지금 이 소설을 쓰고 있다〉라고 적시하기도 했었습니다. 그 결미의 구절은 나중에 단행본으로 책이 묶일 때 빠졌습니다만, 그 어린 시절의 체험이 얼마나 깊이 작가를 강박하고 있었는지를 증명하는 폭입니다. 이 대목에서 월북한 부친 얘기도 좀 해주시지요.

　이 : 저의 분단 소설 또는 가족사 소설의 모티브가 되는 아버지는 성함이 이원철(李元喆)이었습니다. 아직 생사확인을 못하고 있습니다.

　소설에서 직접적인 체험을 표현하지 않는다고 하더라도 간접적인 체험 역시 체험입니다. 또한 직접적인 체험을 그대로 소설적 상황으로 차용할 수 없는 것이 대부분이기 때문에, 한 작가의 작품은 결국 〈체험〉과 〈창조〉의 혼합이 될 수밖에 없어요. 그래서 가끔 저는 이렇게 말합니다. 〈모든 소설은 자전적이다. 동시에 모든 자전은 소설적이다.〉

　전에 노르망디를 여행하게 되었을 때, 플로베르가 쓴 『보바리 부인』의 배경이 되었던 〈리〉마을을 방문할 적이 있었습니다. 안내인에게 가장 기념할 만한 장소가 어딘지 물었더니, 〈마을 전체〉라고 대답했습니다. 실상 그랬습니다. 그 마을 전체가 소설의 무대 그대로였고, 서구 사실주의의 대표적 작가로서 플로베르는 철저한 현실의 복사로서 소설적 배경을 활용했던 것입니다. 심지어 플로베르는 〈보바리는 바로 나다〉라고 술회할 만큼 그 사실성에 충실하려 했었습니다.

　플로베르의 예는 매우 특별하여 두루 통용되기 어려운 유형이지만, 작가들의 현실적 체험이 작품에 반영되는 그 상관성의 문맥을 보여주는 예증으로서는 매우 유효합니다. 작가는 그가 처한 시간적 공간적 환경과 직접, 간접 경험으로부터 결코 벗어날 수 없다 하겠지요.

274

김 : 이번에는 직접 체험과 거리가 먼, 지적 사유를 바탕으로 한 작품 얘기를 좀 해보지요. 이 선생님이 쓰신 종교 소재의 작품 가운데 기독교의 구원 문제를 다룬 장편『사람의 아들』이 있습니다. 그리고 제가 특별한 감동을 갖고 읽기로는 소설로 쓴 예술론「금시조」가 있습니다. 물론 이 작품들은 작가의 직접 체험과는 거리가 있습니다. 하지만 두 작품이 모두 우리 문학사에 수작(秀作)이 드문 지적 사상적 계보의 소설 가운데 중요한 지위를 점하고 있는 까닭으로, 몇 말씀 언급이 있었으면 합니다.

이 :『사람의 아들』을 처음에 중편으로 썼다가 나중에 장편으로 개작한 것은 알고 계시는 바와 같습니다. 헤브라이즘의 문화에 익숙하지 않은 우리 문화 풍토에다 1년이라는 짧은 기간의 준비로 기독교의 구원문제라는 절대 명제에 대든 것이, 시쳇말로 〈무식하면 용감하다〉에 해당하는 사태였어요. 더욱이 불교가 철저하게 논리적인 교리를 가진 반면, 기독교의 교리는 이성적인 논리로 납득되는 것이 아니지 않습니까? 지적 호기심에 충일하여 복음서와 서신서들을 읽으며 성서백과대사전, 신학대사전 등을 구비해 놓고 준비했었습니다. 유대인들이 〈야훼〉의 이름을 입에 올리는 방식 등에 관해 부분적인 실수도 있었습니다. 그것도 젊은 날의 열심이요 패기라면 그렇게 말할 수 있겠지만, 지금으로서는 그렇게 무모한 도전(?)을 감행할 수는 없을 것 같습니다.

「금시조」는 〈예술지상주의에 대한 믿음〉과 같은 기분을 되새기게 합니다. 예술지상주의만으로 소설이 될 수도 없고 저 자신이 그렇게만 소설을 써온 것도 아니지만, 그것이 문학을 대하는 태도의 하나가 될 수 있다는 생각은 여전히 변함이 없습니다.

김 : 근자의 우리 문학이 새롭게 체험하고 있는 것이 IMF의 시대적 상황입니다. 지난번 제2회 〈21세기문학상〉을 받은 중편,「전야 혹은 시대의 마지막 밤」이 바로 그 IMF 상황을 다룬 것이지요. IMF의

원인과 해결의 방안에 관해서 그간 많은 논란이 있었지만, 이것을 우리의 문화 전통과 정신사의 깊숙한 곳에서 재해석하고 새로운 내면적 활력의 교훈으로 증폭시키는 데는 세월이 조금 더 필요할 것 같습니다. 그렇기에 이 소설에는 선생님의 다른 작품들에서 발견하게 되는 범상하지 아니한 처방, 부연하여 말하자면 문제의 표층을 꿰뚫고 지나가는 듯한 느낌이 없습니다.

이 : IMF를 맞고 있는 이 시점이 〈전야〉에 해당하는지 〈시대의 마지막 밤〉에 해당하는지를 제목으로 질문한 것은 역시 그 의미가 아직 불확정적이기 때문입니다. 그러나 우리 사회의 여러 부면들, 심지어 남녀 간의 불륜 문제에까지 배어 있는 거품의 의미를 적출한다든지, 여기에까지 이른 사태의 책임이 동시대의 구성원 모두에게 있다는 논리를 강조한다든지 등은 치밀하게 예비했던 것입니다.

저로서는 IMF의 피해와 책임을 지나치게 단순화하여 특정한 누구누구를 단죄하고 끝낼 수 있는 것처럼 왜곡하는 시류에 반발의 뜻을 갖고 있었고, 이 소설이 우리들의 〈포괄적 책임〉을 대표적으로 전달하는 형식이 될 수 있을 것으로 생각했었습니다. 다만 그것을 소설적으로 구성하는 방식이 지나치게 연역적인 짜임새로 드러나지 않을까 걱정되었습니다.

5 지금 선 자리를 다지며, 다시 세계 무대를 향하여

김 : 지난달 제가 일본의 학술 심포지엄에 갔다가 메이지〔明治〕 대학에서 강연을 할 기회가 있었습니다. 그때 한일 문학의 관련성에 대해 얘기하면서 「장군과 박사」에 대해 언급했었어요. 그 대학 문학부 교수들과 대학원생들의 우리 문학에 대한 관심이 높았고 이 선생님과 이 선생님의 작품에 대해서도 잘 알고 있었습니다. 앞으로 작품

의 번역 등 해외 활동 계획에 대해 어떤 생각을 갖고 계신지요?

이 : 그동안 일본의 문학인들이 우리 문학을 문학 그 자체로 보지 않고 정치·사회적 문제와 관련시켜 보아왔고, 그것이 일본 지식인 사회에 하나의 관행이 되어왔었습니다. 일본에서 김지하나 황석영의 작품이 문학 외적 광휘로 치장되곤 한 것이 그 때문이었지요. 근래에는 이 관점이 많이 수정된 것 같아요. 그러나 아직도 일본에서 책을 낼 때는 서울에서 바로 동경으로 가는 것보다 뉴욕이나 파리를 거쳐, 다시 말해 미주나 유럽에서 마련된 평가 그리고 대리인을 거쳐 동경으로 가는 것이 더 효력을 발휘하는 실정입니다. 한일 간의 내실있는 문화 교류가 이루어지면, 그리고 앞으로 일본 문화 개방의 긍정적인 영향력이 나타나게 된다면 조금씩 달라지겠지요.

지금까지 해외에서 제 책이 출간된 수량은 프랑스 7권, 이탈리아 4권, 스페인 4권, 독일 2권의 순이고 일본은 저도 모르게 나온 책 1권을 포함하여 이제 3권이 됩니다. 우리 문학도 이제는 정말 세계 시장으로 눈을 돌려야 하고 그 눈을 바르게 떠야 하며 미리 대비하는 준비가 필요할 것 같습니다.

김 : 이 선생님의 작품이 번역될 때 걱정되는 것은 그 문장의 유려함이나 우리에게 익숙한 정서의 밑바닥을 두드리는 그 감응력이 온전히 전달되겠느냐는 문제입니다. 사실 이는 한국문학의 해외 소개에 있어 가장 근본적이면서 전반적인 문제이겠지요.

언젠가 이런 질문이 주어졌을 때, 즉 〈선생님의 작품이 계속해서 베스트셀러가 되는 이유 가운데 중요한 한 가지가 문장이 부드럽고 잘 읽히는 것이라고 생각합니다. 문장을 그렇게 쓸 수 있는 비결이라도 있습니까?〉라고 누군가가 물었을 때, 이 선생님은 웃으시면서 〈그것은 산업 비밀〉이라는 재미있는 답변을 하셨습니다. 혹시 그 〈산업 비밀〉을 한번 더 설명해 주실 수 있으실까요?

이 : (웃으며) 제가 3년간 대학 강단에 있을 때, 특히 진력하고 싶

었던 것이 문장에 대한 강의였습니다. 저는 지금도 독자들에게 제 글이 부드럽고 인상적으로 읽히길 기대할 때는 리듬에 맞추어서 씁니다. 우리에게 익숙한 리듬이란 3·4조나 7·5조 아니겠어요? 산문에는 리듬이 필요없다고 한다면 이는 틀린 말입니다. 또 어감의 선택도 중요하다고 봅니다. 예를 들어 〈꽝〉, 〈팍〉, 〈땅〉 등의 소리가 문장 속에 들어갈 때 그 의미에 있어서도 부드러운 느낌을 유발하기는 어렵지 않겠습니까?

김 : 세종대학에는 3년 동안 계셨지요? 적잖은 작가들이 대학에 자리를 잡은 다음에 작품을 못 쓰고, 또 마침내 대학의 자리를 박차고 나가는 모습을 보여주었습니다. 선생님의 대학 강단은 어땠습니까?

이 : 대학에 1984년부터 꼭 3년 동안 있었습니다. 작가라는 일 외에는 가르치는 일이 제게 잘 맞는 것 같아요. 제가 사범대학을 다닌 일 이외에도 중학교와 학원에서, 또 가정교사로 학생들을 가르친 경험이 많습니다.

대학으로 갔던 것은 문학을 보다 체계적으로 공부하고 강의하면서 내 문학의 논리화를 도모해 볼 수 있지 않을까 하는 생각도 있었고, 그 논리화가 일정 수준에 도달하는 순간 그 감옥에 빠지고 말 것이라는 우려도 있었습니다. 3년의 세월이 그 나름대로 뜻이 있었지만 작가로서의 길에 큰 도움이 되지는 못했습니다. 요컨대 그 기간 동안 거기에 온몸을 담그지 못하고 발목만 적셨다고 할까요?

김 : 그러나 일반적인 교수들이 강의하는 방식에 비해 아무래도 다른 점들이 많았을 텐데요?

이 : 국문과의 커리큘럼을 실용 위주로 재편성하려는 노력을 했고, 또 그렇게 강의하려고 애썼습니다. 국어야말로 그래도 가장 비싸고 가장 많이 팔리는 언어 아닙니까? 그것을 대학원에 진학할 10% 정도의 학생을 위해 지나치게 고정적인 틀에 얽어매는 일은 바람직하지 않다고 생각했던 것이지요. 문예 편집이나 방송 문예와 같은 실

전 과목들이 강화되어서, 국문과를 졸업한 학생들이 유관 분야로 진출한 다음 수습 단계를 거치지 않고서도 바로 실무에 뛰어들 수 있도록 해야 한다는 생각은 지금도 변함이 없습니다.

김 : 너무 오랜 시간이 흘렀군요. 이곳에서 살아가는 이 선생님의 삶은 어떨까요, 우리 시대의 〈변경〉에 해당하는 것일까요, 아니면 그 중심부와 연맥되어 있는 것일까요?

이 : 『변경』의 세 주인공 가운데 인철은 그의 주변 경험을 문학을 통해 진술하기로 하며 중심부로의 편입을 거부하게 됩니다. 문학을 주변 경험으로 한다는 데 반대할 분들이, 아니 기분 나빠할 분들이 계실지 모르겠습니다만, 문학은 주변부에서 중심부를 해석하고 평가하고 비판하고 교도할 수 있는 것이 아니겠습니까?

김 : 이 선생님의 가족은 어떠십니까? 소설에 형제들이 등장하고 있어서 독자들이 궁금해하는 부분입니다. 또 여기엔 누구누구가 함께 살고 계신가요?

이 : 우리 형제는 두 형님과 누님 그리고 여동생이 있습니다. 형님들의 성함은 묵(默), 연(然)으로 각기 외자이며 제 이름도 열(烈)입니다. 문열(文烈)은 필명인 셈이지요. 큰 형님은 시인 지망생이었고, 작은 형님은 지금도 소설을 쓰십니다.

우리 가족은 모두 이리로 옮겨와서 여기서 삽니다. 위의 두 아들아이는 대학생 이상이니 큰 걱정이 없으나 막내 딸아이가 지금 이천에 있는 고등학교를 다니고 있어요. 서울서 학교 다니는 아이를 전학시켰지요. 그래서 그 아이가 우리 집의 실세(?)입니다. (웃음)

김 : 이 선생님의 작품이 더욱 진척된 성과를 거두고 그와 더불어 우리 문학도 보다 유장한 경계를 열어갈 수 있기를 기원합니다. 긴 시간, 좋은 말씀, 감사합니다.

거대 담론의 숲과 미시 담론의 나무

　—임철우의 『봄날』
　—김이소의 『작별인사』
　—정길연의 『내게 아름다운 시간이 있었던가』

1 미시 담론의 시대, 거대 담론의 새 기력

1980년대에서 1990년대로 넘어오면서 우리 문학은 이념성의 시대를 마감하고 다원주의의 시대를 열었다. 이것이 어느 누구를 막론하고, 심지어는 이념적 근본주의자 자신들에게도 거침없이 통용되던 동시대 우리 문학의 정체성에 대한 평가였다. 우리 문학의 외형적 실상이 그러하므로 이 획일적이고 과감한 명제에 맞서는 반론을 제시하기는 쉬운 일이 아니다.

그러나 문학은 아무런 반성적 성찰도 없이 획일성의 늪으로 침윤하지 않는다. 겉보기의 외관이 그러할지라도 속살의 내포적 측면에서는 언제나 다른 씨앗을 보존하거나 다른 싹을 배양할 수 있기 때문이다.

한 시대의 내면 풍경을 드러내는 문학은 궁극적으로 역사적 통시성과 사회사적 공시성의 교직일 수밖에 없다. 어떤 대단한 패찰을 문전에 내건 문학일지라도, 그것이 산출된 수직적 상황과 수평적 상황으로부터 자유로울 수 없는 것이다.

이 두 상황 조건 가운데 어느 한쪽이 강화되어 나타난다 할지라도 다른 한쪽이 일방적으로 척출되는 경우는 있을 수 없으며, 다만 그 다른 쪽의 특성이 문학적 수면 아래에 잠복하고 있을 뿐이다.

1980년대를 이념적 거대 담론의 시대, 1990년대를 다원주의적 미시 담론의 시대라 호명하는 일은 곧 이 양자의 성격적 특성이 한쪽만 강화되어 있다는 설명과 다르지 않다. 1980년대적 상황에 따른 상대적 반탄력에 의해 여러 측면에서 1980년대와는 다른 다원주의의 시대적 성향을 촉발시켰던 1990년대의 문학을 유의하여 살펴보자면 이제 그 종반을 향해 치달리면서 양자 간 상거의 결락 현상을 점진적으로 소거해 가고 있다.

이는 곧 〈다양성의 미덕〉이라는 1990년대적 미시 담론 구호의 늪에서, 1980년대적 거대 담론의 잔영이 변증법적 지양의 행로를 따라 〈새움〉을 돋우고 있다는 인식에 근거한다. 물론 그 새움은 1980년대 본래의 시대성을 그대로 복사한다는 뜻이 아니다.

어떤 경우에도 과거의 문학적 전통과 냉연히 단절된 문학은 있을 수 없다. 과거와 현재 또는 미래의 문학이 상호 연관성의 문맥 아래에서 논거될 때, 그 영향 관계는 앞선 단계와 다음 단계의 양 방향으로 함께 작동한다. 미래의 문학은 과거의 문학에서 영향을 받지만, 과거의 문학 역시 미래 문학의 성격에 따라 그 위상과 가치가 부단히 교정된다. 일찍이 T. S. 엘리엇은 「전통과 개인의 재능」이란 글에서 이를 명료하게 밝혀놓았다.

분명 1990년대는 1980년대와 다른 문학적 성격과 그 소출을 생산해 왔다. 그런데 그것만이 1990년대 문학의 모두가 아니라는 것이다. 적어도 작품의 소재 선택에 있어, 발화 방법에 있어, 동시대의 우리 문학은 당대성을 가진 공시적 수평의 축에 못지않은 빈도와 수준으로 전 시대와 연계된 통시적 수직의 축을 가다듬어 내세우고 있음을 부인할 수 없다.

그런 점에서 이 글은 1990년대 그리고 세기말의 잔류 기간을 얼마 남겨놓지 않은 시점에서, 거대 담론의 통시적 역사성과 미시 담론의 공시적 현장성을 가진 두 부류의 소설 작품을 살펴보려 한다.

전자에 해당하는 작품은 다시 1980년의 광주 문제를, 정면으로 그리고 총체적으로 다룬 임철우의 역작 『봄날』이다. 후자에 해당하는 작품은 1990년대 후반의 그야말로 분절적이고 파편화된 삶 의식을 다룬 김이소의 『작별인사』와 정길연의 『내게 아름다운 시간이 있었던가』이다.

모두 5권의 단행본으로 된 임철우의 『봄날』은 그것이 광주 문제를 전면적으로 또 교과서적으로 다룬 첫 작품이라는 의의 외에도 그 출간 시점이 문학 외적 요인에 의해 절묘한 적기(適期)를 얻었다. 소위 IMF 시대로 일컬어지는 국가 부도 직전의 경제적 위기 상황은 잠잠히 숨죽이고 있던 거대 담론의 그림자를 현실의 밝은 빛살 아래로 이끌어내는 힘을 공여했다. 이를테면 다시 광주가 문제화되고 다시 거대 담론의 인식 구조가 펼쳐지는 사태가 그다지 어색하지 않은 형편에 이르렀다는 말이다. 여기에 한 유력한 작가의 혼신 공력이 집중된 작품의 성과가 이 시대에 이 작품을 거론하지 않을 수 없게 하는 것이다.

그런가 하면 1996년 『거울 보는 여자』로 〈오늘의 작가상〉을 수상하면서 화려하게 문단에 얼굴을 내민 김이소의 새 장편소설 『작별인사』와, 치밀하고 독특한 자기 체제를 간수하고 있는 정길연의 『내게 아름다운 시간이 있었던가』는 앞서 언급한 1990년대적 속성을 완강하게 끌어안고 있는 작품들이다. 그 미시 담론의 내면적 풍광에는 다른 세계를 향한 제휴의 손짓이나 스스로의 문학적 관행에 대한 반성의 여지는 전혀 없어 보인다. 거기에는 1990년대적 공시성의 주문(呪文)에 충실한, 작고 세미한 것의 예술성에 대한 확신이 충일해 있다.

전자에게서 우리는 문학의 한 숲을 볼 수 있고, 후자에게서 우리는 한 숲 속의 나무들을 볼 수 있다. 나무를 보고 숲을 보지 못하거나〔見木不見林〕 숲을 보고 나무를 보지 못하는〔見林不見木〕 편파성에 이르지 않도록, 우리 문학의 서로 이질적인 면모를 함께 쓰다듬어보자는 하나의 시도로 이 글을 쓴다.

2 역사적 비극, 그 통렬한 증언 —— 임철우의 『봄날』

임철우의 『봄날』을 읽고 평가하는 데 있어, 우리가 그것을 문학 텍스트라는 관점으로만 살피는 것은 불가능하다. 1980년 그 처참했던 저 남녘 광주의 문제는 세월의 경과와 더불어 역사의 갈피 속으로 침잠해 버릴 수 있는 것이 아니었다. 그렇기에는 그 통분과 원념이 너무도 컸고, 무엇보다도 그때 무고하게 피 흘린 피해 당사자들이 지금 우리 사회의 구성원으로 남아 있기 때문이다. 그런 점에서 광주 문제를 문학화한다는 것은 우리 시대의 가장 통렬한 역사적 삶에 직접적으로 다가선다는 의미를 갖지 않을 수 없다.

앞서서 『봄날』 출간의 〈절묘한 시점〉에 대해 언급한 바 있거니와, 이와 관련한 국내외적 상황 두 가지를 지적하자면, 하나는 **IMF** 시대의 전개요 다른 하나는 김대중 대통령 당선이다. 이미 언급한 대로 유사 이래 전례가 드문 경제 난국은 문학판과 문학의식에서의 거품도 걷어내고 상업적 소비 문화를 경원시하는 분위기를 조성했으며, 다시 리얼리즘 문예론에 입각한 문학적 전망을 되살리는 기능을 수행했다. 네번째 도전 끝에 대통령에 당선된 한 정치인의 인생 역정은 광주 문제와 관련해서는 그 파장이 만만치 않다. 그가 이 문제의 피해자들을 상징적으로 대변하고 있기 때문에 그러하고, 동시에 그를 정치적 최고 지도자의 자리에 밀어올림으로써 오랜 연륜을 묵힌 정신적 피해의식이 일부나마 해소될 수 있기 때문에도 그러하다. 차제에 광주 문제를 제대로 증거할 수 있는 문학적 성과가 생산된 것은 경향의 이목을 집중시킬 화제의 탄생이 되는 셈이다.

그런 만큼 이 작품에 걸리는 하중은 양면의 성격이 있다. 작가의 각고면려가 각광을 받을 수 있는 기회이면서, 그러한 집중적인 부하를 견디지 못할 때 작품이 여지없이 폄하될 수 있는 위험 부담이 함께 작용하기 때문이다. 필자가 이를 유념하여 읽어보기로는, 다행스럽게도 이 작품이 상기의 상황 논리에 따른 하중을 충분히 감당할 수 있을 만큼 탄탄한 힘을 저장하고 있었다.

이 소설의 저력은 작가 임철우의 체험적 기록이라는 사실에 빚지는 바 크다. 1980년 5월 작가는 스물여섯 살의 대학 4학년생이었고, 그 비극적인 사태의 현장에 있었다. 그로부터 17년이 지난 지금, 작가는 그 도시의 사람들이 여전히 그러하듯 그때의 공포와 분노를 고스란히 기억하고 있다. 작가라는 이름을 얻었기에 그날을 동시대 사람들에게 정확하게 이야기해야 할 의무가 있음을 받아들이고, 그는 10년 세월을 여기에 매달렸다.

이 소설은 사태의 전체적인 흐름을 따라가면서 핵심적인 사건과 사실을 작은 단락들로 부각시키는, 〈일종의 모자이크 수법〉을 사용하고 있다. 그래서 85개의 장에 50여 명의 인물이 등장하는 장대한 규모에 이르렀으며, 그것을 시간의 순차적인 흐름에 따라 체계적으로 조합해 나갔다.

이 비좁은 난에서 이처럼 무거운 작품의 의미를 모두 말하기는 어려운 일이로되, 핵심적인 몇 개의 논점을 적출하자면 그것은 총체성·기록성·비극성·진정성이 되지 않을까 싶다.

총체성이 이 작품의 값어치 가운데 가장 전면으로 나서야 할 이유는 지금껏 〈광주〉를 그린 적잖은 작품들이 있었으나 모두 사태의 진면목을 드러내는 데 미치지 못하였고, 그 일이 더 이상 미루어지다가는 자칫 망각의 늪으로 가라앉아버릴지도 모르는 시점에 이 작품이 세상에 나왔기 때문이다. 그동안 〈광주〉를 탁월하게 묘사한 작품으로 일컬어져온 홍희담의 「깃발」이나 최윤의 「저기 소리없이 한 점 꽃잎이 지고」는 이제 더 이상 무리한 몸짓으로 〈광주〉를 떠받들지 않아도 되게 되었다.

이 소설은 분단 문제를 다룬 『붉은 산 흰 새』의 연장선상에서 시작하고 있으며, 부분적으로 분단 문제와 광주 문제가 역사적 삶의 비극성이라는 공통점이 있음을 환기하고 있지만 역시 분단 문제는 여기서 부차적인 항목이다. 다만 상기 작품에 나오는 중심인물 한원구가 그의 세 아들인 한무석, 한명치, 한명기로 하여금 광주 5·18 항쟁을 각기의 시각으로 통과해 가도록 그 서막의 문을 열어놓는다.

요컨대 『봄날』은 각기 시민군, 공수부대, 대학생으로 역할을 분담하는 이들 삼형제의 눈을 통하여, 이 엄청난 유혈 사태를 입체적으로 조명하려는 시도에 해당된다. 큰아들 한무석은 시민군에 합류했다가 마지막 날 도청에서 사살되고, 둘째아들 한명치는 공수부대 하사로 광주에 투입되어 부대 내 상황을 진술하며, 막내아들 한명기는 전남대 1학년생으로 〈투사회보〉 팀에서 일하다가 마지막날 시내에서 탈출한다. 따라서 소설의 에필로그는 그의 시각으로 기술된다.

다시 말하자면, 이러한 총괄적이고 입체적인 시각이 아니고서는 〈광주〉를 온전히 설명하기 어려울 수밖에 없다. 그 외에도 경찰, 현지 주둔군, 성직자, 언론인들의 관점을 전지적 작가 시점으로 서술함으로써 작가는 있을 수 있는 서술적 누수 현상에 대해 최대한의 방벽을 쌓았다. 또한 시위대 내부에서 한국의 인권 문제가 미국 안보 문제의 하위 개념임을 제기하게 함으로써, 이와 관련된 국제적 정치 역학에도 검증의 손길을 보내고 있다. 이 모든 서술의 방향과 작가의 의도를 우리는 총체성의 획득이라는 이름으로 부를 수 있다는 것이다.

기록성에 관해서는 여기서 구태여 길게 설명할 필요가 없다. 역사적 사실성에 대한 충실을 기본 전제로 하고 이 큰 작품이 서 있기 때문이다. 그리하여 등장인물 가운데는 많은 실명이 등장하고, 가명일 경우에도 중요한 인물들이 모두 그 실제 모델과 비슷한 이름을 갖고 있다. 일찍이 복거일이 『비명을 찾아서』에서 시도한 바이고, 상관성이 있는 소설 외적 에피그램을 통하여 사실성과 현장성을 강화하는 방식도 매우 효과적이다.

이 소설이 참담한 죄악의 역사와 그것이 끌어안고 있는 형언할 수 없는 비극성에 대해, 역사적 소명에 의한 증거 자료로 쓰여졌음은 더 강조하지 않아도 좋을 것이다. 일상적 차원을 넘어서지 아니한 환경이 어느 날 상상할 수 없는 살육의 현장으로 급전직하하는 상황을 두고, 〈비극적〉이라고 말하는 것은 절실한 감각이나 인식을 촉발하기 어렵다. 그것은 구체적인 이야기로 들리지 않으면 안 된다. 작가 임철우는 바로 그 이야기꾼의 몫을 감당하려 했다.

이상의 총체성, 기록성, 비극성이 연합하여 마침내 이른 곳은 사태의 진정성이다. 역사의 진실은 밝혀져야 하고, 그 많은 눈물과 통한, 상처와 아픔이 분별없이 잊혀져가는 세태에 적어도 무엇이 사실이었으며 진실이었는가를 확정해야 한다는 의식이 이 소설의 근본적인 의도이기 때문이다.

사태의 발생 원인과 배경에 대해 작가는 영국의 크롬웰을 예화로 들면서 당시 전두환 신군부의 파워 시위가 확대 발전된 것으로 추론하는 등 몇 가지 관점을 내놓고 있다. 그로부터 전개된 사건의 구조가 근원적으로 무엇을 의미하는지 지속적으로 질문하고 있다.

동시에 작가는 그처럼 극악한 형편에 처하여서도 마르지 않은 훈기, 인간과 군중의 아름다움, 민중의 힘과 잡초 같은 생명력을 처처에 매설하는 것을 잊지 않았다. 이 점이 바로 인본주의적인 태도로 금세기 최대의 비극을 검색해 나간 그의 작업이 세간의 신뢰를 모으는 요인이다.

물론 이 작품에는 적지 않은 단처가 있다. 사실적 기술과 증거의 제시에 대한 강박관념으로 인하여, 이야기의 재미가 퇴색하고 소설적으로 구조화되는 측면이 취약하다. 또한 삼형제의 분할된 시점과 더불어 각기의 인물이 작품 내부에서 자발적 추동력을 얻어 생동감을 갖도록 하는 데에도 아쉬움이 있다.

그러나 이런 흠집은 이 작가가 10년의 공력으로 우리 현대사의 가장 아프고 민감한 사건을 소설로 정리했다는 사실에 비추어보면 미소한 것일 따름이다. 임철우는 그의 『봄날』과 함께 큰 박수를 받을 자격이 있다.

3 개별적 삶의 동통, 그 치열한 실존
—— 김이소의 『작별인사』, 정길연의 『내게 아름다운 시간이 있었던가』

김이소의 『작별인사』와 정길연의 『내게 아름다운 시간이 있었던가』는 소설이 전달하고자 하는 메시지에 중점을 두지 아니한다. 이들은 소설을 소설이 되도록 하는 기법이나 문체 등 제작 과정상의 요소만으로도 충분히 좋은 작품을 이룰 수 있다는 사실을 보여준다. 요컨대 이 두 작품에서 핵심이 되는 것은 〈무엇을 What〉이 아니라 〈어떻게 How〉이다.

기실 〈어떻게〉의 요소가 강화되는 것은 1990년대 우리 문학의 외형적인 속성이었고, 특히 그 정체가 불분명한 채로 널리 사용되었던 〈여성 문학〉이란 용어의 성격적 특성을 대변하고 있기도 하다.

작가가 한 개인이나 개별적 존재의 내면을 흘러가고 있는 고통스러움이나 허망함, 은밀한 사유나 존재론적 인식 등속을 사소설적인 형태로 풀어놓을 때, 우리는 1990년대적 소설의 유형, 분절적이고 파편화된 세계관을 만나게 된다. 김이소와 정길연의 소설은 바로 그러한 유형에 속한다.

그러므로 왜 이와 같은 소설이 씌어지며 그것이 어떤 의의를 갖는가를 따져보는 일은 동시대에 참으로 많이 산출된 이러한 유형의 작품들과 더불어 동시대의 우리 소설이 미시적 삶의 구체적인 실상에 어떻게 응대하고 있는가를 살피는 작업이 된다.

어느 누구도 이 작은 세계의 가치와 효용성을 평가절하할 수 없다. 어쩌면 문학작품의 예술적 아름다움은 작은 것들의 세계 속에 있는지도 모른다. 손으로 제목과 작가의 이름을 가리면 그 유동 범주가 그만그만한 작품들이 임립(林立)한 가운데서 김이소와 정길연의 소설을 선택하여 자세히 들여다보려는 것은 이들이 보여준 〈작은 것의 아름다움〉이 충분한 설득력을 갖고 있기 때문이다.

김이소는 1996년 『거울 보는 여자』로 제20회 〈오늘의 작가상〉을 수상했고, 『칼에 대한 명상』(1995) 및 이번의 『작별인사』를 포함하여 지금까지 모두 3편의 장편소설을 썼다. 단편이나 중편으로 시작해서 일정한 수련의 단계를 거친 다음 장편에 대어드는 것이 통례로 되어 있는데, 김이소는 그러하지 않았다.

그의 『거울 보는 여자』를 일별해 보면, 그 이유를 쉽게 알아차릴 수 있다. 이 이름 있는 문학상 수상작에는 경쾌하고 속도감 있는 문장, 언어의 조합과 동어반복의 묘미, 지식인의 허위의식 또는 문화 계급간의 괴리를 외관 및 분위기를 통해 드러내는 방식 등 유다른 소설적 특징들이 잠복해 있다. 단정하여 말하자면 이 작품의 강점은 문장이나 기법, 곧 소설 구성 요소들이 자발적 생명력을 갖도록 하는 데 있다.

그러므로 그에게 있어 장편은 소설의 분량에 관한 통상적인 구분의 개념이 아니다. 마찬가지로 다른 두 작품 역시 삶의 전면적인 총체성을 추구하는 장르로서의 장편이 아니라, 한 개인의 고통스러운 내면을 충분히 토로할 공간을 확보한다는 의미 이상이 아닌 것이다.

『작별인사』 또한 장편의 분량이지만, 그 서사 구조 자체는 단출하다. 김경우라는 이름의 한 여자아이가 처녀의 나이에 이를 때까지, 가슴속 깊은 곳에 얼마나 웅숭깊은 슬픔을 안고 살았는가, 그 아픔의 강도가 어떠했는가에 대한 기록일 뿐이다. 오빠의 죽음과 아버지의 파산으로 유복하던 환경이 최악의 상태로 변하고 산촌 오지에 가서 살게 되는데, 그녀의 마음 가운데 따뜻한 자리에는 오빠를 닮은 어린 시절의 남자아이 하나가 끝까지 남아 있다. 마지막 대목에서 그녀는 어른이 된 그를 만나고 어릴 때 하지 못한 〈작별인사〉를 완성한 다음 죽는다.

이 소설에서도 여전히 동어반복 현상이 일어나고, 힘들 때마다 그녀가 머리를 두드리는 행위의 반복 동작도 볼 수 있다. 그러나 이런 반복이 전혀 지루하지 않다. 빠른 물살처럼 흘러가는 문체, 연극 대본처럼 짧은 단락들로 구성된 서술의 진행 따위도 그러하지만, 작가 자신이 자신의 소설적 가치를 바로 그 서술의 과정 자체에 두고 있고 그것이 독자들에게 용이하게 교감될 만큼 넉넉한 힘이 있기 때문이다. 물론 소설을 보는 각도를 바꾸어 소설 위에 사회사적 의미의 그물을 던지려 한다면 이 소설은 크게 대꾸할 말이 없다.

정길연의 『내게 아름다운 시간이 있었던가』는 그런 점에서는 김이소보다 한발 앞서 나가 있다. 그것은 이 소설이 현실에 대한 의견으로서의 소설적 의미 구축에 충실하다는 뜻이 아니라, 소설 구성 요소들을 활용하여 이야기의 줄기를 형성하는 데 있어 김이소보다는 더 현실성에 무게를 두고 있다는 뜻이 된다.

이 소설은 위연이라고 하는 여주인공을 중심인물로 하여 그녀의 남편, 그리고 막일을 하는 기조라고 하는 남자 등 세 사람의 상관성에 관한 이야기이다. 위연은 남편보다 먼저 리조트 오피스텔에 도착했고 남편을 기다리지만 그는 오지 않는다. 그러한 그녀를 오피스텔의 외벽 유리창을 닦던 기조가 발견하고, 두 사람은 급속하게 가까 워진다. 작가는 이들 세 사람의 관계를 통해 두 가닥의 어긋난 삶을 도출한다.

먼저 위연과 남편과의 관계는 돌이킬 수 없는 강을 건넌 사이이 다. 그것을 짐작하면서 남편을 기다리지만, 남편은 그 사이에 회사 에 피해를 끼치고 외국으로 날아갔다. 거기에는 적잖은 밑그림이 이 미 깔려 있는데, 남편의 집안과 경제적·환경적 차별이 극심한 것도 그 그림 가운데 하나이다.

마지막 대목에서 위연이 그 남편의 모두를 잊을 수 있기를 〈내원〉 하는 것은 그 남편만이 아니라 자신을 둘러싼 세계 전체를 향한 폐 관과 단절의 선언이다. 한 편의 소설이 이토록 쓸쓸한 종막을 고하 는 지점까지 증폭될 수 있다면, 그것은 만만치 않은 소설이다.

다음으로 위연과 기조와의 관계는 외면적인 형식으로 보자면 김 이소의 『거울 보는 여자』에서처럼 지적 수준의 차별성을 가진 두 남녀의 만남에 해당한다. 그러나 김이소가 영원한 평행을 이루는 부 동의 괴리감을 돌출시켰다면, 정길연은 상처 입은 영혼끼리 만나서 나누는 심적 교통, 더 나아가서 그러면서도 혼연한 합일로 발전할 수 없는 그 중층적 사회성의 잣대를 부각시켰다.

김이소와 정길연의 소설은 문학에 있어서의 이념적 쟁점이 사라 지고 지배적 가치에 대한 저항 정신의 효력이 퇴색해 버린 시대, 다 양성과 다원주의의 익명성이 미덕으로 통하는 시대의 문학을 증거 한다. 그들의 주인공은 군중 속에 묻혀 숨어 있는 사람들, 그러나 그 스스로는 누구보다도 예민한 정신적 상흔을 영혼 가운데 새기고 사는 사람들이다. 그리고 그들은 곧 우리 주변의 사람이며 어쩌면 우리 자신의 모습이다.

임철우의 『봄날』을 깨어 있는 정신으로 읽어야 하는 것이 이 시대 가 우리에게 부하한 소임이라면, 김이소와 정길연의 소설을 통해 시대적 삶의 구체적 존재 증명을 받아들이는 것 또한 우리의 몫이다.
그 숲과 나무를 함께 아울러야 하는 자리에 지금 우리는 서 있다.

우리 시대의 새로운 모험주의
——천운영의 『바늘』

1 그 소설들의 지위, 새로운 언어와 의미의 풍속도

새로운 세기의 서막을 연 그 첫 해 말미에, 천운영이란 한 젊은 여성 작가가 『바늘』이란 첫 창작집을 들고 우리 곁에 나타났다. 같은 제목의 단편소설로 신춘문예를 통해 등단한 지 이태 조금 못 미치는 기간이다.

이 작가는 신예로서는 드문 일이라 할 만큼 〈예외적 작가〉, 〈새로운 리얼리티〉 등의 언사로 치장된 적잖은 주목과 찬사를 받고 있으며, 그것은 〈새로운 세기의 소설이 어떤 모습으로 갈래지어질 것인가〉라는 보다 큰 부피의 질문과 그의 소설이 맥이 닿아 있는 형국으로 설명되고 있다.

기실 앞으로의 우리 소설이 어떤 경계를 열어갈 것인가라는 문제는 논의만 무성했지 실체적 결정론으로 제시될 수 없는 것이었다. 구체적인 작품으로 제시되지 아니한 논리의 공소함이 여기서인들 별다른 도리가 없었던 셈이다.

그러나 그런대로 지난 세기의 한때를 풍미했던 리얼리즘적 세계관이나 형식 실험 또는 문체론적 창작 방식은 더 이상 지속적 효용성을 갖기 어려울 것이라는 인식의 공유가 대체로 설득력을 얻고 있었던 형편이었다. 그런데 천운영의 새로운 작품 세계는 여기에 하나의 답안이 될 자질을 갖추고 있으며, 그것이 필자가 그를 특히 주목하는 사유에 해당한다.

그의 소설은 전통적인 사실주의의 경향과 새로운 방식으로서의 실험적 정신을 모두 갖추거나 혹은 모두 갖추지 않았다. 이를 한 번 더 풀어서 말하자면, 그의 소설은 사실성과 실험성을 발전적으로 통합하여 새로운 서사 전략과 그 성과를 걷어들이는, 그 유다른 체험을 우리에게 선사한다는 뜻이 된다.

그보다 한 시기를 앞당겨 등단하여, 활달하고 거침없는 상상력과 유려하고 미끈거리는 문장력으로 세기말의 도시적 감수성을 날카롭게 들추어 보이던 신경숙, 은희경, 윤대녕 등 일련의 작가들이 있다. 그에 비하면, 천운영의 소설은 전통적이며 안정적인 이야기 구조 위에 있다. 그의 소설은 필요 이상으로 들뜨거나 튀지 않는다. 심지어 적확하고 예리한 문체마저도 다시금 곱씹어야 제맛이 나는 중의적 성격이 있다. 그는 분명 소설적 사실성의 등뼈에 충실하려 했다.

반면에 그의 소설적 실험성이 민감한 촉수를 내밀고 있는 영역은 언어의 유희에 있는 것이 아니라 의식의 모험주의에 있다. 즉자적 폭발력을 지닌 듯 위태로워 보이면서도 그것이 의식 내부의 불꽃으로 갈무리되고 있는 등장인물들의 문제는 그 해법이 의식의 울타리 안쪽에 숨어 있다.

우리는 일찍이 이와 유사한 정신적 모험주의의 작품 세계를 목도한 바 있다. 왜 있지 않은가. 서영은의 「먼그대」에 등장하는 〈문자〉의 이미지를 떠올려보라. 사막을 건너는 낙타의 결연한 이미지를 끊임없이 자기 자신 속에서 발굴하고, 그로 인해 오히려 실존적 고통을 즐기는 듯한 캐릭터를 지녔던 그 문자의 이미지 말이다.

천운영 소설에 등장하는 인물들은 한결같이 그러한 정신적 고투를 실존의 극점까지 밀고 나가는 기괴함으로 그늘지고 얼룩져 있다.

그런데 그것이 소설의 음습한 지반을 깊게 형성하면서, 이 부박하고 정처없는 세대에 소설이 울릴 수 있는 겁주기와 깨우치기의 종소리가 된다면 이를 어찌할 터인가.

그런데 리얼리즘 시대의 잔광이 홍왕하던 시절의 서영은이 한 개인의 심정적 풍향에만 초점을 맞추어도 무방했다면, 천운영은 그 경우가 조금 다르다. 그는 당대의 문화적 상황과 그 변동의 진폭이 규율하는 환경적 조건을 임의로 넘어설 수 없는, 이를테면 훨씬 복잡한 리얼리티를 배경으로 소설을 쓸 수밖에 없다. 리얼리즘 시대의 미덕이 역사의 언덕 너머로 이울고 만 지금, 그 누가 사실성의 문제를 실험성의 문제와 결부하여 소설화할 것인가.

우리가 천운영을 주목하는 것은 아직 연천한 그의 소설적 경륜으로 바로 그 변화한 세대의 〈문학적 지구〉를 떠멘 시지프스의 포즈를 자처했기 때문이다. 물론 그것이 얼마나 성공적이냐는 별개의 사안이지만, 그렇게 시작하는 한 젊고 패기만만하며 한편으로는 신중한 이 작가를 이 시대의 〈예외적〉 사례라 호명하는 데에는 동의하지 못할 이유가 없어 보인다.

2 〈예외적〉 인물들, 그 웅숭깊은 내면의 빛과 어둠

천운영 소설의 주인공들은 한결같이 여자들이다. 그 여자들 가운데 젊고 예쁜 데 관심이 있는 인물은 단 한 명도 없다. 심지어 「숨」이나 「행복고물상」이나 「유령의 집」에서처럼 나이 많고 흉물스러운 여자가 소설의 중심에 버티고 서 있는가 하면, 「월경」이나 「등뼈」나 「포옹」에서처럼 치명적인 신체적 결함을 끌어안은 채 나타나고 있다. 설사 그렇지 않다 할지라도 「바늘」이나 「눈보라콘」이나 「당신의 바다」의 경우는 종잡을 길 없이 깊고 어두운 자신 또는 타인의 내면에 눈길을 던지고 있는 여자들을 앞세운다.

왜 그러할까? 이 단도직입적인 질문에 대한 대답은 곧 천운영 소설의 존재 방식과 그것이 지닌 장점을 요약하는 것으로 될 터이며, 이 대답이 수긍할 만하다면 우리는 그의 소설이 지닌 값어치를 납득하는 것으로 될 터이다.

동시에 우리가 그의 소설들을 읽어나가면서 유의해야 할 것은 그 웅숭깊은 내면의 어둠이 어떤 유형으로 매설되어 있으며 그것의 의미망이 무엇을 포획하고 있느냐는 점이다. 과연 단지 〈어둠의 자식들〉을 생산하는 것이 이 소설들의 본령일 것인가.

성급히 답부터 내놓자면, 그렇지 않기 때문에 그의 소설들에 뜻이 있다. 어둠의 세계는 항상 그 상대적 측면을 준비한다. 이는 밝고 어둡다는 단순한 이분법적 구분에 근거해 있는 것이 아니다. 천운영 소설의 강점은 어둠의 극단이 내포하고 있는 멸실의 예감과 그로 인해 떨고 있는 영혼의 울림과 같은, 어둠 그 내부에서 솟아오르는 힘, 요컨대 모든 거품을 헤치고 마침내 도달한 맨 밑바닥에서 세차게 되돌려지는 반탄력 같은 것이다. 그러할 때 어둠 그 자체가 오히려 빛의 방식으로 전환되는 유현한 소설적 방정식이 그 가운데 있다.

「숨」의 할머니는 손자를 대하는 여느 할머니의 정서를 전혀 갖고 있지 않다. 소의 생육을 만지며 살아온 생애에 걸맞도록 동물적 본능이 팽배해 있는 그로테스크한 육친으로서의 할머니이다. 오히려 인간적인 나약한 마음을 보여주는 이는 화자인 그 젊은 손자이다. 「행복고물상」의 마흔 살 먹은 〈아내〉는 주기적으로 남편을 구타하는, 맹수의 이미지를 느끼게 하는 여자이며, 〈독골할멈〉은 그에 못지않게 옹골차고 집요한 노인이다. 「유령의 집」의 〈그녀〉는 어떤가. 이들보다 전혀 덜하지 않다. 그녀는 그야말로 자기가 매표소를 지키는 유령의 집 내부의 유령 역할을 맡아도 무방할 수준이다.

이 여자들을 거느린 천운영의 소설은 무엇인가. 도대체 무엇을 하자는 것인가. 잘 관찰해 보면, 이 나이들고 추하고 편집증적인 여자들은 하나같이 자신의 역할에 충실하다. 단 한 번도 그 역할에 대해 회의하거나 주춤거리는 법이 없다. 이 여자들의 상황은 실제로 존재하는 많은 그와 같은 여자들의 상황을 특히 심리적으로 강력하게 반영하고 있다. 그것은 이 작가가 이 여자들을 통하여 현실적 고통스러움의 정체와 그 깊이를 매우 독창적으로 체현하고 있다는 설명과 다르지 않다.

「월경」의 여자는 〈스무 살〉 어린 나이이나 그 몰골과 생각 모두가 늙은이의 온갖 굴곡에 필적한다. 호르몬 이상으로 인한 극심한 신체적 결함과 더불어 다른 사람들, 특히 자기 부모를 냉소적으로 응시하는 당돌한 시각을 내보인다. 「등뼈」의 여자는 뼈가 유난히 도드라진 병적인 외형을 가졌으며, 상대역인 남자에게 이상한 열기를 가진 병균으로 가득 찬 벌레처럼 느껴지곤 했다. 「포옹」의 여자는 곱사등이이다. 짐짓 부풀린 옷이나 긴 머리로 이를 감추려 해도 그 운명론적인 〈몸〉은 끝내 여자의 삶을 곤두박질치게 한다.

이 불구의 여자들은 그 결함을 감싸안은 채 혼자만의 천형으로 침잠하지 않는다. 그들에게는 가까운 상대역이 있고 그들과의 관계성을 통해 결함의 통증이 더욱 크게 증폭된다. 그러한 아픔의 확장과 전이를 통하여 결함의 실체가 더욱 선명하게 각인되어 온다.

「월경」의 여자는 풍성한 여자인 〈은하수 계집〉에게, 「등뼈」의 여자는 요추가 어긋나는 동거 남자에게, 그리고 「포옹」의 여자는 청도 출신 여자에게 각자의 무거운 짐을 나눈다. 이것은 이를테면 곤궁하고 빈핍한 자들이 서로의 체온을 나누는 방식과는 다르다. 이때의 고통은 상대방의 것인 동시에 자기 자신의 것이다. 고통의 향연에 동참한 동역자로서 각기의 위상이 유사할 뿐, 동질감의 확인을 통한 인간애의 각성이나 회복 따위의 수순은 당초에 없다. 그런데 이보다 더 그와 같은 고통스러움의 강도를 완강하게 표현할 수 있을까.

남아 있는 「바늘」과 「눈보라콘」과 「당신의 바다」의 여자들을 다시 검증해 보자.

음울하고 신산스러운 가족사, 가망없이 질척거리는 마음으로 붙들고 있어야 하는 현실적인 삶이 이 여자들 앞에 펼쳐져 있다. 남자의 몸에 문신을 뜨는 「바늘」의 여자는 결코 그 어머니로부터 자유롭지 못하다. 「눈보라콘」에서 점집을 하는 어머니, 또는 보조 이발사인 아버지의 자식은 그 어머니 아버지로부터 대물림된 삶의 형질을 벗어날 길이 없다. 남편의 정신적 외상 앞에 속수무책인 「당신의 바다」의 아내에게 또한 무슨 다른 선택이 있겠는가.

천운영은 이들을 그 소설의 구릉이 형성한 단애 밑으로 던져두기를 서슴지 않았다. 작가는 그 인물들을 내버렸으며 일견 조금의 애정도 보여주지 않는 듯하다. 그러나 어찌 모르겠는가. 그 한 인물을 그려내면서 작가가 쏟았던 애정이 그처럼 냉혹한 버려두기의 방식이라면, 그 척박한 땅에서 각기의 인물들이 자기 음색으로 소리를 내고 자기 빛깔로 옷 입고 나타날 것을 기다리는 작가의 애정이 어딘가에 잠복해 있다는 것을.

어쩌면 그것은 작중 인물에게 능동적 에너지를 부여하는 훌륭한 방책인지도 모르겠다. 특히 이와 같은 성격의 인물들에게는. 미상불 작가는 우리가 그들에게 허여하는 불규칙한 관심을 노리고 있었으며, 그 값싼(?) 관심의 인화성과 더불어 그들의 캐릭터가 생생하게 타오르기를 기다리고 있었는지도 모른다.

3 체험소설의 발화 방식과 중층적 구조의 설득력

작가가 직접 체험한, 또는 체험을 찾아 직접 발로 뛴 소설이 저 1980년대 부근의 거대 담론 시대에나 가능한 것이 아니었다. 〈사람

사는 곳마다 청산이 있다〉는 옛말처럼, 소설 가운데 공여될 수 있는
체험적 사실이란 어느 시대에나 그 방식을 달리하며 존재할 것이다.

천운영은 남다른 노력으로 그 체험의 현장을 찾아 다녔다. 문신,
도살, 곰장어 잡기, 심지어 출판사 교정일까지 그가 서술의 전문성
을 보여주는 대목들은 하나같이 자신이 현장 체험을 한 것들이다.
때로는 부라보콘이 출시된 해가 언제이며, 전국적으로 쥐잡기 열풍
이 분 해가 언제인지도 조사해야 했다. 이러한 체험적 기반을 다진
소설의 이야기들은 단숨에 독자들의 신뢰를 얻어내는 효력이 있다.

이 작가는 알고 쓰는 것과 모르고 쓰는 것의 차이를 잘 알고 있
었다. 그리고 그것은 그에게 있어서 하나의 전략이 아니라 작품을
쓰는 태도의 근본에 해당하는 것으로 보인다. 일찍이 키플링이 바
다의 어둠을 묘사하기 위하여 잠수복을 입고 바다 밑으로 들어갔
던 일을 문학사가들은 작가 정신의 귀감으로 간주했었다.

천운영은 거의 모든 소설에 비정상적인 인물과 일탈의 의식을 흩
어놓았다. 그것은 구체적 현실과 갈등 및 길항을 일으키며, 우리 삶
이 가진 중층적 구조의 층위를 환기시킨다. 간혹 이 갈등 구조가 너
무 거세어서, 「포옹」 같은 작품에서 나타나는 만남의 우연성 같은
것이 별반 문제가 되어 보이지 않는 경우도 있다.

그것은 작가로서는 하나의 강력한 저력이다. 그의 중층적 구조가
가진 대립항 사이의 긴장 관계가 선명할수록 소설적 설득력은 확대
된다. 때로 날선 칼질로 뼈마디의 육질을 벼리어내듯 정확하고 날렵
한 문체는 또 다른 저력이다.

하지만 이러한 여러 장점들을 복속시킨 채 그가 정녕 이 시대의
새로운 모험주의를 지향하는 작가로 돌올해지기 위해서는 여러 과
제가 있다. 아직 신예의 작가로서 지나치게 빨리 그 작품 세계가 고
정화되는 것은 바람직하지 못할 터이다. 〈세익스피어는 백만 인의
성격을 지녔다〉라는 말이 있지 않는가. 굳이 여러 유형의 인물, 여

러 채색의 이야기들, 여러 방식의 구성 기법들을 두루 탐색하고 시험할 필요는 없겠지만, 섣불리 자기 세계에 정착하는 안일함은 피해야 할 것이다.

그리하여 이 새로운 정체성을 깃발처럼 매단 그의 소설과 더불어 새로운 세기, 새로운 리얼리즘의 길이 시발될 수 있게 되기를, 그가 공들여 생명력을 불어넣은 예외적 인물들과 더불어 작가 자신 또한 장차에 존중받는 예외적 작가로 자리매김 하기를 기대해 본다.

문학의 숲과 나무

1판 1쇄 찍음 • 2002년 9월 3일
1판 1쇄 펴냄 • 2002년 9월 5일

지은이 • 김종회
펴낸이 • 박맹호
펴낸곳 • (주)민음사

출판등록 • 1966. 5. 19. (제16-490호)
서울시 강남구 신사동 506 강남출판문화센터 5층 (우) 135-887
대표전화 515-2000 • 팩시밀리 515-2007
www.minumsa.com

값 12,000원

ISBN 89-374-1170-9 03810